MONIKA SZWAJA

Polecamy:

Katarzyna Grochola
  Upoważnienie do szczęścia
Irena Matuszkiewicz
  Agencja Złamanych Serc
Izabela Sowa
  Smak świeżych malin
  Cierpkość wiśni
Monika Szwaja
  Jestem nudziarą

MONIKA SZWAJA
Romans na receptę

literatura
na obcasach

Copyright © Monika Szwaja, 2004
Licencji na wydanie książki udzieliło wydawnictwo Prószyński i S-ka

Wydawca:
G + J Gruner + Jahr Polska Sp. z o.o. & Co. Spółka Komandytowa
02-677 Warszawa, ul. Wynalazek 4
Dział dystrybucji:
tel. (22) 607 02 49 (50)
dystrybucja@gjpoland.com.pl

Informacje o serii „Literatura na obcasach":
tel. (22) 640 07 19 (20)
strona internetowa: www.literatura.bizz.pl

Redakcja: Jan Koźbiel
Korekta: Grażyna Nawrocka
Projekt okładki: Anna Angerman
Redakcja techniczna: Jolanta Trzcińska
Łamanie: Ewa Wójcik

ISBN: 83-89221-45-4

Druk: Łódzka Drukarnia Dziełowa S.A.

Wszelkie prawa zastrzeżone. Reprodukowanie, kopiowanie w urządzeniach przetwarzania danych, odtwarzanie w jakiejkolwiek formie oraz wykorzystywanie w wystąpieniach publicznych – również częściowe – tylko za wyłącznym zezwoleniem właściciela praw autorskich.

*Stryjkowi, przyjaciołom, a zwłaszcza przyjaciółkom z Bacówki,
a także wszystkim, którzy Bacówkę kochają. Wprawdzie większość
tego, co się dzieje w powieści, to fikcja, ale przecież wiemy,
że TU WSZYSTKO MOŻE SIĘ ZDARZYĆ...*

Zdali!

Powinnam być dumną Matką Polką, bo Kuba miał drugą lokatę, a Sławka piątą, spisali mi się koncertowo, znajomi będą gratulować, dzieciaki szczęśliwe, a ja siedzę w łazience i zalewam się łzami! Matka kretynka.

Eulalia Manowska spojrzała w lustro krytycznie.

W istocie, było co krytykować. Jeżeli kobieta w wieku lat czterdziestu ośmiu leje łzy w sposób niepohamowany, zapominając na dodatek o uprzednim zmyciu malatury z twarzy, skutki muszą być straszne.

Westchnęła głęboko i odkręciła buteleczkę z francuskim płynem do demakijażu.

Ani kropli. Będzie musiała umyć twarz wodą z kranu, co jak wiadomo, jest bardzo szkodliwe dla skóry, wysusza ją okropnie i powoduje natychmiastowe tworzenie się milionów nowych zmarszczek.

I cóż takiego – zmarszczki! W końcu jest już stara i najwyższa pora na zmarszczki. To głupota, udawać przed sobą, że się ma czterdzieści lat, podczas gdy się ma ich czterdzieści osiem.

Dlaczego miała Bliźniaki dopiero tuż przed trzydziestką? Gdyby zdecydowała się na macierzyństwo, mając lat dwadzieścia, to by miała dopiero trzydzieści dziewięć!

Zostanie sama. Samotna stara kobieta.

– Mamunia, zrozum – tłumaczył jej Bliźniak Starszy (o pół godziny) jakiś miesiąc temu. – Na naszym uniwerku nie ma astronomii. Ja po prostu muszę jechać do Torunia, no, muszę. Ale nie martw się na zapas. Może nie zdam.

– Nie waż się tak myśleć – warknęła do własnego dziecka. –

I nie zwracaj uwagi na starą matkę. Serce matki jest nieracjonalne, musi się mazać. A ty rób swoje. Sławka natomiast mogłaby zostać w Szczecinie.

– Mamuś, zlituj się, sama kończyłaś w Poznaniu!
– Bo wtedy u nas w ogóle nie było uniwersytetu. Dobrze, ja wszystko rozumiem. Różnica poziomów. Może za jakieś dwieście lat moje dzieci uznają, że wystarczy im wykształcenie szczecińskie...

Bliźniaki potarmosiły Eulalię i poszły kuć.

A przed chwilą dzwonił Kuba z wiadomością, że zdał. Sławka też zdała, tylko nie mogła się do matki dodzwonić, więc powiedziała to jemu, a jutro wracają oboje.

Zostaje sama. Naprawdę sama, bo na dodatek Berybojkowie ostatecznie wyprowadzili się z drugiej połowy wspólnego domu, też zwanego bliźniakiem. Berybojkowie, oczywiście, wcale nie nazywają się Berybojkowie, tylko Siwińscy, a przydomek zyskali w pewnych dość dramatycznych okolicznościach, kiedy to okazali się ludźmi szlachetnymi i prawdziwymi przyjaciółmi, na których można polegać.

Eulalia była wtedy na etapie rozrywania się pomiędzy radio, dwa tygodniki i telewizję, Bliźniaki miały po trzy lata i chodziły do przedszkola, a ich ojciec od jakiegoś czasu rozwijał swoje ichtiologiczne skrzydła na arenie międzynarodowej, wyspecjalizował się bowiem w hodowli łososia norweskiego, który to łosoś występuje, jak nazwa wskazuje, w Norwegii. Okazało się, że Artur Manowski posiada jakieś niezwykłe wyczucie do tego łososia, zwłaszcza w kwestii jego pożywienia. Spora hodowla gdzieś pod kołem polarnym, w której zaczepił się przypadkiem, odkąd pozwolono mu poeksperymentować, zanotowała znaczący wzrost wszystkich możliwych wskaźników. Wyglądało na to, że i Artur zapalił się do swojego rybnego dzieła, bo coraz częściej i na coraz dłużej wyjeżdżał do Norwegii. Miało to pozytywne skutki finansowe, więc Eulalia nie stawiała mu przeszkód.

Owego dnia właśnie wrócił z dwumiesięcznej podróży, bardzo zadowolony z siebie. Pojawił się w domu około dwunastej w południe, rzucił torbę na tapczan i od niechcenia pocałował witającą go żonę.

– Nie w pracy? A gdzie dzieci?

– Dzieci w przedszkolu – odpowiedziała Eulalia, bardzo zadowolona, że nie poszła dzisiaj do żadnej redakcji, stęskniła się bowiem trochę za swoim przystojnym Arturkiem, a widząc go w pieleszach o tak nietypowej godzinie, miała nadzieję na kilka słodkich chwil sam na sam.

Arturek nie zdradzał jednak ochoty na żadne tet a tety. Pogwizdując, udał się do łazienki, wziął prysznic, wylazł całkowicie ubrany i otworzył podróżny sakwojaż.

– Przywiozłem dzieciom sweterki – zakomunikował. – Prawdziwe norweskie. Prezent od tatusia na zimowe ferie.

Eulalia rozwinęła paczuszkę zapakowaną w srebrną bibułkę (koloru mrozu, jak to trzy godziny później określiła Sławka) i obejrzała sweterki. Piękne były, owszem, jeden błękitny, a drugi różowy, z deseniem szarych reniferów ciągnących sanki.

Mąż dobrał się tymczasem do lodówki, poczęstował się zimnym piwem i spoczął na kanapie w pozie niedbałej.

– Sam kupowałeś?
– Bo co? – najeżył się.
– Bo chyba rozmiar nie ten. Twoje dzieci mają po trzy lata – Eulalia ze śmiechem i wciąż w nadziei rozruszania męża zrzuciła bluzkę, mignęła mu przez moment kokieteryjnie biustem przed oczyma i przywdziała niebieski sweterek.

Biust nie zadziałał, za to sweterek pasował jak ulany. Eulalia, zdumiona i rozbawiona, obejrzała metkę różowego egzemplarza. Trzydzieści osiem.

Mąż na kanapie znieruchomiał z piwem w dłoni.

– Cholera – powiedział krótko.
– Pomyliłeś rozmiary? – z niedowierzaniem zapytała Eulalia, której nic jeszcze w głowie nie zaświtało.
– Masz mnie za idiotę? – odruchowo odpowiedział jej mąż.
– Ach, rozumiem, to dla mnie! Dziękuję ci, ale po co aż dwa... Śliczne są, będę miała na narty.
– Przecież nie jeździsz na nartach!
– Nie szkodzi. Może kiedyś pojedziemy na zimowe wakacje. I mogę je nosić do pracy, jak będę miała zimą zdjęcia w plenerze. A gdzie masz te dla dzieci?
– Szlag by to trafił – Artur padł na swoją kanapę, dopił piwo i sponurzał do reszty.

Eulalia nie wiedziała, co o tym sądzić. W norweskim cudeńku było jej o wiele za gorąco, ale nie chciała po raz drugi wygłupiać się z tym gołym biustem, skoro małżonek i tak nie reagował, a nie przyszło jej do głowy, żeby wyjść i przebrać się w drugim pokoju. Mąż stawał się coraz bardziej wściekły, co było po nim doskonale widać. Postanowiła zaczekać, aż sam jej powie, o co chodzi.

Wreszcie się zdecydował.

– Dobrze. Zastanawiałem się przez chwilę, czyby ci czegoś nie zaszklić, ale może i lepiej, że tak się stało, jak się stało. Te sweterki były dla kogoś innego.

Eulalia bardzo chciała myśleć, że zaszła tu jakaś prosta pomyłka, ale wyraz twarzy jej ślubnego wykluczał proste rozwiązania.

– To znaczy, że jakaś pani w tej Norwegii nie wciśnie się w swój prezent – powiedziała powoli.

– Dokładnie tak, psiakrew – odparł mąż. – To przez te identyczne opakowania. Bibułka, psiakrew. Wstążeczki! Nalepeczki!

Trzasnął pustą butelką po piwie w blat stolika, ale wyrazu twarzy nie zmienił.

– To znaczy – drążyła Eulalia – że ta pani w Norwegii nie jest incydentalna?

– Jaka? – Arturek spojrzał na nią wściekle. – Czy ty nie możesz mówić normalnie?

– Mówię normalnie – powiedziała Eulalia przez ściśnięte gardło. – Masz wobec niej jakieś dalekosiężne plany?

– Mam i nie rób, proszę, awantur.

Eulalia, która do tej pory była niewzruszona jak skała Gibraltaru, poczuła, że coś w niej rośnie. Albo będzie to wielki płacz, do którego nie można przecież dopuścić w tych okolicznościach, albo jak go rąbnie zaraz, tego zadufanego przystojniaka, męża od siedmiu boleści a ósmego smutku... Opanowała się.

– Nie robię awantur. Co to za jedna?

– Bardzo fajna kobitka – oświadczył mąż z nagłym przypływem beztroski. – Ma na imię Lisa. Też ichtiolog, jak ja. I też rozwódka...

Eulalia nie wytrzymała.

– Co to znaczy „też rozwódka"! – ryknęła strasznym głosem.

– Jakie też! Ty masz już siebie za rozwodnika? Tylko zapomniałeś mi o tym powiedzieć? O dzieciach też zapomniałeś?

– Nie drzyj się – powiedział jej mąż z niesmakiem. – O dzieciach pamiętałem, tylko mi się te debilne paczuszki pomyliły! Jednakowe były!

– Jasne! Jednakowe paczuszki! Dla dzieci sweterki, a dla mnie wiadomość, że mam męża rozwodnika! A już poczyniłeś jakieś kroki w tym kierunku? Masz już adwokata, założyłeś sprawę?

– Jeszcze nie. Myślałem, że sobie spokojnie wszystko omówimy, a ty od razu wpadasz w histerię. I zdejmij ten sweter, bo się zapocisz, ciepło jest...

Eulalia jednak wybuchnęła płaczem.

– Zapocisz, tak? Zapocisz i pani Lisa będzie miała nieświeży prezencik! Do diabła z twoim prezencikiem!

Rozejrzała się wokół siebie, dostrzegła porzucone na stole nożyczki do wycinanek i z pasją jęła ciąć na sobie norweskie przyodzienie. Nie było to łatwe, jako że nożyczki przeznaczone były dla niewprawnych dziecięcych łapek, a więc tępe jak nieszczęście, ale robiła, co mogła. Na zmianę szlochając i klnąc grubymi słowy, rwała błękitną wełnę, produkując coraz bardziej pokaźne dziury.

Mąż spróbował ją powstrzymać, ograniczył się jednak tylko do perswazji, nie mając pewności, czy rozwścieczona małżonka nie wpakuje mu tych nożyczek w oko, albo gdzie indziej... wolał nie ryzykować.

– Nie wygłupiaj się, przestań, przecież wiesz, że nie to miałem na myśli! Lisie kupię jeszcze sześć takich sweterków, albo dziesięć, jak będzie chciała, ale ty uważaj, bo sobie krzywdę zrobisz!

– Ona jest blondynką, co? – Eulalia wyszarpywała właśnie sporą dziurę w miejscu, gdzie kończył się renifer, a zaczynały sanki.

– Skąd wiesz?

– Bo te kolorki są dla blondynek, myślałam, że zidiociałeś, żeby mi takie kupować, ale chyba już bym wolała, żebyś zidiociał, a zresztą co ja gadam, po co mi mąż idiota...

Cisnęła kupkę wełny na podłogę. W tym momencie drzwi do salonu uchyliły się i pojawiła się w nich głowa w loczkach, a potem druga łysa.

– Pukaliśmy – powiedziała sąsiadka. – Ale chyba nie słyszeliście.

– Zobaczyliśmy samochód Artura – dodał sąsiad – i chcieliśmy się przywitać, ale chyba nie w porę...

Eulalia zamarła z nożyczkami w ręce i resztką szlochu w głębi piersi.

– Chodźcie, chodźcie – Artur zerwał się z kanapy i nieomal wepchnął sąsiadów do pokoju. – Może przy was Eulalia się opamięta. Dostała mi tu ataku regularnej histerii, aż się bałem, że sobie coś zrobi.

Eulalia zgrzytnęła i cisnęła w niego nożyczkami. Uchylił się. Natomiast sąsiad rozłożył współczujące ramiona, wobec czego Eulalia postanowiła w nie wpaść i popłakać jeszcze trochę. Sąsiad był duży i przytulny, a wszelkie niestosowne skojarzenia wykluczała obecność jego żony, również współczującej.

– Co się stało, Laluś? – pytała teraz głosem pełnym troski. Eulalia szlochała nadal, odpowiedział więc Artur.

– Przykra sprawa. Właśnie wróciłem z Norwegii, sami widzicie, tyle że się wykąpałem...

– I dlatego ona tak beczy, że się wykąpałeś? – spytała przytomnie sąsiadka.

– Zaraz wam wszystko wytłumaczę – Arturek najwyraźniej grał na zwłokę. – Siadajmy, zrobię wam jakiegoś drinka, Eulalii też się przyda...

Eulalia głośno i wyraźnie powiedziała mu, gdzie ma jego drinka, po czym wydobyła się z głębi ramion sąsiada.

– Już mi lepiej. Dziękuję ci, Jureczku, potrzebna mi była przyjacielska pierś do popłakania. Więcej nie będę. Teraz potrzebuję adwokata od rozwodów. Może macie jakiegoś pod ręką?

– Jezus Maria! Co ty godosz?

Sąsiedzi, rdzenni Ślązacy, w chwilach wzruszenia przechodzili na rodzimą gwarę.

– Godom, co jest – Eulalii gwary na ogół się udzielały, miała dobre ucho i na przykład rozmawiając z góralami, automatycznie akcentowała pierwszą sylabę, a w kontakcie z ludźmi kresowymi zaczynała zaciągać. – Mój mąż mnie rzuco!

– A dajże ty spokój, dzioucha, to gupota jakoś! Artur, co ona?

– Myślałem, że załatwimy to jak ludzie kulturalni – powiedział kwaśno Artur. – Mam kogoś w Norwegii, powiedziałem jej, a ona wpadła w szał.

– Chopie, dyć ty się opamiętaj! Jaka Norwegia! Tukej mosz baba i dwojga dziecek!

– Żonę i dzieci zabezpieczę, będę im płacił alimenty, nie jestem przecież jakimś gnojkiem...

Duży Jureczek sapnął, podniósł się z fotela, wziął Artura za ramiona i spojrzał mu głęboko w oczy.

– Chopie, tyś nie jest gnojek. Tyś som dwa gnojki w jednym chopie! Jakbyś mógł ty dziousze krzywda zrobić! No a tego, że dziecka chcesz łostawić, to jo ci, chopie, do końca życia nie wybocza! I lepiej bydzie dla ciebie, synek – sąsiad napędzał się słusznym oburzeniem coraz bardziej – żebyś ty już stąd spieprzoł, bo ci tak dokopia, że przez całki tydzień bydziesz do zadku chodził i kolyndy śpiewoł! Nie... jo już tygo nie strzymia!

Nie wytrzymał istotnie i zakończył przemowę potężnym ciosem, wymierzonym z całego serca w przystojną, zadufaną gębę Artura. Ten wrzasnął coś tam o bandytyzmie i z krwawiącym nosem wycofał się do łazienki. Jureczek odwrócił się w stronę Eulalii i chciał coś powiedzieć, ale nagle jakby zaniemówił. Oczy trochę mu się przy tym powiększyły.

Jego loczkowata żona, Anielka, podążyła spojrzeniem za wzrokiem męża i też zaniemówiła, choć nie do końca. Wydała z siebie cienki pisk, ściągnęła z fotela ludowy pasiak i owinęła nim Eulalię.

– Co ty robisz, przestań – zaprotestowała Eulalia, której z miejsca krople potu wystąpiły na czoło. – Mnie i tak jest o wiele za gorąco. Jureczku...

– Poczkej, poczkej, nie seblikej ty chustki! Jorguś! Kaj ty się dziwosz! Łobrecej się, ino wartko!

Jorguś posłusznie odwrócił się do kobiet plecami i dopiero wtedy Anielka pozwoliła zdumionej Eulalii odrzucić pasiak. Tym razem to Eulalia wydała z siebie cienki pisk, konstatując, że wśród licznych zniszczeń, jakie poczyniła w nienawistnym norweskim sweterku, jest potężna dziura na wysokości lewej piersi i że ta lewa pierś jest w chwili obecnej doskonale widoczna. W całości.

– O mać – powiedziała właścicielka piersi. – Przepraszam. Nie wiedziałam. Ja to cięłam na sobie i się chyba spruło. Już się ubieram.

Ponieważ sąsiad wciąż kontemplował widok za oknem, szybko zrzuciła szczątki swetra i włożyła bluzkę. Przypomniało jej się, jak to chciała za pomocą tejże bluzki pouwodzić własnego męża, i znowu trochę chlipnęła.

– Nie, nie – rzekła stanowczo Anielka. – Nie ślimtej się już, dzioucha. To łon sztyc zawyje i za wszyćko zapłaci!

– Ja nic od niego nie chcę – powiedziała dumnie Eulalia. – Niech się wynosi do swojej cholernej Norwegii i swojej cholernej Norweżki, niech jej kupi całą górę sweterków i niech jej łososiami gębę zatka, ja nie potrzebuję niczego.

– A co ty, dzioucha, za berybojki opowiadosz – Jureczek oderwał się od futryny okiennej i popatrzał na nią z wyrzutem. – Łon za dzieckami to już w ogóle nie stoi, ale tobie tego robić nie wolno!

– One muszą mieć dobrze – dodała jego żona, kiwając energicznie loczkami – muszą mieć szkołę, skończyć studia i w ogóle wszystko, co potrzeba, a ty im sama tego nie zapewnisz. No, może i zapewnisz – poprawiła się, widząc oburzenie na twarzy Eulalii – ale jakim kosztem?! Mama powinna być spokojna o byt swoich dzieci i nie może pracować całymi dniami! Jak teraz będziesz je sama wychowywać, to musisz mieć dla nich czas. I na to ten twój, pożal się Boże, chłop, musi zapłacić.

– A jak nie będzie chciał – dodał Jureczek i zacisnął pięści jak dwa bochenki chleba – to ja mu tę piękną mordę znowu obiję... Przepraszam cię, Laluś, jeżeli urażam twoje uczucia.

Uczucia sąsiadów najwyraźniej już odzyskały właściwą temperaturę, bowiem oboje gładko przeszli na zwyczajną polszczyznę.

– Nie, nie urażasz – chlipnęła Eulalia. – Kochani jesteście. Dziękuję. Dobrze, że was mam za tą ścianą...

– No to my teraz pójdziemy za tę ścianę – energiczna Anielka wstała z miejsca, a jej wierny mąż uczynił to samo. – A ty się, Laluś, ogarnij, weź prysznic, niedługo musisz lecieć po dzieciaki, one nie mogą cię zobaczyć takiej rozmemłanej. Między sobą możecie się z Arturem pozabijać, ale dzieci nie mają prawa o tym wiedzieć. Nic, rozumiesz?

– Przecież w końcu się dowiedzą – jęknęła Eulalia.

– Nie marudź. Wiesz, o co mi chodzi. Masz im zaoszczędzić stresu.

– Byłem właśnie za tym – powiedział Artur, wyłaniając się z łazienki, z kompresem przy nosie. – Czy możemy przy świadkach ogłosić zawieszenie broni?

– Możecie – pospieszyła z odpowiedzią Anielka. – Eulalia już nie będzie płakać, a mój mąż powstrzyma się od rękoczynów.

– Z trudem – mruknął mąż.

– Może jednak strzemiennego? – zaproponował Artur, już zupełnie rozprężony. – Lubię, jak mówicie po swojemu, Jerzy. Słuchaj, co to znaczy berybojki?

– Anielka, może ja mu jednak jeszcze przyłożę? – postawny Jerzy odwrócił się od drzwi, a Artur odskoczył na bezpieczną odległość. – Patrz, jak po kaczce woda, tak po nim wszystko spływa. Chyba nic nie zrozumiał z tego, co tu było mówione.

– Szkoda twoich rąk – powiedziała już spokojna Eulalia. – On jest impregnowany. Jakbyście mieli dla mnie tego adwokata, to dajcie znać.

– Coś się znajdzie – Anielka była radcą prawnym i miała mnóstwo stosownych znajomości. – Ty się teraz trzymaj i nie daj. Pamiętaj, dzieci są najważniejsze.

– Będę pamiętać. To na razie... Berybojki moje kochane.

Tak państwo Siwińscy zyskali wdzięczny przydomek, który przyjął się na całe lata. Anielka rzeczywiście skontaktowała Eulalię z dobrym adwokatem, który nie zrujnował jej przesadnie, a wiele dla niej załatwił. Trzeba przyznać Arturkowi, że nie starał się jakoś specjalnie wywinąć i pozwolił sobie zasądzić bardzo przyzwoite alimenty. Natychmiast po rozwodzie wyprowadził się ostatecznie z połówki bliźniaka w Podjuchach i prysnął pod koło polarne, do swojej Norweżki i norweskich łososi.

Eulalia miała jeszcze ochotę zrobić mężowi potworną awanturę w sądzie, podpalić mu samochód, rozbić mu na głowie duży kamionkowy dzban z Bolesławca – ale nie pofolgowała sobie, bo postanowiła twardo, że będzie trzymać klasę. Kosztowało ją to ciężką nerwicę ze skłonnościami do depresji przez cały następny rok. Potem jakoś się pozbierała.

Nerwica Eulalii na szczęście nie odbiła się na Bliźniakach. Wybuchowa kombinacja jej i Artura materiału genetycznego stworzyła parę nadzwyczaj pogodnych i uroczych młodych ludzi. Wyrodny ojciec na szczęście zarabiał sporo pieniędzy na tych łososiach (specjalista wysokiej klasy, wprawdzie bez serca, ale z poczuciem obowiązku), więc przysyłał tłuste alimenty i Bliźniakom niczego nie brakowało do harmonijnego rozwoju (z wyjątkiem tatusia, oczywiście), w ponurym okresie późnego Peerelu opływały w dostatki, szwedzkie odżywki, banany i inne dobra,

Eulalię stać było nawet na nianię, czyli opiekunkę, bo jednak na utrzymanie całego domu Arturek nie dawał i musiała pracować. Kiedy Bliźniaki skończyły podstawówkę, zaczęły spędzać w tej Norwegii co roku pół wakacji, nawet zaprzyjaźniły się z nową żoną tatusia i swoimi dwoma przyrodnimi braćmi. Na szczęście Arturek nie przywiózł ich ani razu do Polski, bo gdyby miał na przykład taki pomysł, żeby sobie pomieszkali trochę u Eulalii, mogłaby stracić tę klasę.

A Sławka i Kuba podkształcili się w angielskim, ponieważ w norweskiej rodzinie używano podczas ich pobytów głównie angielskiego, zrozumiałego dla wszystkich. Norweskiego też odrobinę złapali, ale nie był to język, którym łatwo się porozumieć w pozostałej części Europy.

Eulalia chlipnęła, ale powstrzymała się dzielnie i zaczęła delikatnie masować skórę pod oczami opuszkami palców z odrobiną kremu.

A teraz oni wyjadą – pomyślała żałośnie. – Berybojki gdzieś na końcu świata, to znaczy w domu po dziadkach w Koniakowie czy może Istebnej, do ich połowy na pewno wprowadzi się jakaś patologiczna rodzina, Bóg jeden wie, co za ludzie, nie jest wykluczone, że poderżną mi gardło, a zwłoki poćwiartują i zakopią w piwnicy. Szkoda, że nie mieszkam w bloku!

Definitywnie przestała się mazać i wyszła na ganek.

W jakim bloku?! Czego to człowiek w stresie nie wygaduje!

Przyroda zadziałała natychmiast jak kojący balsam. Delikatny wietrzyk owionął jej twarz, przynosząc zapach róż, które kwitły jak szalone. Otrząsnęła się nieco.

To na pewno będzie okropne, ale przecież nie spotyka jej żadna tragedia, Bliźniaki będą przyjeżdżać, a i tak nie miewali przecież zbyt wiele czasu dla siebie nawzajem. Zdarzało się, że wracała z pracy późną nocą, całowała śpiące potomstwo w wysokie czółka i sama szła spać, zostawiając im kartki z instrukcjami na dzień następny. Kiedy wstawała, ich już nie było, tylko pod lustrem w łazience znajdowała karteczkę z niechlujnie wypisaną odpowiedzią i podpisami obojga.

Nie przechowywała tych karteczek, choć czasami bywały zabawne. W ogóle nie pozostawiła sobie zbyt wielu pamiątek ich dzieciństwa. Oprawiła kiedyś w ramki bardzo kolorowy obrazek Sławki przedstawiający jesień, i rysunek Kuby, na którym ekipa telewizyjna jedzie na transmisję. Powiesiła sobie obydwa dzieła nad biurkiem.

Westchnęła głęboko. Za dwie godziny powinna być w telewizji na montażu, bo na czwartą po południu zamówiono dla niej maszyny wraz z człowiekiem.

Mają zmontować fascynujący odcinek poradnika dla właścicieli zwierząt domowych – o pasożytach układu pokarmowego.

Pasożyty. Bleeeee.

No, no, bez takich. Tasiemiec pudla Aresa zarobi na jej tygodniowe utrzymanie!

Uśmiechnęła się na myśl o tym, co powiedziałby krewki bóg wojny, gdyby wiedział, że jego imię nosi pudel z tasiemcem...

Najwyraźniej była już całkowicie pozbierana.

Sławka i Kubek przyjechali bardzo z siebie zadowoleni. Kiedy Eulalii udawało się na chwilę zapomnieć, że wyjadą na długo, odczuwała macierzyńską dumę.

Tatuś od łososi stanął na wysokości zadania i zobowiązał się łożyć hojnie na stancje i utrzymanie młodzieży w czasie studiów. Zobowiązanie składał jeszcze w czasie poprzednich wakacji, więc dzieci szły na te obce uniwersytety na pewniaka. Eulalia wciąż uważała go za drania, ale uczciwie przyznawała mu odrobinę przyzwoitości.

Gdyby nie jego dotacje, potomstwo musiałoby poprzestać na którejś Alma Mater Stetiniensis... Siedziałyby wtedy w domu. A może jednak pieniądze nie dają szczęścia?

Niebacznie powiedziała to głośno. I westchnęła rozdzierająco.

– Matka, nie wydziwiaj – powiedział stanowczo Starszy Bliźniak. – Weź się w garść, bo się rozpadniesz na kawałki!

– Mamuś, Kuba ma rację – dołożyła swoje córka. – Poza tym masz nas jeszcze prawie trzy miesiące. Postanowiliśmy, że nie jedziemy w tym roku do ojca.

– Ze względu na matkę staruszkę?

– Częściowo. Mamy trochę własnych planów wakacyjnych. Zresztą znudziła nam się Norwegia. Będziemy jeździć po Polsce z naszą paczką licealną, wiesz, raz tu, raz tam...

– Gwiaździście – dodał Kuba dla uzupełnienia. – Będziemy co jakiś czas wracać do domu, prać brudne skarpetki. I pocieszać starą matkę...

– Ja ci dam starą matkę – mruknęła Eulalia odruchowo.

– No proszę, mamunia nam się resocjalizuje – zauważyła Sławka. – Mamunia, dla ciebie też mamy pomysł na wakacje. I powinnaś wziąć urlop jak najszybciej, bo jesteś wyraźnie nie w formie. Potrzebny ci relaks. Bez nas!

– Nie chcę bez was – zaprotestowała natychmiast.

– Nie jojcz. Będziemy do ciebie dojeżdżać. Pamiętaj, że ruszamy w Polskę. Zahaczymy i o ciebie.

– A gdzie ja mam na was czekać, żebyście mogli mnie zahaczyć?

– W GOPR-ze, mamunia, w GOPR-ze. Mówiłaś, że cię zapraszali.

– Zapraszali, ale czy ja wiem... Może z grzeczności tylko?

– Za grzeczność trzeba płacić. Mówiłaś, że ci się tam podobało? Jedź bez skrupułów!

– Jeszcze mamy tam dokręcać sekwencję letnią...

– Tym bardziej. Jedź, matka, nakręć, co masz nakręcić, a potem zostań dłużej i odpocznij. Ty ostatnio zdradzasz objawy poważnej nerwicy.

Eulalia zastanowiła się. Coś w tym jest, jej nerwy gwałtownie potrzebują reperacji. W Szczecinie nie ma na to szans. Może by naprawdę skorzystać z zaproszenia Stryjka, targanego wyrzutami sumienia...

Do GOPR-u trafiła kilka miesięcy wcześniej. Realizowała wraz z ekipą – okrojoną do operatora i asystenta – tłuste zlecenie: film turystyczny o Karkonoszach. Oczywiście nie dla telewizji, tylko dla prywatnego producenta, który skąpił na wszystko – na ekipę, na sprzęt, na dni zdjęciowe, montaż i muzykę. Kłóciła się z nim o każdy grosz, ale wytrącał jej z ręki wszystkie argumenty jednym prostym pytaniem: „A chce pani mieć wysokie honorarium?".

Chciała.

Zaczynali od sekwencji zimowej. Pojechali do Karpacza w marcu, oczywiście czasu było o wiele za mało, więc spieszyli się strasznie. Całą tę zimę kierownik produkcji z wytwórni, która im to zleciła, kazał załatwić w cztery dni.

Przywitała ich plucha. Miasto tonęło w wodzie, a na górach zalegały brudne płaty czegoś, co powinno być śniegiem, a było (taką informację otrzymali na dzień dobry) rozklapaną breją.

– Narciarze? Hahaha, chyba nurkowie!

Ekipa filmowa w kiepskich nastrojach zasiadła w knajpie na głównej ulicy. Jej członkowie popatrzyli sobie głęboko w oczy.

– Golonkę zjem – powiedział ponuro operator.

– Na śniadanie?

– I setkę.

Eulalia i asystent nie chcieli być niekoleżeńscy. Golonki były spore. Wypili jeszcze trochę – panowie nieco więcej niż pani redaktor – po czym wszyscy troje udali się w stronę swojej tymczasowej kwatery głównej, zastanawiając się, co począć w tej niekorzystnej sytuacji.

– Ja z siebie wariata robił nie będę – oświadczył operator, potykając się na nierównym chodniku. – Poza tym muszę odpocząć. Ostatni tydzień tyrałem dzień w dzień po dwanaście godzin. Nie tykam dzisiaj kamery.

Obaj długonodzy filmowcy szli wyciągniętym krokiem, więc Eulalia (prywatnie cierpiąca od piętnastu lat na astmę), usiłując im sprostać, lekko się zasapała i nie brała udziału w dyskusji. Niemniej zdenerwowała się trochę, bo w planie tego dnia było nakręcenie obrazków z Karpacza, aby jutro ekipa mogła spokojnie wyjechać w góry. Miała nadzieję, że asystent wykaże większą chęć do czynu. I przekona swojego pana.

– Jestem z tobą, Mareczku – oświadczył asystent – ale wydaje mi się, że nie możemy tak. Ludzie są poumawiani. To by było nieprzyzwoicie. Uważam, że musimy się przemóc.

– Nie interesuje mnie – zakomunikował Mareczek.

Chwilę szli w milczeniu. Po dwustu metrach Marek jednak się złamał.

– Masz rację, Rysiu – powiedział. – Nie możemy być świnie. Ludzie czekają. Bierzemy sprzęt i jedziemy.

– Nie ma takiej możliwości. – Rysio przystanął, co Eulalia przyjęła z ulgą i wyjęła z kieszeni inhalator, żeby psiknąć sobie trochę zbawczego lekarstwa w oskrzela. – Może ty masz jeszcze kondycję, mój drogi, ale ja wysiadam. Też miałem ostatnio potworny tydzień. Zaraz idę spać.

Zdenerwowała się znowu i zasapała natychmiast. Marek tymczasem wziął się za tłumaczenie Rysiowi, dlaczego należy jednak zaraz zabrać się do roboty. Rysio opierał się bardzo, ale po wysłuchaniu wielu świetnie dobranych argumentów skapitulował.

– Masz rację, stary – powiedział, skłaniając głowę przed operatorem. – Szanuję twoją decyzję. Rzeczywiście, musimy się sprężać. Jestem gotowy.

– Jakie sprężać? – zdziwił się Marek. – Najpierw odpoczynek. Operatorowi nie mogą trząść się ręce. Jak się wyśpimy, to popracujemy.

Zgodnym krokiem ruszyli dalej.

Zanim dotarli na miejsce, panowie zmienili front jeszcze parokroć, ale ani razu nie udało im się zsynchronizować dążeń. Za to w pensjonacie obaj zgodnie padli na tapczany i po chwili Eulalia usłyszała straszny dźwięk: Rysio chrapał.

Siadła bezradnie przy oknie. Spojrzała za szybę. Coś obrzydliwego. Jakie zimowe obrazki Karpacza? Jakie? Jest gdzieniegdzie odrobinka śniegu, ale to przecież nie zimowe obrazki...

Przy akompaniamencie chrapania – już na dwa głosy – płynącego z sąsiedniego pokoju podjęła męską decyzję. Gorszych warunków niż dzisiaj na pewno nie będzie. A jeżeli jutro będą lepsze, to i tak wszystko, co udałoby się zrobić dzisiaj, pójdzie do kosza.

Padła na swój tapczan i zasnęła natychmiast.

Obudzili się wszyscy troje koło siedemnastej. Naturalnie nie było już po co wyciągać sprzętu. Udali się więc tylko do delikatesów po zaopatrzenie. Następnie uzupełnili zapasy alkoholu w organizmach i poszli spać.

I okazało się, że podjęli słuszną decyzję, kiedy bowiem pokrzepiali się zdrowym snem, w Karkonosze wróciła zima. I to jaka! Całą noc padał śnieg. Kiedy Eulalia o ósmej rano przecierała zaspane oczy, poraził ją blask zza okna. Bajka zimowa!

Za ścianą rozlegały się ochocze głosy kolegów, a zatem byli już gotowi do czynu.

Śniadanie zjedli raczej symboliczne i pełni twórczego zapału pojechali robić ładne zimowe obrazki. Firmowy samochód zostawili pod śniegiem, bo żadne z nich nie czuło się na siłach prowadzić po czymś takim, co się zrobiło na głównej ulicy Karpacza. Jeszcze gorzej było na uliczkach pobocznych, a czasami właśnie z nich były najładniejsze widoki na góry. Zadzwonili do GOPR-u po pomoc, jak było umówione.

Na ratunek przyjechał Stryjek.

Stryjek miał, oczywiście, nazwisko, niemniej Eulalia odniosła wrażenie, że jest ono mało używane. Stryjek to Stryjek. Oczarował ekipę swoim stylem jazdy. Eulalia dużo słyszała o rajdzie Safari, ale uznała, że to, co przeżyli w wąskich i stromych uliczkach Karpacza, było dużo lepsze. Ona i asystent Rysio trzymali się oburącz kurczowo czego się dało – Marek trzymał się oczywiście tylko jedną ręką, drugą kurczowo tuląc do siebie kamerę. Za to chwilami wyrywały mu się z ust nadzwyczaj soczyste przekleństwa. Generalnie zresztą ekipa była zachwycona, a to z powodu zbiorowej słabości do dynamicznych kierowców. Okazało się przy tym, że Stryjek jest człowiekiem uroczym, ratownikiem od wielu lat, a jako stuprocentowy miejscowy znał takie miejsca, że Marek tylko wyciągał kamerę na statyw i dokumentował. Landszafty wychodziły same.

Pracowali bardzo solidnie, bo z powodu wczorajszego nieróbstwa na zimowy Karpacz pozostał im tylko jeden dzień – i to niecały. Po południu powinni się przemieścić do Samotni. Nie bardzo jeszcze wiedzieli, czym właściwie do tej Samotni pojadą, ale nabrali już zaufania do ratowników i nie zawracali sobie niepotrzebnie głowy. Nocleg czekał ich w schronisku, a od świtu bladego znowu ciężka praca, tym razem już ta bardziej zasadnicza, to znaczy góry.

O trzeciej Eulalia uznała, że Karpacza ma już dosyć. Ekipa pospiesznie pożywiła się w jakimś barze i Stryjek znowu popędził czerwonego land-rovera w górę. Eulalia jeździła wiele razy z Bliźniakami w Karkonosze, rozpoznała więc Biały Jar i ten koszmarny przystanek autobusowy, od którego było do stacji wyciągu teoretycznie dwadzieścia minut na piechotę. Tylko że te wszystkie czasy wypisane na drogowskazach mają się nijak do osób z astmą, niestety. Docierała do wyciągu ostatkiem sił i wściekła jak diabli. Uważała, że może się męczyć w górach, po to tu w końcu przyjeżdża, ale w mieście?! Dopiero na krzesełku przechodziła jej złość.

Teraz zaś z wielką przyjemnością zobaczyła, że Stryjek zawija gwałtownie w lewo i jakby nigdy nic podjeżdża stromą ulicą. To jej się spodobało. Nigdy więcej do wyciągu piechotą!

Śniegu, oczywiście, im wyżej, tym było więcej. Pod dolną stacją rover nawet leciutko się kopał w zaspach.

Stryjek zaprosił na kawę.

Eulalia myślała, że pójdą do baru Szarotka, który jeszcze gonił resztkami gości, ale okazało się, że zostali zaproszeni do Bacówki.

Pokochała tę Bacówkę od pierwszego wejrzenia. Mały drewniany domek na kamiennej podmurówce; w obszernym wiatrołapie suszyły się jakieś swetry i kurtki z emblematami ratowników, w dyżurce cicho szumiało radio nastawione na odbiór, a w pokoju obok na kominku płonął najprawdziwszy ogień. Jacyś dwaj młodzi ludzie na widok Stryjka oświadczyli, że w takim razie kończą dyżur, i poszli sobie.

Eulalia rozmarzyła się w cieple kominka.

– A może wy jedźcie beze mnie? Zrobicie zdjęcia, a ja na was tu poczekam...

Drzwi Bacówki otworzyły się nagle i stanął w nich mężczyzna w narciarskim ubraniu i z plecakiem. Obrzucił ekipę przelotnym spojrzeniem. Eulalia przysięgłaby, że skrzywił się z obrzydzeniem na widok sterty charakterystycznego sprzętu i kurtek z telewizyjnym logo, wiszących na haku.

Może nie lubi telewizji.

Mruknął ogólnie jakieś powitanie i zwrócił się do Stryjka:

– Witaj, Stryjeczku, widzę, że masz gości, więc ja tylko na moment, nie miałem czasu śledzić prognoz, powiedz, to się utrzyma jakiś czas?

– A co, chcesz pojeździć? Spokojnie możesz planować co najmniej trzy dni. Przyszedł wyż i będzie teraz nad nami stał. A może siądziesz z nami, napijesz się kawy?

– Nie, dziękuję. Spóźniłem się na wyciąg i teraz trzeba iść do Strzechy na własnych nogach. Trochę mi to zajmie czasu, nie będę się spieszył. Do widzenia państwu.

– Czekaj! – Stryjek zatrzymał gościa w progu. – Państwo zaraz jadą ratrakiem do Strzechy. Zmieścisz się na pace.

– Myślisz?

– Oczywiście. Państwo nie mają nic przeciwko temu, prawda?
– Ależ skąd – powiedziała Eulalia.
Mężczyzna skinął głową, nie siląc się na uśmiech. Eulalia doszła do wniosku, że facet raczej ich jednak nie lubi.
Kolejny młodzieniec w czerwonej kurtce wszedł do Bacówki.
– Komu w drogę, temu trampki. Ratrak jest. Możemy jechać.
Eulalia podniosła brwi.
– Co to jest ten ratrak?
– Taka maszyna do ubijania śniegu. Zaraz pani zobaczy.
Nieznajomy spojrzał na nią z politowaniem. Pewnie uważał, że kobiety niewiedzące, co to jest ratrak, nie powinny realizować filmów o górach.
Stryjek był uprzejmiejszy.
– Nie jeździła pani nigdy na nartach? A mówiła, że zna góry.
– Wyłącznie w wersji letniej – powiedziała, wygrzebując się zza stołu. – Zima mnie brzydzi. Możemy jechać.
Nie zamierzała tłumaczyć nieznajomym facetom, zwłaszcza gburowatym, że astmatyk może się udusić od samego zimnego powietrza. No, może nie udusić, ale przydusić w stopniu dosyć nieprzyjemnym.
Ratrak okazał się stodołą na gąsienicach. Eulalia, lubiąca duże rzeczy, była zachwycona. W kabinie zmieściła się jednak tylko ona i Marek z kamerą. Reszta musiała jechać wierzchem. Śnieg zaczynał znowu sypać, więc zastanowiła się przez moment, jak im tam będzie na tym wierzchu. Trochę jej było szkoda Rysia. Gbur niech marznie, jego problem.
Ekipa serdecznie pożegnała Stryjka – do pojutrza – a kolejny sympatyczny młodzian umiejscowił się obok Eulalii i uruchomił potwora.
Eulalia sądziła, że spod Bacówki pojadą znaną jej z letnich wędrówek drogą przez las, ale rzeczywistość okazała się piękniejsza. Ratrak wykręcił zgrabnie i ruszył jak burza pod górę, nie zwracając uwagi na takie drobiazgi jak drogi czy szlaki.
Wyjechali na jakiś stok – z wrażenia przestała rozpoznawać znajome miejsca – po czym pan kierowca uznał, że najlepiej będzie strawersować zbocze. Skręcił z wdziękiem tańczącego słonia w prawo, nie tracąc w ogóle tempa. Maszyna dostosowała się do przechyłu terenu, w związku z czym Eulalia nagle stwierdziła, że

leci gdzieś w dół. Kierowcę ujrzała nad głową. Marek pod spodem znowu wyrażał się nieprzyzwoicie. O tych na pace wołała nie myśleć.

Nagle ratrak wyrównał i stanął. Zapanowała niebiańska cisza. Kierowca popatrzał na swoją pasażerkę bacznym wzrokiem.

– No i jak, spodobał się pani mój pojazd?

– Rewelacja – wychrypiała z przekonaniem i wypadła z ratraka na śnieg, pośliznąwszy się na oblodzonej gąsienicy.

Gbur właśnie pomagał zsiąść skostniałemu Rysiowi. Rysio, podobnie jak reszta ekipy, nie miał porządnego ubrania, odpowiedniego do takich warunków. Teraz ponosił konsekwencje, trzęsąc się okropnie.

Okazało się, że ratrak skończył kurs koło Strzechy Akademickiej, dalej trzeba było iść na własnych nogach. Eulalia nie przejęła się tym specjalnie, ponieważ schodzenie w dół nie sprawiało jej najmniejszych trudności. Bezcennym sprzętem zajęli się dwaj ratownicy, którzy pojawili się nie wiadomo skąd.

Pokrzepiwszy się w Strzesze herbatą z cytryną, ekipa z pełną beztroską ruszyła w drogę w tych swoich nieodpowiednich butach. Gbur gdzieś zniknął, natomiast w pewnej chwili w pobliżu przemknęli na nartach dwaj ratownicy, wioząc pomiędzy sobą sprzęt filmowy, umieszczony w czymś, co wyglądało jak denko od kajaka zaopatrzone z obu stron w kije. Eulalia przypomniała sobie, że to coś nazywa się chyba akia. I w czymś takim przewozi się ratowanych ludzi?

Odprężeni już i zadowoleni z życia filmowcy prawdopodobnie pobili rekord świata w długości zejścia ze Strzechy do Samotni: pokonanie kilkuset metrów zajęło im równo półtorej godziny. Głównie dlatego, że Rysio miał półbuty na skórzanych podeszwach i co dwa metry zaczynał zjeżdżać w przepaście. Eulalia i Marek czuli się zmuszeni go asekurować, co polegało na tym, że ona wydawała okrzyki przerażenia, a on klął jak szewc. Ten typ asekuracji zapewne nosi miano werbalnej.

W miarę schodzenia coraz szerzej otwierał się wokół nich potężny kocioł Małego Stawu. Marek zaczął żałować, że oddał kamerę ratownikom.

Dopadł jej natychmiast po dotarciu do schroniska. Pogonił Rysia do statywu i zaczął maniacko filmować otoczenie. Eulalia przypomniała sobie, że jej świetny operator pierwszy raz w życiu jest w prawdziwych górach; przypuszczała, że właśnie doznawał iluminacji.

A góry robiły, co mogły, żeby mu zawrócić w głowie. Zachodzące słońce malowało przedziwne cienie na zboczach kotła Małego Stawu, Mały Staw z wdziękiem pogrążał się w mroku, gdzieniegdzie purpurowo jarzył się śnieg, na który padały ostatnie tego dnia promienie.

Marek nakręcił całą półgodzinną taśmę, po czym zwisł bezsilnie na jednym z drągów okalających staw. Reszcie nie chciało się na niego czekać, więc Rysio wziął statyw, Eulalia kamerę i poszli na kolację. Marek powisiał dziesięć minut i odpocząwszy nieco, dobił do kolegów. Posiliwszy się, padli na łóżko. Niewykluczone, że był to pierwszy w historii ludzkości wypadek, kiedy ekipa telewizyjna położyła się spać o dziewiątej wieczorem.

Następny poranek znowu był wspaniały, a słońce lśniło oślepiająco w zwałach śniegu wokół schroniska. Po śniadaniu przystąpili do zaplanowanej harówki. Harowali głównie panowie, świadomi faktu, że realizatorka ma astmę i należy ją oszczędzać. Nie była im zresztą specjalnie potrzebna, pojawili się bowiem kolejni ratownicy i prowadzali ich w różne ładne miejsca, pokazywali, jak działają pipsy, a jak pies lawinowy Burzan, oraz demonstrowali kopanie w śniegu jamy pozwalającej przeżyć w górach.

Pani realizatorka siedziała w schronisku i piła herbatę.

Mniej więcej od drugiej towarzyszył jej Stryjek, który przyjechał do Samotni skuterem śnieżnym, aby uczestniczyć w ewakuacji ekipy z kotła Małego Stawu. Ukochana przez nią od wczoraj maszyna, czyli ratrak, nie wchodziła w grę z jakichś tam przyczyn. Eulalia przypuszczała, że po prostu nie zmieściłaby się w kotle...

Wypili po dwie herbaty i po dwie kawy, a z każdą kolejną filiżanką sympatia Eulalii do Stryjka wzrastała. Zaczął jej się nawet marzyć reportaż, który mogłaby zrobić o nim, gdyby tylko Szczecin leżał bliżej Karpacza albo gdyby znalazła kupca. Taki reportaż dłubany, ze zdjęciami w zimie i w lecie, w różnych pogodach i przy różnych okazjach. Wysokobudżetowy. Telewizja regionalna takich nie zamawia.

A szkoda. Eulalia zamyśliła się z filiżanką kawy w ręce, zapatrzona na rozjaśnione kontrowym światłem nawisy śnieżne na krawędziach kotła. Marek powinien je sfilmować z tym słońcem. Mogłaby całe życie nie robić nic innego – tylko reportaże. Właśnie przez miłość do reportażu zaprzyjaźniła się jakiś czas temu ze swoją młodszą koleżanką, największą wariatką w ośrodku, Wiką Sokołowską. Oczywiście żadna z nich nie mogła sobie pozwolić na realizowanie wyłącznie reportaży, bo z tego w regionalnej telewizji jeszcze nikt nie wyżył. Wika miewała swoje cykle, miewała i Eulalia. Obie jednakowo marzyły o długich, pracochłonnych, skomplikowanych materiałach, które kręciłoby się miesiącami, potem tygodniami montowało i poprawiało kolejnymi tygodniami, aż nabrałyby tego jedynego, ostatecznego, oczekiwanego wyrazu... Kończyło się na pospiesznych realizacjach, pobieżnie zdokumentowanych, niestarannie z braku czasu sfilmowanych i na chybcika zmontowanych. Przysparzało im to obu nieustannego dyskomfortu, a ich ból z tego powodu dzielił na zmianę przez nie wykorzystywany operator Pawełek, człowiek młody i pełen marzeń o wspaniałej przyszłości prawdziwego artysty. Eulalia chętnie zabrałaby go w góry, ale właśnie miał egzaminy w szkole filmowej. Czekanie nie wchodziło w grę, zima miała się już ku końcowi, poza tym nie bardzo wypadało stroić fochy w obcej wytwórni, której właściciel był w dodatku prawdziwym poganiaczem niewolników.

Eulalia pocieszała się, że Marek też jest świetnym operatorem i gwarantuje piękne zdjęcia. Zasadnicza różnica między nim a Pawełkiem polegała na tym, że musiała nieustannie uważać na Marka fochy, podczas gdy Pawełek starał się, żeby to ona miała na zdjęciach dobry humor.

Zdążyli ze Stryjkiem dołożyć do już wypitych po jeszcze jednej kawie i herbacie, zdążyli też przejść na ty, zanim pojawili się w schronisku Marek z Rysiem, schetani do niemożliwości, ale zadowoleni. Ostatkiem sił złożyli sprzęt w kącie i padli na ławę.

Eulalia zamówiła im herbatę z cytryną i obiad.

Zjedli. Pokrzepili się.

– No to, panowie, będziemy chyba jechać – zadysponował Stryjek. – Tylko jest jedna mała trudność. Mamy dwa skutery, a was jest troje.

– Musimy sobie poradzić – oświadczył stanowczo Rysio. – Tu w nocy mokre koty wskakują człowiekowi na głowę.
– Zostawiliście panowie otwarte okno – domyślił się Stryjek.
– Przecież nie dla kota. No dobrze, chodźmy, bo jak się rozleniwimy, trzeba nas będzie wynosić.

Troje filmowców ubrało się w swoje nieodpowiednie okrycia wierzchnie i wyszło przed schronisko. Eulalia niepostrzeżenie wyjęła z torby inhalator i na wszelki wypadek psiknęła sobie w oskrzela. Trochę się bała, że może zmarznąć na tym dziwnym pojeździe i nieco się przydusić.

Słońce z wolna zaczynało opadać nad zbocze; należało się spieszyć. Dwa skutery czekały w gotowości. Do jednego przymocowana była akia. Kilku ratowników kręciło się w pobliżu.

– Pani... to znaczy Lalka, tak? Lalka pojedzie ze mną – zadysponował Stryjek. – Wasz sprzęt damy na akię, no i chyba jeden z panów będzie musiał się poświęcić...

Eulalia nie miała wątpliwości, że Marek nie będzie się poświęcał w najmniejszym stopniu. Rysio też nie miał. Ratownicy umieścili na akii sprzęt, zostawiając nieco miejsca dla skazańca. Rysio zajął to miejsce z miną fatalisty. Marek mościł się na siedzeniu za ratownikiem prowadzącym skuter.

– Na Polanie staniemy – przypomniała Eulalia. – Potrzebuję jeszcze kilku obrazków.

– Dobrze, staniemy – zgodził się Stryjek. – Proszę, siadaj. Tu się możesz trzymać, tych poręczy. Albo, jeśli wolisz, trzymaj się mnie.

Uznała, że jednak poręcze będą stabilniejsze. Wyjęła ukradkiem inhalator i psiknęła jeszcze raz. Profilaktycznie. Może trochę za dużo w stosunku do tego, co zalecano w ulotce, ale sytuacja wydała jej się wyjątkowa.

W tym momencie zobaczyła gbura. Stał sobie spokojnie z nartami w garści i obserwował przygotowania. W tym również jej ściśle tajne inhalacje.

Stryjek też go zauważył.

– Możesz jechać za moim skuterem – zaproponował życzliwie, a gbur tylko skinął głową.

Eulalia w pierwszej chwili nie zrozumiała. Co to znaczy, jechać za skuterem? Przecież najpierw muszą podjechać pod tę górkę;

nazywa się Sybirek, aczkolwiek ta nazwa nie figuruje chyba na żadnej mapie. Pod górkę chyba będzie musiał wejść? Okazało się, że nie, skądże. Pojedzie na nartach, za skuterem Stryjka, na sznurku. To znaczy trzymając się linki... Wokoło zebrało się już niezłe stadko gapiów i Eulalia zapragnęła natychmiast odjeżdżać. Nie robić z siebie dziwowiska.
– Dobrze siedzisz? – zapytał uprzejmie Stryjek. Odpowiedziała, że tak, więc włączył motor; zawarczało, zaśmierdziało, skuter wyrwał do przodu z dużym fasonem i przejechawszy półtora metra, nadział się na muldkę.

Wylecieli oboje jak z procy jakiś metr w górę, po czym Eulalia zaryła głową w głęboki śnieg. Przed upadkiem zdążyła zauważyć, że Stryjek zarył również.

Kotłem Małego Stawu wstrząsnął grzmot śmiechu. Eulalia, skonstatowawszy, że jednak żyje, poczuła głębokie oburzenie. Nikt nie pośpieszył na ratunek, choć dookoła pełno ratowników!

Czym prędzej wydostała się z zaspy. Nie będzie przecież tak sterczeć z nogami do góry, jak w niemym filmie.

Ratownicy i publiczność ocierali łzy radości. Z sąsiedniej zaspy podnosił się właśnie Stryjek.

Gbur patrzył obojętnie w stronę stawu.

Niespodziewanie dla siebie samej Eulalia również zaczęła się śmiać. Stryjek otrzepał ją troskliwie ze śniegu i pomógł wsiąść ponownie na zdradziecki skuter.

Rycząc wściekle, obie maszyny wdarły się na Sybirek, po czym skuter Stryjka zdechł. Jechali pierwsi, więc cała karawana znowu stanęła.

– Strasznie cię przepraszam – powiedział Stryjek, wyraźnie zawstydzony impotencją swojego wehikułu. – Dasz radę przejść parę kroków pieszo? On ma słaby silnik, ale tu zaraz będzie z górki...

Eulalia kiwnęła głową i ruszyła, zapadając się po kolana w śnieg.

Zapadanie po kolana w śnieg bardzo męczy, ale jakoś przebrnęła ten kawałek.

Kiedy wsiadała po raz kolejny na skuter, poczuła lekką duszność. Nie powinna już w żadnym wypadku, ale jednak po raz trzeci użyła inhalatorka. Gdzieś w głowie majaczyła jej przestroga lekarza: „Niech pani uważa, to jest lekarstwo dla inteligencji, nie wolno przedawkować, bo szlag panią trafi"...

Tak zaraz nie trafi.

Stryjek z fasonem śmignął naprzód.

Eulalia chwyciła kurczowo pałąki po bokach. Strasznie to było niewygodne, wykręcało jej ramiona, ale już było za późno na łapanie się Stryjka. W momencie zmiany chwytu najprawdopodobniej zleciałaby na ziemię, na nią wpadłby gbur na nartach, na gbura drugi skuter z ratownikiem i Mareczkiem, a na to wszystko akia ze sprzętem i Rysiem...

Wzmocniła uchwyt.

Po chwili poczuła, że się dusi. Podziałało najwidoczniej wszystko razem: lot ze skutera, brodzenie po kolana w śniegu na Sybirku, wysiłek włożony w utrzymanie się na siedzeniu i mroźny wiatr, który wdzierał się do płuc.

W tym momencie Stryjek – dżentelmen – odwrócił się i zapytał troskliwie:

– Nie za szybko jedziemy?

Eulalia wykonała błyskawiczną kalkulację: najwyraźniej inhalator okazał się za słaby i nie przezwyciężył tych wszystkich czynników, które sprzysięgły się przeciwko niej. Nawet jeśli teraz staną, i tak się udusi. A tu wokoło bajka – tunel wyrąbany w dwumetrowym śniegu, niskie słońce rzuca niesamowite błyski na krawędzie tego tunelu, śnieg pryska spod płóz i gąsienic. I ten pęd, ten pęd...

To się może już nigdy w życiu nie powtórzyć.

– Jedź, Stryjku! – zawołała z determinacją.

Stryjek skinął głową i poszedł do przodu jak burza.

Wokół Eulalii rozpętało się istne szaleństwo – niewiele rozróżniała po drodze, ale to, co widziała, napełniało ją niesłychaną radością. Dech jej zaparło – w przenośni, oraz, niestety, dosłownie.

Kiedy wypadli z lasu na Polanę, miała oczy na słupkach.

Oba skutery zatrzymały się z wizgiem obok siebie i tymi oczami na słupkach zobaczyła, że siedzący na akii Rysio zamienił się w śniegowego bałwanka, a z wąsów zwisają mu sople lodu.

Ostatkiem sił zsiadła z maszyny i oparła się o nią, pochylona, ciężko dysząc. Stryjek, widząc swoją pasażerkę słaniającą się i niemogącą złapać oddechu, przestraszył się okropnie.

– Co się stało? Co ci jest?

– Nic, dajcie mi spokój, to minie – udało jej się powiedzieć. Włożyła w to dużo wysiłku, więc natychmiast dopadł ją kolejny atak duszności.

Obaj filmowcy, którzy już byli świadkami podobnej sytuacji i mieli za sobą własne przerażenie z tego powodu – spokojnie wzięli kamerę i poszli pracować. Ponieważ mieli wyjątkowo dużo czasu i nikt ich nie gonił (Eulalia zajęta była sobą, a wszyscy pozostali Eulalią), Marek mógł przymierzyć się dokładnie i zrobił zdjęcia o wyjątkowej sile. Jak się potem okazało – po prostu wiało mrozem z ekranu.

Stryjek miał oczy prawie na takich samych słupkach jak Eulalia.

– Jak ci mogę pomóc? – zapytał zrozpaczony.

– Nijak – odpowiedziała niechętnie, bo każda odrobina powietrza potrzebna jej była w tej chwili do życia, a nie do gadania.

– Pani ma astmę – odezwał się milczący dotąd gbur. – Za szybko jechałeś.

– Nie za szybko – wydusiła z wysiłkiem. – Ja sama chciałam...

– Jest pani pewna, że przejdzie samo? – kontynuował gbur.

Kiwnęła głową.

– Może masz jakieś lekarstwo? – dopytywał się Stryjek.

Już chciała odpowiedzieć, ale gbur ją ubiegł.

– Nie każ pani rozmawiać – powiedział. – Pani już brała lekarstwo, widziałem. Tego nie można nadużywać. Musisz poczekać, aż odpocznie. Pilnuj tylko, żeby nie zmarzła. Ja już pojadę, dziękuję. Do widzenia.

Po czym zniknął.

Gestem dłoni Eulalia odgoniła od siebie publiczność. Było jej głupio dusić się na czyichś oczach, nawet najżyczliwszych. A potrzebowała trochę czasu, żeby przyjść do siebie.

Marek z Rysiem dopieszczali ujęcia.

Po dwudziestu minutach zapakowali się na swój dubeltowy wehikuł i pojechali.

Eulalii potrzebny był jeszcze prawie kwadrans. Przez ten czas Stryjek o mało nie umarł ze zgrozy, z wyrzutów sumienia, strachu o nią i żalu, że tak się męczy. Czuł się strasznie – on, ratownik, nie mógł zrobić nic! Usiłował okryć ją własną kurtką, a gdyby zażądała, zapewne ogrzewałby ją własnym oddechem.

Wreszcie jej przeszło.

Dłuższy czas straciła na przekonywanie Stryjka, że mogą już jechać.

Tym razem Stryjek jechał tak wolno, jak tylko silnik wytrzymywał. Eulalia była z tego całkiem zadowolona, bo mogła do woli gapić się na góry, różowiejące w zachodzącym słońcu. Śnieżka po prostu płonęła. Eulalię ogarnęło zupełnie irracjonalne poczucie szczęścia.

Czymże jest jedno małe duszonko w obliczu takiego piękna – pomyślała, podczas gdy Stryjek usiłował butami hamować skuter jadący z szybkością trzech kilometrów na godzinę.

Następne dwa dni Eulalii i jej towarzyszy wypełnione były pracowitym rejestrowaniem zimy w Karkonoszach. Kręcili narciarzy na stokach, wyciągi pełne zadowolonych z życia weekendowiczów, przytulne schroniska.

Zrobili nawet – oczywiście przy pomocy ratowników – sekwencję o ski-alpinizmie. Ratownicy – powiązani liną, z rakami przypiętymi do butów, z nartami w rękach – wspinali się na niebotyczną skałę, tonącą w chmurze.

Ta chmura przyszła w samą porę, bo niebotyczna skała znajdowała się o dwadzieścia metrów od drogi jezdnej na Śnieżkę. Gdyby się przejaśniło, kamera zobaczyłaby kolorowe gromadki ludzi spieszących w stronę zakosów i dużą Śnieżkę w tle za skałką... Ale jakoś się nie rozwiało i filmowi ski-alpiniści wyglądali jak prawdziwi zjadacze niedźwiedziego mięsa na śniadanie.

Oczywiście, przez cały czas Stryjek woził filmowców tu i tam i przez cały czas biedaczkiem miotały straszliwe wyrzuty sumienia, spowodowane niebezpieczeństwem, jakie sprowadził na życie powierzonej sobie kobiety.

Eulalia kilka razy usiłowała mu wytłumaczyć, że nie miała zamiaru umierać. Że wiedziała, co ją czeka, i podjęła decyzję z pełną świadomością. I że naprawdę chciała, żeby szybko jechał... Bez efektu.

Kiedy wyjeżdżali z Karpacza, zapewne w ramach ekspiacji zaprosił ją do Bacówki. Do tej samej Bacówki, którą pokochała w momencie, gdy ją zobaczyła.

– Mamy tu pokój gościnny, możesz się zjawić w każdej chwili, tylko uprzedź telefonicznie – powiedział na pożegnanie. – Pamiętaj: w każdej chwili.

Gbur nie pojawił się więcej.

Eulalia zaczęła zastanawiać się nad pomysłem Bliźniaków. Rzeczywiście, i tak jeszcze trzeba dokręcić w Karkonoszach obrazki letnie. Jeżeli nie będzie musiała tego montować od razu, to może by skorzystać...

Bacówka. Dziwne miejsce.

Są takie miejsca, z których chce się uciekać natychmiast. Są też takie, które emanują niewytłumaczalnym urokiem. Na czym polega urok Bacówki? Może na tym, że zbierają się tam przyzwoici faceci, którzy przysięgali ratować ludzkie życie, nawet narażając własne?

Kominek można mieć wszędzie. Ale to radio w dyżurce, odzywające się co jakiś czas spokojnym męskim głosem, podającym wiadomość, że kogoś trzeba zwieźć z góry, bo się połamał... I to, że od razu ktoś rusza na pomoc...

Nawiasem mówiąc, ktoś tam ma przepiękny głos!

Takie historie o dzielnych ratownikach czytało się w lekturach szkolnych, przeważnie dość tandetnych literacko. Ale oni tu naprawdę są po to, żeby w razie czego spieszyć z pomocą.

Poza tym są sympatyczni.

Jadę!

Zaraz, nie tak szybko. Trzeba się zorientować, jakie plany ma poganiacz niewolników, który zleca ten film.

Matka, idź za ciosem – powiedziałby jej syn.

Poszła za ciosem. Zadzwoniła.

– Ach, jak to dobrze, że pani dzwoni – usłyszała. – Właśnie ukradli mi komórkę, w której miałem pani numer. Czy może pani jechać w góry za trzy dni? Bo właśnie udało mi się zgrać tę samą ekipę, z którą pani zaczynała w zimie.

Eulalia wzruszyła ramionami – z inną by nie pojechała. Zdjęcia do takiego filmu powinny być wykonane tą samą ręką.

– Za trzy dni. – Udała, że się zastanawia. – W zasadzie tak... A czy kierownik produkcji załatwił wszystkie kontakty?

– Oczywiście, pani Lalko! Wszystko macie załatwione, będą was wozili goprowcy, pogodę uzgadniałem osobiście, hahaha, tyl-

ko mi przywieźcie takie piękne zdjęcia jak te zimowe! Od razu po powrocie ma pani montaż.
– Spieszy się panu z tym montażem? A gdyby go tak przesunąć o dwa tygodnie?
– O dwa tygodnie? Nie bardzo. Tydzień, dziesięć dni... Ma pani plany wakacyjne?
– Dziesięć dni, niech będzie. Mam plany. A propos montażu... Za muzykę pan Darkowi zapłaci?
– Zdecydowanie nie chce pani skorzystać z gotowców? A może jednak... – zaszemrał przymilnie poganiacz niewolników i Harpagon w jednej osobie. Eulalia zniecierpliwiła się nieco.
– Ustalmy: chce pan mieć przyzwoity film, od początku do końca oryginalny? Co to jest honorarium za muzykę wobec kosztów całości?
– No właśnie, te koszty całości... Musicie mieć tyle dni zdjęciowych?
– Dostał pan harmonogram.
– No tak, no tak... A jeżeli pogoda wam siądzie, czego nie przewiduję...
– Postaramy się spieszyć, naprawdę. Ale jeżeli lunie, to w górach trudno będzie coś zrobić.
– No tak, no tak, ma pani rację.
– To pozdrawiam, panie Aleksandrze...
Teraz trzeba zadzwonić do Stryjka. Bo może mają tę Bacówkę zapchaną ludźmi i trzeba będzie poprzestać na kontaktach, nazwijmy to, sporadycznych. Na jakąś kawę pewnie tak czy owak zaproszą. Chociażby w przerwie między zdjęciami.
Stryjek okazał wręcz entuzjazm.
– Możesz zostać, jak długo chcesz, jest miejsce, to znaczy dostaniesz pokój, ja teraz prawie cały czas będę miał dyżur w Bacówce, bardzo się cieszę, naprawdę. Nic nie musisz płacić, nie zawracaj głowy, jestem ci coś winien...
Oczywiście, nie przyjął do wiadomości, że nic jej nie jest winien. Nawet przeciwnie.

Bliźniaki zapakowały się i pojechały na swoje pierwsze akademickie wakacje. Trzy miesiące wolnego! Oświadczyły, że zamierzają cały ten czas włóczyć się po Polsce ze swoją licealną paczką, zarabiając po drodze dorywczo, tak żeby im starczyło na życie.

– Co to znaczy dorywczo?

– Sami nie wiemy – odpowiedziała beztrosko Sławka. – Jakieś tam żniwa pewno będą po drodze, sianokosy, może trzeba będzie komuś coś naprawić – to chłopaki – albo popilnować dzieci – to dziewczyny... Zobaczymy, co się trafi.

– Ilu was jedzie?

– Osiem osób. – Sławka wyliczyła wszystkich, po kolei zaginając palce.

Eulalia była na rozdrożu. Zna to całe towarzystwo. Mieszane, nie da się ukryć. Czy powinna teraz zapytać Sławkę, jak się zabezpieczyła, a Kubę, czy ma z sobą prezerwatywy?

Przez usta jej nie przejdzie!

A jeżeli Sławka wróci w ciąży albo Kuba uczyni ją przedwczesną babcią???

No to na pewno gadanina nic tu nie da. Ostatecznie wychowywała oboje dziewiętnaście lat, więc powinni posiadać jakąś tam odpowiedzialność.

A może za mało prawiła im kazań? Bieda tylko, że kazania jednakowo nudziły całą trójkę.

Tak czy inaczej teraz już przepadło. Już są wychowani, dorośli i tak naprawdę zaczynają swoje własne życie... a przysięgała sobie mnóstwo razy, że nigdy nie powie żadnemu z nich: „dla mnie zawsze będziesz dzieckiem". Nie ma chyba nic głupszego od tego powiedzenia. Nie ma nic głupszego od starych pryków, którzy dwudziesto- i trzydziestoletnich, a czasem i starszych ludzi traktują jak smarkaczy – tylko dlatego, że są tych ludzi rodzicami.

Ona tak nie będzie, nigdy.

Nic jednak nie zmieni faktu, że odchodzą. Odchodzą, a ona zostaje w tej cholernej pustej połówce bliźniaka i w dodatku nie wiadomo, kto się wprowadzi do drugiej połówki.

– Mamusiu, nie martw się na zapas. – Sławka cały czas obserwowała matkę i prawdopodobnie doskonale wiedziała, o czym myśli tak ponuro, a to, że użyła zdrobnienia „mamusiu", świadczyło o jej prawdziwym wzruszeniu. – Musieliśmy kiedyś skończyć szkołę. Musieliśmy dorosnąć. Ale tak naprawdę zawsze będziemy twoimi dziećmi...

Masz ci los!

Eulalia jeździła w góry co roku, kiedy nie miała jeszcze dzieci i potem, dopóki były małe, zawsze w czerwcu, tłumacząc wszystkim, że najbardziej lubi maj, a w górach ten maj jest opóźniony, więc jeżeli jedzie tam w czerwcu, to w efekcie ma dwa maje. Kiedy Bliźniaki poszły do szkoły, przerzuciła się na sierpień, twierdząc, nie bez racji, że w lipcu zawsze leje.

Zimową wersję gór uważała za bardzo piękną, ale wolała ją oglądać na obrazkach. Wydawała jej się za surowa. Ona chciała mieć te wszystkie odcienie zieleni i błękitu, te wszystkie kwiaty, wielobarwne głazy, szumiące potoki, szaleństwo wodospadów... No i ten miękki wiatr, ciepły – przyjazny.

Marzyła też zawsze o nakręceniu filmu o górach. Nie tych groźnych, dla wspinaczy i innych odważnych ludzi, ale tych życzliwych, odpłacających miłością za miłość. Tak, tak. Eulalia uważała, że kocha góry z wzajemnością. Nigdy nie była specjalnie wysportowana, a jednak obeszła swego czasu prawie całe Tatry. Kiedy wdrapała się na Granaty, prawie rozpłakała się ze szczęścia na widok tych wszystkich szczytów wokół siebie...

W Karkonosze zaczęła jeździć z małymi Bliźniakami, bo było bliżej i miała tam wygodne lokum u dawnych kolegów swojego byłego męża. Zawsze żałowała, że nie ma z sobą operatora z kamerą.

Marzenia się jednak spełniają. Miała go wreszcie.

Zaraz pierwszego dnia zdjęciowego prawie siłą wepchnęła Marka do potoku w dolinie Łomniczki. Nie chciał, nie wierzył jej, odmawiał, pyskował, ale w końcu machnął ręką i poszedł filmować wodę spienioną wokół wielkiego kanciastego kamienia.

Pół godziny później na próżno starała się go przekonać, że należy jechać dalej. Zamoczony do kolan, skakał z kamienia na kamień i z kępki na kępkę, nie odrywając oka od wizjera kamery.

– Przekonałeś się do górskich potoków? – zapytała go z wysokości mostka.

– Jestem w trakcie – odpowiedział, wyłażąc w końcu na brzeg.

– Nakręciłem ci tego trochę, zrobisz sobie ekstrateledysk pod tytułem „Lanie wody". Gdzie teraz?

– Do Samotni. Zrobimy trochę obrazków po drodze, zdokumentujemy schronisko, rano machniemy świt w górach, pofilmujemy trochę roślinek, turystów na szlakach, jezioro, a w południe przyjedzie Stryjek i zawiezie nas na Śnieżkę. Nocujemy i robimy wschód słońca.

– To Stryjek nie zostaje z nami na noc? A jak będziemy się przemieszczać jutro rano?

– Na nóżkach. Wszystko mamy w zasięgu ręki.

– Przyjadę koło jedenastej – powiedział Stryjek. – Myślę, że samochód jednak wam się przyda.

– Nasza koleżanka nie nosi kamery, więc ma do samochodu stosunek beztroski – mruknął zgryźliwie Marek, ładując się do land-rovera. – Tę Łomniczkę warto by zrobić z góry.

– Mamy to zaplanowane na pojutrze, jak będziemy zjeżdżać w dół.

– Ale będziecie musieli zejść szlakiem, na własnych nogach – zmartwił się Stryjek. – Nie zaszkodzi ci?

W jego oczach Eulalia dostrzegła cień tamtego przerażenia z Polany.

– Nie bój się, w dół i latem mogę chodzić do woli. Zima mi szkodzi. Stój!

– Co się stało?! – Stryjek zahamował w miejscu, aż wszyscy powpadali na siebie wzajemnie, a Marek trzymający kamerę zaklął strasznie.

– Kwiatki – wyjaśniła Eulalia. – Tamta kępa. Nie wiem, co to jest, ale bardzo ładne. Zrób mi to, Mareczku.

Mareczek bez słowa wysiadł. Na ciemnym tle splątanych korzeni wysoka kępa kwiecia świeciła własnym blaskiem.

– Nie wiesz przypadkiem, Stryjku, jak one się nazywają? Pierwszy raz je widzę.

– Nie mam pojęcia. Musisz spytać Juniora. On się zna na kwiatach najlepiej z nas wszystkich.

– Kto to jest Junior?

– Nasz kolega, poznałaś go zimą, nie pamiętasz? Jeździł wam na nartach...

Eulalia skinęła głową, trochę niepewnie. Na nartach jeździła dla nich czołówka karkonoskich ratowników, a ona jeszcze nie nauczyła się wszystkich na pamięć.

Marek skończył z kępą. Eulalia miała nadzieję, że po drodze do Samotni zajadą do Bacówki na małą kawę, ale land-rover ominął Bacówkę dużym łukiem i pojechał dalej, w górę Karpacza, koło Wangu skręcając gwałtownie w stronę Rówienki. Eulalia pocieszyła się myślą, że po zdjęciach oni wrócą do Szczecina, a ona zostanie właśnie w Bacówce.

Zanim dojechali do kotła Małego Stawu, wiele razy jeszcze Stryjek z obłędem w oczach hamował, reagując błyskawicznie na wrzaski tego członka ekipy, który pierwszy dostrzegł obiekt godny sfilmowania.

Eulalia wśród ulubionych gór, z operatorem i kamerą w zasięgu ręki czuła się w pełni szczęśliwa. Kiedy Marek filmował, a Rysio biegał za nim ze statywem, ona i Stryjek siadali sobie na kamieniu lub trawie i prowadzili miłą, niezobowiązującą konwersację.

Do Samotni dojechali późnym popołudniem. Oczywiście trzeba było koniecznie sfilmować jezioro, na którym słońce, padające akurat pod właściwym kątem, wytworzyło miliardy złocistych gwiazdeczek.

– Zawsze wiedziałem, że lubisz tandetę – narzekał Marek, ale znowu nie mógł oka oderwać od wizjera. – Tu ci zrobię taki pic, popatrz.

Eulalia zażądała dopuszczenia jej do kamery, spojrzała i roześmiała się.

– Sam jesteś tandeciarzem, mój drogi. Popatrz, Stryjku.

Stryjek obejrzał w wizjerze nieprawdopodobnej urody ujęcie ze słońcem patrzącym wprost w obiektyw zza wysokiego zbocza. Wyraził aprobatę, po czym zatroskał się o ekipę, że tak od rana biega bez jedzenia.

Ponieważ słońce schodziło coraz niżej, Marek zrobił jeszcze tylko jedno ujęcie – schroniska oświetlonego czerwonawym blaskiem – z tego samego miejsca, z którego filmował schronisko zimą.

– Będziesz miała na przenikanie. Chodźcie na jakiś obiad, bo żołądek przyrasta mi do krzyża.

Poszli.

W Samotni, w kącie pokoju z bufetem, siedział gbur.

Eulalia poznała go od razu, chociaż ubrany był inaczej niż wtedy. Charakterystycznego spojrzenia spode łba jednak nie zmienił. Manier też. Spojrzał na nią przelotnie, wstał ze swojego kąta, podał rękę Stryjkowi, ekipie skinął głową niedbale i wyszedł.

– Kto to jest? – spytała Eulalia od niechcenia, zamawiając jednocześnie kaszę gryczaną z sosem. – On tu gdzieś mieszka?

– Nie, to czysty przypadek, że go tak spotykacie. – Stryjek zadysponował schabowego z ziemniakami i ogórkiem. – Mieszka w Gdańsku czy może w Gdyni, w każdym razie w Trójmieście. Dosyć często tu przyjeżdża. Zimą na narty, a latem pochodzić. Nocuje w schroniskach, czasami u nas. Kiedyś był naszym ratownikiem.

– Człowiek z Trójmiasta? Ratownikiem?

– Dojeżdżał na dyżury, nawet dosyć regularnie. Miał poważny wypadek, coś tam było źle z kręgosłupem, wyleczyli go tak, że odzyskał sprawność, ale nie do tego stopnia, żeby chodzić z nami na akcje. Mógłby mieć dyżury, na przykład w Stacji Centralnej, odbierać zgłoszenia, ale powiedział, że nie ma ochoty być biurwą... przepraszam, panienką biurową. Nie lubi stwarzać pozorów, tak twierdzi.

– Straszny mruk.

– Nie, dlaczego? Sympatyczny człowiek.

– Może nie lubi telewizji?

– Chyba coś takiego, ale nie wiem dokładnie.

Eulalia dałaby sobie głowę uciąć, że doskonale wie, tylko mu dyskrecja nie pozwala omawiać przyjaciela z obcą babą, w dodatku dziennikarką, a z dziennikarzami nigdy nic nie wiadomo. Uszanowała Stryjkową delikatność uczuć. Przynajmniej na razie.

A jednak gbur zaczął ją denerwować. Następnego dnia wbrew sobie rozglądała się za nim od rana. W schronisku go nie widziała, wyszła więc na zewnątrz, teoretycznie sprawdzić warunki zdjęciowe – wymarzone, mówiąc nawiasem, bo nawet chmurki jak malowanie pokazały się na niebie – nie było go nigdzie. Załadowała kilka zapasowych kaset do torby, Rysio z westchnieniem ujął statyw, Marek kamerę i poszli robić te zdjęcia. Rozglądała się, kiedy szli brzegiem, kiedy Marek filmował jezioro, otoczenie – nic. Kamień w wodę. Marek sfilmował kamienie w wodzie – nic. Sportretował wycieczkę młodzieży idącą grzecznie z przewodnikiem – gbura ani śladu.

Objawił się znienacka, gdy Marek przymierzał się do kępy zapóźnionych zawilców narcyzowych (*Anemone narcisifolia*), które już dawno powinny przekwitnąć, ale jakimś cudem jeszcze się trzymały. Eulalia miała nadzieję, że tak będzie, bo znała tę kępkę od lat, odkąd pewnego razu, gnana nagłą i niemożliwą do zignorowania potrzebą, zboczyła ostro ze szlaku; kępa rosła sobie schowana od północnej strony (dlatego kwitła tak późno), za potężną skałą, za którą zamierzała się schować Eulalia. Zawilce, też wtedy spóźnione i bardzo dorodne, zachwyciły ją. Odtąd zawsze po kryjomu sprawdzała, czy są jeszcze w tym miejscu, narażając się w razie spotkania strażnika przyrody, że ten strażnik ją zabije. A co najmniej wlepi mandat.

No i teraz, gdy zaprowadziła kolegów w miejsce, które uważała za swoje osobiste i absolutnie tajne – okazało się, że za skałą oprócz ulubionych zawilców przebywa gbur i kontempluje otaczającą go naturę. Wyglądał niesłychanie malowniczo, zupełnie jak Wanderer na starych rycinach. Brakowało mu jedynie szpiczastego kapelusza i sękatego kostura. Wokół niego roztaczały się widoki rozległe i nadzwyczajnej wprost urody. Marek, posiadający doskonale rozwinięte poczucie piękna, podniósł kamerę na ramię i sfilmował wędrowca razem z widokami. W pierwszej chwili filmowany nic nie zauważył, dopiero gdy Marek zmienił pozycję i parę kamyczków poleciało spod jego stóp – odwrócił się gwałtownie, mruknął coś o nachalności telewizji, która jest nie do zniesienia (Eulalia nie wiedziała, telewizja czy nachalność), po czym zbiegł po głazach krokiem lekkim jak kozica i oddalił się w kierunku znakowanego szlaku. Prawdopodobnie mamrocząc pod nosem przekleństwa.

Ten i pięć albo sześć następnych dni upłynęło Eulalii i jej kolegom na wytężonej pracy. Eulalia była zadowolona, pogoda bowiem utrzymywała się nadzwyczajna, Marek prawie nie marudził, a przyjaźń ze Stryjkiem i ratownikami zakwitała bujnie. Niestety, nie było jakoś okazji do wyciągnięcia ze Stryjka tajemnicy gbura. Eulalia pocieszała się wizją niedalekich już wieczorów w Bacówce – może wówczas uda się wreszcie dowiedzieć, dlaczego on tak ewidentnie nie znosi telewizji?

Swoją drogą, kiedy była okazja do skorzystania, to korzystał! Woził się z ekipą ratrakiem, potem ciągnął się na sznurku za skuterem... Latem najwidoczniej nie byli mu już do niczego przydatni.

Jak każda tajemnica, intrygował Eulalię coraz bardziej.

– Przyznaj się, on ci się podoba – powiedział domyślnie Marek, kiedy przed powrotem do pensjonatu siedzieli któregoś dnia przy kolacji, a Eulalia poruszyła dręczący ją temat. – Kręci się wokoło nas pełno przystojnych facetów, młodych, wspaniałych supermenów w czerwonych ubrankach, a ty się uczepiłaś jednego starszego pana i to tylko dlatego, że nieuprzejmy. Nie wolisz uprzejmych?

– Gdybym wolała uprzejmych – mruknęła – to bym robiła ten film z którymś z twoich gładkich kolegów, a nie z tobą.

– Ach, bo ja jestem po prostu lepszy od nich! – Marek zaśmiał się szczerze i wbił zęby w parówkę, z której trysnęła fontanna wody.

– Cholera, kto robi takie parówki!

– Zalałeś pół stołu – powiedział z niezadowoleniem Rysio. – Daj serwetkę. Już niedługo nie będziesz najlepszy. Młodzi rosną.

– I ja im życzę szczęścia. To jak, Lalka, przyznajesz, że podoba ci się twój gbur?

– Nie mój, nie mój. Ja już jestem starszą panią, mój drogi, mam dorosłe dzieci i nie zajmuję się głupstwami.

– Seks to nie są głupstwa. Poza tym z tego się nie wyrasta, można się tylko zapracować na śmierć i przestaje się mieć ochotę. Ja właśnie odczuwam coś w tym rodzaju. To przez ciebie, Lalka. Każesz nam tyrać dwanaście godzin dziennie. Ja się wypisuję.

– Powiedz to Aleksandrowi. Ja bardzo chętnie będę realizować jeden film dwa miesiące, tylko on mi ciebie na dwa miesiące nie da. I tak pyskował, że za długo to kręcimy.

– To po co robisz tyle zdjęć? Musisz być w tylu miejscach naraz?

– Muszę, bo taki scenariusz mi kupili. A kupili, bo właśnie był taki rzetelny. A ty po co robisz tak porządnie?

– Bo się pod tym, cholera, podpisuję – westchnął Marek nad szczątkami parówki. – Bardzo ładnie nam dzisiaj wyszły te foty w Kotłach. Zobaczysz, będziesz zadowolona.

Eulalia wiedziała, że będzie zadowolona. Miała pełne zaufanie do Marka, a to, co dzisiaj zobaczyła podczas kręcenia w Śnieżnych Kotłach, podobało jej się od początku. Zwłaszcza dwaj maleńcy wspinacze na Turni Popiela.

– Mareczku – udzielała operatorowi pospiesznie ostatnich wskazówek – pamiętaj, dużo detali, do szybkiego montażu, rozumiesz, te wszystkie klamry, karabinki, liny, butki, rączki, co oni tam jeszcze mają...

– Główki – mruknął Rysio.

– Wiesz, żebym mogła nie pokazywać od razu, gdzie jesteśmy – ciągnęła z rozpędu Eulalia.

– Wiem – odrzekł niecierpliwie Marek, którego ratownicy właśnie przypinali do jakiejś liny. – Ogólniaki zrobimy potem z tego tam urwiska – machnął ręką. – Idziemy, panowie.

Około pół godziny kręcił zamówione przez Eulalię detale, po czym zażądał od wspinaczy, aby poczekali u podnóża skały, aż ekipa dotrze na ów brzeg urwiska, który sobie wypatrzył.

– Boże, dobrze, że tu jest ta barierka – mówiła Eulalia piętnaście minut później. – Przecież tu jest przepaść!

– Właśnie niedobrze, że jest barierka. – Niezadowolony Marek manipulował joystickiem kamery. – Nie widzę tak, jak bym chciał widzieć. Rysiu, ile tam jest jeszcze miejsca? Zmieścimy się?

– Zmieścimy, tylko ja nie wiem, czy to wszystko nie poleci razem z nami. Czekaj, zobaczę.

Eulalia pożałowała, że nie ma z nimi Stryjka. Dowiózłszy ich na miejsce, oświadczył, że musi coś załatwić w Szklarskiej Porębie, upewnił się, że potrzebują co najmniej godziny na te ujęcia z urwiska, po czym odjechał, wzniecając tuman kurzu oraz budząc podziw w sercach turystek ustępujących mu z drogi. Z nim byłoby bezpieczniej. Urwisko wygląda solidnie, ale ta barierka po coś tu przecież jest...

Tymczasem jej koledzy przenieśli kamerę na drugą stronę bariery. Marek przymierzył się do ujęcia.

– Cholera, wiatr – powiedział. – Na długiej lufie strasznie się trzęsie. Ale stąd dobrze widzę...

– Czekaj. – Rysio przelazł za poręcz i kucnął przy statywie. – Potrzymam ci, spróbuj.

– Wyglądasz, jakbyś chciał zrobić kupkę do przepaści – zaśmiał się Marek. – Trzymaj, dobrze będzie. Lalka, wołaj do tych górołazów, niech idą.

Eulalia machnęła ręką i wspinacze poszli w górę.

Marek zrobił ujęcie i zażądał dubla. Eulalia machnęła. Wspinacze zeszli w dół.

– Chyba ja was jednak lubię – powiedziała – bo mi się niedobrze robi, kiedy na was patrzę, jak zwisacie nad tą przepaścią...

– To nie to, że nas lubisz – powiedział smętnie zwisający nad przepaścią Rysio – tylko nie lubisz widoku bebechów rozplaskanych na skale.

– Boże – wyrwało się jej. – Róbcie szybciej i wyłaźcie stamtąd!
– Spokojnie. – Marek spoglądał w wizjer i korygował ustawienie kadru. – Złego diabli nie wezmą. Wołaj. To znaczy, machaj. Tym razem był zadowolony z ujęcia i wspinacze weszli aż na szczyt turni.

– Niech poczekają – zażądał. – Mam kilka pomysłów.

– Ja bym chciała – powiedziała nieśmiało Eulalia – żebyś odjechał od najwęższego planu, jaki możesz uzyskać, aż do takiego totalu, żeby dech zaparło...

– Właśnie to robię – odrzekł operator, uruchamiając transfokator. – Widziałem po drodze jakieś kwiatki. Z nimi też ci zrobię taki numer.

– Kocham cię, Mareczku – powiedziała z uczuciem.

– A mówiłaś, że ci to już nie w głowie – zaśmiał się. – Koniec. Daj im spocznij.

Kiedy dotarli do pensjonatu, natychmiast obejrzeli te ujęcia. Rzeczywiście, zapierały dech w piersiach. Eulalia prawie pożałowała, że przesunęła montaż o dziesięć dni. Potem przypomniało jej się, co mówił Marek o zapracowywaniu się na śmierć.

To jest właśnie to, co robiła od piętnastu lat. Odkąd Arturek wybrał norweskie łososie (i nową, norweską żonę), zapracowywała się na śmierć. Jeżeli ktoś myśli, że łatwo jest wychować bliźnięta na ludzi, pracując przy tym, dbając o dom i uprawiając ogródek, to ma źle w głowie. Nawet jeżeli ma się pomoc domową i pomoc finansową od byłego męża.

Eulalia zawsze była dziennikarką uniwersalną, to znaczy umiała pracować w różnych technikach. Nie ciągnęło jej tylko do radia, ale potrafiła pisać i chałturzyła, gdzie się dało, produkując masowo felietony dla kobiet, reportaże i artykuły na dowolne tematy (wyłączając politykę, której nie znosiła, acz bywały w jej życiu momenty, kiedy polityka sama po nią sięgała). W momencie zmiany ustroju udało jej się zdobyć etat w telewizji i trzymała się go konsekwentnie – raz, ponieważ zawsze lubiła telewizję, dwa, bo uważała, że należy mieć jakieś stałe zaczepienie. No i tak pozaczepiana tu i ówdzie, harowała jak wół. Nie dawała sobie żadnego luzu, wychodząc z założenia, że to, co się robi, powinno się robić jak najlepiej. Zwłaszcza jeśli to, co się robi, podpisane jest nazwiskiem...

A propos nazwiska. Wczoraj wybrała sobie obrazek pod własną planszę. Marek nakręcił na jej prośbę statyczne ujęcie Śląskiej Drogi z ogromną Śnieżką górującą w tle i krzakiem kosówki na pierwszym planie. Na tej kosówce będzie jej nazwisko. „Scenariusz i realizacja – Eulalia Manowska". Uśmiechnęła się na tę myśl.

Po czym wróciła do refleksji, które obudziło w niej stwierdzenie Marka, rzucone mimochodem. Bo co do tego seksu, to, niestety, miał rację. Po rozwodzie z wiarołomnym Arturkiem nie pozwoliła sobie na żaden porządny romans. Zresztą nie miała warunków. Ani czasu. Ani sił. Ani ochoty.

A teraz niewątpliwie jest już na to za stara. Nie pora na romanse, kiedy ma się czterdzieści osiem lat. Nie pora na życie osobiste.

Dzieci powyjeżdżają, a ona zostanie i będzie się starzała w samotności!

Łzy popłynęły jej po policzkach.

– Lalka, Lalka, otwórz!

Łomot do drzwi. Wytarła oczy bawełnianą firaneczką (smutek dopadł ją stojącą przy oknie) i poszła otworzyć.

Operator.

– Lala, co się dzieje? Pukam i pukam. Chodź do nas, mamy flaszkę. Jutro ostatni dzień zdjęciowy. Trzeba to uczcić. Czemu jesteś smutna? Nie przejmuj się, to tylko klimakterium. Chodź. No już.

– Ja ci dam klimakterium – mruknęła, ale poszła.

Po dwóch godzinach udała się na spoczynek, znacznie pocieszona.

Następnego dnia przeniosła się do Bacówki, a wieczorem pożegnała czule kolegów, odjeżdżających do domu.

– Uważajcie na siebie, kotki moje – powiedziała ciepło. – Będziecie się zmieniać czy Rysio cały czas jedzie?

– Jeżeli uda mu się mnie dobudzić, to zmienimy się koło Zielonej Góry – odpowiedział Marek i ucałował jej dłoń. – W co wątpię. Trzymaj się, Lalka, i nie poddawaj nastrojom. A jak wrócisz, idź do ginekologa, niech ci zaordynuje hormony na przekwitanie. Taki plasterek na tyłek. Mówię ci, pomaga. Moja żona jest nie ta sama kobieta, a już myślałem, że się z nią rozwiodę. Albo ją zabiję.

– A jeśli ci ginekolog nie pomoże, idź do psychiatry – dorzucił

Rysio, całując ją w policzek. – Muszę tam wysłać moją starą. Stworzycie we dwie grupę kobiet wykończonych przez telewizję.
– Ile lat ma twoja żona?
– Dwadzieścia sześć. Ale już ma objawy. Baw się ładnie i nie rozpij wszystkich ratowników. Pa, pa.

Wsiedli do samochodu i odjechali.

Zaczynał się jej wyżebrany urlop. Po raz pierwszy od niepamiętnych czasów miała go spędzić sama. Zazwyczaj czekała z urlopem na powrót Bliźniaków z Norwegii, a potem jechali razem w jakieś góry. Pod ich nieobecność pracowała intensywniej niż zwykle.

Szkoda, że nie ma Stryjka. Pojechał do domu, bo umówił się z żoną, ale obiecał, że od jutra będzie nocował w Bacówce, to nie będzie się czuła samotna.

Tak naprawdę wcale nie czuła się samotna. Wczorajszy smętny nastrój szczęśliwie nie wracał. Zapobiegawczo sięgnęła do lodówki i nalała sobie trochę finlandii do szklaneczki, po czym dolała do pełna coli. Kupiła tę wódkę na wszelki wypadek, ot, w razie towarzyskiej okoliczności, ale skoro okoliczności nie było, a ona miała ochotę...

Ktoś zastukał do drzwi Bacówki.

Przez moment zastanowiła się, czy nie powinna się aby przestraszyć, po czym poszła otworzyć.

Za drzwiami stał gbur. Z plecakiem.

– Dobry wieczór – powiedział niepewnie. – Widziałem, że się świeci... Jest Stryjek?
– Nie ma Stryjka. Wejdzie pan?
– Nie chciałbym sprawiać kłopotu...
– Żaden kłopot. Podobno pan tutejszy.
– Do pewnego stopnia. – Uśmiechnął się z przymusem. – Sama pani została?
– Sama. Już prywatnie, koledzy wrócili, a ja mam trochę wakacji.
– Rozumiem. Myślałem, że może tu zanocuję, jeśli nie będę pani przeszkadzał. Nie spodziewałem się pani tutaj zastać.
– No to niech pan nocuje – powiedziała, już trochę zéżlona. – Nie zjem pana. Rozumiem, że zna pan tu wszystkie kąty... Niechże pan wejdzie.

Wszedł i rzucił plecak na tapczan w dyżurce.
- Tu się prześpię. Domyślam się, że pani mieszka na górze, w dwójce.
- W dwójce. A ten pokój naprzeciwko jest cały wolny, tam chyba byłoby panu wygodniej?
- Może ma pani rację. Zaniosę plecak.

Wyminął Eulalię, wciąż stojącą ze szklaneczką w ręce. Po chwili usłyszała łomot butów nad sobą. Ależ ta Bacówka jest akustyczna! Minęła jeszcze chwila i hałasy ucichły. Była pewna, że teraz gbur zejdzie do niej. Nie zszedł.

Z pilotem od telewizora w ręce usiadła w fotelu. Pora na „Panoramę". Chociaż może by tak nie oglądać żadnych wiadomości przez tych parę dni? Jednak włączyła telewizor.

Jakoś nie mogła się skoncentrować na tym, co mówiła pani Czubówna. Może z powodu gbura nad sobą. A może ze zmęczenia. A może przez to szumiące obok radio. Postawiła szklaneczkę na ażurowym schodku (fotel ustawiony był pod schodami wiodącymi do dwóch pokoi, obydwa wydały jej się zachwycające, a zwłaszcza ten, w którym miała zamieszkać, z widokiem na Karkonosze i ogromną brzozę, wchodzącą prawie przez okno do wewnątrz). Ogarnął ją niezwykły spokój. Co za czarodziejskie miejsce! Ułożyła głowę na oparciu fotela i prawie zasnęła, nie bacząc na wojny, zamieszki, zamachy, wybuchy, demonstracje, malwersacje, jednym słowem, na najświeższe wiadomości z kraju i ze świata.

Obudziło ją pukanie. Za oknem było już prawie zupełnie ciemno.
Czemu gbur nie otwiera?
Może też przysnął.
Wstała z fotela i podeszła do drzwi.
Jakieś dwie kobiety. Z tobołkami.
- Słucham?
- Jest ktoś w domu?
- Jest. Ja jestem.
Baba popatrzyła na nią z niesmakiem.
- Ja się pytam, czy jest mąż? Albo ktoś?
Eulalia zrozumiała. Chodzi o mężczyznę. Mąż albo ktoś. Ona nie.
Zza pleców usłyszała nagle głos gbura:
- Słucham panią?

Ach, więc jednak wstał i przyszedł zobaczyć, czy może ktoś na nią nie napada. Bardzo to ładnie z jego strony. Baba z tobołkiem wyraźnie się ucieszyła.

– No, pytam panią, czy jest mąż, a pani nic, a mąż jest. Samochód pan ma?

– Nie mam. W czym mogę pomóc?

– Jak pan nie ma samochodu, to w niczym. Ciocia nogę skręciła. Telefon tu jest?

– Jest. Chce pani zamówić taksówkę?

– No. Ale nie bardzo, bo nie mam pieniędzy.

Eulalia poczuła, że ten dialog ją fascynuje. Pomyślała, że jakby co, ofiaruje im swój samochód (przyjechała własnym, reszta ekipy firmowym), ale postanowiła zaczekać, aż sytuacja się rozwinie.

– Ach, nie ma pani pieniędzy. A gdzie ciocia?

– Na ławce siedzi.

Rzeczywiście, na ławce pod latarnią siedziała trzecia baba, również z tobołkiem.

– Ciocia może chodzić?

– Nie bardzo. To znaczy, my zeszłyśmy ze Śnieżki, bo ten pioruński wyciąg przestał jeździć, co to jest, że go zatrzymują, kiedy jeszcze ludzie są na górze? Cztery godziny schodziłyśmy. Albo więcej. I tu ciocia nogę skręciła, jak się ze szlaku wychodzi.

– Zobaczymy tę nogę, dobrze?

Gbur pomógł cioci wdrapać się po kilku schodkach i usadowił ją w dyżurce, po czym fachowo obmacał stopę. Ciocia wydawała z siebie wyłącznie sapanie. Nie krzyczała. Widocznie gbur był delikatny. Coś tam jednak z natężenia sapania wywnioskował.

– Wygląda na to, że złamana. Sama pani nie pójdzie. Nie ma pani na taksówkę, naprawdę? Nic się nie przehandlowało u sąsiadów?

Eulalia nagle doznała olśnienia. Baby przemytniczki, handlarki! Stąd te tobołki. Ale jakim cudem one zeszły ze Śnieżki i nie połamały sobie nóg już na początku drogi? Wszystkie trzy były w rozklapanych sandałkach na podwyższonych obcasach. Powinny się pozabijać najdalej w Białym Jarze!

Baby przez chwilę gadały jedna przez drugą. Gbur podszedł do radia.

– Bacówka do Centralnej.

Radio ożyło. Znowu ten gość z urzekającym głosem!
– Centralna, słucham.
– Tu Janusz Wiązowski, dobry wieczór.
– Dobry wieczór, Jasiu. Miło cię znowu słyszeć. Coś się stało?
– W Bacówce jest pani ze złamaną nogą. To znaczy, mam wrażenie, że ta noga jest złamana. Pani nie ma pieniędzy na taksówkę, możesz jej załatwić karetkę do szpitala? Tę nogę powinien zobaczyć chirurg.
– Rozumiem. Dam ci znać.

Eulalia była zachwycona, a jednocześnie trochę zła. Kiedy miała pod ręką ekipę, to nic się nie działo, nikt nie potrzebował pomocy. Przesiedzieli w Bacówce pół dnia i w końcu musieli sfingować jakieś wezwanie, żeby zrobić sekwencję o ratownikach. A teraz proszę – ledwie została sama...

Baby podjęły wyrzekanie na godziny pracy wyciągu. Gbur siedział przy biurku, oświetlony miękkim światłem lampki, i czekał, aż ratownik ze Stacji Centralnej powie mu tym swoim pięknym głosem, co załatwił. Eulalia, siedząc przy stole w pokoju z kominkiem, przyjrzała mu się dokładnie przez otwarte drzwi.

Wyrazista twarz. Regularne rysy. Stanowcze brwi. Usta zaciśnięte. Ciekawe czemu. Szkoda, że nie widać koloru oczu, ale oczy też wyraziste. Jakieś jasne. No, taki całkiem młody to on nie jest. Ucieszyło ją to, ale natychmiast udała sama przed sobą, że nic ją to nie obchodzi. Chyba szatyn, trochę tam ciemnawo, w tej dyżurce, ale nie brunet, na pewno. Wydaje się, że lekko siwiejący. Włosy krótko przycięte. Ciekawe, jak wyglądałby z dłuższymi odrobinkę. Widać, że ma dobrego fryzjera. W ogóle raczej schludny. Acz nieogolony. Nie szkodzi. Dłoń na biurku spokojna, bardzo dobrze, nie znosimy nerwusków, dosyć ich lata po telewizji. Kształtna. Też dobrze.

– Bacówka, zgłoś się do Centralnej.

Spokojna dłoń skierowała się w stronę radia, palec spoczął na przycisku.

– Bacówka, zgłaszam się.

On też ma przyjemny głos.

– Jedzie do was karetka. Powinni być za parę minut, byli gdzieś na Zarzeczu. Wpisz to do książki. Rano się zobaczymy, mam u was dyżur.

– Cieszę się. Do jutra.

Baby znowu zaczęły gadać, na wpół do niego, na wpół między sobą. Nie słuchał, siedział zamyślony przy tym biurku. Janusz Wiązowski. Ładnie się nazywa. Pewnie myśli o czasach, kiedy sam był ratownikiem, siadywał przy tym biurku i z tej Bacówki wychodził na akcje. Szkoda go. Ciekawe, kiedy miał ten wypadek. Może też w górach?

Z zewnątrz dobiegł hałas silnika. Gbur wyszedł z dyżurki i Eulalia usłyszała odgłosy zdecydowanie serdecznego powitania. Najwidoczniej załoga karetki też należała do starych znajomych. I najwidoczniej gbur nie do wszystkich odnosił się gburowato.

Potężnie zbudowany lekarz w towarzystwie kontrastowo drobnego sanitariusza wszedł do dyżurki.

– O, dobry wieczór, pani Bernasiowa, co to się stało, nóżka? A w czym to się po górach chodzi? Ach, w sandałkach. To niech się pani cieszy, że nie obie. Pokaże pani tę nóżkę. No proszę, Jasiu, wcale ci nie zaszkodziła przerwa w pracy, dobrze myślałeś, złamanie jak ta lala. Zrobimy zdjęcie, ale już widzę, co się dzieje. Wróciłeś do nas?

– Nie wróciłem. Nocuję tu dzisiaj, to wszystko.

– Wakacje?

– Wakacje.

– Ty się poważnie zastanów, czybyś do nas nie wrócił. Nie musisz przecież biegać na wszystkie akcje, poza tym pamiętaj, że moja propozycja jest aktualna, przyjedź do mnie do szpitala, przebadamy cię po koleżeńsku, pod kątem GOPR-u. Nie jest z tobą całkiem źle, widziałem cię zimą na nartach czy mi się zdawało?

– Mogłeś mnie widzieć, ale co to za zjeżdżanie.

– Nie gadaj tyle, bo się na tym nie znasz. My się znamy, to ci powiemy, jak cię obejrzymy dokładnie. Dobrze. Zabieramy panią Bernasiową. Ciotki też chcą się zabrać?

– Ma się rozumieć, panie doktorze, jeżeli tylko ma pan miejsce...

– Nie mam miejsca, ale jakoś się zmieścimy, dzisiaj jeżdżę busem. Upchniecie się, ciotki, z tyłu. Do widzenia pani – zauważył Eulalię, która skinęła mu głową w odpowiedzi.

Gbur pomógł im wyprowadzić podkulawioną ciotkę Bernasiową. Eulalia usłyszała trochę pisków przy wsiadaniu całego towarzystwa do karetki, zawarczał silnik i wszystko ucichło.

Gbur wrócił do środka i skierował się natychmiast w stronę schodów.
– Nie ma pan ochoty na herbatę? Zrobiłam świeżą, dużo, tu był taki dzbanek...

Zatrzymał się, z odruchowym gestem odmowy, ale widocznie subtelny aromat yunanu zmieszanego z odrobiną earl greya (Eulalia woziła z sobą swoją ulubioną mieszankę) złamał mu morale. Postarał się za to, aby jego głos brzmiał możliwie najbardziej odpychająco.

– Jeśli nie będę przeszkadzał...
– Nie ma mowy o przeszkadzaniu. Wydaje mi się zresztą, że pan jest tu o wiele bardziej u siebie niż ja.

Wyraz twarzy gbura powiedział jej, że owszem. Postanowiła jednak być pozytywną. Zanim zdążył oderwać się od tych schodów, wybrała z suszarki najładniejszy kubek i nalała do niego ciemnobursztynowej, parującej i wonnej herbaty.

– Proszę, to specjalna mieszanka, pachnąca, ale nie bardzo. Te panie, które tu były, to wasze znajome, pana i tego lekarza, prawda?
– W istocie.
– One chodzą w góry na handel?
– Chodzą do Czech.
– I co, często łamią nogi? Ten doktor tak dobrze je znał...
– Mieszkają w Kowarach, on też. Są prawie sąsiadami.
– Doktor też jest ratownikiem?
– Tak.

Kamienie na drodze tłuc byłoby łatwiej, niż rozmawiać z tym człowiekiem! Eulalia, odważna pod wpływem finlandii, poza tym z natury przyjaźnie nastawiona do ludzi, postanowiła przypuścić atak bezpośredni. Uśmiechnęła się do gbura najmilszym uśmiechem, jaki miała w repertuarze, i zapytała niewinnie:

– Panie Januszu, proszę, niech mi pan powie, dlaczego pan nas tak nie lubi, mam na myśli mnie i moich kolegów z ekipy? Teraz też najchętniej obchodziłby mnie pan jak śmierdzące jajko. Spotkaliśmy się w tak pięknym miejscu, wiem, że pan góry kocha, ja też je kocham. I nie ma pan pojęcia, jak się cieszę, że Stryjek zaprosił mnie tutaj. Tak mi się ta Bacówka podoba! Ratownicy też. Wiem od Stryjka, że był pan ratownikiem. Więc może jednak odłoży pan topór wojenny? Ja nie chcę się, broń Boże, narzucać...

– W takim razie proszę tego nie robić – powiedział z lodowatą uprzejmością. Wypłukał szklankę po herbacie, ustawił ją na suszarce (Eulalia cały ten czas siedziała jak skamieniała). – Dziękuję za herbatę. Dobranoc.

– Dobranoc – odpowiedziała machinalnie. Boże, co za potworny gbur!

Bacówka przestała się do niej uśmiechać. Wakacje straciły cały urok. Co ona tu robi? Dlaczego wydawało się jej, że będzie tu mile przez wszystkich widziana? Bo realizuje film o Karkonoszach? Przecież oni tu mają dziennikarzy w dowolnych ilościach, na skinienie ręki! Boże jedyny, stara a głupia! Natychmiast wyjeżdżać, natychmiast! To znaczy, może już nie dzisiaj, nie znosi jazdy nocą, jutro od rana...

Gorączkowo zaczęła sprzątać po swojej kolacji. Ręce jej się tak trzęsły, że stłukła talerzyk. Wrzuciła skorupy do wiadra ze śmieciami i rozpłakała się.

Oczywiście, chwilę potem zaczęła się dusić.

Od wielu lat zaprawiona w takich bojach, z miejsca przestała płakać. Szlochy bardzo przeszkadzają w oddychaniu. Inhalator, gdzie znowu położyła inhalator... Ach, jest na górze, w pokoju.

Pokonanie dziesięciu stromych schodków w ataku duszności nie było wcale łatwe. Na szóstym stanęła dla nabrania oddechu. W tym samym momencie drzwi pokoju gbura otworzyły się i on sam spojrzał na nią z wysokości podestu, jak jej się wydawało, krytycznie.

O nie! Nie będzie gbur oglądał jej krytycznie w stanie kompletnej rozsypki i ledwie zipiącej! Dwoma susami przeskoczyła ostatnie schodki, wyminęła wroga (nie było to łatwe w tej ciasnocie) i kompletnie wyczerpana wpadła do swojego pokoju. Na stoliku leżał cholerny inhalator. Psiknęła sobie hojnie i otworzyła okno, po czym oparła się o parapet, starając się doprowadzić oddech do normy.

Brzoza za oknem zaszumiała przyjaźnie. Kiedy Eulalia przestała wreszcie wydawać z siebie dzikie świsty, usłyszała również głęboki szum lasu. A może był tam i szum potoku płynącego nieco poniżej Bacówki?

Wszystkie te dźwięki brzmiały czysto i harmonijnie w krystalicznym nocnym powietrzu.

„Nie poddawaj się nastrojom. To tylko klimakterium".

Przyjmijmy, że Marek miał rację.

Trzeba będzie naprawdę pomyśleć o hormonalnej terapii zastępczej. Może i o psychiatrze, akurat depresji jej teraz brakuje! Musi się po prostu sprężyć po raz kolejny, jak sprężała się setki razy w życiu. A jeżeli można sobie jakoś pomóc chemicznie, to tym lepiej.

Zajęta sobą, nie spostrzegła, że gbur znieruchomiał na górnym podeście schodków i zamiast zejść na dół, stanął tak, żeby przez kawałek firanki, niedokładnie zasłaniającej szybkę w drzwiach, móc obserwować, co się z nią dzieje.

Gdyby to zresztą zauważyła, doszłaby do wniosku, że powodują nim uczucia samarytańskie. Wie przecież, że ona ma astmę, więc jest gotów w razie czego nieść pomoc. Nawet wrogowi.

Kiedy ostatecznie wyregulował się jej oddech, poczuła ogromne zmęczenie. To zjawisko też znała dobrze, tak na ogół kończyły się ataki duszności.

Nie mając siły na wieczorną toaletę, padła na tapczan, owinąwszy się tylko miękkim kocem. Kołysana odgłosami lipcowej nocy, zasnęła natychmiast.

Gbur oderwał się od drzwi i cicho wycofał do swojego pokoju.

Obudziły ją męskie głosy, dobiegające z dołu.

Czuła się byle jak i bolała ją głowa. Coś było nie w porządku. Ach, prawda. Przypomniała sobie wczorajszy wieczór. Wczoraj zdecydowała, że dziś wyjedzie.

To tylko klimakterium. Zobaczymy, jak sytuacja się rozwinie. Na razie natychmiast trzeba się wykąpać!

Wstała z tapczana i spojrzała w lusterko. Niedobrze. To też klimakterium? A nie, to niechlujstwo. Przygniotła się jej zmarszczka na lewym policzku. Kiedyś te zmarszczki szybciej się wygładzały, ale nie będzie przecież czekać!

Wydobyła z torby ręcznik i zeszła na dół. Przy stole siedział Stryjek w towarzystwie przystojnego młodziana o imponującej czuprynie. Pili kawę, której zapach mile połaskotał jej nos.

– Dzień dobry panom – powiedziała, starając się schować twarz w cieniu schodków.

– Jest nasz gość – skonstatował Stryjek mało odkrywczo. – Jak się spało? Mamy kawę, napijesz się?

Młodzian mruknął tylko pod nosem „dzień dobry". Poznała go. Jeździł na nartach jak szatan i wspinał się na tę skałkę na tle Śnieżki, której nie było widać. To on ma taki piękny, radiowy głos. Ale prywatnie prawie go nie używa.

– Dziękuję, Stryjku, najpierw muszę się wykąpać, wczoraj padłam jak kawka, bo się trochę przydusiłam wieczorem... Spałam chyba z dziesięć godzin.

– Jezus Maria! Dusiłaś się? Nie powinienem cię samej zostawiać!

– Spokojnie można mnie zostawiać – zaprotestowała. – Poza tym jest tu od wczoraj ten wasz kolega, pan Wiązowski, nie byłam sama.

– Janusz już poszedł. Prosił, żeby cię pożegnać.

– Uprzejmie z jego strony – powiedziała Eulalia z przekąsem.

– Zaprzyjaźniliście się? – Pozytywnie nastawiony Stryjek przekąsu nie wyczuł.

– Chyba nie do końca. Łazienka wolna?

– Wolna, wolna.

Pod ciepłym prysznicem Eulalia podjęła decyzję.

Zwalczamy klimakterium. Precz z depresją! Nie będzie gburek pluł nam w twarz. Skoro się wyniósł z Bacówki, to ona już nie musi. Nikogo poza nim tu nie brzydzi, a Stryjek wręcz tryska przyjaznymi uczuciami. Pokój jest słodki. Brzoza – jak stara przyjaciółka. Dzisiaj da sobie luz, odpocznie po męczącym tygodniu i po wczorajszym podłym wieczorze, pośpi, zrelaksuje się. A jutro pójdzie w góry. Na przykład do Białego Jaru albo do Strzechy. A pojutrze, powiedzmy, do Łomniczki.

Będzie pięknie!

Śniadanie w towarzystwie Stryjka (młodzian mruknął coś i wyszedł) utwierdziło Eulalię w słuszności podjętej decyzji. Stryjek pochwalił pomysł poświęcenia całego dnia na relaks, a nawet wyniósł dla niej poduszeczkę na taras, gdzie stała ławeczka, zwrócona przodem do słońca. Wzruszona jego troską Eulalia zaszczyciła swoją osobą ławeczkę, założyła okulary przeciwsłoneczne i oddała się mało fatygującemu zajęciu, polegającemu na obserwacji ludzi stojących w kilometrowej kolejce do wyciągu. Stryjek dołączył do niej z dwiema filiżankami świeżej kawy.

Po kwadransie Eulalia pokochała ławeczkę prawdziwą miłością. Show, który rozgrywał się przed jej oczami, był lepszy niż reżyserowane programy telewizyjne. Zawsze lubiła obserwować ludzi, tu zaś mogła to robić z wyżyn czterech schodków, które oddzielały przyziemny świat zwykłych turystów od nieporównanie wyżej stojącego świata ludzi gór. Siedząc swobodnie na ławce i przyjmując Stryjkowe świadczenia, udowadniała swoją przynależność do tego lepszego świata. Nie mogła się powstrzymać od zerkania na duże, wyrzeźbione w drewnie godło GOPR-u, z krzyżem i gałązką kosówki. Odkąd pamiętała, żywiła dla tego znaku nabożną cześć – zapewne pod wpływem książek Wawrzyńca Żuławskiego i może jeszcze paru innych pisarzy.

Czasami podchodzili z należytym szacunkiem turyści, których zbrzydziło sterczenie w potwornym ogonku, i pytali o takie czy inne szlaki. Stryjek udzielał wyczerpujących odpowiedzi, a ona nabierała przekonania, że wszyscy wokół jej zazdroszczą.

Przekonanie, że wszyscy nam zazdroszczą, zazwyczaj doskonale wpływa na nasze samopoczucie. Klimakterium Eulalii odpływało w siną dal z każdą chwilą spędzoną na czarodziejskiej ławeczce. Jej zadowolenie pogłębiała świadomość, że każda minuta spędzona na tym słodkim nieróbstwie poprawia jej wygląd: opalona zawsze wyglądała lepiej.

Nawet gbur przestawał się liczyć... chociaż może po gburze pozostała jej mała, maleńka zadra.

Nie chodzi o gbura, oczywiście, tylko o zlekceważenie jej dobrej woli.

Ale to nic, najważniejsze, że ją okazała. To ona jest szlachetna, a gbur jest mały, paskudny, zimny robaczek. Na szczęście pojechał do tego swojego Trójmiasta i nie ma obawy, że gdzieś w górach na nią wylezie.

Na obiad zjadła placki ziemniaczane w barze po drugiej stronie ulicy.

Potem wjechała wyciągiem na Kopę, przez kwadrans przyglądała się Kotlinie Jeleniogórskiej z przyległościami, po czym zjechała na dół, bo już ogłaszali ostatnie krzesełka. Nikt jej nie powiedział, że to nie ma sensu.

Zrobiła kawę i znowu siadła ze Stryjkiem na ławce.

Nigdzie się nie spieszyła.

Nikt od niej nic nie chciał.
Najbliższy montaż ma za dwa tygodnie.
Co za cudowne miejsce!

Najprzyjemniejsze w ciągu następnych dni okazało się to, że w każdej chwili mogła robić to, co właśnie chciała robić. Zapragnęła odwiedzić ukochaną Dolinę Łomniczki – wjechała zatem na Kopę, doszła do Śląskiego Domu, wypiła herbatę w schronisku, po czym zeszła w Dolinę, prawie nie spotykając po drodze turystów. Na tym polega urok wycieczek popołudniowych... Zawsze lubiła wychodzić z domu wtedy, kiedy wszyscy pędzili już na obiad.

Kiedy mijała symboliczny cmentarz ofiar gór, zatrzymała się. To miejsce zawsze wywierało na niej niesamowite wrażenie. Miała nadzieję, że podobne wywarło przed kilkoma dniami na operatorze, który dobre pół godziny przymierzał się do różnych ujęć – a pogoda właśnie wtedy trochę siadła, pojawiły się mgły i chmury, które wiatr przeganiał, tworząc niesamowite tło dla krzyża na skale. Och... spodziewała się wiele po tej sekwencji. Ale to za tydzień dopiero.

Rozsiadła się na wygrzanym kamieniu i po raz pierwszy pomyślała, że wyjazd dzieci ma swoje dobre strony. W domu będzie jej, oczywiście, strasznie pusto, ale teraz na przykład – pierwszy raz od Bóg wie kiedy – może sobie tak siedzieć i siedzieć, i nikt nie mówi: „Mamo, chodźmy wreszcie".

Z głębi jej plecaka odezwało się nagle raźne wołanie:
– Matka, telefon!

Dwaj starsi panowie, którzy właśnie pochylali z szacunkiem siwe głowy nad tablicą pamiątkową, aż podskoczyli.

Wołanie rozległo się ponownie, więc Eulalia pospiesznie wydobyła telefon komórkowy.
– Cześć, mama, gdzie jesteś?
– Cześć, synku. W Łomniczce. A wy?
– A my niedaleko. W Lubomierzu. Wpadnij do nas!
– Co robicie w Lubomierzu?
– Zarabiamy kasę przy remoncie szkoły. To znaczy sprzątamy po fachowcach. Posiedzimy tu jeszcze ze trzy dni i będziemy mieli na tydzień w górach. Nie wiesz, są miejsca w schroniskach?
– Nie mam zielonego pojęcia, ale mogę się dowiedzieć.

– Nie trzeba, sami się dowiemy. No to pa, mamunia, trzymaj się ciepło.

Schowała telefon. Starsi panowie podsłuchiwali bezczelnie cały czas. Uśmiechnęła się do nich życzliwie. Drgnęli, ukłonili się i pospiesznie ruszyli na szlak.

Komórka znowu się odezwała, tym razem Kanonem Pachelbela. „Matka, telefon!" było zarezerwowane dla Bliźniaków.

Stryjek.

Oczywiście w nerwach cały, bo sobie wyobraził, że ona gdzieś tam, Bóg wie gdzie (nie powiedziała, dokąd idzie!), siedzi na jakimś kamieniu i się dusi. Dlaczego wystawia jego nerwy na taką próbę, przecież by ją zawiózł!

Gdzie zawiózł, tu się niczym nie dojedzie.

Ukoiła nerwy Stryjka i poszła dalej, szczęśliwa. Proszę, więc jednak kogoś obchodzi, gdzie jest i czy aby dobrze się ma.

Bite pół godziny gapiła się na wodospadzik. Tymczasem zrobiło się późne popołudnie i rozsądek nakazywał powrót. Z ociąganiem zeszła do schroniska.

Pod schroniskiem stał land-rover.

– Jesteś niemożliwy, Stryjku – powiedziała, śmiejąc się. – Ale to bardzo miłe, że przyjechałeś, bo już mnie bolą nogi.

– Miałem coś do załatwienia w schronisku – wymamrotał Stryjek, prawdopodobnie kłamliwie. – Jedziemy do Bacówki?

Następnego dnia Eulalia pojechała do Lubomierza. Znalazła tam swoje dzieci całe i zdrowe, zmywające okna i podłogi w szkole poddanej uprzednio malowaniu. Reszta towarzystwa również oddawała się solidnej pracy zarobkowej. Kondycja wszystkich nie nasuwała żadnych niepokojących myśli. Byli opaleni i bardzo zadowoleni. Eulalia szarpnęła się i postawiła wszystkim porządny obiad w miejscowej gospodzie, taki z zupą, drugim daniem i deserem. Była święcie przekonana, że podczas całej swojej podróży żywili się wyłącznie hamburgerami popijanymi colą.

Pozostawiła Bliźniaki lekko dofinansowane i wróciła do Bacówki, ciesząc się po drodze widokami Karkonoszy promieniejących w zachodzącym słońcu i martwiąc trochę tą nagłą dorosłością dzieci. Nie da się ukryć – nie byli już tylko jej. To znaczy – mówiąc prawdę, nigdy nie należeli do niej, nie była zaborczą matką, absolutnie, nic z tych rzeczy, ale jednak ta pępowina chyba właśnie trzasnęła ostatecznie.

Smutek z powodu trzaśniętej pępowiny przeszedł jej dopiero w Bacówce, gdy okazało się, że do Stryjka przyjechała Stryjkowa z dwójką bardzo sympatycznych znajomych, i że Stryjek w dołku za Bacówką przygotował ognisko pod Garnek.

Garnek pełen był ziemniaków, cebuli, buraczków (coś takiego, buraczki!) i nieidentyfikowalnych wiechci z dużym dodatkiem tłustego boczku.

– Boczunio: malyna – powiedział smacznie znajomy Stryjka, oczywisty warszawiak.

Garnek został przykryty grubą warstwą darni i umieszczony na ognisku.

– Teraz mamy co najmniej godzinę czasu – poinformował Stryjek.

– Jesteśmy na to przygotowani – oświadczył Warszawiak, wyciągając dużą butelkę. Eulalia ucieszyła się, że przywiozła tę finlandię i że wypiła z niej tylko odrobinę.

Po półgodzinie aktywnego oczekiwania Eulalia zwierzyła się z pępowiny. Nie zbagatelizowano jej problemu, zwłaszcza że wszyscy obecni mieli dzieci mniej więcej dorosłe. Sprawy klimakterium podnosić nie chciała w obecności, było nie było, dwóch przystojnych panów.

Po upływie godziny przystojni panowie poszli sprawdzać stopień zaawansowania potrawy w Garnku. Stryjek odsunął darń i sięgnął widelcem do środka. Oszałamiający zapach poniósł się w letnią noc.

– Spróbuj, czy już doszło, bo coś mi się wydaje, że ogień za bardzo przygasł. – Stryjek podał widelec z kawałkiem czegoś Warszawiakowi.

Warszawiak spróbował. Chwilę żuł w skupieniu, po czym oddał widelec i pokręcił głową.

– Nie malyna – skonstatował ze smutkiem. – Nie malyna, Stryjku. Musi się dopiec. Ładuj to z powrotem.

Garnek wrócił na podsycone ognisko. Stryjkowa pobiegła do Bacówki i wróciła z kolejną butelką, stosownie schłodzoną.

– Mamy tu jeszcze rozmowną wodę – zawołała beztrosko. – Możemy czekać!

Eulalia pierwszy raz usłyszała takie określenie. Spodobało się jej. Jednocześnie doznała pewnego skojarzenia... Może pod wpływem rozmownej wody Stryjek przestanie być taki dyskretny?

– Słuchajcie – zaczęła podstępnie – powiedzcie mi coś o tym waszym koledze, z którym spędziłam pierwszą noc w Bacówce. Co to za facet właściwie? Bo ja odniosłam wrażenie, że straszny z niego gbur.

– Pierwszą noc spędziłaś z nieznajomym facetem? – ucieszył się Warszawiak. – Opowiedz!

– W osobnych pokojach – usadził go Stryjek. – Lala mówi o Jasiu Wiązowskim. Ale wydawało mi się, że się nie polubiliście.

– Januszek Wiązowski gbur? – wtrąciła zdumiona Stryjkowa.

– Januszek jest bardzo dobrze wychowanym człowiekiem. I w ogóle jest uroczy. Ja go bardzo lubię.

– Wszyscy go bardzo lubimy – dorzuciła Warszawianka. – Zachowywał się wobec ciebie gburowato?

– No właśnie – podjęła Eulalia tonem zmartwionej niewinności. – Mnie też się wydawało, że on jest sympatyczny, a on wcale nie chciał ze mną rozmawiać. Nie lubię, kiedy się mnie traktuje jak powietrze. I to nieświeże!

– Nie żartuj!

– Nie żartuję. Czynił mi afronty. Już wtedy, kiedy tu byłam z ekipą filmową, no wiecie, z kolegami z telewizji, robiliśmy film o Karkonoszach.

– Ach – powiedziały jednocześnie Warszawianka ze Stryjkową, a Warszawiak pokiwał domyślnie głową. – Telewizja!

– Co telewizja?

– On ma uraz na punkcie telewizji – wyjaśniła Stryjkowa.

– Program go brzydzi?

– Nie, to znaczy nie wiem, program może też. Ale on ma różne straszne przeżycia z telewizją w tle...

– Nie plotkujcie, baby – fuknął Stryjek.

– Nie plotkujemy – obruszyła się Stryjkowa. – Odpowiadamy Lali na pytania.

– Wiesz, Stryjku – rzekł Warszawiak – ja myślę, że lepiej dla Jasia będzie, jeżeli Lala pozna przyczyny jego fobii, niż żeby myślała, że to prosty burak...

Stryjek nic nie powiedział i zajął się uzupełnianiem szklanek pań, dolewając sok z różowych grejpfrutów.

– Ja ci powiem – wyrwała się Warszawianka. – Nie chcę, żebyś źle myślała o Jasiu, bo to naprawdę miły człowiek i był świetnym ratownikiem, wspinał się, doskonale jeździł na nartach... przed wypadkiem...
– I co, wóz transmisyjny go przejechał? – nie wytrzymała Eulalia.
– Słuchaj po porządku. On miał dwie żony...
– Sinobrody – ucieszyła się Eulalia, której rozmowna woda zaszumiała lekko w głowie.
– Nic podobnego – przejęła narrację Stryjkowa. – Jedną po drugiej, nie obie razem. Najpierw koleżanka ze studiów, myśmy ją nawet poznali, to było strasznie dawno temu, ze dwadzieścia pięć lat? Dobrze mówię? Ona też tu przyjeżdżała, za nim. Byli na ostatnim roku, jak się pobrali. Janusz cały zakochany, ona też. Mieli dziecko, córeczkę. I ta córeczka miała chyba ze cztery lata, jak ta żona Jasiowi uciekła. Z prezenterem telewizyjnym...
– Ach, telewizyjnym...
– Ach, tak. Z reporterem, przepraszam, nie prezenterem. W dodatku ten reporter to był jego najlepszy kolega, przyjaciel ze szkolnej ławki. Janusz jest dżentelmenem, dał jej rozwód, skoro już go nie chciała mieć za męża. Próbował ją przekonywać, że dziecko i w ogóle, ale ona... Krysia... tak, Krysia dostała małpiego rozumu na tle tego dupka z telewizji. I zabrała Jasiowi córeczkę. A potem jej nowy pan został korespondentem bodajże w Bułgarii czy gdzieś tam...
– Nie w Bułgarii, tylko w Nowym Jorku!
– Coś ty, w Nowym Jorku? A, rzeczywiście. Stan wojenny ich tam zastał i już nie wrócili. Dupek do tej pory pracuje w polskiej stacji telewizyjnej, a córki Janusz nie widział więcej na oczy. Strasznie to przeżył, strasznie...
– No i jak tak przeżywał – podjęła wątek Warszawianka – to koniecznie chciała go pocieszać młodsza koleżanka tego pana, z którym uciekła jego pierwsza żona. Poznali się właśnie przez niego.
– Dużo młodsza – uzupełniła Stryjkowa.
– Dużo. Janusz mógł mieć wtedy... czekaj, niech się zastanowię... Powiedzmy, że trochę po trzydziestce był, jak Krysia go zostawiła... Już wiem. Ożenił się z nią w osiemdziesiątym piątym ro-

ku, to miał trzydzieści pięć lat. Był od niej osiem lat starszy. Ona miała jakieś dwadzieścia siedem. Ta druga, znaczy, Violetta. Popatrz, to on cztery lata był sam, dopiero potem się zdecydował.

– Dobrze liczysz – pochwaliła Stryjkowa. – Ja to nie mam głowy do dat. W każdym razie ze dwa lata miał spokój i znowu był szczęśliwy, jak tu przyjeżdżał. A ona nie lubiła gór i nie przyjeżdżała. Za to w pewnym momencie przestało jej wystarczać to, co miała w tej swojej telewizji, chciała awansować czy tam więcej zarabiać, nie wiem. Dosyć, że życzliwi donieśli Januszowi, co też jego żona robi na wyjazdach służbowych z panem producentem. A może jakimś innym kierownikiem. No a że dzięki tym wyjazdom nagle zaczęła zarabiać znacznie więcej niż Janusz, to zaczęła go lekceważyć. I znowu przestało jej wystarczać to, co miała, więc jak dostała propozycję z Warszawy, też pewnie dzięki temu swojemu, to się przeniosła do Warszawy. Gach przestał jej być potrzebny, ten dotychczasowy, bo zainteresował się nią ktoś wyżej postawiony. Januszek próbował i to małżeństwo jakoś posklejać, ale mu nie wyszło. W dodatku miał ten wypadek...

– A co mu się właściwie stało?

– Baby! – zagrzmiał Stryjek.

– Cicho, Stryjku – fuknęła Stryjkowa. – Skończymy, cośmy zaczęły. Wypadek miał, bo kiedyś mu nerwy nie wytrzymały. On jest opanowany z wierzchu, ale w środku! No więc wyobraź ty sobie, pogonił kiedyś za nią do Warszawy. Samochodem. Zdrowie!

– I co, wjechał na coś w tych nerwach?

– Ale gdzie tam. TIR wjechał na niego, bo kierowca przysnął. Dwa lata go zbierali do kupy, potem się rehabilitował kolejne dwa czy trzy, no i teraz jest w całkiem niezłej kondycji. Ale z ratownictwem musiał się pożegnać. To go może najbardziej bolało...

– Więc sama rozumiesz – podsumował opowieść Warszawiak – że na widok telewizji nóż mu się w kieszeni otwiera.

Eulalia przyznała, że rozumie. Ale „zrozumieć" to niekoniecznie to samo co „wybaczyć"...

– Jezus Maria. – Ciszę, jaka zapadła po zakończeniu ponurej historii gbura, przerwał nagle krzyk Stryjka. – Wy tu plotkujecie, a Garnek nam się spalił na węgiel!

Panie natychmiast podniosły lament, a panowie rzucili się ratować Garnek.

Trochę węgla tam już było, to prawda, ale to, co ocalało, miało smak niebiański. Zwłaszcza buraczki, ku zdumieniu Eulalii, nieznoszącej buraczków.
Oraz boczunio. Malyna.

Opuszczała Bacówkę niemal zregenerowana. I psychicznie (głupie myśli prawie zniknęły), i fizycznie (obleciała większą część polskich Karkonoszy, opaliła się pięknie, włosy jej spłowiały i wyglądała najwyżej na czterdziestkę). Zdążyła zaprzyjaźnić się ze wszystkimi ratownikami, którzy w ciągu tych dziesięciu dni mieli dyżury w Bacówce. Nawet Przystojny Małomówny na jej kokieteryjne nieco pytanie, czy może tu jeszcze wrócić, odpowiedział z uśmiechem:
– Musisz!
Ach, ten Przystojny Małomówny! Dwa dni przed wyjazdem była świadkiem sytuacji z jego udziałem, sytuacji, która nosiła wszelkie znamiona kiczu. Siedziała sobie właśnie w swoim pokoju i lakierowała paznokcie u stóp, Stryjek załatwiał coś w Jeleniej Górze, było cicho i spokojnie. Nagle uprzytomniła sobie, że słyszy muzykę i że jest to muzyka klasyczna. Mało popularna. Co to może być... Ach, Sibelius! Poemat „Finlandia" (swoją drogą, co ta Finlandia tak ją tu prześladuje?). Kto tu słucha Sibeliusa?

Odstawiła buteleczkę i boso podeszła do drzwi. To leciało z drugiego pokoju. Nie wytrzymała, zajrzała.

W fotelu na tle okna siedział Przystojny Małomówny, który miał dyżur od rana. Czytał książkę. Z odtwarzacza stojącego na stoliczku płynęły dźwięki muzyki. Słońce wpadające przez okno za plecami PM i podświetlające jego czuprynę tworzyło wokół jego głowy złocistą aureolę. Podniósł oczy i uśmiechnął się grzecznie.

Zanim Eulalia zdążyła zapytać, co czyta, na dole odezwało się radio. Kopa wzywała Bacówkę. Ratownik z Kopy, nie czekając, aż mu ktoś odpowie, zawiadamiał o wypadku przy górnej stacji wyciągu.

PM płynnym ruchem podniósł się z fotela, odłożył książkę, wyminął stojącą ciągle w drzwiach Eulalię i lekko zbiegł po schodach. Eulalia podeszła do okna i zobaczyła, jak PM, chwyciwszy po drodze plecak, wsiada do land-rovera i rusza. Trochę się zdziwiła, że nie odpowiedział koledze z Kopy, ale po chwili usłyszała, jak zgłasza się z radia z samochodu.

Wróciła do lakierowania paznokci, chichocząc w duszy. Gdyby umieściła taką scenkę w swoim filmie – a przecież robiła sekwencję z ratownikami! – uznano by ją prawdopodobnie za obrzydliwy kicz i kazano wyciąć. Ta aureola, ten Sibelius! I nie tracił czasu nawet na odpowiedź, zgłosił się już pędząc ratować życie ludzkie... Tak zwane miodzio. Ale ona to widziała na własne żywe oczy!

No i dobrze, co widziała, to jej!

Kiedy PM wrócił z potężnym, słaniającym się facetem, którego po kilku minutach przekazał karetce pogotowia, spytała go, co to było.

– Nie jestem pewien, ale wyglądało na stan przedzawałowy. Zła pogoda dla sercowców.

Rzeczywiście było duszno. Eulalia tego dnia na wszelki wypadek w ogóle nie poszła w góry, dzięki czemu była świadkiem prześlicznej i umoralniającej sceny przed półgodziną.

– On chyba nie powinien chodzić w góry – próbowała podtrzymać rwącą się konwersację, bo widać było, że PM z własnej woli nic więcej nie powie (ale nie było w tym nic z aroganckiej małomówności gbura Janusza W., broń Boże).

– Ludzie robią wiele rzeczy, których robić nie powinni – powiedział filozoficznie PM. – Ale robią. I wtedy zaczyna się nasza rola. Jeżeli zdążymy.

– A nie moglibyście również ostrzegać? – Eulalia spojrzała na wijącą się kolejkę do wyciągu. – Przecież takiego małego dzieciaka nie powinno się zabierać w góry. A ta panienka w klapkach może sobie połamać nogi. No i tak dalej.

– Teoretycznie możemy – zgodził się PM. – Ale w praktyce tego nie robimy, bo nie lubimy być opieprzani. A jak już będziemy zwozić tę panią z połamanymi nóżkami, to ten jej duży kolega będzie bardzo grzeczny, zaręczam.

W ten sposób kolejny element harcerski drzemiący w duszy Eulalii został zniweczony.

Uścisnęła dłoń Przystojnego Małomównego, wycałowała Stryjka i ruszyła w czterystukilometrową drogę do domu. Nie było jej smutno – umówiła się, że za dwa tygodnie przywiezie film na nieoficjalny pokaz dla przyjaciół. Już ją ciągnęło do montażu. W okolicach Zielonej Góry odezwała się jej komórka.

– Słucham – powiedziała, wjeżdżając na pas szybkiego ruchu na obwodnicy.
– Eulalia? Co tak szumi?
– Jadę, to szumi. Droga szumi. To ty, Helenko?
– Ja. Co, nie poznajesz? Możemy rozmawiać?
– Niechętnie, nie mam słuchawek, a tu się różne rzeczy dzieją. Stanę gdzieś i zadzwonię do ciebie.
– Ale zadzwoń zaraz, bo to bardzo ważna i pilna sprawa! Zadzwoń! No to pa, na razie!

Eulalia westchnęła i docisnęła leciutko, żeby wyprzedzić wielką ciężarówę. Nie lubiła jechać w cieniu tira.

Helenka... Ważna sprawa. To wróży kłopoty. Helenka jest szurnięta. Straszna baba o dużej urodzie i osobowości nieśmiertelnej Hiacynty Bukiet. Dlaczego właściwie Atek się z nią ożenił? Prawda, dziecko było w drodze. Upiorna Marysia. Szczeniak ma już dziesięć lat i przez całe dziesięć lat jak był straszny, tak jest...

Ciekawe, czego chce Helenka. I czy to ma związek z Atanazym.

Atanazy, młodszy brat Eulalii (imiona równie ambitne jak rodziców: Balbiny i Klemensa...), poznawszy się poniewczasie na charakterze swojej małżonki i nie mogąc wytrzymać z rozbestwioną przez matkę i dziadków Marysią, zaczął się chyłkiem wymykać. Nie było to wymykanie definitywne, bo Atuś rozwodów nie uznawał. Prawdziwy mężczyzna powinien ponosić konsekwencje swoich decyzji – twierdził (i pogardzał Arturkiem razem z jego łososiami). Musiał jednak wymyślić jakiś patent, który pozwoliłby mu nie zwariować.

Ucieczki Atanazego zaczęły się mniej więcej w czasie, gdy Marysia miała cztery lata, a jej matka uznała, że dziecina jest wybitną poetką postmodernistyczną (Eulalia, zmuszana do czytania jej wierszy, nie wiedziała, co powiedzieć, bo w żadnym razie nie wypadało jej mówić tego, co myślała). Nie było jeszcze tak najgorzej, póki Helenka poprzestawała na wpisywaniu utworów córki do rodzinnych sztambuchów. Niestety, rychło uznała, że nie wolno trzymać w domu tak wybitnych dzieł, i zaczęła nastawać na

Atanazego, aby wykorzystał swoje znajomości w świecie wydawniczym i postarał się o edycję tomiku albo przynajmniej o umieszczenie twórczości Marysi w jakiejś antologii, no, ostatecznie w jakimś piśmie literackim... Marysia, zachęcana przez matkę, dzień w dzień przynosiła ojcu dwa albo i trzy poemaciki.

Zmaltretowany ojciec prysnął na trzy miesiące w Polskę, pod pretekstem nawiązania kontaktów z poważnymi wydawnictwami. Nawiązał je, owszem...

Być może wyrwanie się z domu wpłynęło na możliwości Atusia piorunująco, udało mu się bowiem zabłysnąć w paru znaczących środowiskach. Wprawdzie nie ośmielił się nigdzie wspomnieć o wierszach Marysi, ale podpisał kilka umów na ilustrowanie książek dla dzieci i zakontraktował stałe rubryki satyryczne w dwóch dobrych tygodnikach.

Niestety, większość prac mógł wykonywać w domu.

A dziecię rosło. Jego niezwykłe talenty zaczęły przejawiać się w coraz to nowych dziedzinach. Atanazy poważnie się zastanawiał, jak by tu przyhamować żonę, nawet konsultował sprawę z Eulalią – czy nie warto byłoby powiększyć rodziny? Może matka, zmuszona do zajmowania się nowym niemowlakiem, odpuściłaby trochę genialnej Marysi.

Niestety, Helenka stanowczo odmówiła prokreacji.

– Zrozum – tłumaczyła kochającemu mężowi – nie wolno nam decydować się na drugie dziecko. Musimy całą swoją energię skierować na rozwój Marysi. Mamy w domu geniusza i jesteśmy mu coś winni.

Skołatany Atuś zwierzał się starszej siostrze:

– Wiesz, Lala, ja nawet temu dzieciakowi współczuję. To w końcu moja mała córeczka i całowałem ją w dupcię, kiedy miała dwa miesiące. Boże, jakie to były piękne czasy! Nie mówiła, nie pisała wierszy, nie tańczyła, nie malowała i nie komponowała muzyki na pieprzony keyboard! Umiała tylko jeść, robić kupę i uśmiechać się do tatusia. I bełkotała rozkosznie, kiedy jej pokazywałem palec...

– Teraz też bełkoce – wtrąciła bezlitośnie Eulalia.

– Ale z mniejszym wdziękiem. Lala, ty jesteś starsza, dlaczego pozwoliłaś mi się ożenić z Helenką? Dlaczego nie broniłaś braciszka przed wariatką?

– Atuś, przecież ci mówiłam!
– Ale już było za późno...
– Rozwód nadal nie wchodzi w grę?
– Nie wchodzi i nie wejdzie. Ja nie jestem twój Arturek. Mówię ci: on przede mną zwiał do tej Norwegii, bo wiedział, że gdyby się tu pokazał, to by dostał po mordzie. Forsę ci przysyła?
– Przysyła. Atuś, słuchaj, a gdybyś tak wziął z niego przykład?
– Przecież ci mówiłem, że się nie rozwiodę!
– Kto mówi o rozwodzie. Nie mógłbyś załatwić sobie jakiejś fuchy za granicą? Możliwie daleko i na długo...

Atanazy podniósł głowę, a w jego przygasłych oczach pojawił się promyczek nadziei.

– Lala, ty chyba naprawdę kochasz braciszka. Oczywiście, jak mogłem sam nie pomyśleć... Daleko, mówisz, daleko... Jeden mój kolega ma dojście do faceta od grafiki w „New York Timesie". Boże, gdyby się udało załapać do Stanów!

W młodszego brata Eulalii wstąpiło nowe życie. Prawie z pieśnią na ustach opuścił redakcję, w której się spotkali, i pobiegł na spotkanie świetlanej przyszłości.

Przez jakieś trzy miesiące Helenka nie poznawała męża. Wprawdzie nadal nie chciał się wypowiadać na temat poezji produkowanej taśmowo przez Marysię, ale przynajmniej ją czytał. Poza tym nie protestował, ani kiedy córka wykonywała przed nim taneczne pas, ani kiedy grała specjalnie dla niego skomponowane etiudy na keyboard.

Po tych trzech miesiącach oświadczył znienacka, że jedzie do Londynu. Helenka zaniemówiła.

– Nie mogę odrzucać takiej szansy – powiedział jej, z wysiłkiem przybierając zatroskaną minę. – Będzie mi bez was bardzo ciężko, ale muszę skorzystać z tego, co los mi daje.

Zapakował walizki i prysnął. Via Warszawa, bo musiał pozałatwiać sprawy swoich polskich zobowiązań.

Z lotniska zadzwonił do siostry.

– Lala, przepraszam, ale nie miałem kiedy cię zawiadomić, strasznie intensywnie pracowałem ostatnio. Słuchaj, jadę do Londynu. Do Stanów się nie udało, ale tamten kolega zaprotegował mnie w dużym wydawnictwie prasowym w Londynie. Spodobały im się moje karykatury. Możliwe, że jakaś książeczka dla dzieci dojdzie. Lala, kocham cię! Zadzwonię z Anglii, teraz już nas wołają do samolotu. Pa, siostrzyczko!

Eulalia nie zdążyła odpowiedzieć. Ale ucieszyła się bardzo. Miała nadzieję, że jej młodszy braciszek rozwinie skrzydła w tym Londynie. Bardzo lubiła jego ilustracje – były pełne ciepła, tak jak on sam był pełen ciepła. Gdyby trafił na mniej ambitną małżonkę... Helenka wiersze dla dzieci najchętniej ilustrowałaby szkicami Goi...

Atanazy Leśnicki (pseudo artystyczne na użytek Anglosasów – Atanas) rozwijał skrzydła w Londynie już prawie siedem miesięcy. Wiodło mu się coraz lepiej. Zrobił dobre wrażenie rysunkami satyrycznymi w kilku ważnych magazynach, a furorę ilustracjami do nonsensowych wierszyków Edwarda Leara.

Oczywiście dofinansowywał żonę regularnie i dość obficie.

Helenka część tych pieniędzy przeznaczyła na dodatkowe lekcje angielskiego dla Marysi i dla siebie samej. A teraz czegoś od niej chce...

Eulalia zaczęła mieć złe przeczucia.

Pojawiła się przed nią duża stacja benzynowa. Wjechała na parking, weszła do baru i zamówiła sobie kawę. Dopiero wtedy wyciągnęła komórkę.

– Helenko, co się stało?

– Muszę cię o coś prosić, Eulalio. – Bratowa przenigdy nie zhańbiłaby się użyciem rodzinnego zdrobnienia, które uważała za okropnie infantylne (poniekąd słusznie, ale niech się wstydzi, kto o tym źle myśli...). – Uważam, że mogę cię o to prosić w imię uczuć rodzinnych. Chodzi o twoją chrześniaczkę.

Złe przeczucia Eulalii wzmogły się.

– Bo widzisz – ciągnęła Helenka – nie jest możliwe, żebym ją zostawiała tylko pod opieką dziadków. Bardzo szanuję twoich rodziców, ale oni nie będą w stanie zapewnić jej odpowiedniego poziomu... Wiesz, nie mam na myśli gotowania ani dopilnowania, twoja mama gotuje wspaniale, chodzi mi o zupełnie inne wartości...

Chodzi ci o ich poziom umysłowy, ty niewdzięczna małpo – pomyślała Eulalia z niesmakiem. Ale po co, do diabła, Marysi jej opieka?

– Bo rozumiesz sama – ciągnęła niewdzięczna małpa – Marysia nie powinna się obracać w kręgu ludzi bez wyższego wykształ-

cenia... Dopóki ja jestem w domu, mogę czuwać nad Marysią, pilnować jej lektur, towarzystwa, podsuwać jej umiejętnie odpowiednie wzorce...
– Helka, o czym ty mówisz?
– Nie mów do mnie Helka, bardzo cię proszę, Eulalio. Jadę do Londynu. Nie wiem, na jak długo. Musisz zaopiekować się Marysią.
– Zwariowałaś! Po co jedziesz do Londynu? Atek cię zaprosił? Bez Marysi?
– Atanazy jeszcze nie wie, że do niego jadę. Przykro mi to mówić, ale twój brat zapomina o podstawowych obowiązkach, jakie ma wobec rodziny...
– Nie przysyła ci forsy?
– No, jeżeli uważasz forsę za rzecz najważniejszą... Owszem, przysyła, gdyby nie przysyłał, to bym nie miała za co tam jechać. A propos, czy ty masz jego londyński adres?
– Chryste! Jedziesz tam i nie znasz jego adresu?
– To znaczy, nie masz. Nie szkodzi. Mam jego telefon, jak już będę w Londynie, to go znajdę. Ale rozumiesz, że Marysi w tej sytuacji zabierać nie mogę, Zresztą nie ma dla niej miejsca w samochodzie znajomych, z którymi jadę. Poza tym nie wiem, czy wrócę do września, a Marysia musi przecież iść do szkoły.
– To ty na jak długo tam jedziesz?
– Mówiłam przecież: nie wiem. – Ton Helenki stawał się protekcjonalny. Przecież mówiła.
– Słuchaj, a co ty tam w ogóle masz do roboty? Bo jeżeli robisz sobie takie wakacje, to ja się nie zgadzam, musisz zabrać Marysię!
– Nie mówiłam ci? Zamierzam skłonić twojego brata, żeby wreszcie zrobił coś dla własnego dziecka. Marysia zaczęła pisać wiersze po angielsku. To dziecko jest niezwykłe! Atanazy musi jej znaleźć angielskiego wydawcę...

Hiacynta Bukiet. Trzeba ją powstrzymać! Atek oszaleje.
– Jesteś tam jeszcze, Eulalio? Słuchaj, są już po mnie, musimy kończyć. Najlepiej nie jedź w ogóle do siebie, od razu przyjeżdżaj na Jagiellońską. To dla ciebie korzystne, będziesz miała bliżej do pracy. Swoje rzeczy możesz sprowadzić kiedy indziej. Jutro, pojutrze. Pozdrawiam!

– HELENA!
Pik, pik, pik. Wyłączyła się.
Czy ona sobie wyobraża, że Eulalia przeniesie się do ich mieszkania??? Najwyraźniej tak. Bezczelna baba.
Eulalia przez chwilę zastanawiała się, czy istnieje jakakolwiek możliwość wywinięcia się od opieki nad Marysią. Chyba jednak nie. Nie może przecież zostawić jej na głowie swoim rodzicom. Atkowi też jest coś winna. Zresztą sama go wypychała z Polski... Boże, trzeba natychmiast dzwonić do Atka! I do rodziców, uprzedzić, że dzisiaj Marysi nie weźmie.

– Atuś, tu siostrzyczka...
– A czemu masz taki grobowy głos, siostrzyczko? – zapytał figlarnie Atanazy, niczym nowe wcielenie Czerwonego Kapturka. W tle dźwiękowym Eulalia usłyszała jakieś wesołe okrzyki.
– Zaraz też będziesz miał taki – powiedziała kwaśno. – Żona do ciebie jedzie.
– Nie wygłupiaj się. Jak twoje wakacje? Może byś wpadła do Londynu?
– Atanazy, ty chyba nie rozumiesz, co ja mówię. Helenka się do ciebie wybiera! Właśnie wystartowała spod domu.
W Londynie przycichło.
– Lala, nie mówisz tego poważnie?
– Mówię, ośle, mówię! Niech to do ciebie dotrze. Jutro w południe pewnie dojadą.
– Marysia też?!
– Nie, Helenka z jakimiś znajomymi. Twoja córka zaczęła pisać wiersze po angielsku. Genialne, oczywiście. Twoja żona chce, żebyś znalazł dla nich wydawcę.
W słuchawce zabulgotało coś po angielsku z dużą pasją.
– Co ty mówisz? Nie rozumiem. To do mnie?
– Nie, to ogólnie. Staram się nie rzucać maciami w rozmowie ze starszą siostrą. Zostawiła Marysię rodzicom?
– Gorzej, zostawiła ją mnie. To znaczy mam ją wziąć pod skrzydła, bo nasi rodzice reprezentują zbyt niski poziom umysłowy. Ja na razie minęłam Zieloną Górę, bo akurat wracam z Karpacza. Jutro, na miejscu, wejrzę w sytuację. Może namówię mamę, żeby się jednak Marysią zajęła. Przecież ja muszę chodzić do pracy! Ty się na razie martw o siebie. Ja ci radzę, zadzwoń do He-

li i podaj jej precyzyjnie swój adres i powiedz, jak ma dojechać. Inaczej cała Polonia londyńska albo i Scotland Yard będą wiedzieli, że masz genialne dziecko.

– Dobrze. Lala, dziękuję, zawsze byłaś dobrą dziewczyną.
– I vice versa. To znaczy – chłopcem...

Kawa wystygła. Eulalia zamówiła świeżą i zadzwoniła do rodziców, którzy mieszkali z Atkiem i jego paniami. Zawiadomiła ich stanowczym tonem, że nie ma mowy, aby wprowadzała się do nich, nie zostawi ogródka na pastwę losu, poza tym komputer i w ogóle wszystko niezbędne ma we własnym domu. Jutro może wpaść po Marysię. A najlepiej byłoby, gdyby mama zechciała jednak się zaopiekować słomianą sierotką.

– O nie, moje drogie dziecko – powiedziała matka Eulalii z dużą godnością. – Ja wiem, dlaczego Helenka prosiła ciebie o tę przysługę. Ja bardzo kocham Marysię, ale doskonale wiem, co Helenka myśli o mnie. Ona myśli, że ja jestem prymitywna umysłowo. Nie ma do mnie zaufania. Ja nie zaryzykuję jej niezadowolenia. Ona mi żyć nie da, jeśli nie będzie tak, jak ona chce. Ciebie prosiła, tobie ufa. Ja umywam ręce. No więc nie kombinuj już, córko, tylko przyjeżdżaj.

Eulalia zgrzytnęła zębami.

– Jutro. I mowy nie ma, żebym mieszkała u was. Jutro wpadnę. Dziś nie.

Mama wyraziła oburzenie, ale Eulalia pozostała nieugięta. Jutro! Dziś jedzie do siebie, musi się oprać i wykąpać po podróży. Po czterystu kilometrach ciurkiem nie będzie miała siły na rozmowy o geniuszu Marysi i o tym, co z nim trzeba zrobić.

Pozostałą część drogi do Szczecina przebyła z szybkością zbliżoną do szybkości światła. Powiedzieć, że była wściekła – to byłby daleko idący eufemizm.

Następnego ranka zrobiła pranie, wywiesiła je na sznurkach w ogródku i z ciężkim sercem wsiadła do samochodu, aby udać się na Jagiellońską. Niedługo dane jej było cieszyć się swobodą...

– Co tak późno? – przywitała ją Balbina Leśnicka. – Musisz mi pomóc pakować rzeczy Marysi, skoro nie chcesz tu zamieszkać na tych parę tygodni.

– Wybacz, mamo, ale nic z tego. – Eulalia starała się okazać stanowczość od progu. – Trochę niespodzianie to wszystko wypadło, a ja mam swoje zobowiązania zawodowe. Teraz jadę do pracy, od jutra montuję duży film i muszę się do tego przygotować. Postaram się być u was najpóźniej o siódmej...

– Toż to wieczór! – oburzyła się Balbina.

– Mnie to również nie na rękę! Mamo, nie utrudniaj. Masz prawie cały dzień na pakowanie, zagoń ojca do pomocy. Słuchaj, a może by jednak Marysia przeniosła się do mnie dopiero za jakieś trzy, cztery dni? Ja teraz będę do nocy zajęta...

– A to ja z przyjemnością pochodzę z tobą do telewizji, ciociu. – Zza drzwi wychynęła wystrzępiona główka. Najmodniejsza fryzura. Helenka chyba oszalała. Dziecko ma dopiero dziesięć lat!

– Umrzesz z nudów, mała. Daj ciotce buziaka.

Marysia obdarzyła ją chłodnym uściskiem. Pachniała oszałamiająco. Eulalia pociągnęła nosem.

– Czymżeś tak się oblała, Marysiu? To jakiś bardzo dorosły zapach.

– Ja bym tak nie dzieliła zapachów, ciociu. To Kenzo. Jungle. Ale Jungle z tygrysem, nie ze słoniem. Ze słoniem jest za słodki. A ty jakich używasz?

– Hermes – powiedziała krótko Eulalia, która wprawdzie ostatnio używała wody toaletowej Feel good nieznanej firmy, w cenie 25 złotych, i była z niej bardzo zadowolona, ale miała nadzieję, że Marysia nie rozpozna.

Nie rozpoznała.

– Dla ciebie, ciociu, odpowiedni byłby ostatni zapach Elizabeth Arden. Weź to, proszę, pod uwagę.

– Wezmę. Przy najbliższych honorariach odpuszczę sobie płacenie za światło. – Zdaje się, że Marysia z mamusią regularnie odwiedzają perfumerie i wąchają nowości, na które Eulalii nie stać.

– Marysiu, wolałabym, żebyś została tu jeszcze do niedzieli.

– Ale obiecałaś Helence – uniosła się Balbina. – I nie wolno ci tak zmieniać zdania! Dziecko się przygotowało...

– Nie dziecko, proszę – powiedziało z niesmakiem dziecko.

– Nic Helence nie obiecywałam – sprostowała Eulalia. – To ona mnie postawiła przed faktem dokonanym. Marysiu, zabieram cię dziś wieczorem, ale pamiętaj: u mnie w domu panują moje zasady. Teraz naprawdę muszę już iść. Do wieczora.

Odeszła i nie widziała już, jak za jej plecami dwie osoby płci żeńskiej (różnica wieku równo sześćdziesiąt lat) wymieniły spojrzenia i wzruszyły ramionami.

Miała przed sobą kilkanaście kaset, które powinna teraz pobieżnie przejrzeć, opisać i posegregować, ale nie mogła się skupić. Perspektywa przebywania pod jednym dachem z Marysią, świadomą własnej genialności, była nieco przerażająca. Eulalia doskonale rozumiała własnego brata, który prysnął jak mógł najdalej. To brzmi dość okropnie, ale nie potrafiła jakoś obudzić w sobie damskiej solidarności z bratową. Przy tym żal jej było dzieciaka, z którego niespełniona ambicjonalnie matka zrobiła tresowaną małpkę; gdyby tak Eulalia dostała Marysię w swoje ręce na rok, dwa, to może udałoby się wyprowadzić ją na ludzi. Wzdrygnęła się na samą myśl. Rok z Marysią! Odpukać.

W dodatku Helenka, jak już wróci z tego Londynu, będzie miała z pewnością mnóstwo zastrzeżeń do jej metod wychowawczych. A Eulalia zastosuje metody, bo przecież nie będzie się poddawała terrorowi szczeniaka.

– Cześć, szefowa. – Drzwi do przeglądarki, gdzie siedziała nad kupą kaset, uchyliły się nieznacznie. – Mogę?

Pawełek, jej ulubiony operator, którym dzieliła się z Wiką. Aktualnie przez nią osierocony – poszła na urlop macierzyński, urodziwszy Maćka (który, jak przystało na dziecię telewizyjne, zaczął pchać się na świat w czasie programu na żywo autorstwa mamusi).

– Czego to jest tak dużo i dlaczego nie ze mną to zrobiłaś?
– Karkonosze. Chciałam z tobą, ale byłeś zajęty. Jak tam Wika?
– Kwitnie. We wrześniu wychodzi za mąż za tego swojego rybaka. Zaproszenie dla całej firmy już wisi na tablicy ogłoszeń. Boże, jak późno, muszę lecieć. Wpadnę do ciebie na montaż, bo jestem ciekaw tych zdjęć. I nie martw się.
– Skąd wiesz, że się martwię?
– Widzę.

I zniknął.

Sprężyła się w sobie. Zaczęła przeglądać taśmy jedna po drugiej. Osiemnaście. Nieźle. Tylko masochiści kręcą tyle materiału, żeby się potem zakopać na montażu.

W sumie była jednak zadowolona – zdjęcia okazały się piękne, zgodnie z przewidywaniem zresztą. Od jutra montaż, trzy dni po dziesięć godzin. Ciekawostka, co zrobi w tym czasie z Marysią. Jeszcze dobrze, że montuje tutaj, nie w wytwórni u Aleksandra. Poganiacz niewolników bardzo był niezadowolony z takiego obrotu rzeczy, bo mu to podniosło koszty – niestety, jedna z jego własnych, bezlitośnie eksploatowanych maszyn właśnie padła i umarła. Aleksander miał nadzieję, że to dopiero śmierć kliniczna i że da się biedaczkę zreanimować, ale reanimacja miała potrwać, a termin gonił.

W telewizji może da się Marysię gdzieś upchnąć, przynajmniej na jakiś czas.

Kiedy już zrobiła wszystko, co sobie na dziś zaplanowała, łącznie z przyklejeniem numerków na grzbietach kaset, z ciężkim sercem udała się do mieszkania brata.

Jagiellońska to taka dziwna ulica; niby w samym sercu miasta, a jednocześnie okropnie slumsowata. Niegdyś mieszkała tu miejska elita, teraz – w oficynach zwłaszcza – głównie tak zwany element kryminogenny. Rodzice Eulalii i Atanazego zamieszkali tu przed laty jeszcze jako pionierzy miasta, w pięknym mieszkaniu na pierwszym piętrze, od frontu oczywiście. Mieszkanie miało cztery pokoje, służbówkę, wielką kuchnię i łazienkę jak dla gwiazdy filmowej (z miejscem na ustawienie trzech kamer i baterii świateł). Klemens skończył po wojnie pospieszne studia inżynierskie, bez magisterium, i pracował w stoczni, Balbina była przedszkolanką. Kiedy przechodzili na emeryturę, mieszkanie było rozpaczliwie nienowoczesne. Jedyna innowacja, jaką ojciec wprowadził, to były kaloryfery zamiast pieców. Eulalia nawet ich trochę żałowała, bo bardzo lubiła palić w tych piecach i gapić się w ogień. Matka miała jej to za złe, twierdząc, że kiedy tylko ogień się rozpali i złapie cug, drzwiczki należy zamknąć, a nie siedzieć przed nimi i myśleć o niebieskich migdałach. Cóż, kiedy Eulalia bardzo lubiła myśleć o niebieskich migdałach, a przyjaźnie buzujący ogień sprzyjał marzeniom pełnym ciepła i światła...

Niektóre nawet się spełniały. A niektóre z tych spełnionych okazały się nietrafione. Na przykład marzenie o Arturku.

Marzyła o nim w liceum. Taki był przystojny i taki męski. Niestety, nie zwracał na nią w ogóle uwagi, ponieważ nie lubił dziewczyn mało atrakcyjnych. Tak zwana uroda duszy nie robiła na nim żadnego wrażenia. Ciężko zakochana Eulalia omal nie zdecydowała się iść za nim na Akademię Rolniczą, ale Bóg strzegł... Opamiętała się w ostatniej chwili, kiedy stanęła jej przed oczami wizja egzaminu z biologii. Ze złamanym sercem wyjechała do Poznania i skończyła bibliotekoznawstwo. Kiedy wróciła, spotkała Arturka w okolicznościach towarzyskich i znowu zakochała się po uszy, tym razem z wzajemnością. Nie wiedziała, że Arturek gwałtownie potrzebował pocieszenia po nieudanym dwuletnim związku z pewną Miss Juvenaliów... która z kolei żywiła słabość do atrakcyjnych mężczyzn.

A Eulalia wyglądała wtedy wyjątkowo dobrze. Skończyła studia z wyróżnieniem, a że zawsze lubiła być prymuską, wróciła do Szczecina z pieśnią na ustach.

No i z tą pieśnią właśnie odnalazł ją Arturek w czasie pewnego sylwestra w gronie licealnych przyjaciół.

Po pięciu latach małżeństwa (które zaczęło się rozłatywać w jakiś miesiąc po ślubie) byliby się już rozwiedli, ale wskutek nadużycia przez oboje alkoholu na zjeździe klasowym na świat przyszły Bliźniaki. Jakub, a pół godziny później Sława. Eulalia nie mogła się zdecydować na wybranie imion, więc położna przyniosła jej po prostu kalendarz. Był 6 czerwca 1982. Imieniny Sławy i Jakuba. Arturek zaakceptował.

Wyglądało na to, że Bliźniaki uratują małżeństwo. I do pewnego stopnia tak było. Uratowały je na całe trzy lata. Potem objawiła się Norwegia i Norweżka.

Eulalia oderwała się od wspomnień i zadzwoniła.

Mieszkanie jej dzieciństwa wyglądało bardzo dobrze, odkąd zajęła się nim ambitna małżonka Atanazego. A zwłaszcza odkąd Atanazy, nie mogąc z nią wytrzymać, rzucił się w wir dobrze płatnej pracy twórczej, w której odniósł sukces jako utalentowany grafik. Większą część tłustych honorariów wpychał w Helenkę, a ona wpychała je w mieszkanie. Oraz w życie wytworne.

Na spotkanie zmęczonej Eulalii wyszło wytworne dziecię w fiołkowej szacie do ziemi.

– Jesteś, ciociu. To dobrze, tylko dlaczego tak późno? Już prawie dziewiąta.

Eulalia rzuciła bratanicy mordercze spojrzenie.

– Pracowałam. Dajcie mi jakiej herbaty, bo nie dojadę do domu.

Balbina wychynęła z kuchni.

– Herbatę o tej porze? Nie zaśniesz potem. Dam ci ziółek.

– Właśnie chodzi o to, żebym jeszcze jakiś czas nie zasnęła. Muszę dowieźć Marysię do Podjuch całą i zdrową. Mamo, padam z nóg. Na kawę już nie mogę patrzeć. Zrobisz mi herbaty?

– Ty się przepracowujesz, moja droga. Nie wiem, czy to w twoim wieku...

– W jakim wieku? Mam trzydzieści lat.

– Kochanie, z tym nie można żartować.

– Mamo! Wiem, ile mam lat, ale muszę się jakoś utrzymać, nie uważasz?

– Nie kosztem zdrowia.

– Na zdrowie najbardziej szkodzi mi brak forsy. Marysia spakowana?

– W zasadzie tak.

– To wiesz co, mamo, ty mi zrób herbatę i kanapkę, a ja z tatą powynoszę bety do samochodu.

– Skoro nalegasz.

– Nalegam, kurczę! Tato, chodź mi pomóc. Marysiu, gdzie masz te swoje rzeczy?

Na widok potwornej sterty bambetli Eulalia aż jęknęła.

– Dziecko kochane, czy ty się do mnie wprowadzasz na całe życie?

– Nie sądzę – odparło dziecko kochane. – Ale nie wiem, na jak długo mama pojechała do taty, a muszę mieć pewne minimum komfortu u ciebie, prawda?

Eulalia zgrzytnęła i złapała pierwszą z brzegu torbę.

Zapchała sobie cały bagażnik i tylne siedzenie. Zabrania komputera z pełnym oprzyrządowaniem odmówiła stanowczo.

– Ale ja nie mogę jechać bez komputera – pisnęła Marysia. – Mam tam wszystkie swoje wiersze! I grafikę! I muzykę! I Internet!

– Wpadniemy tu za parę dni, nie jutro i nie pojutrze, przegramy twoje wiersze na dyskietkę i będziesz się posługiwała moim komputerem. Internet też mam. Grafice damy wolne, kupię ci farby i karton. Albo kredki świecowe.

– Nie masz, ciociu, Corela?

– Nie mam. Chodź, błagam cię.

Pół godziny później, kiedy startowały sprzed kamienicy na Jagiellońskiej, poczuła coś w rodzaju wyrzutów sumienia. Traktowała bratanicę dość paskudnie, a przecież to tylko dziecko. Z wpojonym przez matkę (Hiacyntę B.) żelaznym przekonaniem o swojej wyższości nad resztą świata – ale dziecko. Dziesięciolatek. Zapewne dość samotny. Matka za jej pośrednictwem realizowała własne wygórowane ambicje, ojciec (przy pełnej aprobacie starszej siostry, niestety) zwiał, gdzie pieprz rośnie. Czy ona w ogóle ma jakieś dzieciństwo, ta mała?

Bez przesady. Pewnie ma. Teraz pobędą z sobą dłużej (Eulalia wzdrygnęła się lekko), to się poznają.

Poznawanie zaczęło się natychmiast po przyjeździe do domu.

Na fali współczucia Eulalia odpuściła Marysi noszenie sakwojaży. Wpuściła ją do domu i zaproponowała serdecznie:

– Rozgość się, kochanie, ja wszystko przyniosę. Będziesz spała na piętrze, u Sławki. Trafisz, to ten pokój po prawej stronie od schodów, z tapetą w aniołki. Pozapalaj wszędzie światła, będzie nam przyjemniej. Możesz nastawić wodę w czajniku w kuchni, tylko nie lej z kranu. Obok czajnika masz dzbanek z filtrowaną.

Kiedy już uporała się z wnoszeniem Marysinego dobytku, zastała bratanicę siedzącą nieruchomo na kanapie.

– Zmęczona jesteś – skonstatowała ciepło.

– To nie to, żebym była zmęczona... – Marysia ze smutkiem skłoniła główkę na ramię i wyglądała teraz jak prawdziwa sierotka. – Ale nie wiem, jak ja tu będę mogła żyć...

Eulalia przejęła się. Biedna mała. Pewnie zatęskniła za rodzicami, za matką. Zaraz się rozpłacze.

Siadła przy niej i objęła ją ramieniem.

– Nie smuć się, maleńka. Jakoś sobie poradzimy. Mama niedługo wróci, nie będzie źle.

Marysia podniosła na nią załzawione oczka.

– Ale tu jest... brudno.

Eulalią wstrząsnęło to oświadczenie. Obrzuciła niespokojnym spojrzeniem swój paradny pokój i spostrzegła na ekranie telewizora krechę narysowaną w warstwie kurzu przez mały paluszek bratanicy. Podobne krechy widniały na meblach.

– Marysiu, nie przesadzaj. Nie było mnie w domu prawie dwa tygodnie, wszystko musiało się zakurzyć; przyjechałam wczoraj

wieczorem i nie zdążyłam porządnie posprzątać. Teraz będę miała trzy dni montażu, a w niedzielę obie się za to zabierzemy. Pomożesz mi.
– Ja?
Eulalię zaczęły opuszczać ludzkie uczucia.
– Ty, kochanie. Jestem pewna, że świetnie to potrafisz.
– A przez trzy dni będę mieszkać w kurzu? W kurzu są roztocza!
Eulalia straciła cierpliwość.
– Moje roztocza są oswojone. Jak się z nimi zaprzyjaźnisz, będą ci przynosić śniadanie do łóżka. Zresztą, jeżeli koniecznie chcesz, możesz odkurzyć u Sławki. Jeżeli chcesz, możesz odkurzyć cały dom. A teraz idę spać. Ty również. Pozwolę ci się umyć pierwszej. Jest już naprawdę późno.
Marysia nadęła się i odmaszerowała do łazienki. Umyła się dość szybko, ale Eulalia miała wrażenie, że pobeczała się trochę w kąpieli. Postanowiła iść do niej i utulić ją na dobranoc. Bardzo prędko jednak zrozumiała, że Marysia w nosie ma jej dobranocki. Uznała więc, że nic na siłę. Wychodząc z pokoju, słyszała jeszcze wymamrotany pod kołdrą niepochlebny komentarz na temat tapety w aniołki.

Poranek – uczciwie mówiąc, niezbyt wczesny – zwiastował kolejny dzień próby.
– Jajecznica? Wolałabym jajko w szklance. I tosty, i dżem pomarańczowy.
– I bakłażany w szampanie – mruknęła Eulalia pod nosem, a głośno powiedziała: – Umiesz robić jajka w szklance? Bo ja nigdy nie robiłam i moje jajka mogą być niejadalne. A może sama sobie usmażysz jajecznicę?
– Ciociu, żartujesz?
– Nie żartuję. Tostów też nie ma. A dżem jest tylko malinowy. Z moich malin zeszłorocznych, bardzo smaczny. Patrz, zupełnie zapomniałam o malinach. Trzeba będzie je zebrać, a na razie możesz jeść prosto z krzaka.
– Niemyte? – W głosie Marysi zabrzmiała prawdziwa zgroza.
– Takie są najlepsze. Przy myciu bardzo nasiąkają wodą. Na krzaku są czyste, nie martw się.

– Ten chleb jest wczorajszy – zawiadomiło dziecko, patrząc na Eulalię żałośnie i zapominając o niemytych malinach.

– Tu niedaleko jest kiosk z pieczywem, od jutra możesz biegać co rano po świeży chleb i bułeczki.

Marysia osunęła się na oparcie krzesła.

– Nie wiedziałam, że mam tu być pomocą domową – wyszeptała ze łzami w oczach.

Eulalia poczuła przypływ solidarności z bratem.

– Marysiu, za trzy dni porozmawiamy poważnie o twojej przyszłości w moim domu, w charakterze pomocy domowej albo nie. Teraz zabieraj się do śniadania, bo nic innego w domu nie mam i będziesz głodna. Za pół godziny jedziemy do pracy.

Marysia chlipnęła żałośnie, ale przysunęła sobie miseczkę z jajecznicą. Zanim nałożyła jej na swój talerzyk, dyskretnie przeciągnęła po nim paluszkiem, to samo zrobiła z widelcem.

Eulalia pochyliła się nad nią i konfidencjonalnie szepnęła:

– Jedz na zdrowie, tylko uważaj na robaczki w szczypiorku. Smacznego. Ja idę się malować.

Nie bacząc, jakie wrażenie wywarła jej informacja na bratanicy, poszła robić makijaż. Kiedy po kwadransie weszła do kuchni, Marysi nie było, jajecznicy również. Marysia zapewne poszła się ubierać, a niewykluczone, że jajecznica znalazła się w kuble na śmieci, ale tego Eulalia na wszelki wypadek nie sprawdzała. Wrzuciła talerzyki do zlewu, po namyśle postanowiła je umyć przed wyjściem. Lejąc wodę, zawołała głośno:

– Marysiu, gotowa jesteś? Zaraz wychodzimy!

Ustawiła naczynia na suszarce i obejrzała się. Bratanicy ani śladu.

Poszła więc do łazienki i tam, owszem, znalazła Marysię. Dziecko stało na środku pomieszczenia, tym razem ubrane w zwiewne giezło koloru seledynowego oraz z wyrazem najgłębszego potępienia na buzi. W ręce trzymało wodę Feel good, jedyną, jaką Eulalia ostatnio posiadała.

– To jest ten Hermes, ciociu?

W dziecięcym głosiku brzmiała krwawa ironia. Eulalia po sekundzie popłochu odzyskała zimną krew.

– Nie sądzisz chyba, że trzymam Hermesa na wierzchu, przecież natychmiast byś się nim oblała. Perfumy dla starszych pań możesz podbierać mamie. A to jest mój wariant B, zupełnie znośny na co dzień. Idziemy, koteczku. Już!

Dziecko zaśmiało się sarkastycznie, ale dało się wyprowadzić z mieszkania.

Redakcja nie wywarła na Marysi korzystnego wrażenia. Brakowało jej atmosfery. Atmosferę widziała na licznych filmach amerykańskich. Mały pokój na końcu korytarza, zajmowany wyłącznie przez ciotkę i pedantycznie wysprzątany, atmosfery nie miał za grosz.

Eulalia, nie bacząc na krytykę ulubionego pomieszczenia, popracowała intensywnie przez godzinkę, wydrukowała sobie skorygowany scenariusz, wykonała kilka najpilniejszych telefonów, władowała stos kaset na wózeczek i oderwała bratanicę od najnowszych przygód Harry'ego Pottera.

Montażysta Mateusz spojrzał na Marysię z powątpiewaniem. Eulalia, która też nie znosiła obcych na montażu, zrozumiała spojrzenie i pospieszyła z usprawiedliwieniem.

– Przepraszam cię, ale w moim życiu nastąpiły nieoczekiwane zawirowania. Postaram się, żeby nam zbytnio nie namieszały, ale rozumiesz, bywa różnie. Życie rodzinne. Musiałam zaopiekować się bratanicą; to jest Marysia...

– Witam cię, Marysiu. – Przystojny brunet, który od razu spodobał się Marysi (z wyjątkiem tego spojrzenia, którego znaczenie odgadła natychmiast), wyciągnął rękę do dziewczynki. – A ja jestem Mateusz. Mam nadzieję, że spodoba ci się to, co będziemy tu z twoją ciocią... Ciocią?

Eulalia skinęła głową.

– Robili – dokończył. – No to zabierzmy się do pracy.

Zabrali się do pracy. Marysia przycupnęła w fotelu i zagłębiła się w lekturze.

Kiedy Eulalia z Mateuszem byli w połowie przeglądania drugiej kasety z materiałem roboczym, Marysia wstała z fotela.

– Ciociu, jestem głodna.

Mateusz zatrzymał maszyny i spojrzał na Eulalię pytająco.

– Oglądaj dalej, ja znam te zdjęcia, zaprowadzę tylko Marysię do bufetu. Daj mi swoją kartę, dobrze? Ja swoją zostawię Marysi i wrócę, nie będę tam z nią siedziała.

Zeszły na parter. Po drodze Eulalia wtajemniczała bratanicę w nieskomplikowany system kart magnetycznych, za pomocą których można poruszać się po ośrodku.

– Będziesz wiedziała, jak do nas trafić?

– Poradzę sobie – odparło grzeczne dziecko.

– Świetnie. Pani Ewuniu – zwróciła się Eulalia do bufetowej. – Proszę łaskawie otworzyć trzydniowy kredyt tej panience. Ja zrefunduję, co ona tu u pani zje, dobrze? Marysiu, na pewno mogę cię tu zostawić?

Marysia podniosła na nią niewinne oczęta.

– Oczywiście.

Prawdę mówiąc, była zachwycona. Po raz pierwszy miała zaznać samodzielności. Matka przenigdy nie wypuszczała jej spod skrzydeł. A w tym bufecie bardzo jej się podobało. Wszyscy tu się znali. Śmiali się i żartowali. Ta blondynka zapowiada pogodę! Marysia chciałaby usiąść na wysokim krzesełku przy barze, ale nie bardzo mogła dosięgnąć... Przecież nie będzie wdrapywać się na mebel jak małe dziecko!

Poczuła, że czyjeś ręce unoszą ją i sadzają na stołku barowym.

– Bardzo dziękuję. – Odwróciła się i ujrzała wysokiego młodzieńca z łysą pałą, ubranego w obszarpane dżinsy i baseballową czapeczkę, obróconą tyłem do przodu. – Nazywam się Maria Leśnicka – powiedziała wytwornie i wyciągnęła rękę do młodzieńca, który wydał jej się sympatyczny.

– Jestem Pawłem. – Młodzieniec ujął jej rękę i energicznie nią potrząsnął. – Pracujesz u nas?

Marysia wykonała błyskawiczną pracę myślową.

– Można to tak określić – powiedziała. – Pani Manowska będzie robiła program o mojej poezji. A pan tu pracuje?

– Mów mi Paweł. Jestem operatorem. A ty jesteś poetką, naprawdę?

– O, tak. Od dawna.

– A co będziesz jadła? – wtrąciła obrzydliwie prozaicznie pani Ewa. – Mam już obiad. Rosół i kurczak. I kompot.

Marysia skrzywiła się.

– Weź sałatkę – poradził jej nowy znajomy. – Najlepsza jest pieczarkowa.

– Poproszę sałatkę. Z bułką. Ale bułka jest świeża? Sałatka też?

– Wszystko świeżutkie. Proszę uprzejmie, smacznego.
– Dziękuję pani. – Marysia skinęła dystyngowanie głową i zabrała się do sałatki. Jej umysł pracował intensywnie. W połowie dania postanowiła najbliższe swoje losy związać z osobą operatora Pawła, który właśnie, niczego nieświadom, wykańczał porcję chłodnika.

Eulalia i Mateusz obejrzeli cały potężny materiał zdjęciowy, Mateusz akceptował montażowe pomysły Eulalii i zaczął je wykonywać z właściwą sobie precyzją, od czasu do czasu błyskając własną inwencją twórczą.

Już na początku pojawiły się kłopoty. Scenariusz zakładał rozpoczęcie filmu wschodem słońca widzianym ze szczytu Śnieżki, a niestety, cholerne słońce odmówiło porządnego wejścia w obu dniach, w których ekipa była na szczycie od świtu (a właściwie od dnia poprzedniego).

– Sam zobacz – mówiła rozgoryczona Eulalia. – Klimatów mamy od jasnej Anielki, mgiełki nie mgiełki, kolory, chmury, co tylko chcesz. A ono wyłaziło zza tych chmur, dopiero jak już było wysoko i świeciło za mocno! I nie mam tej kuli, tej kuli nie mam, rozumiesz!

– No, widzę. Zrobimy bez kuli. Nie przejmuj się, też będzie ładnie. Coś wymyślę.

– Nie wiem, co wymyślisz, kiedy nie ma kuli!

– Daj spokój kuli. Coś się jej tak uczepiła? Chcesz mieć wschód, to go będziesz miała. Kula to jest prymityw. Obrzydliwa dosłowność. Popłuczyny po „Pożegnaniu z Afryką". Każdy głupi ma kulę. A my zrobimy inaczej.

Eulalia nie bardzo wiedziała, jak Mateusz zamierza zrobić wschód słońca bez słońca, ale nic już nie mówiła i cierpliwie czekała na rezultat poczynań artysty.

Artysta najpierw pomontował ze sobą nastrojowe mgły, snujące się w granatowej Kotlinie Jeleniogórskiej, potem dołożył różowe i purpurowe odblaski na chmurach, dokleił rozjaśniający się stopniowo kościółek Świętego Wawrzyńca, błyski na szybach obserwatorium, wreszcie zdecydował się na użycie ujęcia z tak zwanym (przez Marka) picem, czyli wysokim słońcem świecącym prosto w obiektyw.

– A teraz popatrzymy, jak to wygląda – powiedział i cofnął taśmę, po czym puścił ją od początku.
– Wzeszło! Jak Boga kocham, wzeszło! Mateusz, jesteś genialny! Jak jeszcze dodamy muzykę, nikt się nie połapie, że to nieprawda!
– Jaka nieprawda? Masz swój wschód. Moim zdaniem bardzo udany.
– Rewelacja. Puść to jeszcze raz.

Gdy po raz trzeci napawali się efektami swojej pracy, drzwi montażowni otworzyły się gwałtownie. Wpadła przez nie Marysia z twarzyczką w kolorze zbliżonym do purpury, rzuciła się na fotel i demonstracyjnie zagłębiła w „Harrym Potterze". Trzymanym do góry nogami, notabene.

Zanim Eulalii zdążyło zrobić się głupio, że tak zapomniała o powierzonym sobie dziecku, zanim zdążyła się wystraszyć jej nagłym wtargnięciem, w drzwiach stanął Paweł. Dla odmiany dosyć blady.

Mateusz wstał ze swojego miejsca.
– Jakiś dramacik? To ja pójdę na papierosa.
Eulalia zamarła.
– Marysiu, stało się coś? Paweł?
Marysia ani drgnęła.
– Paweł!
Operator oderwał się od framugi i ciężko westchnął.
– W zasadzie nic takiego. Panienka wystąpiła w „Gońcu". Gorsze głąby tam występują...
– Jezus Maria! Jak to, wystąpiła?
– Na żywo.
– W jakim „Gońcu"? Paweł, mów jak człowiek!
– Lala, przypomnij sobie, gdzie pracujesz. W „Gońcu" o szesnastej.
Niespodziewanie Paweł zaczął się śmiać.
– Szkoda, że nie słyszałaś, co Maciek miał do powiedzenia na ten temat.
Eulalia padła bez sił na krzesło.
– Marysiu, byłaś w studiu podczas programu? Kto cię wpuścił?
Marysia milczała. Paweł westchnął ponownie.

– Obawiam się, że to moja wina. Spotkałem tę panienkę w bufecie. Powiedziała, że będziesz robiła program o jej poezji...
– O czym?
– O jej poezji. No więc myślałem, że gdzieś tu są jej rodzice, ale widziałem, że ona się nudzi...
– Jej rodzice są w Londynie.
– Co ty powiesz? I ona tak sama? Ktoś się nią opiekuje?
– Ja się nią opiekuję. Boże drogi, w ogóle zapomniałam, że ona tu jest. To moja bratanica.
– Tego mi nie zdradziła. W każdym razie miło nam się rozmawiało. Marysia powiedziała mi, że nigdy nie widziała, jak się robi program w studiu, a bardzo by chciała zobaczyć, żeby już wiedzieć co i jak, kiedy będziesz robiła ten program o niej.
– Nie robię o niej żadnego programu!
– No tak, teraz to wiem, ale wtedy nie wiedziałem. A twoja bratanica była bardzo... sugestywna.

Eulalia zabiła wzrokiem zaczytaną bratanicę.

– Właśnie miałem stać na kamerze przy „Gońcu", więc zabrałem ją ze sobą. Obiecała mi, oczywiście, że nie piśnie słówkiem i nie ruszy się od drzwi, tylko będzie się grzecznie przyglądać. Przyglądała się, owszem, grzecznie i nie pisnęła ani słówka, ale na nieszczęście Klaudia miała wywiad z tym facetem, który przyjeżdża robić jakieś przedstawienie we Współczesnym, nie pamiętam, jak on się nazywa, z Krakowa. Taki łysy z wąsem.
– Ja też nie pamiętam. Taki reżyser na be, dalej nie wiem. Mów, co było.
– Facet powiedział, ten reżyser, że ogłaszają w mieście konkurs na odtwórczynię głównej roli, nie wiem, czy to miała być Ania z Zielonego Wzgórza, czy może Pippi Langstrumpf, ja rzadko słucham, o czym oni tam mówią. Za to twoja bratanica słuchała bardzo uważnie i zgłosiła się natychmiast.
– Chryste Panie! Do konkursu?
– Nie, powiedziała, że mogą już nie ogłaszać tego konkursu, bo ona się podejmuje.
– Boże jedyny, a co Klaudia?
– Klaudia oczywiście zgłupiała, natomiast facet był przytomny i poprosił twoją bratanicę o numer telefonu. Pani prowadząca, ta kolejna nowa, też zgłupiała, ale jej Maciek na ucho kazał po-

wiedzieć, że u nas wszystko idzie w takim szybkim tempie, ledwo się coś rzuci z anteny, już jest odzew. Jakoś jej się udało to powiedzieć, wszyscy uprzejmie zachichotali, weszła pogoda i ostatecznie nikt nikogo nie zabił. Ale nie wiem, czy nie zabije jutro. Mnie.

Eulalia ponownie wezwała imię boskie nadaremno, po czym w montażowni zapanowała ciężka cisza. Przerwał ją Paweł.

– Może dyrekcja nie oglądała... może nikt nie doniesie...

Eulalia rzuciła mu wymowne spojrzenie.

– Pawełku, w każdym razie nie przyznawaj się do niej. Czy może już to zrobiłeś?!

– Zrobiłem. Nie martw się na zapas.

Z torby Eulalii wydobyła się melodia Kanonu Pachelbela.

– Lala? Tu matka. Gdzie ty się podziewasz, nie ma cię w domu, nie ma cię w redakcji!

– No bo jestem na montażu. Dobrze, że dzwonisz, mamo...

– Czekaj! Widziałam Marysię w telewizji! Jak ci się udało już ją zaprotegować? To ty chyba jednak nie jesteś taka nieczuła i cyniczna, na jaką chcesz koniecznie wyglądać! Dzwoniłam do Helenki, jest bardzo zadowolona...

– Mamo, o czym ty mówisz?

– Jak to o czym? O tym, że Marysia zagra Pippi! Zaraz zadzwonię do wszystkich...

– Mamo, nie dzwoń nigdzie, bardzo cię proszę! Marysia nikogo nie zagra, zrobiła straszną rzecz i powinnam ją za to sprać na kwaśne jabłko, ale nie umiem, niestety, bić nawet najbardziej rozwydrzonych dzieciaków! Porządni ludzie mogą przez nią mieć wielkie przykrości, a ty mówisz, że wspaniale!

Marysia zastrzygła uszami.

– Lala, czy ja cię jednak źle oceniłam? Czy ty nie chcesz, żeby córka twojego rodzonego brata zrobiła karierę?

– Nie chcę! Nie w telewizji i nie pod moim okiem! Natomiast chciałabym cię prosić, żebyś jednak zaopiekowała się nią przez najbliższe dwa dni, bo nie wiem, co ona jeszcze wymyśli...

Cnotliwie spuszczone oczka Marysi mówiły wyraźnie, że bardzo dużo.

– O nie, moja droga, Helenka wyraźnie prosiła ciebie!

– Mamo, ale to się może źle skończyć...

– A co ona teraz robi, moja słodka dziewczynka?

– Siedzi ze mną w montażu i czyta książkę. I będzie tak musiała jeszcze dwa dni siedzieć...

Balbina Leśnicka sapnęła ze zgrozy.

– Dwa dni po dwanaście godzin – judziła Eulalia. – Bez światła dziennego, bo musimy mieć zasłonięte żaluzje.

– Jak możesz, Eulalio! Dziecku potrzebne jest powietrze!

– Nie ma powietrza. I musi jeść w naszym bufecie...

Bufet przeważył.

– Eulalio! Ja wiele rozumiem, ale wszystko ma swoje granice! Nie dopuszczę do tego, żeby Marysia truła się trzydniowymi sałatkami! Trudno, niech Helenka mówi, co chce...

– Przywieźć ci ją teraz czy potem? – wyrwało się Eulalii radośnie. Marysia nadęła się, obrażona, ale Eulalia w nosie miała jej uczucia. Walczyła o wolność.

– Ani teraz, ani potem. Przenosimy się do was z twoim ojcem. Nie zostawię go samego na Jagiellońskiej, bo oka bym nie zmrużyła ze strachu o niego. To jest kryminalna ulica, tu mieszka już sam margines...

– Czekaj, mamo – przerwała jej Eulalia. – Bardzo dobrze wymyśliłaś, pewnie chcesz, żebym was zawiozła? Mogę się urwać na godzinkę. Kiedy mam przyjechać? Za godzinę, za pół?

– Za pół godziny będę spakowana – oświadczyła godnie Balbina Leśnicka i rozłączyła się.

Eulalia nieomal słyszała, jak wielki kamień, który spadł jej z serca, toczy się korytarzem... coraz dalej i dalej. Najważniejsze to nie mieć Marysi na karku podczas konkretnej pracy.

Zza pleców Pawła kiwał głową Mateusz, który słyszał cały ten dialog i pochwalał ideę jak najszybszego pozbycia się nadaktywnej dziesięciolatki.

– Jedź – powiedział stanowczo. – Jedź od razu, przez te pół godziny i tak nic nie zrobimy. Ja też skoczę sobie do domu, zadzwonisz do mnie, jak będziesz wracać, dobrze? Możemy posiedzieć trochę w nocy.

– A może wmówimy wszystkim, że jej w ogóle nie było – mruknął Paweł. – Już nigdy nie uwierzę żadnemu dziecku, choćby było nie wiem jak sugestywne. Ale mimo wszystko miło było cię poznać, mała. Trzymaj się. Jakbyś zagrała tę główną rolę, to mam u ciebie zaproszenie na premierę, pamiętaj.

– Mnie też było miło – szepnęła Marysia, która zdecydowała się teraz na image sierotki. – Na pewno się jeszcze spotkamy. Jesteś miły. Napiszę o tobie wiersz.

– O Jezu – mruknął pod nosem Paweł i wycofał się z montażowni. Mateusz chwycił w przelocie swoją torbę i też zniknął. Kobiety zostały same. Eulalia zdecydowanie odpędziła od siebie wyrzuty sumienia, które trochę ją jednak męczyły. Zresztą teraz, kiedy zyskała szansę spokojnego dokończenia pracy, bezsilna złość na Helenkę, Marysię i resztę rodziny przeszła jej prawie bez śladu.

– Chodź, kochanie – powiedziała już zupełnie pogodnie. – Zabieramy dziadków i jedziemy do Podjuch.

– Słyszałam. – Marysia zamknęła swojego Harry'ego Pottera. – Ciociu, czy Paweł... pan Paweł będzie miał przeze mnie kłopoty, naprawdę? Ja nie chciałam, żeby tak wyszło, ale jak oni zaczęli mówić o tym konkursie...

– To nie wytrzymałaś.

– No właśnie. Ja naprawdę mogłabym zagrać Pippi, wiesz o tym, prawda?

– Nie wiem. Ale wiem, że nie potrafisz stać w cieniu. Może to i dobrze... na przyszłość. Ale na razie trzeba cię pilnować, żebyś nie narobiła bałaganu.

– I już mnie nigdy nie zabierzesz do telewizji?

Eulalia popatrzyła na małą uważnie. Marysia wlepiała w nią na poły żałosne, na poły ufne spojrzenie ogromnych oczu w kolorze „błękit polski standardowy". Cóż ona winna, że impulsywna? Musiała się nieźle nudzić, asystując przy montażu, z którego nic nie rozumiała, a który nawet dla dorosłych nieprzyzwyczajonych jest ciężkostrawny.

Mała rączka ujęła dłoń Eulalii.

Gdyby nie to, Eulalia może by się i nie połapała. Ale ta rączka to już było odrobinkę za dużo. Właśnie te zdolności sierotki Marysi doprowadziły Pawełka do jego obecnych kłopotów!

– Kiedyś cię może zabiorę – złożyła połowiczną obietnicę i dodała w duchu: o ile będę mogła cały czas mieć cię na oku. – No chodź już, jedziemy do dziadków.

Wprawdzie matka zrzędziła nieustannie, a ojciec prychał, niezadowolony („Dobrze się wysypiam tylko we własnym łóżku!"), ale Eulalia włączyła rezerwowe systemy odpornościowe i konsekwentnie zachowywała się tak, jakby wszyscy byli szczęśliwi z powodu zamieszkania w połówce bliźniaka w Podjuchach. Odstąpiła rodzicom swoją dawną małżeńską sypialnię na piętrze („Co to za sypialnia ze skośnym sufitem, ponabijamy sobie guzów wszędzie, ale z drugiej strony te łóżka są najwygodniejsze, więc niech już będzie, i dobrze, że obok Marysi, ale i tak się nie wyśpimy, bo nie ma to jak we własnym...") i przeniosła się do gabinetu na dole („Będziesz tak spała razem z komputerem, światowa pani redaktor, a nie słyszała nigdy o promieniowaniu, dostaniesz raka mózgu albo i czego gorszego").

Po czym prysnęła radośnie do telewizji, kontynuować przerwane dzieło.

O trzeciej nad ranem uznali wspólnie z Mateuszem, że dosyć na dziś. Oboje byli bardzo zadowoleni, ponieważ jak zwykle pod wieczór zaczęła im dopisywać wena twórcza, co świetnie zrobiło filmowi.

Idąc spać, Eulalia wywiesiła na swoich drzwiach arkusz papieru z inskrypcją: *Skończyliśmy dopiero co, jest czwarta, zaczynam w południe, nie budźcie mnie przed dziesiątą trzydzieści.*

Dwa następne dni były dla Eulalii samą przyjemnością. Kontakty z rodziną ograniczyła do minimum, a to, co do niej mówiła matka przy śniadaniu (jej śniadaniu, oczywiście, reszta rodziny zaczynała dzień o ósmej rano), beztrosko puszczała mimo uszu. Jak się okazało, niesłusznie.

Film wychodził przepięknie.

Planszę ze swoim nazwiskiem na tle kosówki, Śnieżki i Śląskiej Drogi Eulalia uczciła butelką doskonałego wolnocłowego koniaczku, który wykończyli we czwórkę z Mateuszem, Markiem i Rysiem w ostatnią noc montażową. Do domu wróciła taksówką.

Teraz należało poczekać, aż Darek zrobi muzykę; miał ją już w zasadzie skomponowaną, tylko musiał dopasować do czasów sekwencji zmontowanego filmu. Tymczasem Eulalia miała napisać komentarz i zastanawiała się głęboko, czy robić to w redakcji, czy w domu. Coś jej mówiło, że w redakcji będzie miała więcej swobody.

Matka okazała głębokie niezadowolenie („Mówiłaś, że jak zmontujesz, to już nie będziesz znikać na całe dnie i noce!"), ale Eulalia pozostała nieugięta.

Coraz bardziej podobała jej się wolność, jakiej zażywała od pewnego czasu.

O Bliźniaki przestała się martwić po spotkaniu w Lubomierzu, zresztą dzwoniły prawie codziennie, przysyłały SMS-y i wyglądało na to, że jeszcze w sierpniu będą się tak szwendać po Polsce. Eulalia uznała, że też polubiły swobodę. Nie mogła im mieć tego za złe.

Któregoś dnia zadzwonił Stryjek.

– Jak tam twój film, Lalu? Wszyscy tu jesteśmy ciekawi, skończyłaś już?

– Kończę. Musimy jeszcze tylko dograć komentarz i muzykę. Przyślę ci kasetę, to mi powiesz, czy ci się podoba.

– Na pewno! Widziałem, jak to robiliście, i jestem pewien, że film będzie piękny. A może byś go przywiozła na święto? Mówiłaś, że przyjedziesz. Można by go wszystkim znajomym pokazać, tym, którzy z wami współpracowali, wiesz, ratownikom, przewodnikom...

– Jakie święto, Stryjciu?

– Wawrzyńca, nie słyszałaś?

– Nie. Kiedy to jest i o co tu chodzi?

– To już nie pamiętasz, jaka jest kaplica na Śnieżce?

– Oczywiście, że pamiętam. Świętego Wawrzyńca. No i co z tego?

– To jest nasz patron. Przewodników i ratowników górskich. Dziesiątego sierpnia, w dniu świętego Wawrzyńca, na Śnieżce jest msza. Przywozimy księdza proboszcza, albo i biskupa, Czesi przywożą swojego, schodzą się wszyscy, mówię ci, czasami cały szczyt jest zapchany czerwonymi swetrami. Jak nie lubię tłoku w górach, tak ten jeden raz jest bardzo przyjemnie. Składamy kwiaty na cmentarzu w Łomniczce, wiesz gdzie?

– Oczywiście! Bardzo ładnie nam wyszły zdjęcia z cmentarzyka...

– No właśnie. A wieczorem jest zabawa. Przyjedź. Najlepiej na kilka dni.

– Kusisz, Stryjku... A Garnek zrobimy? Warszawiaki będą?

– Naturalnie!

– To jest poważny argument! A gdybym musiała zabrać dziecko... Nie moje, brata... Dziewczynka, dziesięć lat... Mogę? Nie będzie tłoku w Bacówce?

– Na ciebie pokój zawsze czeka. Po prostu przyjedź.
– Och, Stryjku, jak to dobrze, że wywaliłeś mnie w ten śnieg!
– A propos, jak się czujesz?
– Doskonale. No to pewnie przyjadę.
– Czekamy.

Eulalia odłożyła słuchawkę i uśmiechnęła do swoich myśli. Ta Bacówka! Stryjek. Garnek. Warszawiak z Warszawianką. Boczunio malyna. Przystojny Małomówny z pięknym głosem. Junior i kwiatki. Radio. Brzoza za oknem.

Brzoza! Gbur!

Do diabła z gburem. Swoją drogą ciekawe, czy przyjeżdża na to ich święto. Był ratownikiem.

Był, ale przestał. Oraz zgburzał. Nie będziemy nim sobie zaprzątać głowy.

Telefon zadzwonił ponownie.

– Lala? Dzień dobry, Teatr Współczesny się kłania. Poznajesz?
– Anka? To ty, naprawdę?

Anna Juraszówna, znajoma jeszcze ze studiów, zaczepiła się kiedyś w teatrze na trochę i wsiąkła na resztę życia. Od kilku lat się nie kontaktowały, ale Eulalia wiedziała, że Anka pracuje w dziale literackim teatru i ma się tam nieźle.

– Naprawdę. Cieszę się, że cię słyszę. Wszystko w porządku? Pocieszyłaś się po Arturku?
– Po Arturku pocieszyłam się sto lat temu!
– Co mówisz! I jak mu na imię?
– Święty spokój! A co u ciebie?
– Ja wciąż z tym samym Przemkiem. Już się chciałam rozwodzić z pięć razy, ale to za dużo roboty. A on mnie zawsze rozśmiesza i nie umiem być zasadnicza. Słuchaj, Lalka, ty masz dziecko?
– Nie zaskakuj mnie tak strasznie! Mam dwójkę, przecież ich znasz! Sławka i Kuba, właśnie zdali maturę.
– Nie żartuj, kiedy oni dorośli? Gratuluję, uściskaj ich ode mnie. A żadnego mniejszego nie masz? Jesteś pewna?
– Raczej tak. Czekaj, Anka, mam bratanicę młodszą, to znaczy brat młodszy ode mnie, a bratanica od moich Bliźniaków. Ty mów, o co ci chodzi, bo dostanę zawału!
– Przyszła do nas, do teatru, starsza pani...
– Rany boskie! Moja mama!

– Niewykluczone. Przyszła do sekretariatu i z miejsca zaczęła robić awanturę. Przypadkiem tam byłam, a ponieważ wymieniła twoje nazwisko, zabrałam ją do siebie, chociaż chciała rozmawiać z dyrektorem albo z reżyserem. Nie wiedziała, jak się nazywa, ale opisała dosyć dokładnie Bonera, wiesz, tego z Krakowa. On u nas robi „Pippi Langstrumpf".

Eulalia jęknęła. Domyśliła się ciągu dalszego. A trzeba było słuchać uważnie, co mamusia mówiła przy spóźnionych śniadankach w cudnym, o wiele za krótkim, okresie montażowym!

– Anka, czy mama nalegała na zatrudnienie mojej nieprzeciętnie zdolnej bratanicy w charakterze gwiazdy sezonu?

– No... coś w tym rodzaju. Ja jej mówiłam, że Boner szuka dziewczynki starszej, ale nie bardzo chciała mnie słuchać...

– Ona nikogo nie chce słuchać. Zdążyła się skompromitować?

– Nie do końca. Właściwie wcale. Usunęłam ją w porę z miejsca publicznego, ale ty jej może pilnuj albo jej coś powiedz, bo jeżeli jej się uda dopaść Bonera, to krew się poleje. On tylko w telewizji wygląda jak łagodny kotek z wąsami. To furiat.

– Nie wiem, czy spacyfikowałby moją starszą panią... ale chyba lepiej nie próbować. Aniu, jestem ci wdzięczna dozgonnie. Prawdopodobnie uratowałaś moje dobre imię. O ile jeszcze takowe posiadam.

– Drobiazg. Musimy się kiedyś spotkać na plotach!

Wymieniły numery komórek i pożegnały się serdecznie. Może naprawdę udałoby się odnowić tę starą przyjaźń? W ramach odzyskiwanej swobody ruchów?

Na razie należy zapomnieć o swobodzie.

Wygląda na to, że oprócz Marysi będzie trzeba pilnować również mamusi.

Swoją drogą mamusia była kiedyś normalniejsza. Czyżby istniał tu jakiś wpływ Helenki o niepohamowanych ambicjach?

Eulalia z kolejnym westchnieniem wywołała na komórce numer brata.

– Atanazy? Masz pod ręką jakiś telefon? Normalny? Bo za tę komórkę zapłacę miliony...

– Coś się stało Marysi?

– Marysi nic. Mnie szlag trafi.

– A, to w porządku. To znaczy... Podaj mi ten numer.

Eulalia podyktowała bratu telefon do redakcji. Zadzwonił od razu.

– Lala? No mów, co się stało.

– Jeszcze nic. Oprócz tego, że twoje dziecko spontanicznie wystąpiło u nas w programie, za co facet, który ją z życzliwości zabrał do studia, dostanie teraz naganę i ma obcięte honoraria. Muszę mu postawić koniak. Ty mów lepiej, co u was. Kiedy Helenka zamierza wracać?

Tym razem Atanazy westchnął ciężko.

– Trudno wyczuć. Podoba jej się tutaj. Na razie przestała mi suszyć głowę o protekcję w wydawnictwach, bo całymi dniami biega po galeriach.

– Stęskniła się za prawdziwą sztuką w naszym ubogim kraju?

– Nie, ona gania po galeriach z ciuchami i różnymi innymi takimi. Dużo jej czasu to zajmuje, bo nie ma dobrej orientacji w terenie i błądzi. Londyn jest duży. Ale generalnie jest zadowolona. Widziała Fergie.

– O Boże!

– No właśnie. Opowiedz o tym występie Marysi.

Eulalia opowiedziała.

– A teraz, wyobraź sobie, mama poleciała do teatru i zażądała, żeby Marysię zaangażowali. Jako cholerną Pippi. Ja nie wytrzymam...

Atanazy zaczął się śmiać.

– Ty się nie śmiej! Mnie w tym teatrze znają! A matka się na mnie powołuje! Może byś lepiej odesłał Helcię do domu, niech sama robi za menago twojej córeczki!

W Londynie na chwilę zapadła cisza. Widać Atanazy myślał intensywnie.

– Wiesz, że to znakomity pomysł? Lala! Może ona weźmie to poważnie! I da mi wreszcie spokój!

– Atuś, czy ty nie masz wrażenia, że oboje jesteśmy troszkę nie w porządku?

– Wobec Helenki?

– Nie, wobec Marysi...

Atanazy spoważniał.

– Lala, ja już mam siwe włosy od poczucia winy! To przecież moje dziecko, czy ty myślisz, że ja jej nie kocham? Ale Helenka ma zbyt silną osobowość jak dla mnie. Ja jestem człowiek łagodny, mało ambitny, spokojny i nienawidzę konfliktów. Jedyna moja obrona to ta odrobina talentu i forsa, którą mogę zarobić i dać Helence. To na pewno źle o mnie świadczy, ale ja nie mam odwagi powiedzieć jej, że się wygłupia i robi z Marysi egzemplarz nie z tej ziemi...

Eulalii przypomniał się ulubiony serial o Hiacyncie Bukiet, która też miała silną osobowość i wszyscy jej się bali śmiertelnie. No tak, Helenka to Hiacynta Bukiet w czystej postaci. To już wiemy.

– Atek, musimy coś wymyślić, inaczej twoja córka a moja chrześniaczka wyrośnie na nie wiadomo co. Może byś tam zarobił jakieś straszne pieniądze i posłał ją do szkoły z internatem? Angielskiej. To by zaspokoiło Helenki ambicję, a dziecko może by jeszcze wyszło na ludzi.

– Uważasz, że inaczej nie wyjdzie?
– Ma niewielkie szanse.
– A ty słyszałaś o jakichś angielskich szkołach dla dziewczynek? Bo ja tylko o Eton, a to raczej dla paniczów...
– Rozejrzyj się, mówię! Zorientuj. Sprawdź ceny i swoje możliwości finansowe. Przecież dobrze zarabiasz.
– Lala, ona ma dopiero dziesięć lat.
– To zreformuj Helenkę.
– Zaraz będę miał szansę, bo właśnie wraca, widzę ją przez okno. Życz mi powodzenia. Cholera. Trochę miałem nadzieję, że Marysia znormalnieje przy tobie, ale skoro ściągnęłaś mamę... Swoją drogą to niesamowite, co ta moja Helenka robi z ludźmi! Dobra, kończymy, bo jak mnie Helenka zobaczy przy telefonie, wyciągnie ze mnie wszystko, a ja nie wiem jeszcze, czy chcę jej powiedzieć o tej Pippi. Całuję cię, siostro, yes, yes, thank you, see you later!

Eulalia z kolejnym westchnieniem odłożyła słuchawkę. Zamknęła wszystkie programy w komputerze, przy którym cyzelowała komentarz do filmu, po czym zapakowała do torby kupione rano gazety i udała się do domu.

W domu Marysia z wymalowanymi na buzi piegami i włosami zaplecionymi w dwa idiotyczne warkoczyki chodziła po pokojach, mamrocząc pod nosem jakieś teksty.

Eulalia z błyskiem w oku wciągnęła matkę do kuchni i zapytała, co to ma oznaczać.

Mama była, ogólnie biorąc, oburzona. Jakaś facetka nie dopuściła jej do dyrektora teatru ani do reżysera, który prawie zaproponował Marysi rolę Pippi! Jak to – nie zaproponował? No, może nie wprost, ale skoro zapisał sobie telefon, to znaczy, że chce ją zaangażować, docenił z miejsca jej swobodę bycia, odwagę, urok osobisty! Zadzwoniłby? A jeżeli zgubił numer telefonu? Na pewno zapisał go sobie na jakiejś karteczce, jak to zwykle przy takich okazjach! Zgubił! Zgubił, bo już by dzwonił! A Marysia? Cóż, Marysia, mądre dziecko, nie chce tracić czasu i ćwiczy! Eulalia nie powinna wydziwiać, niech się raczej zastanowi, jak dotrzeć do tego reżysera, baba w teatrze robiła wrażenie, jakby ją znała, trzeba to natychmiast wykorzystać!

Eulalia chwilowo zrezygnowała z dyskusji, odgrzała sobie rosół (zdecydowany pożytek ze sprowadzenia mamy) i zjadła go, zastanawiając się, gdzie też podziewa się ojciec rodu.

Znalazła go jakiś czas później zaszytego w kąt jej własnego gabinetu i zaczytanego w „Targowisku próżności" Thackeraya.

– Nie wiedziałem, że to masz, kochanie – powiedział, unosząc głowę znad postrzępionych kartek. – Zawsze wolałem Thackeraya od Dickensa.

– Kupiłam kiedyś w antykwariacie, śliczne wydanie, prawda? Nie mogłam się oprzeć tym rycinom. Jadłeś już kolację?

– Jadłem. Mam nadzieję, że nie masz mi za złe, że okupuję twój pokój. Ale to tylko pod twoją nieobecność, Lalu. Tu jest przyjemnie... te wszystkie książki... i jakoś tak spokojnie.

– To dlatego, że ten pokój jest trochę odcięty od reszty mieszkania. Arturek go sobie szykował na świątynię dumania. Na szczęście wyprowadził się w porę. Jakby co, to masz tu jeszcze całą maszynerię do grania, możesz sobie posłuchać do lektury. Chyba umiesz obsłużyć standardowy kompakt?

– Och, tak, oczywiście, ale nie w tym rzecz. Widzisz, w tym kąciku, nawet jeśli Balbinka zajrzy do pokoju, to jest szansa, że mnie nie zobaczy. Drzwi jej zasłaniają. A jeśli zacznę puszczać muzykę...

– Rozumiem, będzie cię łatwiej nakryć. Biedny tato. Nie przejmuj się. Masz tu bardzo dobre słuchawki, Bliźniaki mi kupiły na

imieniny. – Sięgnęła do szafki i wydobyła rzeczony sprzęt, lśniący chromem i zaopatrzony w długi kabel. – Tu jest pilot, pełny komfort. Jakby cię mama dopadła, możesz się wykręcać, że nie słyszałeś. One są dobrze wytłumione, nic nie przepuszczają z zewnątrz. Ale teraz może byśmy poszli jednak do nich? W telewizji będzie „Wielka włóczęga", uwielbiam to, a mama nie lubi Louisa de Funesa. No chodź, obejrzymy to sobie razem. Chodź, proszę, bo nie będę miała z kim się śmiać!
– To ten film, gdzie on grał dyrygenta? – Klemens Leśnicki zamknął „Targowisko próżności". – Jeżeli tak, to ja też to uwielbiam. Chodź, córko.

Następnego dnia Eulalia wymknęła się do pracy na dziesiątą rano, usiłując nie słuchać Balbiny, przekonującej ją energicznie do swoich racji i nawołującej do natychmiastowego nawiązania kontaktu z reżyserem, który może się, nie daj Bóg, rozmyślić i zaangażować jakąś obcą dziewczynkę, a to by było nie do zniesienia i jaka strata dla widzów...
W zasadzie nie musiała wychodzić tak wcześnie, bo nagranie lektora (z tym niesłychanie wypieszczonym przez nią komentarzem) zaplanowane miała dopiero na trzecią po południu. Nie była jednak w humorze do wysłuchiwania tyrad własnej matki. Poza tym, choć nękały ją wyrzuty sumienia, nie mogła znieść widoku Marysi, od świtu ucharakteryzowanej na Pippi i odgrywającej w różnych punktach mieszkania sceny z książki.
Przedpołudnie okazało się nad wyraz owocne, ponieważ najzupełniej przypadkowo zetknęła się nos w nos z dyrektorem programowym, który właśnie gorączkowo poszukiwał kogoś, komu mógłby z pełnym zaufaniem powierzyć realizację dziesięcioodcinkowego cyklu programów edukacyjnych dotyczących polskiego wybrzeża Bałtyku. Dałby je do zrobienia Wice Sokołowskiej, która siedziała w temacie, ale Wika poszła na urlop macierzyński, z którego nie wróci wcześniej niż za pół roku. Do współpracy trzeba przyjąć Rocha Solskiego, specjalistę od ochrony wybrzeża z Urzędu Morskiego, stałego kooperanta Wiki, człowieka nadzwyczajnej urody i dużej inteligencji, Roch bowiem dysponuje potrzebną wiedzą. Zresztą dyrektor właśnie Rocha zaprosił, będzie o dwunastej, niech Eulalia z nim porozmawia! Roch da materiały

do scenariusza, zresztą może nawet ten scenariusz osobiście napisać, ale realizacji musi się podjąć fachowiec od telewizji, a nie od wybrzeża.

Eulalia podjęła się realizacji bez najmniejszego wstrętu, a nawet z przyjemnością. Co do Rocha, proszę bardzo, lubi go, może z nim pracować. Chętnie się spotka. Ależ tak, można sprawę uważać za załatwioną. A swoją drogą, skąd taki pośpiech? Przecież było wiadomo, że Wika urodzi.

Okazało się, że pieniądze na cykl pochodzą z jakiegoś funduszu ochrony środowiska, ten fundusz miał je dać, potem się wycofał, przepraszając, a teraz znowu daje, więc trzeba je natychmiast brać i wykorzystywać!

Lekko rozśmieszona, ale w sumie zadowolona Eulalia przejęła od dyrektora stos papierów dotyczących cyklu i poszła do kiosku po kawę, żeby godnie przyjąć Rocha.

Zjawił się punktualnie o dwunastej, przy czym, poinformowany przez sekretarkę, kto jest realizatorem, przyszedł prosto do redakcji, omijając gabinet dyrektora programowego. Bardzo szybko ustalili, że materiały on chętnie da, na zdjęcia pojedzie i poprowadzi program, ale całą resztą musi zająć się ona. Scenariusz, nadzór nad zdjęciami, montaż, komentarz i tak dalej. Jego i tak pewnie niedługo wywalą z pracy w Urzędzie Morskim za miganie się, bo już od kilku miesięcy sam ciągnie cykl, który robił wspólnie z Wiką.

– Ale tam, rozumiesz, moja droga, wszystko mamy już opanowane, bo teraz będzie chyba sześćdziesiąty odcinek, właściwie to już się samo kula. Zresztą Wika nas konsultuje telefonicznie, czasem wpada na zdjęcia. A tu trzeba wszystko rozpracować od nowa. Nie dam rady.

– Nie szkodzi. Poradzimy sobie. Pilotowy odcinek musi być w połowie września, trzeba będzie przysiąść fałdów. Ja teraz kończę film o górach, moje zwierzaki mają przerwę wakacyjną...

– Jakie zwierzaki? – zaciekawił się Roch. – Twoje zwierzaki w lecie nie wymagają karmienia?

– Robię cykl o zwierzakach. Masz może psa albo kota, albo kameleona, albo patyczaki, albo dowolną gadzinę?

– Mam psa. Bardzo nierasowy, ale bardzo przystojny.

– Chcesz, to go pokażemy w programie. Z twoim dzieckiem na przykład.

– Moje dziecko ma dziewięć lat...
– I bardzo dobrze. Mogłoby przyprowadzić chorego pieska do pana doktora. To młody pies?
– Młody i walnięty.
– Świetnie. Zrobimy odcinek o wychowywaniu młodego psa. Wiesz, żeby nie uciekał, nie gryzł kogo popadnie, nie jadł byle czego po śmietnikach.
– Moje dziecko nie będzie chciało. Jest nieśmiałe. Ale żona, kto wie? Ona mi zazdrości kariery telewizyjnej. Popatrz, wszyscy mi zazdroszczą kariery telewizyjnej. Mój szef mnie nienawidzi. Ale już niedługo. Szefa mi będą zmieniać na dniach. Mój pańcio postanowił zrobić wielki come back do żeglugi i niebawem obejmuje jakiś statek. Przypomniało mu się, że ma cztery paski na rękawie.
– A kto przychodzi na jego miejsce?
– Nie znam człowieka. Mam tylko nadzieję, że jest do rzeczy. A propos, nie słyszałaś przypadkiem o jakimś mieszkaniu do kupienia? Ten mój nowy kandydat na szefa rozesłał wici, zamierza się sprowadzić do Szczecina na dobre i szuka lokum.
– A dużo ma forsy?
– Nie mam pojęcia. Masz coś konkretnego na myśli?
– Połówkę bliźniaka w Podjuchach na wysokiej górce. Moi sąsiedzi się wyprowadzili parę miesięcy temu i o ile wiem, ich pośrednik do tej pory nie znalazł kupca. Mogłabym ci dać do nich telefon i sam się dowiedz. Będziesz miał chody u nowego szefa. – Eulalia zaśmiała się odrobinę złośliwie. – Tylko wiesz – dodała po chwili – ja bym nie chciała, żeby moim sąsiadem został jakiś palant. Mówisz, że go nie znasz? A jeżeli to właśnie jest palant? Może ma okropną rodzinę i szóstkę nieznośnych bachorów? Może ty się najpierw dowiedz, co to za jeden, a ja ci potem dam te namiary...
– Daj namiary, póki pamiętamy – powiedział rozsądnie Roch – a ja popytam ludzi, na pewno ktoś go zna u nas, jeżeli dowiem się, że to palant, w ogóle słowa o domu nie pisnę. Ale jeżeli przyzwoity gość, co przecież jest teoretycznie możliwe, to dlaczego mu nie pomóc? Ładna ta twoja górka?
– Rewelacyjna. Widok na Szczecin, Regalicę, Dąbskie i pół świata dookoła. Naprawdę, to nie jest widok dla byle kogo.
– Będę miał to na uwadze.

Eulalia dała Rochowi telefon Berybojków i umówiła się z nim wstępnie na spotkanie w sprawie scenariusza. Odszedł, budząc po drodze głębokie westchnienia spotkanych na korytarzu i w windzie osób płci przeciwnej. Ona zaś siadła do komputera, żeby wydrukować egzemplarz swojego doprowadzonego do ostatecznej doskonałości komentarza – dla lektora, z większą czcionką, żeby mu było wygodnie czytać.

Komentarz okazał się dobrze napisany, ładnie się wpasowywał w kolejne sekwencje. Następnego dnia po południu Darek miał przynieść muzykę.

Dla Eulalii było to w sumie na rękę, ponieważ miała znowu doskonałą wymówkę dla rodziny: rano spotkanie z Rochem, intensywna praca przy wymyślaniu nowego cyklu, potem wgranie muzyki... i film o Karkonoszach będzie naprawdę gotowy!

Poprawiania muzyki nie brała pod uwagę. Pracowała już z Darkiem kilka razy i była głęboko przeświadczona, że gdyby potrafiła komponować, robiłaby to podobnie. Tym razem Darek był jeszcze bardziej przerażony niż zazwyczaj, kiedy dostawał od niej jakieś zlecenia (zazwyczaj bardzo niewielkie, ale zawsze podchodził do nich z pełnym szacunkiem).

– Nie wiem, naprawdę nie wiem, czego ty ode mnie chcesz – powtarzał dwa miesiące temu, po raz setny czytając scenariusz, na podstawie którego miał myśleć wstępnie o muzyce. – Boże, tyle muzyki, Lala, czy ty jesteś pewna, że dobrze wybrałaś?

– Jestem pewna – warczała, trochę zeźlona, a trochę rozśmieszona jego twórczymi cierpieniami. – Przestrzeni chcę od ciebie, przestrzeni! To jest film o górach! Tam są przestrzenie! Telewizor jest mały, a ja chcę, żeby się czuło duże przestrzenie!

– Przestrzenie, Boże mój... – jęczał Darek rozpaczliwie. – Jak ja ci zrobię przestrzenie... Czekaj, wiem, rogi tu damy... Będą przestrzenie!

– Śnieżka tu się pojawia co kawałek, może byś wymyślił jakiś taki powtarzający się motyw Śnieżki? Latem inna, zimą inna, ale zawsze ona...

– Dobrze, wymyślę ci coś... Lala, a jak nie dam rady?
– A co ty za głupoty gadasz? Ty nie dasz rady?

Bardzo była ciekawa ostatecznego wyniku Darkowej pracy. Kilka dni temu dostał od nich wglądówkę całego, zmontowanego już filmu, a dziś miał przynieść na kompakcie gotową do wgrania muzykę. Zasiedli wraz z Mateuszem do maszyn, przygotowali kasetę do nagrania i czekali.

Kwadrans po trzeciej wpadł do montażowni Darek. Blady, z błędnym wzrokiem.

– Przepraszam za spóźnienie, nie mogłem odpalić samochodu, przyjechałem taksówką. Macie.

Położył przed Mateuszem płytę, po czym zabrał mu ją sprzed nosa.

– Gdzie kompakt? Ach, widzę. Posłuchamy?

– Zapuszczaj – powiedział Mateusz.

Rozległy się dźwięki harfy.

– Nie, nie, daj obrazki, Mateusz; tak to nie ma efektu! – Eulalii udzieliła się trema Darka, który stał teraz za ich plecami, a oczy miał jak talerzyki deserowe. – Darek, siadaj, bo trudno wytrzymać, jak tam sterczysz. Grajmy od razu, najwyżej będziemy poprawiać.

– Słusznie – Mateusz zatrzymał płytę, po czym ustawił taśmę na pierwszej ramce i wystartował muzykę, od razu nagrywając ją na odpowiedniej ścieżce.

Harfa zagrała ponownie. Na ekranie snuły się mgły poprzedzające świt w Kotlinie Jeleniogórskiej. Eulalia poczuła dreszcze. Dopiero teraz jej film nabierał życia. Wstrzymała oddech. Soczysty granat na ekranie zmieniał się w ciemny błękit, pojawiły się pierwsze różowe blaski na horyzoncie. Melodia harfy stawała się coraz bardziej intensywna, po czym przygasała, jakby zasnuta tą mgłą, która wciąż jeszcze utrzymywała się u stóp Śnieżki. Obraz połączony z dźwiękiem był teraz jednym niespokojnym oczekiwaniem na słońce. Eulalia zapomniała już, jaką wściekłość wywołał w niej brak złotej kuli wyłaniającej się zza horyzontu. „Po co komu kula?". Tajemnicze mgły rozwiewały się, w szybie obserwatorium odbił się czerwonawy poblask. Pozornie chłodna harfa prowadziła przez szczyt Śnieżki, obok kaplicy i obserwatorium, ku skałom. Wreszcie na krawędzi skały rozbłysnął słynny Markowy pic, ogromne, oślepiające słońce – i wtedy niespodziewanie zabrzmiała tryumfalną fanfarą cała orkiestra symfoniczna.

Eulalia i Mateusz wybuchnęli radosnym śmiechem, nie odrywając oczu od ekranu. Kiedy odwrócili się w stronę Darka, Eulalii łzy płynęły po policzkach. Darek siedział blady i zdezorientowany.
– Śmiejecie się ze mnie – wyszeptał.
Mateusz zatrzymał maszyny.
– Nie z ciebie, stary, nie z ciebie. Zrobiłeś to genialnie.
– To czemu się śmiejecie?
– Ze szczęścia, Dareczku – powiedziała Eulalia. – Ja w każdym razie. Chyba sam widzisz, jak to wygląda. Grajmy dalej. Ale ty jesteś symfonik, człowieku! Nie miałam pojęcia! Spodziewałam się ładnej muzyki, ale nie takiej eksplozji! Mateusz, dawaj dalej, bo nie wytrzymam!

Ciąg dalszy nie rozczarował ich. Efekt przestrzeni Darek uzyskał rzeczywiście, stosując rogi i dodając im echo. Motyw Śnieżki był wyrazisty i rozpoznawalny, chociaż występował w wielu wariantach. Muzyka do sekwencji z cmentarzykiem w Łomniczce przyprawiła Eulalię o dreszcze.

– Słuchaj, Darek – mówiła podniecona, kiedy po skończonym zgraniu wycałowała już i wyściskała zażenowanego kompozytora – ty musisz tę całą muzykę zebrać do kupy, opracować i zrobić symfonię. Rozumiesz: nutki napisać porządnie i żeby to orkiestra mogła zagrać, a nie komputer. Swoją drogą bardzo dobry ten twój komputer. Prawie jak prawdziwe instrumenty. Ale pamiętaj, musisz napisać symfonię!

Kompozytor zasłonił oczy rękami.
– Jaką symfonię? Lala, wy jesteście życzliwi, ja wiem, ale przecież ja widzę, ile mi brakuje...
– Nie chrzań, stary. – Mateusz oderwał się na chwilę od opisywania kasety. – Skoro ona ci mówi, że jest dobre, to jest dobre. W ogóle uważam, żeśmy wyprodukowali zupełnie niezły kawałek. Lala, planujesz jakiś pokaz dla tych wszystkich goprowców, co ci robili za aktorów i pomoc techniczną?
– Tak. Niedługo. I tak chciałam tam jechać, a dzwonił jeden ratownik, że dziesiątego sierpnia mają święto na Śnieżce i pod Śnieżką; proponował, żeby przywieźć materiał właśnie wtedy, to wszyscy zainteresowani obejrzą. Chyba tak zrobię. No dobrze, kochani, dosyć pracy na dzisiaj. Może jeszcze przegraj mi to na

VHS, Mateuszku, będę sobie w domu oglądać i się samouwielbiać!

– A co, to ty postawiłaś te wszystkie góry w tym miejscu? – zdziwił się niewinnie Mateusz, ustawiając kasetę dziesięć sekund przed pierwszą ramką filmu.

Eulalia biła się z myślami. Jeżeli ma wykazać się humanitaryzmem, a w dodatku chce pobyć w Karpaczu więcej niż dwa dni, to nie powinna w żadnym wypadku zostawiać Marysi matce na garbie. Z drugiej strony, co to za przyjemność – z Marysią?

Biła się tak trzy dni, starając się jak najwięcej czasu spędzać na koncepcyjnej pracy nad nowym cyklem, a czwartego sprawa rozstrzygnęła się sama. Zadzwoniły Bliźniaki z raportem, że jakoś tak dziesiątego, jedenastego, no, może dwunastego sierpnia przyjadą do domu oprać się i odpocząć przed kolejnym etapem wakacyjnych wojaży. Wojaże najwyraźniej bardzo im się spodobały, ludziom z ich paczki również. Nigdy dotąd nie zażywali tak cudownej swobody.

Eulalia świetnie ich rozumiała. Ona też lubiła swobodę. Ale dołożenie mamie do Marysi Bliźniaków było już zupełnie niemożliwe. Prawdopodobnie traktowałaby ich jak dzieci i uporczywie ustawiała do pionu, czego oni najpewniej by nie znieśli – nie wiadomo, czym by się to wszystko skończyło.

Zawiadomiła więc Stryjka, że wpadnie tylko i wypadnie, więc trzeba ten przegląd zorganizować o jakiejś określonej porze, ona dojedzie, pokaże i odjedzie.

Stryjek był niepocieszony.

– A święto, Lalu? – pytał zgnębionym głosem przez telefon. – A Garnek?

Umówili się w końcu na Garnek w wigilię święta, a na przegląd w samo święto, jak tylko wszyscy zainteresowani zejdą z gór.

Mama, oczywiście, strasznie miała jej za złe.

Marysia miała w oczkach podejrzane błyski.

Ojciec zachował desinteressement.

Wyjechała wczesnym rankiem dziewiątego, zła, że zaraz jutro musi wracać. W ogóle atmosfera domowa zaczynała dawać się jej we znaki. Czy to jeszcze był jej dom? Kiedy ta cholerna Helenka wróci?

Na szosie docisnęła porządnie, ponieważ chciała dojechać jak najszybciej. Zazwyczaj lubiła zbaczać z głównej trasy, stawać w przydrożnych barach na kawę, gapić się na widoki po drodze – tym razem pędziła równo, zwalniając tylko w momentach wymagających tego bezwzględnie. Na przykład na widok patrolu policyjnego w krzakach.

Raz tylko nie bardzo jej się udało. Zanim się spostrzegła, zanim wcisnęła hamulec, przystojny drab na poboczu wystawił charakterystyczny lizak w charakterystyczny sposób. Drugi drab opierał się niedbale o motocykl. Równie urodziwy, mówiąc nawiasem (drab, nie motocykl, chociaż motocykl też niczego).

Zjechała na pobocze.

– Dzień dobry pani. – Drab z lizakiem zaprezentował wstrząsającej urody uśmiech, za który faceci od reklam pasty do zębów mogliby mu zapłacić majątek. Marnuje się ten uśmiech przy szosie. – Nie za szybko pani jechała przypadkiem? Dokumenty poproszę.

Podała mu dowód osobisty, prawo jazdy i całą resztę. Przekazał wszystko koledze, pięknemu jak Alain Delon w swoich najlepszych latach.

– Tak bardzo szybko jechałam, naprawdę? – bąknęła głupio.

– Naprawdę. Jakie tu mamy ograniczenie? Pięćdziesiąt. A pani ile jechała?

– Siedemdziesiąt?

– Dziewięćdziesiąt pięć. Niedobrze. Będzie pani musiała zapłacić.

– A nie chciałby mnie pan pouczyć?

– Niechętnie, proszę pani. Podejrzewam, że prawo jazdy ma pani od dosyć dawna. Bo technika jazdy, mówiąc między nami, bardzo prawidłowa. Ale z przepisami na bakier.

– Przepisy mam opanowane, tylko czasami z bólem rezygnuję z ich stosowania...

– Jak najbardziej niesłusznie, proszę pani. Punkty karne też będą, niestety.

Drab piękny jak Alain Delon przystąpił do studiowania dokumentów.

– No to chyba zapłacę – powiedziała Eulalia z rezygnacją. Nie miała, niestety, opanowanej metody przyjaznej konwersacji, dzięki której wiele jej (młodszych, to prawda) koleżanek wyłgiwało się od mandatów. – Chyba że nie mam tyle, to poproszę kredytowy. Na ile pan ocenia moje przestępstwo?

– Poczekaj, Kaziu – odezwał się drab od dokumentów. – Nie pisz na razie. Pani pracuje w telewizji?

– Pracuję.

– Pani robi takie programy o zwierzakach? Z doktorem... nie pamiętam, jak on się nazywa... wysoki, brodaty.

– Zgadza się.

– A pamięta pani psa, który wpadł pod ciężarówkę? Ten doktor mu uratował życie, a potem szukaliście właściciela przez telewizję.

– Jasne, że pamiętam! To był dog de Bordeaux, strasznie wielkie bydlę, bardzo sympatyczny. Nazwaliśmy go Zenek. Myślałam, że nam umrze, ale nasz doktor jest genialny. Poreperował go cudownie. Zenio tylko lekko utykał, kiedy go oddawaliśmy. A co, zna pan Zenka?

Piękny drab oderwał się od swojej maszyny.

– To jest mój pies, proszę pani. Wtedy brat go odbierał z moją żoną, bo ja byłem na szkoleniu.

– Co pan powie? Cudne psisko, bardzo nam go brakowało, kiedy już wrócił do rodziny. Wie pan, że Zenek mieszkał u mnie przez jakiś czas, bo zatkała się doktora lecznica, były jakieś nowe zwierzaki po wypadkach i trzeba było na kilka dni Zenka gdzieś zagospodarować. Jak on się teraz czuje?

– Wrócił do formy. Prawie nie utyka. Moje dzieci go uwielbiają, byłyby się zapłakały, jak nam zginął wtedy. Poleciał za panienką. Proszę, tu są pani dokumenty.

Drab spojrzał na nią przepaścistą głębią czarnych oczu (kto daje policjantom takie oczy?).

– Bardzo się cieszę, że mogę pani osobiście podziękować. Naprawdę. To strasznie fajny program, oglądamy zawsze całą rodziną.

Po czym stróż prawa zgniótł jej rękę w szczerym i serdecznym uścisku. Jego kolega uczynił to samo, twierdząc, że zwierzęta są lepsze od ludzi i on w tym wypadku nie miałby moralnego prawa kasować pani redaktor na żadne pieniądze.

– Tylko teraz – dodał, uśmiechając się hollywoodzkim uśmiechem – niech pani na wszelki wypadek uważa, bo dalej to już będzie nie nasza drogówka, tylko gorzowska, a oni jak złapią szczeciniaka, to nie popuszczą.

– A swoją drogą – dodał piękny właściciel Zenka – to ograniczenie w tym miejscu nie ma sensu. Powinno się skończyć pół kilometra wcześniej. Ale przepisów trzeba przestrzegać.

– Proszę ucałować Zenka w czółko – powiedziała Eulalia ucieszona z wielu powodów. – Chętnie bym go przypomniała w programie po wakacjach. Mam gdzieś telefon do pana żony, nie zmienił się?

– Ten sam.

– To zadzwonię i się umówimy. Bardzo się cieszę, że pana poznałam.

– Cała przyjemność po mojej stronie. – Drab zgiął się w dwornym ukłonie. Jego kolega, zapewne dla towarzystwa, również.

Perłowe porsche śmignęło obok nich z szybkością światła.

– Chyba muszą się panowie zająć łapaniem drogowych złoczyńców. Miło było z panami rozmawiać. Do zobaczenia.

Nie rzucili się sobie w objęcia na pożegnanie, ale niewiele brakowało.

Zły nastrój Eulalii minął jak ręką odjął.

Do Bacówki dojechała wczesnym popołudniem, z pieśnią na ustach. Zanim nastała dobra pora na Garnek, zdążyła jeszcze wyjechać wyciągiem na Kopę i zejść do Białego Jaru. Nad strumykiem pozastanawiała się trochę, po czym skręciła na Ścieżkę Szwagrów, doszła do Strzechy Akademickiej, wypiła swoją rytualną schroniskową herbatę i zeszła w dół – drogą jezdną do Polany (w oczach stanął jej jak żywy obraz ciężko przerażonego Stryjka), a potem Drogą Bronka Czecha.

Kiedy wróciła, porządnie zmęczona, do Bacówki, znajdował się w niej już ten sam skład, co przy poprzednim Garnku.

– Na Wawrzyńca zawsze przyjeżdżamy – mówiła Warszawianka, ściskając Eulalię serdecznie.

– A ty, widzę, też się tu przyjęłaś. – Warszawiak również rozpostarł ramiona, a ją ogarnęło miłe uczucie, że jest u siebie wśród przyjaciół.

Zaoferowała Stryjkom pomoc przy Garnku, ale podziękowali – wszystko mieli gotowe do stawiania na ogniu. Prawdę mówiąc,

Eulalia miała nadzieję, że tak właśnie będzie, i to był jeden z powodów, dla których nie spieszyła się zbytnio, schodząc z gór. Nie przepadała za pomaganiem w cudzych kuchniach i nie znosiła, kiedy nawet najbardziej przyjacielskie ręce pchały się do pomocy w jej własnej kuchni. Uważała gotowanie za czynność wysoce osobistą. Prawie intymną.

Co zaś do ognia, to zza Bacówki dobiegały przyjemne odgłosy siekierki rąbiącej drewno.

Postanowiła trochę się przed bankietem odświeżyć. Wzięła prysznic, mycie głowy sobie darowała, bo i tak przy ognisku nabiera się aromatu wędzonki... przez okno łazienki wpadał delikatny zapach dymu.

Spojrzała w lustro. Proszę, proszę. Rano miała dziesięć lat więcej. No, osiem. Ale wczoraj wieczorem co najmniej dwanaście! Bacówka działa.

W charakterze świetnie utrzymanej czterdziestki (a może nawet trzydziestkidziewiątki) wyszła do towarzystwa. Na ławeczce już nikogo nie było; znaczy, towarzystwo udało się za Bacówkę, do ogniska. Skierowała się w tamtą stronę. Za grzbiet Karkonoszy zachodziło właśnie słońce – Eulalia spojrzała z uśmiechem na gorejącą tarczę, zmrużyła oczy od blasku i w tej samej chwili wpadła na kogoś, kto szedł z dołu, od ogniska.

– O, przepraszam – powiedziała, otworzyła oczy, żeby zobaczyć, na kogo wleciała, i uśmiech zamarł jej na ustach.

Gbur z siekierą w ręce.

Gapił się na słońce i nie zauważył jej! Jak on lezie! Trzeba patrzeć przed siebie! I po co mu ten topór katowski? Chce ją zarąbać na dzień dobry?

– To na mnie ta siekierka? – spytała cierpko.

– Rąbałem drewno – odparł mechanicznie. – Dzień dobry pani.

Stał jak ta krowa i ani się ruszył.

– Przepraszam. – Wyminęła go i kipiąc w środku, podążyła do Stryjków i Warszawiaków. Do przyjaciół! A ten co tu robi? Znalazł się tu przypadkiem czy Stryjki specjalnie go zaprosiły?

– Jest nasza Lala – powitał ją radośnie Warszawiak. – Już myśleliśmy, że się utopiłaś pod tym prysznicem!

– Janusza spotkałaś? – zapytała jednocześnie Warszawianka.

– Spotkałam. Szedł na mnie z siekierą. Typowe dla niego.

Towarzystwo wybuchnęło radosnym śmiechem.

– Specjalnie go zaprosiliśmy – powiedziała tonem konfidencjonalnym Stryjkowa. – Przyjechał na święto i chciał nocować na Kopie, ale pomyśleliśmy sobie ze Stryjkiem, że może by się udało przełamać tę jego fobię telewizyjną... Pamiętasz, opowiadaliśmy ci?

– W tym samym miejscu zresztą. Pamiętam, oczywiście. Mam nadzieję, że nie każecie nam podać sobie rączek na zgodę.

– Nie wiem, czy to by nie było najlepsze – zaszemrał Stryjek, nalewając Eulalii hojnego karniaka. – To dla ciebie, Lalu. Masz tu coś niecoś do odrobienia.

– Ani mi się waż, Stryjciu! Dolej tu trochę soczku, proszę. Żadnych eksperymentów psychotechnicznych proszę nie robić na moim żywym ciele! A w ogóle to on się gdzieś podział i pewno schował przede mną. Może popełnił samobójstwo tą siekierką. Wasze zdrowie.

– Z gór my syny – zgodził się Stryjek. – A Janusz poszedł tylko po piwo do lodówki, bo on nie pije nic mocniejszego niż piwo. Dobrze że nie bezalkoholowe. O, już wraca...

No, świetnie. Tylko piwo. Na dodatek uzna, że ona jest alkoholiczką, musiał widzieć, ile sobie chlapnęła na dobry początek.

Usiadł z boku, rzucając w przestrzeń, że musi pilnować ogniska. Po czym zamilkł.

Usiłowała o nim nie myśleć, ale nie bardzo jej się to udawało. No bo siedział tam cały czas, gapił się w płomienie, od czasu do czasu popijał to swoje piwo. Beznadziejna gęba!

Uznała, że najlepsze, co może zrobić, to nadużyć alkoholu i dostroić się do większości towarzystwa. Nie żeby się strąbić jakoś kompromitująco, ale zyskać odrobinę luzu, bo przecież na trzeźwo to się nie da absolutnie!

Niestety, okazało się, że pomysł – sam w sobie niezły i przecież wielokrotnie sprawdzony – tym razem nie daje się wprowadzić w życie. Milczący facet przy ognisku denerwował ją strasznie. W dodatku wyglądało na to, że on milczy tylko do niej, bo z resztą towarzystwa rozmawiał, owszem.

Kiedy nadszedł uroczysty moment rozbrojenia Garnka i kolektywnej degustacji, była już całkowicie wyczerpana.

Niestety, wtedy właśnie Stryjkowa doszła do wniosku, że należy ostatecznie przełamać lody dzielące Eulalię i gbura nazwiskiem Janusz Wiązowski.

– Słuchajcie mnie, kochani moi – zawołała emfatycznie, wznosząc szklanicę wypełnioną wysokoprocentowym płynem. – Ja nic nie mówię, ale tak dalej być nie może. A w każdym razie nie powinno. Jesteśmy tu wszyscy przyjaciółmi, tymczasem niektórzy się na siebie boczą.

– Boczunio malyna – wtrącił ze smakiem Warszawiak, żując spory kawałek pięknie przypieczonej skórki boczku.

– Właśnie. Boczunio jest malyna – kontynuowała Stryjkowa – a ja proponuję, żeby Lala i Janusz przeszli na ty.

Eulalia skamieniała. Gbur, o ile udało jej się zauważyć, również.

– Doskonały pomysł – podchwyciła Warszawianka. – Januszku, Lala to jest świetna kobieta, bardzo ją tu wszyscy polubiliśmy, ciebie lubimy od dawna, co za tym idzie, musicie wypić bruderszafta.

– Może być piwem – uzupełnił Warszawiak – jeżeli Janusz się nie załamie i nie przejdzie na bardziej męskie trunki.

Eulalia spojrzała z rozpaczą na Stryjka, jedynego, który nie wpychał jej gbura w objęcia. Stryjek odwzajemnił jej spojrzenie i zrobił minę pod tytułem „radź sobie sama, ja tu nie mam nic do gadania". Gbur z wyraźnym niesmakiem odstawił trzymaną w ręce butelkę piwa.

Eulalia gorączkowo zastanawiała się, co zrobić. Może dostać ataku duszności? Szkoda tego boczku, cholera. Musiałaby konsekwentnie symulować dalej, co oznaczałoby rezygnację z reszty wieczoru i pójście do łóżka na głodniaka. Nie po to tu przyjechała. Ataczek odpada. Telefon! Ma w kieszeni telefon! Niech on zadzwoni!

Oczywiście nikt nie miał zamiaru do niej dzwonić o dziesiątej wieczorem. Cholera, cholera, cholera. Normalnie to nie mają skrupułów, dzwonią o północy.

Gbur już prawie wstawał ze swojego stołka.

Doznała olśnienia.

– Och, Stryjku – zawołała boleściwie. – Coś mi wpadło do oka, bardzo duże! Jesteś ratownikiem, chyba mi to będziesz umiał wyciągnąć!

Stryjek zrozumiał.

– Ale musimy z tym iść do światła. Chodźmy do Bacówki.

– Nie trzeba – zawołał radośnie Warszawiak. – Poświecę ci czołówką!

Dla Eulalii czołówka to było to, co znajdowało się z przodu programu, ale okazało się, że Warszawiak ma na myśli latarkę przymocowaną na pasku do czoła. Po jej zapaleniu wyglądał jak kosmita, co pozostałe panie przyprawiło o szczere łzy śmiechu. Przez następnych kilka minut kosmita świecił chwiejnym światłem, Stryjek udawał, że grzebie Eulalii w oku, Eulalia jęczała – głównie z przerażenia, że straci oko, Stryjkowa z Warszawianką zaśmiewały się do rozpuku, a gbur obojętnie żarł boczek i przypieczone kartofle.

Pomysł Stryjkowej poszedł szczęśliwie w zapomnienie.

Następnego dnia Stryjek zastukał do drzwi Eulalii o ósmej trzydzieści.

– Lala, jeżeli chcesz się zabrać na górę samochodem, to powinnaś wstawać. Łazienka jest wolna, zanim się wykąpiesz, zjesz śniadanie, trzeba będzie jechać.

– Dziękuję, Stryjeczku – zawołała, obudzona natychmiast. Spojrzała w okno. Pięknie. Ani chmureczki. Bacówka jest niezawodna. Życie tutaj jest o wiele milsze niż życie gdzie indziej. Ciekawe, czy ten pacan siedzi na dole...

Nie siedział. Tak jakby go nie było. Towarzystwo przy stole było spore, jacyś nieznajomi pili kawę, Stryjkowa produkowała kanapki z serem żółtym i polędwicą sopocką oraz broniła ich przed jakimś młodzieńcem, Warszawianka kroiła duńską babkę z rodzynkami, Warszawiak wraz z dużym obcym facetem pił piwo. Na ławce przed Bacówką też siedziało parę osób, popijając kawę i gwarząc przez okno z towarzystwem wewnątrz.

Ach, święto! „Wszyscy idą na Śnieżkę" – mówił Stryjek i wyglądało na to, że wiedział, co mówi.

Eulalia ograniczyła swoje kontakty z łazienką do minimum, stale bowiem ktoś do niej pukał i za każdym razem innym głosem mówił „o, przepraszam". Wyświeżona i radosna jak świnka w deszcz siadła do stołu i została dopuszczona do znakomitych kanapek Stryjkowej. Warszawianka nalała jej kawy, a Warszawiak zaproponował piwo, względnie maleńkiego klina. Podziękowała i przyjęła maleńkiego klina. Przedstawiono jej mnóstwo osób, zarówno tych wewnątrz Bacówki, jak i na ławeczce. Byli wśród nich ratownicy, przewodnicy, krewni, przyjaciele i przyjaciele przyjaciół.

Atmosfera tego świątecznego poranka spodobała się Eulalii szalenie.

Ale największą satysfakcję miała w momencie, kiedy zajęła honorowe miejsce – obok kierowcy, czyli Stryjka – w zatłoczonym do niemożliwości land-roverze, i kiedy ruszyli spod Bacówki, i pojechali wzdłuż kłębiącego się w kolejce do wyciągu tłumu wycieczkowiczów. Wiedziała, że uczucia, które nią zawładnęły, są z gatunku tych dosyć niskich... ale miała to w nosie.

Odnosiła wrażenie, że wszyscy ludzie z Karpacza wybierają się na Śnieżkę. Stryjek gnał z właściwym sobie szwungiem przez ulice, potem koło Wangu, a potem już drogą w granicach Parku Narodowego – coraz wyżej i wyżej, wszędzie mijając mniejsze i większe grupy ludzi. Turyści ustępowali pojazdowi z błękitnym krzyżem z sympatią i należnym szacunkiem, niektórzy przewodnicy, poznając Stryjka za kierownicą, unosili ręce w geście pozdrowienia. Stryjek odpowiadał z uśmiechem i pruł dalej.

Eulalię przy jego boku przepełniała radość. Kiedy samochód zaczął się wspinać po Drodze Jubileuszowej na zbocze Śnieżki, a krajobraz wokół nich rozszerzył się gwałtownie – poczuła, że właściwie niczego jej do szczęścia nie brakuje. Mogłaby tak jechać do skończenia świata.

Niestety, pokonawszy kilka ostrych i stromych zakrętów, Stryjek zaparkował z fasonem pod budynkiem Obserwatorium. Towarzystwo wysypało się z land-rovera i rozpełzło po szczycie. Eulalia poszła na kawę. Stryjek, pozbywszy się pasażerów, pomknął w dół jak strzała. Szukając miejsca, gdzie mogłaby wypić swoją kawę, Eulalia widziała, jak przejeżdża pędem obok Śląskiego Domu.

W restauracji panował, oczywiście, dziki tłok. Eulalia zauważyła kilka wolnych foteli w pobliżu bufetu i już chciała zająć jeden z nich, kiedy spostrzegła tabliczkę z napisem informującym, że są to miejsca dla przewodników. W pierwszej chwili trochę ją to zezłościło, ale potem nawet spodobał jej się taki zwyczaj. Znalazła sobie inne miejsce przy panoramicznym oknie i zasiadła w nim, z zadowoleniem kontemplując widok w głąb Doliny Łomniczki.

Gdybym nie była taka stara – pomyślała, popijając lurowaty napój – może bym nawet zostawiła tę całą telewizję, przerzuciła się wyłącznie na pisanie i zamieszkała gdzieś tutaj, w którejś z tych ślicznych wiosek wśród gór i lasów...

Gdybym nie była taka stara i gdybym nie miała tej głupiej astmy.

Gdybym nie była taka stara, nie miała tej głupiej astmy i gdybym jeszcze miała mnóstwo pieniędzy.

Gdyby, gdyby.

I tak jest przecież nieźle. Może tu być, zrobiła ładne kino, poznała mnóstwo świetnych ludzi, niektórzy uznali ją nawet za swoją.

Czterdzieści osiem lat.

Kiedyś biegała po tych górach. Ba, kiedyś biegała po Tatrach. A dzisiaj cieszy się, że ją ktoś zawiezie na górę... samochodem.

Ach, gdzie są niegdysiejsze śniegi... Ciekawe, czemu się tak roztkliwiła nad sobą. Nigdy tego nie robi. To znaczy, uczciwie mówiąc – kiedyś nigdy tego nie robiła, ale ostatnio zdarza się to jej czasami.

Nie powinna do tego dopuszczać. Jeżeli się rozklei, stanie się naprawdę głupią starą gropą. Nie, nie. Wczoraj wieczorem miała czterdzieści lat i tej wersji będziemy się trzymać! Jest przystojną, bystrą i zdolną osobą!

Odniosła szklankę do stosownego okienka i wyszła na zewnątrz.

Szczyt Śnieżki zapełniał się powoli, a z dołu, zarówno z Drogi Jubileuszowej, jak i z zakosów wciąż napływały tłumy ludzi. Pełno było wokół czerwonych polarów z białym lub biało-niebieskim paskiem na rękawie. W niektórych ich właścicielach Eulalia zaczęła rozpoznawać przewodników i ratowników, którzy pomagali jej w realizacji filmu. Szczególnie ucieszył ją widok Przystojnego Małomównego z radiowym głosem oraz Juniora z trzydniowym zarostem na zbójeckiej gębie, znawcy i wielbiciela subtelnych górskich kwiatków. Posunęła się nawet do rzucenia się im obu na szyję... Wyglądało na to, że znieśli to nie najgorzej.

Niebawem zapomniała o swoich smutkach i wtopiła się w tłum zalegający gęsto wierzchołek Śnieżki. W kaplicy Świętego Wawrzyńca rozpoczęła się już msza, którą odprawiali dwaj księża – ku rozczarowaniu Eulalii Czesi nie przywieźli tym razem swojego biskupa śmigłowcem; ograniczyli się do zwykłego księdza i transportu kołowego (a może przyjechał ichnią kolejką linową?). Ona sama nie brała udziału we wspólnej modlitwie, pałętając się po wierzchołku i co chwila ściskając jakieś dłonie. Raz nawet została zaproszona na łyk becherovki, którą w czeskim sklepiku zakupił do natychmiastowego zużycia znajomy dziennikarz z Wrocławia.

Właśnie wymieniała numery komórek ze spotkaną najzupełniejszym przypadkiem koleżanką ze studiów, która, jak się okazało, zamieszkała w Jeleniej Górze i w dodatku ma od lat uprawnienia przewodnika sudeckiego, kiedy poczuła delikatne dotknięcie dłoni na ramieniu. Stryjek.

– Przepraszam, Lalu, musisz się zdecydować, czy wracasz ze mną, czy może chciałabyś zejść do Łomniczki; nasi koledzy będą tam składać kwiaty na cmentarzyku. Bo ja nie będę was mógł później zwieźć.

Zastanowiła się błyskawicznie. Jeżeli pójdzie do Łomniczki, straci na to parę godzin, a nie jest ci ona taka szybka jak to całe długonogie i wysportowane towarzystwo w czerwonych polarkach. A przecież są umówieni jeszcze na przegląd filmu. No i potem czeka ją czterysta kilometrów za kierownicą.

– Jadę z tobą, Stryjku.

Kiedy zjeżdżali ze Śnieżki, dopadła ją nagle trema. A jeżeli film się nie spodoba? Wprawdzie Aleksander piał pochwały, a jego zleceniodawcy podobno byli bardzo zadowoleni, ale najważniejsze jest zdanie tej dzisiejszej widowni.

– Co się stało, czemu tak milczysz? Nie podobało ci się nasze święto? – zatroskał się Stryjek, gwałtownym skrętem wymijając grupkę gapiowatych turystów, którzy nawet nie słyszeli nadjeżdżającego land-rovera, wszyscy bowiem, jak jeden mąż, mieli na uszach słuchawki od walkmanów. Stryjek na ten widok aż się wzdrygnął z obrzydzenia.

– Święto jest rewelacyjne, Stryjeczku. Cieszę się, że przyjechałam. Gdzie my mamy ten pokaz, w Bacówce?

– W Bacówce. Chłopcy mieli nawet przynieść porządny magnetowid na tę okazję, bo nasz już jest trochę wysłużony... Patrz, mogliśmy wczoraj obejrzeć!

– Wczoraj nie było atmosfery do oglądania...

– Masz rację. Szkoda, że nie zostajesz na dłużej.

– Nie mogę, naprawdę. W domu mam pełno ludzi, w tym jed-

no dziecko pod opieką, nawet zastanawiałam się, czy jej tu nie przywieźć – to dziewczynka – ale ostatecznie zostawiłam ją z moimi rodzicami. Muszę wracać, pozbyć się ich wszystkich, wysłać własne dzieci na studia i może mi się uda jeszcze w październiku przyjechać na kilka dni.
– Wrzesień jest lepszy, Lalu – zatroskał się Warszawiak. – Nastaw się na wrzesień. My też będziemy, pójdziemy gdzieś razem, zrobimy Garnek...
Eulalia wzruszyła się. Prawdę mówiąc, od najmłodszych lat nie była pewna, czy ludzie chcą z nią utrzymywać kontakty dla niej samej, czy może tylko z grzeczności. Zawsze, kiedy otrzymywała dowody, że ktoś ją bezinteresownie polubił, czuła wzruszenie. Oczywiście, nikt z najbliższego otoczenia – ani Bliźniaki, ani Atanazy (bo o rodzicach czy Helence mowy być nie mogło tak czy inaczej) – nie miał pojęcia o tym jej kompleksiku. Być może stanowił on jakiś tam powód jej samotności, kiedy Arturek odszedł, wybierając łososie, zimne wody fiordów i zorzę polarną. Oraz kościstą Norweżkę o imieniu niemożliwym do wymówienia i zapamiętania.

Dziesięć przed trzecią Bacówka pękała w szwach. Dwaj małoletni kandydaci na ratowników zajmowali się intensywnie skomplikowanym systemem kabli, które miały uczynić pokaz możliwym do przeprowadzenia. Pozostali widzowie – w różnym wieku – siedzieli, gdzie mogli, pili kawę laną bez opamiętania przez Stryjkową i opowiadali mniej lub bardziej makabryczne historyjki o znoszeniu z gór umrzyków o różnym stopniu uszkodzenia. Eulalia podziwiała filozoficzną obojętność, z jaką ratownicy mówili o turystach kretynach, idących w góry w złym ubraniu, złych butach, w złą pogodę, bez mapy – albo z mapą, ale bez umiejętności użycia mapy, bez przewodnika, bez pomyślunku (bo w końcu na wszystkich szlakach pełno jest drogowskazów podających czasy przejść) i tak dalej. Ona sama najchętniej waliłaby po łbie takich turystów – chociażby po to, żeby sobie uprzytomnili, że w razie czego porządni ludzie będą ryzykowali swoje życie i zdrowie po to, żeby uratować im te wybrakowane głowy.

Ale ona miała generalnie gorszy charakter i nie nadawała się na ratownika, który powinien emanować spokojem. Eulalia niczym takim nigdy specjalnie nie emanowała.

Za pięć trzecia do Bacówki przyszedł pan naczelnik, który też chciał zobaczyć film Eulalii.

Minutę po trzeciej jeden z małolatów nacisnął właściwy przycisk na magnetowidzie i Eulalia poczuła, że zatyka ją z emocji. Żadna kolaudacja w telewizji nie kosztowała jej tyle nerwów. Ale też nigdy nie czuła się tak bezbronna – to oni wiedzieli, jak ma być, ona mogła się jedynie domyślać...

Oczywiście jednym okiem patrzyła na ekran, a drugim usiłowała spoglądać na twarze widzów. Miała nadzieję, że w stosunku do niej będą równie tolerancyjni, jak w stosunku do swoich umrzyków.

Oszukany montażowo przepiękny wschód słońca wywołał uśmiechy aprobaty na ratowniczych obliczach. Dalej było w zasadzie coraz lepiej. Pierwsze ukazanie się Śnieżki jako góry majestatycznej i wielkiej, w grzmocie Darkowych kotłów i kontrabasów, podobało się wyraźnie. Sekwencja zimowa na Polanie z lodowatym śniegiem wiejącym tuż przed obiektywem spowodowała westchnienie Stryjka (Eulalia podejrzewała jednak, że nie chodziło o wrażenia ściśle estetyczne). Przy zdjęciach z cmentarzyka w Łomniczce, podbudowanych przejmującą muzyką, wszyscy obecni wstrzymali na chwilę oddechy.

Eulalia natomiast wypuściła powietrze z ulgą. Już wiedziała, że jest dobrze. Widownia była najwyraźniej bardzo życzliwa. Co jakiś czas ktoś rzucał krótki komentarz, w rodzaju: „Ależ piękne zdjęcia", albo: „Świetna muzyka" i natychmiast był uciszany przez pozostałych.

Czterdzieści minut minęło.

Na tle Śnieżki i krzaczka kosówki w pierwszym planie pojawiła się plansza Eulalii. Jej ukochana plansza, którą z taką przyjemnością wklejała w tym miejscu.

W tym momencie rozległy się oklaski.

Poczuła, że łzy szczęścia napływają jej do oczu.

Może by się nawet popłakała z tego szczęścia, ale przy planszy z nazwiskiem operatora oklaski były nieco głośniejsze, więc oprzytomniała szybciutko. Była bardzo zadowolona. Otrzymała oto satysfakcję, o jakiej mogła tylko marzyć. Zrobiła film o swoich ukochanych górach i ten film zdobył uznanie ludzi, na których najbardziej jej zależało.

Pięknie, pięknie. Może nie jest jeszcze tak całkiem do zsypu, jak to się wydaje niektórym młodszym kolegom, a zwłaszcza koleżankom.

Z godnością przyjęła gratulacje i liczne serdeczne uściski. Wychylenia toastu na swoją cześć odmówiła, mając na uwadze czekające ją czterysta kilometrów za kierownicą.

Tłum w Bacówce zaczął rzednąć. Wdzięczni widzowie wychodzili, żegnając się z Eulalią i zapraszając dożywotnio w Karkonosze.

No, po prostu pławiła się w szczęściu.

Nagle zesztywniała leciutko.

Stał oto przed nią gbur, którego dotąd nie zauważyła w tłoku. Minę miał dosyć głupią, ale robił, co mógł, żeby to wyglądało na uśmiech.

– Czy mógłbym dołączyć się do tych wszystkich gratulacji? – odezwał się cicho. – Zrobiła pani bardzo piękny film. Naprawdę, bardzo piękny.

– Dziękuję – powiedziała sucho, starając się usilnie, aby nie spostrzegł jej popłochu. Nie wyciągnęła do niego ręki, chociaż najwyraźniej na to właśnie czekał. Chciała dodać coś złośliwego, ale zaschło jej w gardle.

Gbur nie odchodził, chociaż powinien.

– Chciałbym panią prosić o wybaczenie – rzekł. – Obawiam się, że byłem wobec pani strasznie nieuprzejmy. Ja wiem, że to się nie da normalnie wytłumaczyć...

Odzyskała głos.

– Nie musi pan o nic prosić. Ani niczego tłumaczyć. Nie ma obowiązku bycia uprzejmym wobec wszystkich nachalnych bab z telewizji. Przepraszam, chciałabym się pożegnać z Juniorem.

Zrejterowała spiesznie, nie patrząc już w stronę gbura, i po raz drugi tego dnia rzuciła się na szyję nieogolonemu miłośnikowi *Primuli minimy* oraz *Saxifragi nivalis*, który gromkim głosem wygłaszał pochwałę jej znajomości rzeczy (w kwestii kwiecia właśnie).

Kiedy wypuścił ją z objęć, gbura nie było już w polu widzenia.

Bacówka opustoszała.

Warszawianka ze Stryjkową wzięły się za sprzątanie po gościach, Warszawiak padł na kanapkę w dyżurce i oddał się relak-

sowi, a Eulalia i Stryjek wyszli na ganek i siedli na ławeczce z kubkami nieco wystygłej kawy w rękach.
– Jestem szczęśliwa, Stryjku – powiedziała Eulalia. – Twoje zdrowie – podniosła kubek.
– I twoje, moja droga. Bardzo ładnie ci wyszedł ten film. Widziałem, że Janusz Wiązowski był... Czy mi się wydawało, czy ci gratulował?
– Gratulował.
– A ty nie chciałaś z nim rozmawiać?
Eulalia postawiła kubek obok siebie i zaplotła ręce na kolanach.
– Mam opory – przyznała. – Ja się nie zacinam, naprawdę, ale on do tej pory prawie spluwał na mój widok...
– A tobie było przykro, rozumiem. Zawsze jest przykro, kiedy ktoś odrzuca naszą życzliwość. Ale wiesz, że on miał powody...
– Nic nie może być powodem do robienia afrontów nieznanej osobie – oburzyła się Eulalia. – A ja nie jestem cholerną psychoterapeutką, żeby znosić jego humory. Dość mam humorzastych kolegów, szefów, Bóg jeden wie czego jeszcze. Facet jest dorosły, odnoszę wrażenie!
– Od dość dawna – zgodził się Stryjek. – Ale jakby co, pamiętaj, że to porządny gość.
– Nie przewiduję „jakby co", kochany Stryjeczku...
– Nigdy nic nie wiadomo. Mam nadzieję, że jeszcze nieraz tu przyjedziesz...
– Nie opędzisz się ode mnie! – powiedziała Eulalia i zaśmiała się beztrosko.

Droga do domu była samą przyjemnością. Eulalia zawsze lubiła jeździć, nie mogła się tylko zdecydować, czy woli podróżować sama, czy z Bliźniakami. Przypuszczalnie było jej wszystko jedno.
Jadąc pięknie i płynnie, i prawie nie przekraczając przepisów, przeżywała raz jeszcze tryumf dzisiejszego dnia. Myślała też trochę o gburze. Budził w niej uczucia skomplikowane. Pamiętała, że na początku sama chciała przełamać lody. Facet niewątpliwie jest interesujący. Ale te jego fochy... nie do zniesienia. Jeżeli gość jest zdolny do takiej nieuprzejmości wobec kobiety, to żadna fobia go nie tłumaczy. Przeżycia. Ile można przeżywać!

Fakt, że ona sama do tej pory nie jada łososia. Staje jej kością w gardle. Ością, należałoby raczej powiedzieć.

Ale nie bywa z tej przyczyny nieuprzejma dla nikogo, nawet dla sprzedawczyń w dziale rybnym supermarketu, w którym robi zakupy!

Wykazał dobrą wolę...

Rychło w czas!

Tak sobie rozmyślając, niepostrzeżenie minęła tablicę z napisem „Szczecin".

Kiedy dojeżdżała do swojego domu, zdumiała ją ilość zapalonych świateł. Prawda, Bliźniaki mogą już być, a one nigdy nie miały skłonności do oszczędzania czegokolwiek. Dobrze, ale dochodzi północ, Marysia i rodzice powinni spać, a świeci się dosłownie wszędzie.

Lekki niepokój zdławiła w zarodku. Gdyby się coś złego stało, zadzwoniliby. Komórka to genialny wynalazek. Dla pewności odblokowała swoją, rzuciła okiem. Nie ma żadnych wiadomości, żadnych nieodebranych połączeń. Odetchnęła. Zaparkowała przed domem.

Jeżeli Bliźniaki są, powinny wylecieć na jej spotkanie. Dlaczego nie wylatują? Wyjęła torbę z bagażnika i pchnęła drzwi. Były otwarte.

Nie zdążyła pomyśleć o włamaniu, bo usłyszała podniecone głosy całej swojej rodziny, dobiegające z piętra.

– Ej, rodzino – krzyknęła, stając na środku holu. – Co się dzieje? Matka przyjechała!

– Matka przyjechała!

Bliźniaki zbiegły natychmiast po schodach, tratując się nawzajem, i Eulalia dostała swoją porcję uścisków. Zauważyła, że jej dzieci są opalone i tryskają zdrowiem, ale miny mają nie bardzo wyraźne. Na szczycie schodów stała już Balbina Leśnicka jak damska wersja posągu Komandora, a spoza jej ramienia nieśmiało wyłaniał się jej małżonek. Marysi nie było widać.

– Jestem – zawiadomiła rodziców Eulalia. – Jak sobie radziliście beze mnie? Gdzie Marysia?

– Marysia jest na górze – zawiadomiła ją matka głosem lodowatym. – Ty też bądź uprzejma przyjść na górę.

– Już idę. Co się dzieje, dzieci?

– Nic specjalnego. – Jakub przewrócił oczyma. – Babcia nie radzi sobie z rzeczywistością.
– Kuba, nie mów tak – łagodziła Sławka. – Ale dobrze, że jesteś, mamo, bo tu jest ważna sprawa. Może naprawdę chodź na górę, a potem będziemy cię witać jak trzeba, zrobimy ci kolacyjkę...
Pełna złych przeczuć Eulalia zrzuciła z ramienia torbę i weszła na piętro. Balbina wycofała się, dając jej przejście, i stanęła w progu sypialni, którą zajmowała wraz z Klemensem. Wciąż wyglądała, jakby ją ktoś przed chwilą uderzył.
– Może, z łaski swojej, zrobisz tu porządek – zagrzmiała. – Twoim dzieciom już zupełnie przewróciło się w głowie!
Gdzieś od strony maleńkiego pokoiku zwanego bokówką, służącego do nocowania niespodzianym, a nie bardzo czcigodnym gościom (Kuba uwielbiał chować się tam i udając, że się uczy, grać w różne elektroniczne gry), dobiegał dziwny odgłos. Eulalia otworzyła drzwi do bokówki i zobaczyła pościel w pieski, którą sama kilka dni temu dała Marysi, leżącą na wąskim tapczaniku. Na pościeli zaś leżała Marysia, twarzą w dół, i ryczała.
Eulalia postanowiła interweniować dopiero po dokładnym rozeznaniu sytuacji. Wydawało jej się, że w pokoju Sławki, który do tej pory zajmowała Marysia, widzi jakieś obce torby i plecaki. A zatem to nie jest tak, że Sławka po prostu wyrzuciła Marysię ze swego pokoju...
Na tapczanie Sławki siedziała jakaś obca dziewczyna i też ryczała, tyle że bezgłośnie.
Eulalia na wszelki wypadek sprawdziła pokój Kuby – nikogo w nim nie było, leżały tylko zwalone na kupę bambetle należące do Bliźniaków.
Za jej plecami wciąż rozlegał się głos Balbiny, wzywającej gromko do zrobienia porządku. Samo wezwanie wydało się Eulalii sensowne, ale ten głos ją rozpraszał.
– Mamo, przepraszam, daj mi szansę. Sławka, Kuba, proszę mi zreferować sprawę, tylko bez komentarza, same fakty. Które z was?...
– Ja – zdecydowała się Sławka po krótkiej wymianie spojrzeń z bratem. – Mamo, pamiętasz Paulinę, prawda?
– Paulinę?
– No, Paulinę, Polę Lubecką z naszej klasy! Pola, nie wyj już!

Na to subtelne polecenie dziewczyna w pokoiku Sławki podniosła zapuchnięte oczy i Eulalia poznała koleżankę swoich dzieci.

– Witaj, Paulinko – powiedziała uprzejmie. – Nie poznałam cię. Obcięłaś włosy. Może chciałabyś się umyć?

– Zaraz, mama. Bo może po co ona ma się myć, jeżeli zaraz będzie znowu beczeć. – Kuba zawsze wykazywał zmysł praktyczny. – A będzie beczeć, jeżeli jej nie pomożemy.

– No to postaramy się pomóc. W czym problem?

Pola Lubecka znowu zaczęła szlochać. Bliźniaki znowu spojrzały po sobie. Tym razem zaczął Kuba.

– Paulinę rodzice wyrzucili z domu – powiedział po prostu.

– Chryste Panie! Kiedy? Dlaczego?

– Dzisiaj. Trzy godziny temu. Wyrzucili ją, bo poszła za naszą radą i powiedziała im wszystko.

– Kuba! Mów jak człowiek!

– Pola jest w ciąży – przejęła narrację Sławka. – Jest w ciąży i w dodatku nie zdała na studia, bo tak naprawdę to w ogóle nie zdawała nigdzie, ale rodzicom przedtem bała się przyznać i mówiła, że zdała na politechnikę. Poza tym jej rodzice myśleli, że ona jest z nami...

Znowu przerwała, ale Eulalia już mniej więcej wiedziała wszystko. Głupia smarkata ma to dziecko nie wiadomo z kim, pewnie z jakimś żonatym łobuzem, który ją teraz puścił kantem, rodzice też ją puścili kantem, chyba naprawdę trzeba jej będzie jakoś pomóc. Boże, czy ona, Eulalia, ma przechowalnię osób z problemami?

– Dobrze. Na razie wiem, ile trzeba. Paulinko, oczywiście możesz zostać u nas, jak dojdziesz do siebie, zastanowimy się, co dalej. Na razie idź do łazienki, bo mamy tylko jedną porządną, wykąp się, weź sobie moją piankę relaksującą do kąpieli. Ręczniki są w szafce. No już, nic nie mów, tylko idź. Kolację zjemy razem, nie siedź tam za długo.

Sławka natychmiast przepchnęła szlochającą Polę do łazienki, co było o tyle konieczne, że na drodze stała Balbina, której Pola najwyraźniej bała się śmiertelnie.

Nie zwracając uwagi na prychanie matki, Eulalia kontynuowała przesłuchanie.

– Teraz chcę wiedzieć, kto zrobił krzywdę Marysi?
– Nikt jej nie zrobił krzywdy – Kuba zajął pozycję obronną. – Jako najmłodsza i najmniejsza może spokojnie spać w bokówce. Sławka będzie spała u mnie, ja na kanapie na dole. Sławka też mogłaby w bokówce, ale chce być bliżej Poli, a poza tym dlaczego Marysia musi mieć najlepiej?

Eulalia nie znalazła odpowiedzi na te logiczne argumenty, natomiast Balbina znalazła ją natychmiast.

– Bo Marysia jest dzieckiem! Dziecko musi mieć najlepiej! Właśnie dlatego, że jest dzieckiem!

– A co to za powód? – zaciekawił się szczerze Kuba. Ale jego babka nie była w nastroju do dyskusji światopoglądowych.

– Jak świat światem, dorośli oddawali wszystko dzieciom – zagrzmiała. – Dorośli mogą jeść suchy chleb, a dziecku nie może braknąć niczego! Niczego, powiadam!

– Bardzo niewychowawcze podejście – usiłował dyskutować Kuba, ale Eulalia trzepnęła go przez łeb i zrozumiał, że dyskusję należy odłożyć na kiedy indziej.

– Mamo, bardzo cię proszę – powiedziała Eulalia stanowczo.

– Nie będziemy dzisiaj już o niczym dyskutować. Marysia może spać w bokówce i nic złego jej się tam nie stanie...

Z bokówki dobiegł ryk o wzmożonej sile rażenia.

– Nawiasem mówiąc – Sławka wychynęła z łazienki – Marysia szpetnie mi porysowała moją ukochaną tapetę, nie wiem, czy uda mi się ją odmyć. Wcale nie chcę, żeby zajmowała mój pokój, dopóki nie dorośnie.

Eulalii przypomniało się, co Marysia mówiła na temat tapety w aniołki pierwszego swojego wieczoru w Podjuchach. Bezguście... tandeta... paskudztwo. Takie tam. Z westchnieniem udała się do bokówki.

– Marysiu – powiedziała półgłosem. – To ja, ciocia. Czy możesz przestać płakać na chwilkę?

– Nie mogę! Nie mogę! Za co mnie to spotykaaaa – wyła Marysia.

Eulalia zastanawiała się, czyby nie zastosować leczniczego klapsa, ale jednak bicie w każdej postaci wydawało jej się nie do przyjęcia.

– Dobrze, jak chcesz. Jeżeli za dwie godziny nie przestaniesz, pojedziemy na pogotowie, dadzą ci jakiś środek na uspokojenie. Nie, mamo, nie możesz tu teraz być, bardzo cię przepraszam. Marysia musi się wypłakać. Pozwól, że zamknę te drzwi. Tato, zabierz mamę!

– Ja chcę do mamyyyy! Ja chcę do babciiiiiii!!!

– Przykro mi, ale to chwilowo niemożliwe. Ewentualnie możesz się do mnie przytulić, chcesz?

– Nie chcę! Ty mnie nienawidzisz!

– A gdzie tam. Jesteś moją bratanicą, nie mogę cię nienawidzić. A teraz słuchaj uważnie, możesz sobie przy tym płakać, tylko słuchaj. Sława z Kubą dobrze rozplanowali... Chcesz chusteczkę do nosa? Lepiej weź, bo ci poduszka przemoknie i będzie ci się źle spało. Jeżeli ta ich koleżanka jest w potrzebie, to należy jej pomóc. Dzisiaj już niewiele wymyślimy, ja jestem zmęczona, wczoraj jechałam czterysta kilometrów i dzisiaj też. Jutro rano będziemy dyskutować.

– Nieeeee... Dziecko ma swoje prawa! Ja nie będę tu spać! Nie będę!

– Maryś, kończymy to gadanie na dzisiaj. Jutro dam ci telefon do rzecznika praw dziecka, zadzwonisz sobie i powiesz, że ciotka cię dręczy. Możesz płakać, tylko po cichu, żebyś nie przeszkadzała spać nam wszystkim. Dobranoc.

Marysia ryknęła raz jeszcze i zamilkła. Eulalia przypuszczała, że rozważa możliwość podkablowania cioci u rzecznika praw dziecka. Nie obeszło jej to zbytnio. Wyszła z bokówki, nie zamykając drzwi, żeby mała nie czuła się samotnie.

Sytuacja była już z grubsza uporządkowana. Pola zwolniła łazienkę, w której teraz taplał się Kuba, gwiżdżąc najnowsze przeboje techno. Rodzice zaszyli się w ciemnościach zajmowanej przez siebie sypialni, a Sławka, dobre dziecko, robiła właśnie herbatę i kanapki.

Eulalia z wdzięcznością przyjęła filiżankę herbaty i tartinkę z różnościami, wypiła łyk, ugryzła kęs, po czym poszła do gabinetu, padła na tapczan i zasnęła jak kłoda.

A wtedy drzwi sypialni rodziców uchyliły się cichutko, wychynęła z nich Balbina w nocnej koszuli, przemknęła do bokówki, za chwilę zaś z bokówki wysunęły się już dwie postacie i udały do sypialni, z której z kolei wyszedł Klemens w piżamie i zrezygnowanym krokiem udał się do bokówki, gdzie czekał na niego niewygodny tapczanik z pościelą w pieski.

Eulalia obudziła się z poczuciem głębokiej krzywdy.
– Która godzina? – zamamrotała. – Ja nie muszę dzisiaj wstawać. Mam wolne. Dajcie mi spokój. Idźcie sobie.
Usiłowała wpełznąć z powrotem pod kołdrę, ale wciąż miała obrzydliwą świadomość, że ktoś koło niej siedzi i czegoś od niej chce. Z najwyższym trudem otworzyła jedno oko.
– Dziecko, dlaczego mnie budzisz? Ja muszę odespać, muszę, no, muszę. Zrób wszystkim jajecznicę na śniadanie. Albo coś. Ale zostaw mnie, proszę.
Jej córka wpatrywała się w nią wielkimi oczami. Eulalia wiedziała już, że nie popuści. Usiadła na łóżku.
– Która godzina?
– Lepiej nie patrz, mamunia, bo mnie zabijesz. Jeszcze wszyscy śpią, ale musimy pogadać. Jak babcia wstanie, to już się nie da.
– Zrób mi kawy.
– Proszę bardzo, kawa dla pani, przewidziałam. Ja cię naprawdę, mamo, przepraszam, ale zrozum.
– Rozumiem.
– Pamiętasz coś z wczorajszego wieczora?
Eulalia jęknęła.
– Niestety, pamiętam. Nie byłam nietrzeźwa, tylko zmęczona, zwracam ci uwagę na tę subtelną różnicę.
– Wiem, ale skutki mogą być podobne. No ale skoro wszystko prawidłowo kojarzysz, to możemy przystąpić do rzeczy.
Eulalia cierpliwie czekała. Teraz, kiedy nadzieja na dłuższe pospanie odleciała w siną dal, było jej wszystko jedno. Miała nadzieję, że Sławka będzie mówiła konkretnie, nie owijając w bawełnę. Tak je zawsze uczyła, te swoje Bliźniaki: najważniejsze są konkrety, krążenie ogródkami może tylko wyprowadzić z równowagi – ją w każdym razie...
– Mama, nie zasypiaj! Pij tę kawę. Trzeba zdecydować, co będzie z Polą.
– A co proponujesz?
– Proponuję, żeby jakiś czas mieszkała u nas. Może jej rodzice jakoś skruszeją. Czekaj, nic nie mów. Wiemy doskonale, że ona

sama jest sobie winna. Wpakowała się jak głupia, bo się bała matki. Ojca też, ale matki bardziej. Nakłamała i oni na razie są wściekli. Bywa.

– Sławka, ja cię błagam, jeżeli narobisz głupstw, tfu, odpukać, to nie chowaj się z tym po kątach.

Córka przechyliła się i pocałowała matkę w czoło.

– Masz to u mnie. Oni w ogóle jej nie chcieli słuchać, masz pojęcie? To znaczy, jak już się wreszcie przyznała, co narozrabiała. Mówi, że nie wie, co ich bardziej rozwścieczyło – to, że nie zdawała na studia, czy to, że jest w ciąży...

– A propos, z kim?

– Z jednym wykładowcą na architekturze, bardzo przystojny gostek, miał ją przygotowywać do egzaminu z rysunku i się w nim beznadziejnie zakochała. On mówił, że też, ale jak się okazało, że jest w ciąży, to nagle przypomniał sobie, że ma żonę i dzieci i nie może im przecież zrobić krzywdy. To było tuż przed egzaminami wstępnymi na polibudę, dosłownie dwa dni – no i Pola się załamała, nie miała siły podejść do egzaminów.

Ciekawe, czy zdałaby z rysunku – pomyślała Eulalia mimo woli, a głośno zapytała:

– Jak on się nazywa, ten picuś?

– Nie pamiętam. Podobno to jest wybitny architekt. Jak chcesz, to się dowiem od Poli.

– Nic pilnego. A ona ma jakieś plany życiowe w tej swojej, smutnej, niewątpliwie, sytuacji?

– Nie sądzę. Na razie jest załamana i ryczy.

– Od miesiąca? – zdziwiła się Eulalia.

– Nie, ona przez ten miesiąc próbowała z nim rozmawiać, miała nadzieję, że on się nią zajmie, tak jak obiecał, wiesz, jak to jest, miał się rozwieść z żoną...

– Boże jedyny. Ona chyba nie jest za mądra, ta Pola.

– Och, mamo! Nigdy nie byłaś zakochana? Miłość robi z ludzi idiotów. Co do mnie, postaram się nigdy nie zaangażować. Seks to co innego, ale te wszystkie komplikacje emocjonalne... A jak się jeszcze człowiek zaplącze w toksyczny związek, to po prostu masakra!

Eulalia nie była pewna, czy podoba jej się tak wyrozumowane podejście do spraw uczuć wyższych. Uważała, że, mimo wszystkich... hm... komplikacji emocjonalnych, a zwłaszcza koszmaru rozwodowego, warto jednak było zakochać się w cholernym Arturku. Toksyczny to on był, ale miał wiele zalet – dopóki mu się chciało. Cóż, niektóre kobiety nie mają zupełnie nic, a ona miała kilka bardzo szczęśliwych lat. Że nie wspomnimy o parze znakomitych dzieci.

– Mama, nie słuchasz, co mówię!
– Ależ słucham. A jak długo ona ma z nami mieszkać?
– Do skutku – wyszemrała Sława.
– To znaczy, dopóki nie urodzi? Czy może dopóki jej dziecina nie osiągnie wieku poborowego? W którym ona jest miesiącu?
– W czwartym. Ja myślę, że miesiąc, dwa u nas by wystarczyło. Pola oprzytomnieje, coś razem wymyślimy. Tylko widzisz... to jeszcze nie wszystko. Pola ma chłopaka. To znaczy – miała chłopaka, dopóki się nie zamotała w pana adiunkta. On teraz jest na trzecim roku.
– Architektury?
– Skąd wiesz?
– Nie wiem, zgaduję. I co wymyśliłaś w związku z byłym chłopakiem Poli?
– On się nazywa Robert Bończa. Nie znasz go. Jak Polę rodzice wyrzucili, zadzwoniła do Roberta, bo tylko on jej przyszedł do głowy. Robert zaproponował, żeby mieszkała u niego, i ona się zgodziła, bo nie miała wyjścia. Rozumiesz, tak po przyjacielsku. I też chcieli być w porządku wobec jego rodziców, więc im wszystko uczciwie powiedzieli. Wtedy Roberta rodzice z kolei zrobili awanturę i zdaje się, że dosyć brzydko nazwali Polę... więc Robert się na nich obraził i wyprowadził z domu...
– Czy to znaczy, że Roberta również zamierzacie zakwaterować u nas?
– Kochana jesteś, że się zgadzasz...
– To jest nadinterpretacja. Jeszcze się na nic nie zgadzam. A gdzie on jest teraz?
– U jednego kolegi, ale tak się długo nie da, bo ten kolega ma pokój dwa na dwa. Zrozum, mama, jeżeli oni będą razem, nawet w sytuacji przymusowej, to może Pola zdecyduje się do niego wrócić! On by chciał. Dziecko mu nie przeszkadza. Mówi, że jak tylko zda egzamin u tego adiunkta, to pójdzie i da mu w dziób.

Ale na razie nie bardzo może, bo gdyby namówił Polę, żeby z nim została, to chociaż jedno w tej rodzinie musi mieć dyplom, nie uważasz?

– Uważam – powiedziała Eulalia kompletnie skołowana. – Ale jak sobie wyobrażacie koegzystencję z babcią?

– A babcia na długo u nas?

– Nie mam pojęcia. Dopóki Helence nie znudzi się Londyn i wielki świat. Atanazy nie może na razie wracać, bo narobił zobowiązań, i dobrze, bo będzie z tego miał pieniądze. A Helenki nie ma siły wyrzucić do Polski. A Helenka powierzyła swoją jedyną genialną córkę matce chrzestnej, czyli mnie. Ach, jest jeszcze jedna drażliwa sprawa: czy my mamy utrzymywać waszych przyjaciół? Bo przyznam, że nie jestem na to przygotowana finansowo...

– Nie, nie, oni mają pieniądze. To znaczy Robert pożyczy Poli, on ma dużo forsy, zarabia w paru miejscach. Wygląda na to, że on ją kocha, jak myślisz, czy to może być na stałe?

– Nie wiem, czy cokolwiek jest na stałe na tym świecie. – Eulalia westchnęła. – Czasami się trafia. Ale ten Robert mi się podoba. Czy jest schludny?

– Schludny i zawsze ładnie pachnie.

– To będzie musiał dokładać się do proszków do prania. Dobrze, zgadzam się. Może babcia szybciej ucieknie. Tfu, nie powiedziałam tego.

– Pola na pewno chętnie zajmie się Marysią, w ramach ćwiczeń przedmacierzyńskich...

– Jeżeli Marysia raczy z nią rozmawiać. A teraz powiedz mi, która godzina, bo ta kawa jakoś słabo działa.

– Wpół do ósmej.

– Wynoś się natychmiast – powiedziała Eulalia stanowczo i zaryła nosem w poduszkę.

Robert Bończa okazał się młodzieńcem długowłosym i brodatym, przy czym jego długie włosy zdradzały tendencję do zanikania na czubku głowy, broda zaś była rzadka i mizerna. W jego wizerunku dominującą rolę odgrywała kolorystyka – coś pośredniego między beżowym piaskiem pustyni a beżowym kurzem na polnej drodze w dzień upalny. Cerę miał beżową, oczy jakieś takie... żółtobeżowe, ubierał się, oczywiście, na beżowo. Schludność, o której wspomniała Sławka, polegała głównie na nieopanowanej skłonności do wielogodzinnych kąpieli, co powodowało u Eulalii (mającej na uwadze rachunki za gaz) lekki niepokój. Wszystkich zaś lokatorów przyprawiało o wściekłość, bowiem łazienka po Robercie wyglądała zazwyczaj jak krajobraz po bitwie.

Wykąpany i pachnący Robert ubierał się w jakieś świeżo wyprane, strasznie złachane spodnie i powyciąganą bluzę (wszystko to w jednostajnym odcieniu beżu), i ani na moment nie tracił wyglądu kloszarda.

Eulalia skłonna była do pewnego stopnia rozumieć Polę, która zostawiła go dla pięknego adiunkta na wydziale architektury. Adiunkt zapewne był nie tylko piękny, ale i elegancki. Będzie się musiał biedny Beżowy porządnie napracować i okazać wielką siłę charakteru, żeby dziewczyna zapomniała dla niego o swoim niecnym uwodzicielu...

Trzeba było jednak przyznać, że robił, co mógł. Okazywał przy tym dużą klasę, traktując wybrankę serca jak księżniczkę, bynajmniej nie upadłą. Wybrance na razie było wszystko jedno, albowiem nie wyszła jeszcze z depresji. Najchętniej siedziałaby stale na tapczanie z tragicznym wyrazem twarzy i płakała rzewnie.

Eulalia od razu postawiła jasno wszelkie sprawy finansowo-organizacyjne. Pola i Beżowy mieli partycypować w kosztach ogólnodomowych typu światło i gaz (nadmierne zużycie tego ostatniego przez Roberta równoważyła Pola, która z powodu depresji prawie się nie myła), natomiast jedzenie mieli przygotowywać sobie sami. Dostali na swoje potrzeby małą szafeczkę w kuchni, urządzeń kuchennych zaś używać mieli na zmianę z pozostałymi domownikami. Oczywiście, korzystał z nich wyłącznie Robert, który przyrządzał jedzenie typu zupka z kubka najszybciej jak potrafił, po czym uciekał ile sił w nogach przed babcią Balbiną, wściekłą z powodu ciasnoty w domu, jak to określała.

Ciasnota, owszem, była. Marysia została na dobre lokatorką bokówki – Eulalia postanowiła nie ujawniać wiedzy o tym, kto naprawdę sypia w tym maleńkim pokoiku. Państwo Leśniccy, teoretycznie przynajmniej, zasiedlili małżeńską sypialnię Eulalii i Artura. Pola zajmowała pokój Sławki, Robert – pokój Kuby, Sławka spała na kanapie w salonie, a Kuba rozkładał sobie w rogu salonu łóżko polowe. Gabinet Eulalii w coraz większym stopniu stawał się jej twierdzą.

Niezbyt często z niej korzystała zresztą, zajęta przygotowywaniem pierwszego programu nowego cyklu, a właściwie pierwszych trzech programów – ze względów praktycznych robili od jednego razu wszystkie zdjęcia zaplanowane w jednym miejscu. Roch Solski, człowiek niezawodny, harmonijnie łączył fuchę ze swoją stałą pracą.

Ona zaś była szczęśliwa, mogąc uciec ze swojego przeludnionego domu. Starała się tylko nie myśleć o obowiązku zastępczego wychowywania Marysi *in loco parentis*... Ostatecznie Bliźniaki są w domu, niech się przyłożą do integracji rodzinnej.

Bliźniaki nie miały wyjścia. Złożywszy wakacyjne wojaże na ołtarzu przyjaźni, siedziały w domu i pilnowały dobrych stosunków między Polą i Robertem a babcią i Marysią. Dziadek zachowywał neutralność, natomiast obie damy serdecznie młodych nie cierpiały. Sławka i Jakub mieli więc co robić. Eulalia starała się nie brać udziału w sporach i spontanicznych wymianach poglądów.

Któregoś sierpniowego wieczora Sławka zawiadomiła matkę, że w drugiej połowie domu, czyli byłym mieszkaniu Berybojków, coś się dzieje.

– Jakiś remont chyba czy przeróbki. Ty, mama, wiesz, kto tu się będzie wprowadzał?

– Nie mam pojęcia – odpowiedziała Eulalia odruchowo. Siedzieli całą rodziną w ogrodzie przy grillu i piekli kiełbaski. Zaproszeni Pola i Robert czaili się pod krzakiem, starając się nie wchodzić w pole widzenia Balbiny. Bliźniaki donosiły im pożywienie na wielkiej tacy malowanej w czerwone róże.

– Może by zadzwonić do Berybojków i zapytać, komu sprzedali chatę – zaproponował Kuba, chrupiąc jednocześnie ogórek małosolny.

– Nie jedz z pełnymi ustami – ofuknęła go siostra.

– Inaczej nie potrafię.

– To znaczy nie mów!

– Lubię mówić – zaprotestował Kuba. – Zadzwoń, matka. Ja jestem ciekawy; nie wiem, jak wy.

– Czekaj, czekaj. – Eulalia zastanowiła się przez moment. – Chyba powiedziałam nieprawdę. To przez nadmiar stresów ostat-

nio. Zapomniałam. To jest, przypomniałam sobie. Myślę, że tu będzie mieszkał główny macher od ochrony wybrzeża, szef Rocha Solskiego. Podawałam Rochowi telefon Berybojków niedawno, miał sprawdzić, czy gość jest w porządku, i jeżeli tak, dać mu ten telefon. Widocznie Roch miał o nim dobrą opinię.
— Ochrona wybrzeża? *Coast Guard*? — Kuba okazał zaciekawienie.
— Nie obrona, tylko ochrona. Przed siłami natury.
— Żeby morze klifu nie rozwalało — dodała Sławka z wyższością.
— A może ty, matka, zadzwoń do Rocha, niech ci powie coś więcej o tym gościu — zaproponował Jakub. — To ostatecznie będzie nasz sąsiad. Dobrze by było zrobić jakiś wywiad...
— Nie zadzwonię do Rocha, bo wyjechał. Skończyliśmy wczoraj zdjęcia i Rosio udał się na zasłużony urlop. Montować będę sama. Poza tym jakie to ma znaczenie, kto to taki.
— Może ma dzieci w moim wieku — odezwała się Marysia tęsknym głosem.
Eulalii znowu zrobiło się żal dziewczynki. Biedna, samotna, znudzona mała!
— Bo jakby miał — kontynuowała Marysia — moglibyśmy stworzyć teatr. Grałabym Pippi Langstrumpf. Powinnam ćwiczyć, zanim dostanę tę rolę w prawdziwym teatrze.
— A te dzieci co by grały? — zapytała Sławka z kiełbaską w zębach, niepomna tego, co mówiła przed chwilą własnemu bratu.
— Widzów, oczywiście. — Marysia wzruszyła ramionami. — Nie każdy się nadaje do tego, żeby być prawdziwą aktorką. Nie każdy ma talent. Mogłabym im też recytować moje wiersze. I dałabym im swój autograf, ale tylko jeden na całą rodzinę.
Eulalii przestało być jej żal. Poczuła natomiast prawdziwą złość na bratową. Oraz na brata. Niechby wreszcie okazał się mężczyzną, ustawił tę całą Helenkę do pionu...
Musiałby jeszcze ustawić własną matkę, której pion wykrzywił się już mocno pod wpływem obcowania z Helenką.
Wszystko jedno. Jutro do niego zadzwoni i zażąda, żeby wracali. Jako starsza siostra weźmie go na poważną rozmowę, udzieli paru światłych rad i zaoferuje pomoc. Jeszcze dokładnie nie wie jaką, ale zaoferuje. Prawdopodobnie będzie to pomoc ściśle teore-

tyczna. Niech się Atuś sam zajmuje swoim rozbuchanym intelektualnie dzieckiem (uczciwie mówiąc, ona sama starała się jak dotąd zajmować nim jak najmniej, wbrew wyraźnemu życzeniu bratowej, ale nie będzie przecież wydzierała dziecka babce z rąk).

Następnego dnia okazało się jednak, że komórki Atanazego ani Helenki nie odpowiadają. Eulalia zgrzytnęła zębami i postanowiła dzwonić do nich codziennie.

Trzy dni później rozwścieczona Eulalia czytała na odwrocie widoczka przedstawiającego złocistą plażę i białe chmurki na tle obrzydliwie turkusowego nieba: *Lalu, kochana, wiem, że zrozumiesz, zabrałem Helenkę na dwa tygodnie do Cannes, uparła się, że dopadnie mojego wydawcę od książeczek dla dzieci, musiałem wiać, zależy mi na tej pracy. Zapomnieliśmy w Londynie komórek, pewnie dzwoniłaś. Niedługo coś wymyślę. Nie brakuje Ci pieniędzy? Są na koncie, matka ma kartę, jakby Ci nie chciała dać, to ją wykradnij, nosi w książeczce ubezpieczeniowej, pin jest jak miesiąc moich urodzin i dzień Twoich. Całuję.*

No, chociaż pieniądze będą. Bo już stawały się kwestią drażliwą. Ciekawe, czy matka da kartę dobrowolnie.

Odmówiła.

– Przy twoich zarobkach brakuje ci pieniędzy? A jednocześnie utrzymujesz dwoje zupełnie obcych ludzi? Nie spodziewałam się tego po tobie. Jeżeli Atanazy napisze do mnie w tej kwestii, to oczywiście dam ci tę kartę... Ale bez tego nie czuję się upoważniona.

– Ale przecież to właśnie Atek napisał, że mogę korzystać z konta!

– Napisał, mówisz? To pokaż mi, co napisał!

Eulalia zaklęła w duszy bardzo brzydko. Przecież nie pokaże matce tego, co Atuś nawypisywał, bo dostanie zawału.

– Dałam ci poza tym dwieście złotych z emerytury tatusia – dobiła ją Balbina i odeszła z godnością.

Fakt, dała. Wymagania miała jednak znacznie droższe... Ciekawe, co zrobiła ze swoją emeryturą? Atek wspominał kiedyś, że wpłaca swoje pieniądze na specjalne konto przeznaczone na grobowiec rodzinny. Jeżeli robi to od czasu, kiedy mieszka z Atanazym, to może już sobie wybudować katakumby na sto dwadzieścia osób.

No, ale nic to. Na razie ma jeszcze trochę z honorariów, potem przydusi Robercika, a potem rąbnie mamusi kartę bankową Atanazego. Zapisała sobie w komórce szyfrem: Wizytki – 601 601 222. Ostatnie cztery cyfry to pin do tej całej Visy. Swoje piny też miała zaszyfrowane w komórce.

Odczuwała duże zmęczenie. To ten kocioł w domu. Może gdyby udało się pozbyć Poli i Beżowego, byłoby nieco łatwiej. Niestety, nie bardzo się na to zanosi. Sławka wciąż sypia na kanapie w salonie, zatem Pola i Beżowy sypiają osobno, czyli nic się między nimi nie zmieniło. Tak jakby Pola mniej płakała. Ale może po prostu płacze dyskretniej.

Eulalia postanowiła wziąć sprawy w swoje ręce. Miała właśnie kilka dni wolniejszych, bo zmontowała już dwa odcinki nowego cyklu i pozostał jej jeszcze jeden, z gotowych materiałów. Kiedy zrobi ten ostatni, trzeba będzie jechać kręcić materiał do następnych. Na razie jednak wezwała przed swoje oblicze Beżowego.

Zjawił się w jej gabinecie (postanowiła wzbudzić w nim respekt od startu) – jak zwykle pięknie pachnący kloszard z rozczochranymi włosami i zmierzwioną kozią bródką. Pełen szacunku stanął w drzwiach, w pozie oczekiwania.

– Niech pan zamknie te drzwi za sobą, panie Robercie – powiedziała Eulalia tonem nieznoszącym sprzeciwu. – Będziemy poważnie rozmawiać. Proszę usiąść na tym fotelu. Nie na kanapie i niech się pan tak nie rozwala przy damie. To będzie początek pańskiego nowego oblicza.

– Nowego czego? – zdumiał się Beżowy, odruchowo prostując zawsze zgarbione plecy.

– Image. Imidż. Imaż. Wizerunek.

– Ja lubię swój wizerunek – zaprotestował łagodnie Beżowy.

– To nie ma znaczenia. Niechże mi pan łaskawie powie: kocha pan Paulinę czy nie?

Beżowy nie odpowiedział, tylko spojrzał na Eulalię z wyrzutem.

– Rozumiem. Kocha pan. Czy miłość platoniczna panu wystarcza?

Beżowy zmienił kolorystykę. Zarumienił się.

– No wie pani... Na razie musi... Pola nie jest jeszcze gotowa, nie mogę jej zmuszać do niczego, do żadnych decyzji. Ale wie pani, myśmy kiedyś naprawdę byli parą. Ja mam nadzieję, że ona to sobie przypomni, było nam w zasadzie dobrze razem. Jej sytuacja nie jest teraz łatwa, ja jej i tak nie zostawię, my jesteśmy pani naprawdę wdzięczni...

– Dobrze, dobrze – przerwała mu Eulalia, bo wyraźnie wchodził na obroty. – To nie o to chodzi, żebyście mi byli wdzięczni, tylko żeby sprawę ruszyć z miejsca. Dlaczego ona pana wtedy zostawiła?

– Nie mam pojęcia – westchnął Beżowy. – Powiem pani uczciwie: nie odważyłem się nigdy jej o to zapytać. Pewnie czymś tam pan Szermicki nade mną górował...

Eulalia skrzywiła się. Widziała Szermickiego na wręczaniu nagród Stowarzyszenia Architektów, pamiętała, że zrobił na niej wrażenie niesympatycznego bufona. Natomiast prezencję miał biegunowo różną od poczciwego, niechlujnego Beżowego. Pewnie po kryjomu oglądał zdjęcia Pierce'a Brosnana jako Jamesa Bonda i starał się ze wszystkich sił dorównać temu przystojniakowi. Uczciwie mówiąc, niewiele mu brakowało.

Najwidoczniej Pola nie gustowała w rozchełstanych artystach, nawet najlepiej domytych, tak bardzo jak w sobowtórach Pierce'a Brosnana. Eulalia nie mogła jej tego mieć za złe.

– Ma pan jakieś pieniądze? – zapytała. Beżowy się speszył.

– W zasadzie... ja dopiero studiuję, trochę tam sobie dorabiam. Gdybym się bardzo sprężył, jakoś bym Polę i dziecko utrzymał. W ostateczności przerwę studia i pójdę do pracy.

Eulalia poczuła przypływ sympatii do obrzępanego młodziana.

– Ja nie o tym – wyjaśniła. – Nie sięgam na razie tak daleko, chociaż i o tym trzeba będzie kiedyś pomyśleć. Ale najpierw musi pan coś zrobić ze sobą, panie Robercie.

Beżowy spojrzał na nią pytająco.

– Ma pan teraz dwie godziny dla mnie? Tak? To jedziemy do miasta. Proszę wziąć trochę pieniędzy. Jeśli nie wystarczy, pożyczę panu. No już. Nie wiem, ile. Niech się pan ruszy!

W samochodzie wyjaśniła Beżowemu, na czym opiera swoje nadzieje co do zmiany postawy Pauliny. Starała się bardzo, aby nie zranić jego uczuć, ale chyba nie najlepiej to wyszło. Beżowy posmutniał, niemniej argumenty Eulalii przemówiły do niego i zdecydował się na eksperyment.

Eulalia zawiozła go do galerii odzieżowej przy pierwszym z brzegu supermarkecie. Zdecydowali już kolektywnie, że z markowymi garniturami jeszcze poczekają. Kupili dwie pary dość podobnych beżowych sztruksowych spodni (postanowili utrzymać dotychczasową kolorystykę), kilka koszul w różnych odcieniach beżu i ecru oraz beżową bluzę i jasnobrązową wiatrówkę. Wyszło na jaw, że cichy i skromny Robercik dysponuje zupełnie niezłymi zasobami. Przydadzą mu się na pampersy, jak się już ożeni z grymaśną Polą...

Jeden taki beżowy zestaw Robert włożył od razu na siebie i natychmiast zaczął wyglądać lepiej.

– Teraz buty – powiedziała bezlitośnie Eulalia, kiedy zadowolony, a jednocześnie lekko spłoszony Robert zaczął sterować w kierunku wyjścia. – Te rozwalone sandały zaraz wyrzucimy do kosza.

Zmusiła go do nabycia nowych sandałów i dodatkowo pary adidasów, oczywiście, beżowych.

– A teraz, kochany – powiedziała – będzie najważniejsze. Tu jest całkiem niezłe studio fryzjerskie, obetniesz sobie te pióra. Na krótko. Przepraszam, zaczęłam do pana mówić po imieniu, ale już trudno. Ostatni raz kupowałam tak ubrania Jakubowi, kiedy miał dwanaście lat. Od trzynastego roku sam sobie kupuje. Ale przez moment wydawało mi się, że jest pan moim synem.

– Mnie będzie bardzo miło – oświadczył Robert, wciąż Beżowy.

– Doskonale. Tylko nie kombinuj. Ja wiem, że próbujesz sobie zasłonić początki łysiny, ale i tak będzie widać. Przepraszam cię za brutalność, ale już nie masz pięciu lat, a poza tym zależy ci na czymś. Ja nie gwarantuję, że podziała, ale trzeba spróbować. Bródkę też zlikwiduj. Byle jaka jest, a masz ładny podbródek. Z charakterem. Możesz sobie zapuścić taki trzydniowy zarost, ale lepiej sprawdź, jak to działa na Paulinę. No dobrze. Idź i życzę ci szczęścia. Ja poczekam w kawiarni, po drugiej stronie.

Powstrzymała się przed wejściem z Robertem do fryzjera i udzieleniem instrukcji temu ostatniemu.

Godzinę później, kiedy już zjadła dwie porcje lodów z owocami i wypiła trzy kawy, do kawiarni wszedł Beżowy. Poznała go bez mała wyłącznie po kolorystyce. Poszedł na całość i nie zostawił sobie na głowie nic. Teraz, kiedy nie powiewały wokół niego smętne kłaczki, widać było szlachetny kształt czaszki, prosty nos i zdecydowany podbródek. Pojawiły się oczy – już nie beżowe, ale piwne. No, powiedzmy, jak jasne piwo. Jasnokremową koszulę z krótkimi rękawami wpuścił w sztruksowe spodnie, co uwydatniło smukłość sylwetki oraz długie nogi.

I taki facet nosił się jak ostatni łachmyta! Nie, nie dziwi się Poli! Natomiast zdziwiłaby się, gdyby teraz Pola nie zareagowała...

Beżowy stał w progu i spoglądał na nią niepewnie.

– Rewelacja – powiedziała szczerze. – Gratuluję. Jesteś przystojny, czego trudno się było domyślić. Gdybym miała trzydzieści lat mniej, zakochałabym się w tobie na zabój.

– Żartuje pani?

– Nigdy w życiu. A w każdym razie nie w tej chwili. Wracamy do domu?

Pojawienie się Beżowego w charakterze łysego przystojniaka wywarło duże wrażenie na domownikach. Balbina wprawdzie mruknęła pod nosem coś o skinach, ale była odosobniona w swojej opinii. Nawet Marysia była innego zdania.

– Ale cool! – powiedziała z aprobatą.

Sławka, zachwycona, uparła się, że musi pogłaskać Roberta po jego nowej, przepięknej łysinie. Kiedy wprowadzała słowo w czyn, Eulalii zdawało się, że Pola miała zły błysk w oku. Bardzo dobrze. Bardzo dobrze. Kuba natychmiast postanowił zrobić ze swoją głową to samo. Balbina sprzeciwiła się stanowczo. Wyjątkowo poparła ją Eulalia, której żal było bujnej czupryny syna. Sławka była za. Dziadek ją poparł. Babcia podniosła głos. Dziesięć minut później kłócili się wszyscy ze wszystkimi, wyłączając Polę i Roberta, którzy poszli w głąb ogródka, rozmawiając cicho.

Trzy dni później Sławka wprowadziła się z powrotem do swojego pokoju, a Kuba schował łóżko polowe w piwnicy i przeniósł się ze spaniem na kanapę w salonie.

Eulalia była trochę zaskoczona tempem, w jakim podziałała jej kuracja, ale – powiedziała sobie – o to w końcu chodziło...

Remont drugiej połowy bliźniaka też odbywał się w tempie błyskawicznym. Tak błyskawicznym, że chyba nie był to remont dokładny, a już na pewno nowy właściciel niczego nie zmieniał.

Eulalia uważała, że słusznie, bowiem mieszkanie Berybojków miało ciekawy rozkład, było przemyślane i dawało wiele możliwości.

No tak, ale to były możliwości przewidziane dla dwojga. Berybojkowie byli bezdzietni. Gdyby zaś nowy lokator posiadał gromadę potomstwa, mógłby chcieć jednak dokonywać tam zmian. Na przykład podzielić obszerny dół na pięć pokoików dziecinnych. Z piętrowymi łóżkami.

Eulalia była ciekawa, kto to taki, ten nowy lokator, ale przez sąsiednią posesję przewijali się tylko (w nadprzyrodzonym tempie) robotnicy budowlani. Uznała, że robotników nie wypada jej zagadywać.

Telefon do Berybojków nie przyniósł niczego oprócz, prawdopodobnie, wysokiego rachunku. Eulalia przypomniała sobie, jak bardzo lubi swoich byłych sąsiadów, więc rozmowa trwała przeszło czterdzieści minut.

– Nie pamiętam, jak on się nazywa, skleroza mnie złapała w tych Beskidach, to od nieróbstwa – chichotała w słuchawkę Berybojkowa. – Jakiś fajny człowiek, zapłacił gotówką. Wszystko z nim Jurek załatwiał. Jak chcesz, to znajdę umowę i sprawdzę ci to nazwisko, ale będziesz musiała poczekać, bo ja też robię remont i te szuflady z dokumentami mam w największym gruzowisku. Chcesz?

– Nie, skądże, poczekam, aż się sam zjawi. A on tak kupił ten dom na niewidzianego?

– Na jak? Aha, na niewidzianego. Nie, dlaczego? Byli obaj w Szczecinie, Jurek i ten facet, ciebie nie było, jakaś starsza pani powiedziała, że jesteś na zdjęciach. Facet zdecydował się od razu, Jurkowi bardzo się spodobało, że potrafił tak podjąć decyzję w ciągu pół godziny. Wiesz, najgorsi są tacy niezdecydowani, co to miesiącami zawracają głowę, a potem rezygnują. A on obleciał chałupę, popatrzał, popatrzał, powiedział Jurkowi swoją cenę, akurat się prawie zbiegała z naszą propozycją, tylko że nasza miała górkę na wszelki wypadek. Ale ponieważ Jurek widział, że gość jest poważny i wycenił przyzwoicie, więc po prostu odjął górkę i zgodzili się błyskawicznie. Jureczek był okropnie szczęśliwy z powodu tego tempa.

– On ma dużą rodzinę, ten wasz kupiec?

– Pojęcia nie mam. Mój drogi mąż rozmawiał z nim, jak mi się zdaje, wyłącznie o stanie instalacji elektrycznej, liczbie wychodków i takich tam rzeczach. No i o pieniądzach.
– Ty, słuchaj, a może on jest mafioso! Płacił gotówką?
– Gotówką! To znaczy, przelewem bankowym, ale od razu całą sumę. Myślisz, że wyprał jakieś pieniądze?
– Nigdy nic nie wiadomo. Tajemniczy jegomość. A teraz tam budowlańcy ganiają jak frygi.
– Pewnie pierze następną partię brudnych pieniędzy za pomocą kranów ze złota, palisandrowych boazerii i kryształowych żyrandoli. Ja ci mówię, on to szykuje na jaskinię gry. Albo na punkt kontaktowy handlarzy narkotyków.
– Nie wygłupiaj się. Lepiej odpukaj, w końcu leżymy na szlakach handlowych, a podobno amfetamina najlepsza z Polski...
– Odpukuję. A jak się wreszcie pokażą ci twoi nowi sąsiedzi, to koniecznie do mnie zadzwoń i powiedz mi, kto to taki. Małżeństwo z czwórką drobnych dzieci i obydwiema teściowymi czy może ośrodek monarowski...
– Boże, co ty masz za pomysły...

Eulalia nie miała w zasadzie niczego przeciwko drobnym dzieciom ani tym bardziej przeciwko Monarowi i temu, co się w nim działo, ale w wieku lat czterdziestu ośmiu (dlaczego ten cholerny wiek tak się przypomina! Jak miała trzydziestkę, to było jej to obojętne!) bardzo by chciała mieć sąsiadów cichych i bezwonnych.

Właściwie na Monar czy Markot to ta nędzna połówka bliźniaka jest stanowczo za mała. Ogródek też pożal się Boże, wszystkiego pięćset metrów kwadratowych. Ile to będzie na ary? Wszystko jedno, za mało na uprawę warzyw dla byłych narkomanów.

Pozostają drobne dzieci. Cóż, najwyżej zapuści sobie jakiś gęsty i kolczasty szybko rosnący żywopłot.

Ze stosowną książką w ręce zagłębiła się w fotelu w gabinecie, w swojej twierdzy.

Chyba najstosowniejszy będzie ognik ciernisty. Względnie dzika róża. *Rosa rugosa*. Albo jałowiec.

Rozważając możliwość posadzenia krzaczków jak najszybciej, zasnęła. Śniła jej się Bacówka, góry, Biały Jar i Warszawiak, który wyciągał ze strumyka duży kawałek pieczonego boczku i podawał jej na patyku, zachęcająco mamrocząc: „Boczunio malyna". Na to wszystko spoglądali z góry Stryjek i gbur, zwisając we dwójkę z pojedynczego krzesełka wyciągu na Kopę.

Atanazy zatelefonował niespodziewanie w niedzielę o ósmej rano, wyrywając siostrę z głębokiego snu.

– Mam nadzieję, że dopuściłeś się tego czynu po to, żeby mi powiedzieć, że twoja żona wraca na ojczyzny łono – warknęła obudzona Eulalia.

– Lalka, jak by ci tu powiedzieć – jęknął Atanazy. – Ona nie chce...

– Czyś ty zwariował, że mówisz mi takie rzeczy? – Eulalia oprzytomniała natychmiast. – Co znaczy nie chce? Zrezygnowała z wychowywania córki? Czy ty nie mógłbyś jej porządnie trzepnąć, żeby zmądrzała? Zostaje w Londynie na zawsze?

– Nie, tak źle nie jest. Powiedziała, że wróci przed pierwszym września, żeby Marysię wyprawić do szkoły. Ale ona ma jeszcze jeden pomysł... Lala, nie zabij mnie...

– Już mam ochotę cię zabić za takie gadanie! Jaki pomysł, na litość boską?

– Lala... Wiesz, że byłem z nią w Cannes?

– Wiem, wiem. Postanowiła nakręcić film i zdobyć Złotą Palmę? Czy może wraca tam, żeby pomnożyć w kasynie twoją fortunę magnacką?

– Na szczęście nic z tych rzeczy. Ale... ona się tam, w tym Cannes, zaprzyjaźniła z jedną taką kobitką z Londynu... Ta kobitka ma tam mieszkanie... No, jednym słowem, Helence bardzo się to mieszkanie podobało, ono ma rozkład podobny do naszego, na Jagiellońskiej i Helenka chce szybko wprowadzić parę zmian... Nie znasz przypadkiem jakiejś odpowiedniej firmy budowlanej?

– Firmy nie, ale tu obok remontują facetowi mieszkanie po Berybojkach. Bardzo sprawnie im to idzie. Mogę się dowiedzieć, co to za firma.

– To się dowiedz. W każdym razie Helenka ma do ciebie prośbę. Na czas tego remontu chciałaby zamieszkać u ciebie... Jedna osoba więcej chyba nie sprawi ci wielkiej różnicy... zwłaszcza że Bliźniaki jadą na studia...

– Chryste Panie! To na jak długo ona chce się do mnie wprowadzić?
– Tylko na czas remontu. Ona bardzo prosi...
– Atek! Jak ja ją znam, to ona wcale nie prosi, tylko cię zawiadomiła, że zamierza u mnie zamieszkać razem z Marysią i dziadkami! Ja zwariuję! Nie może tych zmian wprowadzać po kolei, pokój po pokoju?
– Helenka mówi, że musi kompleksowo – zaszemrał ledwo dosłyszalnie Atanazy.
– Atanazy! U mnie już mieszkają matka z ojcem, Marysia, koleżanka Sławki w ciąży i w trudnej sytuacji, jej chłopak, a Sławka i Kuba przecież jadą na studia dopiero w październiku! Czy wy myślicie, że ja mam dom z gumy?
– Lala...
– Atek! Ty cholerny kapciu!
– Lala... dowiesz się, co to za firma, ci budowlańcy?
– Dowiem się... A ty kiedy zamierzasz wracać?
– Mam kontrakt do końca roku, ale myślę, że będę musiał się trochę odkuć finansowo po pobycie Helenki.
– Nie umrzesz własną śmiercią!
– Jesteś kochana, siostrzyczko.
– Czekaj, nie rozłączaj się jeszcze, zawołam mamę, powiesz jej, żeby mi dała twoją kartę bankową!

Ale Atanazy już się rozłączył. Jednocześnie Eulalia zobaczyła przez okno matkę, idącą najwyraźniej do kościoła, w powłóczystej sukni typu wiek dziewiętnasty i słomkowym kapelusiku. Wyglądała doskonale. Babcia ma dobry gust. Swoją drogą dobra jest ta moda na dowolnie długie kiecki. Trzeba będzie definitywnie przejść na maxi, bo trochę za często miewa się spuchnięte nogi... zwłaszcza po niezupełnie przespanych nocach.

Zaraz, zaraz. Skoro Balbina poszła do kościoła, to legitymacja ubezpieczeniowa zawierająca kartę Atanazego powinna być dostępna!

Eulalia wyskoczyła z łóżka, owinęła się w szlafrok i pognała na górę, zbierając po drodze poły. W domu panowała przyjemna niedzielna cisza. Z bokówki dolatywało pochrapywanie ojca. Drzwi do pokojów Sławki i Kuby były zamknięte, czyli Sławka, Pola i Robert też jeszcze spali. Drzwi do dawnej sypialni Eulalii i Artura były uchylone. Wewnątrz nie było nikogo. Gdzie jest Marysia? Eulalia rozejrzała się. Nikogo. Widać Marysia siedzi w łazience, woda nie leci, zatem jeszcze się nie kąpie, tak czy siak, jak skończy, będzie musiała umyć sobie ręce, woda poleci, będzie słychać... Eulalia spokojnie zdąży znaleźć i zarekwirować kartę Atanazego. Te pieniądze stają się coraz bardziej potrzebne. Są rachunki do popłacenia...

Na paluszkach weszła do sypialni. Przez chwilę popatrzała na wygodne łoże i westchnęła na myśl o twardawej kanapie w gabinecie. Miło będzie tu wrócić... ale kiedy to nastąpi? Zważywszy remontowe plany Helenki, nieprędko.

Gdzie mama może trzymać książeczkę ubezpieczeniową? W torebce jej nie miała, bo to dokument spory i nieporęczny, a kościółkowa torebka Balbiny, dostosowana do kapelusza, słomkowa i malutka... Najpewniej w szufladce nocnego stolika.

Eulalia przedarła się przez zwały pościeli do nocnej szafki stojącej pod oknem. Otworzyła szufladę i znalazła w niej większą ilość lekarstw na różne przypadłości wieku sędziwego. Głównie witaminy i odżywki. Książeczki nie było.

Gdzie szukają złodzieje? W bieliźniarce. Zajrzała do bieliźniarki. Skądinąd, swojej własnej. Można tu schować słonia średniej wielkości. Mnóstwo półek i jeszcze kilka szuflad.

Przeszukiwała właśnie trzecią półkę od góry, kiedy usłyszała za sobą pełne wyrzutu:

– Och, ciociu!

Tego jeszcze brakowało.

– Dzień dobry, Marysiu. Gdzie byłaś, nie widziałam cię?

– Ciociu, dlaczego myszkujesz w pokoju babci?

– Mam wrażenie, że to jest, mimo wszystko, mój pokój. – Eulalia po chwilowej konsternacji oprzytomniała i postanowiła posłużyć się starą, niezawodną metodą Radia Erywań. – A ty, kochanie, powiedz mi, dlaczego to dziadek śpi w bokówce, a nie ty?

Na Marysię Radio Erywań nie działało.

– Ale szukałaś też w babci szufladzie...

– Nie uważasz, że tapczan w bokówce jest dla dziadka za mały? – spytała Eulalia z rozpędu. – Nie jest ci trochę wstyd, kiedy ty się tak rozkładasz na tym dużym łóżku, a dziadek śpi na ciasnym tapczanie i bolą go potem kości?

– Bo jeżeli szukasz karty bankowej taty, to babcia chowa ją pod poduszką, w książeczce ubezpieczeniowej.

– Szukam swojej koszuli nocnej bez rękawów – zełgała w popłochu Eulalia. Ta Marysia może wykończyć każdego. Pozbierała myśli. – Jest. Ale przy okazji kartę też mogę wziąć, potrzebne mi są pieniądze z konta.

– To ja bym radziła od razu jechać do bankomatu, najlepiej zanim babcia wróci, bo ona zawsze sprawdza, czy ta karta jest pod poduszką.

Mały potwór. Teraz, oczywiście, Eulalia nie będzie mogła zabrać karty i podłożyć jej na powrót po cichu. Będzie awantura, a w każdym razie mnóstwo niepotrzebnego gadania. Chociaż... wziąć można, a babcię poinformuje się po fakcie. Tylko faktu trzeba dokonać natychmiast.

– O czym ty mówisz, Marysiu? Babcia, oczywiście, dowie się, że wzięłam pieniądze z karty. Sama jej powiem. Gdzie jest ta karta, pod którą poduszką?

– Bliżej okna. Babcia wróci niedługo, musisz się, ciociu, pospieszyć.

Eulalia podniosła wskazaną poduszkę, znalazła książeczkę ubezpieczeniową i w niej kartę Visa.

Dobrze. Ma ją i nie puści. Może udałoby się Kubę wypchnąć zaraz do miasta? Nie zawracając sobie już głowy Marysią, Eulalia zeszła na parter. Kuba na kanapie w salonie przewracał się właśnie na drugi bok. Niedobrze. Zanim się go dobudzi, minie godzina. Robert się rusza na górze, ale chyba jednak nie poda mu pinu, za mało go zna. Sławka nie wstanie przed jedenastą. Pat. Klasyczny.

Ostatecznie spróbuje sama. Weszła do łazienki, popluskała się byle jak, ubrała i w drzwiach domu wpadła prosto na swoją matkę wracającą z kościoła. Coś szybko jej to poszło.

– Jadę po zakupy śniadaniowe – zełgała swobodnie. – Masz jakieś specjalne życzenia?

– Po zakupy, tak wcześnie? Kup mi biały serek. Półtłusty. Co ci się stało, że tak wcześnie wstałaś?

– Ciocia zabrała taty kartę bankową – zameldowała potworna Marysia.

Balbina znieruchomiała.

– Czy to dziecko mówi prawdę?
– Oczywiście. – Eulalia gwałtownie zdusiła w sobie chęć natychmiastowego zabicia dziecka. – Potrzebuję pieniędzy na życie. Rachunki muszę popłacić. Atanazy dzwonił rano, chciałam cię zawołać, ale właśnie wyszłaś.

– No, to ja już za nic nie odpowiadam – nadęła się Balbina i odeszła godnie, a za nią podreptała zawiedziona Marysia, która miała nadzieję na większą awanturę.

Rozbawiona Eulalia poszła do samochodu. Już wyjeżdżała z bramy, kiedy usłyszała dobiegający z okna głos matki:

– Atanazy po co dzwonił? Ty już sama nic nie powiesz, trzeba z ciebie wołami wyciągać!

– Od września wprowadza się do nas Helenka! – odkrzyknęła.

– Jezus Maria! Gdzie się wprowadza? Tutaj? Dlaczego? Co będzie ze szkołą Marysi?

– Helenka ma przerabiać mieszkanie, żeby było jak na Lazurowym Wybrzeżu. Jadę już, resztę ci opowiem, jak wrócę.

– Ja się nie zgadzam... – zaczęła Balbina, ale w tym momencie jej wyrodna córka znikła z pola widzenia.

Wyrodna córka jechała tymczasem w stronę najbliższego bankomatu i rozmyślała. Od jakiegoś czasu miała tylko jedno życzenie: zostawić swój ukochany dom tak jak jest, pełen ludzi, i wyjechać jak najdalej. To znaczy najchętniej do Karpacza, gdzie w Bacówce panuje spokój i cisza, a jeśli nawet nie ma ciszy, to ją to mało obchodzi. Cisza zresztą zapanowuje na sto procent po osiemnastej, czyli po zakończeniu dyżurów przez panów ratowników. Można wtedy siedzieć na ławeczce i rozkoszować się przedwieczornym spokojem.

Bacówka miała jeszcze jedną nieprzecenialną zaletę: pozwalała oderwać się od codziennej troski o pieniądze.

Pracując ostatnio głównie w telewizji, Eulalia nigdy nie wiedziała tak naprawdę, jak będą wyglądały jej zarobki za dwa miesiące. Teraz jest w zasadzie nieźle: ma swój cykl o zwierzakach, przygotowuje wspólnie z Rochem cykl o morzu. No ale zwierzaki prawdopodobnie skończą żywot od nowego roku, a morze planowane jest tylko na dziesięć odcinków, zresztą w programie lokalnym, więc mało płatnym.

Coś tam ktoś tam mówił o jakimś tam konkursie grantowym na program o oszczędzaniu. Wprawdzie sama nie potrafiła nigdy oszczędzić ani złotówki, ale w końcu nie o to chodzi. Można robić programy o balecie, nie będąc tancerzem. Jest w mieście uniwersytet, ma różne ambitne wydziały ekonomiczne, trzeba się będzie po prostu rozejrzeć za konsultantami.

Nie spostrzegłszy się nawet, zaczęła planować nowy program. Najchętniej nazwałaby go „Oszczędzajcie do przodu". Ona sama przez całe życie stosowała wyłącznie oszczędzanie do tyłu, czyli kupowała różne rzeczy na raty albo zaciągała pożyczki. Miała, oczywiście, ponurą świadomość, że przepłaca, ale miała równie ponurą świadomość, że nie uda jej się uskładać potrzebnych sum, no a raty spłacać będzie musiała. Czasami zdarzało się nawet (kiedy inflacja osiągała pewien poziom), że pieniądz tak tracił na wartości, iż prawie wychodziła na swoje. Kiedy już zdecydowała się na jakieś raty, nigdy nie liczyła, ile straci. Uważała, że nie należy się niepotrzebnie denerwować. Może więc nie była najodpowiedniejszą osobą, żeby uczyć ludzi sztuki oszczędzania, ale od czego uniwersytet? Sobie zostawi rolę przekaźnika ważkich treści.

Tak rozmyślając, nie zauważyła nawet, kiedy obleciała bankomat i sklep spożywczy, zrobiła zakupy i podjechała pod dom.

I tu okazało się, że nie może wjechać na swoją posesję, ponieważ ulica zablokowana jest przez potężny meblowóz.

Mafioso się sprowadza!

Postanowiła być sympatyczna, nie robić od razu dzikich awantur kierowcy meblowozu, tylko dać mu szansę. Zaparkowała na chodniku przed domem. Warto by zerknąć, co wnoszą ci trzej barczyści faceci... Pokaż mi, jak mieszkasz, a powiem ci, kim jesteś. No, może nie do końca; gdyby ktoś zobaczył teraz jej mieszkanie, mógłby wyciągnąć z gruntu fałszywe wnioski!

Faceci wnosili na razie same szafy na książki. Na chodniku i jezdni stały kartony pełne książek. Nieźle. A nawet przyjemnie wręcz. Tylko dlaczego nie ma właściciela tego księgozbioru? Oraz jego rodziny? Ewentualnie szefa tego ośrodka monarowskiego? Ewentualnie tej grupy wychowanków rodzinnego domu dziecka?

Dłużej już nie wypadało stać i gapić się, więc Eulalia z poczuciem niedosytu weszła do domu, aby stawić czoło problemom jego licznych (przejściowo! przejściowo!!!) lokatorów.

Meblowóz po jakimś czasie odjechał, już pusty, ale nowi mieszkańcy na razie się nie pojawili.

Konkurs grantowy, jak się okazało, rzeczywiście był, ogłoszony przez NBP, a jakże, można było starać się o granty na realizację programów telewizyjnych. Bank dawał pieniądze po to, żeby przekonywać ludzi o potrzebie oszczędzania i o tym, że stabilność pieniądza jest pożyteczna w domu i w zagrodzie. To znaczy w gospodarce narodowej i w życiu prywatnym (Eulalia dobrze wiedziała, o co chodzi w tym drugim wypadku, bo nie tak dawno miała kredyt dolarowy i przez cały rok obserwowała z drżeniem serca drżenie złotego). Tylko że, niestety, termin składania kwitów wyznaczono na dwudziestego sierpnia, czyli za dziesięć dni!

Eulalia runęła do telefonu. Musiała obdzwonić pół miasta i trzy czwarte uniwersytetu, ale w końcu polecono jej właściwe osoby. Osoby zgodziły się spotkać z nią jeszcze dzisiaj. Popędziła na spotkanie z mieszanymi uczuciami, ponieważ wyraźnie wszystkim mówiła, że potrzebuje konsultanta (nie dodawała wprawdzie: sztuk jeden, ale uważała, że to się rozumie samo przez się). Tymczasem jakiś adiunkt powiedział, że zbierze się zespół. No trudno, zobaczymy, co to za zespół, byle nie za duży.

Zespół okazał się spory. Pięć osób. Co oni zamierzają robić w pięć osób? A przede wszystkim, ile zażądają za swoje usługi?

– Nie wiem, czy dobrze się zrozumieliśmy przez telefon – powiedziała na wszelki wypadek. – Na tym etapie nie mogę państwu zaproponować żadnych pieniędzy. Stajemy do konkursu i jeżeli uda nam się dostać te granty, to będziemy mieli pieniądze na realizację filmu czy programu, zależy, co wymyślimy. Ale chciałabym, żebyście państwo mieli świadomość, że większą część tych pieniędzy pochłoną koszty produkcji, dla nas zostanie stosunkowo niewiele.

– My rozumiemy – zapewnił ją z uśmiechem czarniawy facet, z którym rozmawiała, najwyraźniej szef zespołu. Szef nazywał się Jerzy Gołek, reszta młodych ludzi przedstawiła się niewyraźnym mruknięciem. Jak dotąd nikt jej nie powiedział, czym się zajmuje zespół na co dzień. – Proszę nam teraz powiedzieć, czego pani od nas oczekuje.

– Najogólniej mówiąc, przekonania mnie, że powinnam

oszczędzać. I jeszcze powiedzenia mi, jak mam to zrobić w dzisiejszej rzeczywistości, kiedy wszystko jest na styk, albo i nie na styk, tylko na debet i na raty, i na kredyt. Tu ma pan wymagania banku, czyli naszego potencjalnego grantodawcy. Pan mi powie, co należy ludziom powiedzieć. Ja z tego zrobię program, taki albo inny, wszystko zależy od tej treści, którą dostanę od państwa. Może teleturniej, może talk show, może telenowelę. Potrafię zrobić dowolny program, tylko nie wiem w tym wypadku, o czym on miałby być.

– Sprawa jest dosyć oczywista – rzekł z łagodnym uśmiechem Jerzy Gołek. – Oszczędzanie zawsze się opłaca. Czy kogoś trzeba jeszcze do tego przekonywać?

Eulalia poczuła, że nie pójdzie jej łatwo.

Po półtorej godzinie rozmowy prowadzonej wyłącznie przez nią i tego całego Gołka, przy absolutnym milczeniu reszty zespołu, zaczęło jej się wydawać, że naukowiec wie, czego ona od nich chce. Umówiła się więc, że za dwa dni dostanie od nich wstępną koncepcję merytorycznej zawartości programu, w ciągu następnych dwóch dni ona z kolei stworzy na tej podstawie jakiś scenariusz, pośle im go mailem, po czym za pięć dni spotkają się znowu, żeby omówić ewentualne poprawki. Ot tak, na wszelki wypadek, bo przecież ona nie zna się na ekonomii ani na finansach.

Rozmowa z młodymi ekonomistami wyczerpała Eulalię do tego stopnia, że mimo wczesnej godziny nie wróciła już do redakcji. Pojechała prosto do domu.

Przed posesją sąsiada stał zaparkowany średnio stary peugeot w przyjemnym kolorze jodłowej zieleni. Żadnego ruchu wewnątrz ani na zewnątrz nie było jednak widać.

– Cześć, rodzino – zawołała od progu, wchodząc do swojego własnego domu. – Sąsiedzi już się wprowadzili, jak widzę? Już wiemy, kto to taki?

– Nic nie wiemy – powiedziała Sławka, stojąca pod łazienką w turbanie na głowie. – Wyłaź natychmiast, Kuba! Ja już muszę opłukać włosy! Mama, powiedz mu! Bo mi wszystkie wyjdą i będę łysa!

– Farbujesz? – zainteresowała się przelotnie Eulalia. – Kuba, wychodź naprawdę, bo za chwilę będziesz miał łysą siostrę! Na jaki kolor? Dlaczego nie idziesz do łazienki na górze, Sławeczko?

– Bo tam siedzi Marysia i bierze kąpiel w pianie. Na bordo. Ale już za długo trzymam.
– To będziesz miała czarne. Nie przejmuj się, zmyją się za dwa tygodnie. Chyba że farbą robisz?
– Nie, szamponem. Kuba, ja cię zabiję!
– A dlaczego Marysia kąpie się o pierwszej w południe?
– Powiedziała, że raz chce mieć spokój, bo wieczorem wszyscy ją wyganiają. Siedzi już godzinę. Kuba!
– No przecież wychodzę. – Kuba wychynął z łazienki. – Przewietrz sobie lepiej. Otworzyłem ci okno. Cześć, mamunia. Mamy sąsiadów, widziałaś?
– Widziałam samochód, a ty widziałeś sąsiadów?
– Nie, ja też samochód. Średnia klasa średnia. Może nawet półśrednia. Żaden cymes.
– Lalu, pozwól – mama kiwała na Eulalię z jej własnego gabinetu. – Czy ci młodzi, to znaczy Paulina i Robert, długo jeszcze będą u nas mieszkać?
U nas!
– Nie wiem, na razie ciągle jeszcze nie mają gdzie się wynieść. A co, rozrabiają?
– Nie, nie żeby rozrabiali, ale wiesz, to jednak krępujące. To są obcy ludzie. W dodatku ona jest w ciąży. A jeśli ci tutaj urodzi? I zostanie?
Eulalia pożałowała, że wróciła tak wcześnie. Mogła sobie spokojnie siedzieć w redakcji i pisać hipotetyczne scenariusze o oszczędzaniu pieniędzy. Przynajmniej miałaby jakąś koncepcję. Do diabła z życiem rodzinnym.

Po dwóch dniach obiecanego maila z założeniami do cyklu o forsie jeszcze nie było.
Sąsiedzi też jakoś się nie objawiali. A peugeot stał. To znaczy stawał na noc. Rano znikał. Wieczorami w domu paliły się niektóre światła. Eulalia znała rozkład mieszkania Berybojków i orientowała się, gdzie te światła są zapalane. Salon, łazienka, sypialnia na piętrze, kuchnia, gabinet Berybojka, usytuowany podobnie do jej własnego. Rzadko razem, raczej jedno po drugim. Albo rodzina jest nieduża, albo wprowadzili się na razie tylko nieliczni przedstawiciele. Może dzieci są na koloniach letnich albo na

czymś takim, na co teraz dzieci jeżdżą. A może naprawdę zamieszkał tu rezydent mafii.

Wieczorami przy kolacji Eulalia, Bliźniaki oraz zapraszani na herbatę (więcej baliby się przełknąć w obecności Balbiny) Paulina z Robertem snuli rozmaite przypuszczenia co do charakteru przestępstw, jakim oddają się nowi lokatorzy. Balbina i Marysia nie brały udziału w takiej gminnej rozrywce. Klemens przysłuchiwał się z uciechą, intelektualnego wkładu w zabawę natomiast odmawiał, twierdząc, że ma za małą fantazję.

– A może byś się, mama, udała na wstępne rozpoznanie? – zaproponował któregoś dnia Kuba. – Wiesz, na zasadzie: jestem sąsiadką, przyszłam spytać, czy czegoś nie trzeba, a w ogóle nazywam się Manowska Eulalia, a państwo tu mieszkają prywatnie czy służbowo?

– A jak służbowo, to z mafii rosyjskiej czy ukraińskiej? – uzupełniła Sławka.

– Sami sobie idźcie na rozpoznanie. Możecie nawet zabrać koszyczek śliwek, na znak, że przybywacie z misją dobrej woli!

– Przecież u nas nie ma śliwek w ogrodzie – zdziwiła się wyniośle Balbina. Eulalię zawsze denerwowało, nie wiadomo czemu, kiedy Balbina mówiła „u nas". Właściwie nie żałowała własnej matce, ale jednak...

– A czy ja im bronię kupić? Tak czy inaczej wygłupiać się nie będę.

– Dlaczego, mamunia? – zapytał rzeczowo Kuba.

Eulalia zamierzała odpowiedzieć coś oczywistego, ale nagle stwierdziła, że nie ma oczywistej odpowiedzi na to pytanie. No bo naprawdę: dlaczego?

– No, dlaczego? – podchwyciła pytanie Sława.

– Może nie wypada – zasugerowała nieśmiało Paulina.

– Pani wszystko wypada – powiedział z mocą Robert, od jakiegoś czasu uwielbiający Eulalię.

– Nazrywać ci jabłek? – Kuba zerwał się z miejsca.

– Kubuś, opamiętaj się. Jabłka jeszcze nie są do jedzenia. Poza tym dzisiaj już nie mogę pójść, jest wpół do jedenastej, oni mogą być w piżamach...

– No dobrze – zachichotał Kuba. – Pójdziesz jutro. Trzymamy cię za słowo.

Następnego dnia Eulalia miała spotkać się ze swoimi ekonomistami, ale do tej pory nie dostała od nich materiału wyjściowego do scenariusza, nie było więc po co się spotykać. Zdumiał ją więc telefon Jerzego Gołka.

– Czy coś się stało, pani redaktor? Byliśmy umówieni, zespół czeka... czy pani jeszcze do nas dojedzie?

Eulalia zakipiała wewnętrznie.

– Pan żartuje? Byliśmy umówieni również na to, że dostanę od państwa mailem materiały do scenariusza! Czekałam na nie zgodnie z umową trzy dni temu, a dzisiaj mieliśmy omówić to, co na ich podstawie byłabym napisała... gdybym je miała!

– Ach tak – powiedział Jerzy Gołek. – W takim razie przyślemy pani materiały.

– Kiedy przyślecie? Jak pan myśli, kiedy ja napiszę scenariusz na ich podstawie? Tego się nie robi w jedno popołudnie!

– Za godzinę... w końcu pracowaliśmy nad tym. Jeżeli dostarczymy materiał za godzinę, zdąży pani?

– Spróbuję. W takim razie będziemy w kontakcie telefonicznym. Czekam na materiały.

Wyłączyła się i zajęła rozwiązywaniem starej jolki w „Wyborczej". Pół godziny później telefon znowu zadzwonił.

– Chciałbym prosić o jedną informację – powiedział bardzo uprzejmie Jerzy Gołek. – Jaki procent z tego grantu przeznacza pani dla naszego zespołu?

– Nie mam pojęcia na tym etapie. Dopiero jak napiszę scenariusz i producentka policzy, ile pieniędzy zeżre produkcja.

– Bo wie pani – kontynuował pogodnie pan doktor – nie mogę przecież zespołowi powiedzieć, że dostaną dziesięć procent...

Pewnie, że nie możesz – pomyślała Eulalia – bo wcale tyle nie dostaniesz.

– Musi pan poczekać na wyliczenia. Na razie czekam na materiał wyjściowy od państwa.

Poczta nadeszła po półtorej godziny. Eulalia siadła przy komputerze i niecierpliwie kliknęła myszką. Dobrze, to jest to. Otworzyła dokument.

Dłuższy czas patrzyła i czytała, nie wierząc własnym oczom. Wydrukowała sobie i jeszcze raz przeczytała. Niecałe półtorej stroniczki.

– Cześć, Lala. – Do redakcji weszła jej producentka. – Nie masz ty u siebie kwitów na pierwszy odcinek tego twojego programu z Rochem?
– Nie mam – powiedziała machinalnie. – Słuchaj, nie wychodź. Chodź, zobacz, co dostałam.
– Co to jest?
– Przeczytaj sobie. Uniwersytet przysłał materiały do scenariusza o oszczędzaniu.
– Pokaż. Scenka pierwsza. Młodzi ludzie przy kołysce niemowlęcia. Postanawiają założyć dziecku konto i oszczędzać po pięćdziesiąt złotych miesięcznie. Scenka druga. Wyobrażenie matki – dziecko idzie do pierwszej komunii i dostaje komputer. Kończy osiemnaście lat i dostaje mieszkanie. Scenka trzecia – wracamy do czasu rzeczywistego. Mąż traci pracę. Nie mieliby za co żyć, ale przecież oszczędzali dla dziecka. Wyjmują pieniądze z konta. To pozwoli im przeczekać zły okres. Lala, co to za brednie? Komputer? Mieszkanie? Po pięć dych miesięcznie?
– Czytaj dalej.
– Scenka... Aha... Mąż odzyskał pracę. Idą z wózkiem przez park, marząc o szczęśliwej przyszłości dla swojego dziecka. Ty im kazałaś wymyślać scenki?
– Przeciwnie. Mówiłam, że to ja napiszę scenariusz. Może oni nie wiedzą, co to jest scenariusz, ale mogli zapytać. Czytaj dalej, tam jest jeszcze lepsze...
– Aha, rozumiem. To było o oszczędzaniu indywidualnym. Zachęta do. Bajka z morałem. A teraz będzie o czym?
– O znaczeniu oszczędności dla gospodarki narodowej – powiedziała Eulalia ponuro.
– Boże! Zebranie. Panowie w eleganckich garniturach. Dlaczego tylko panowie, ciekawa jestem? Ach! Sekretarka podaje kawę. Cholerni seksiści. Omawiają bardzo fachowym językiem znaczenie oszczędności dla gospodarki. Ja się zabiję!
– Nie zabijaj się, czytaj.
– Scenka druga. Jeden z uczestników zebrania wraca do domu, zdejmuje garnitur i przebiera się w domowy strój. Żona pyta go, co było na zebraniu. On jej tłumaczy, ale już językiem przystępnym dla ogółu widzów. No tak, wszystko rozumiem. Dlatego tam na tym zebraniu nie było ani jednej baby, bo baby nie zrozu-

mieją, jak się do nich mówi fachowym językiem. Trzeba przetłumaczyć. Kto ci przysłał ten bełkot?
— Mówię ci przecież. Uniwersytet.
— Nie żartuj. O, faktycznie. Czterech konsultantów się pod tym podpisało!
— Właśnie. Poczytaj sobie jeszcze o znaczeniu stabilności pieniądza dla gospodarki...
— Co będzie, znowu scenki? Ach, nie, tym razem talk schow. Jak Boga kocham, przez „ce-ha"! Nie mogę tego czytać, słabo mi się robi.
— Mnie też się zrobiło słabo.
— Napisali ci, co ma być w tym schowku?
— Napisali. Że mam zaprosić znawców i niech oni dyskutują o znaczeniu stabilności pieniądza dla gospodarki.
— Powiedziałaś im, co o tym sądzisz?
— Jeszcze nie, przed chwilą mi to przysłali mailem.
Telefon na biurku zadzwonił dwa razy. Miasto.
— Odbierz. Ja wychodzę. Nie będę słuchać, co im powiesz...
Był to w istocie Jerzy Gołek. Bardzo zadowolony z siebie.
— Dostała pani nasz materiał?
— Dostałam. Pan to nazywa materiałem?
— Tak się umawialiśmy...
— Nie. Nie tak się umawialiśmy. Państwo mieliście przysłać materiały do scenariusza, a nie samodzielnie napisane scenki. Materiały. Ekonomiczne. Scenariusz miałam napisać ja. Na podstawie waszych materiałów.
— Chyba się nie zrozumieliśmy. Ale nie szkodzi. Za dziesięć minut będzie u pani nasz konsultant — zaszemrał wdzięcznie ekonomista. — Jest pani teraz w redakcji, prawda?
— Jestem — warknęła i odłożyła słuchawkę.
Była wściekła. Ani przepraszam, ani pocałuj mnie w d... Jak oni są wychowani, ci młodzi wspaniali w czerwonych szelkach? A może w białych skarpetkach, szelki to na giełdzie. Poza tym na diabła tu jeszcze jakiś konsultant? O czym będzie chciał z nią mówić???
Zrobiła sobie kawę i usiadła w fotelu, czekając na konsultanta.
Przybył, w istocie, po dziesięciu minutach, w towarzystwie jednej ze znanych już Eulalii asystentek. Jego samego jeszcze nie wi-

działa. Też około trzydziestki, czarny, przylizany, grzeczny. Włoski na żel. Z lekkim rozwiewem z przodu, żeby nie ostentacyjnie. Markowe dżinsy, markowa koszula, markowe buty. Teczuszka. Diorem leci. Albo może Armanim. Uśmiech na obliczu.

Oni są zawsze grzeczni – pomyślała – tylko z tej grzeczności nic nie wynika. Jest jakaś taka... kompletnie nieprawdziwa. Forma bez treści. W dodatku nie słuchają, co się do nich mówi. Uważają, że ludzie starsi od nich są z definicji głupsi. Boże, Boże...

Podała rękę najpierw dziewczynie (miękka łapka, fuj), potem facetowi (też miękkawa). Przedstawiła się. Dziewczyna coś miauknęła pod nosem, konsultant przedstawił się wyraźnie – nazywał się Adam Gołek. Pewnie brat, tamten Gołek też czarny, ale ten zdecydowanie przystojniejszy. Może przyrodni.

– Od razu zaznaczę, że nie jestem z tego zespołu, ja im tylko pomagam, to świetni ludzie, wszystko potrafią znaleźć, wszystkie dane...

Jeżeli w Internecie – pomyślała – to ja też potrafię. I taniej nam to wyjdzie. Wolę sobie samej zapłacić niż trzem panienkom z uniwersytetu...

– A co do mnie, to ja się zajmuję zawodowo kreowaniem potrzeb, więc, jak sądzę, będę mógł pani pomóc. O ile rozumiem, pani zadaniem jest propagowanie oszczędzania, a więc rozbudzenie w ludziach potrzeby tegoż. Ale chciałbym wiedzieć, dlaczego pani była niezadowolona z materiału, który otrzymała od zespołu? Czy mogę wiedzieć, na czym polega problem?

Gadał jak najęty i wciąż patrzył jej w oczy, uśmiechając się uprzejmie.

Postanowiła być równie uprzejma.

– Problem polega na tym – powiedziała jedwabnym głosem – że ja nie potrzebuję od państwa gotowych scen. Zamierzam stanąć do konkursu na scenariusz programu telewizyjnego propagującego oszczędzanie. Ja umiem napisać ten scenariusz, natomiast nie wiem, co powinien on zawierać. Jakie treści ekonomiczne. Więc potrzebuję konsultanta ekonomisty, finansisty...

– Jak mówiłem, trzeba rozbudzić w ludziach potrzebę oszczędzania – wszedł jej w słowo przyrodni Gołek, nie słuchając w ogóle, co ona do niego mówi. – W poprzednich latach w Polsce strasznie się rozbuchała konsumpcja...

Przez chwilę trwał jeszcze ich pojedynek na słowa, bo ona usiłowała mu powiedzieć do końca, na czym polegają jej potrzeby, a on dalej roztaczał przed nią oceany wiedzy z zakresu rozbudzania potrzeb. W końcu huknęła zniecierpliwiona:

– Może dałby mi pan dokończyć? Mamusia mnie uczyła, że w rozmowie mówi się po kolei!

– Ach, rzeczywiście. – Adam Gołek uśmiechnął się i zamilkł, patrząc na nią ciekawie.

Ale teraz Eulalia była już zeźlona i nie chciało jej się dbać o konwenanse.

– Powiem krótko. Od pisania scenariuszy ekspertem jestem ja. Od forsy i jej zastosowania – wy. Nie wiem, dlaczego grupa doktorów nauk ekonomicznych pomyślała, że chcę od nich jakichś cholernych scenek! Potrzebuję treści, którą wypełnię mój scenariusz. Treści, powtarzam panu, z zakresu finansów! To, coście mi tu przysłali, to jest parodia. Takie scenki wymyślam w pięć sekund i natychmiast odrzucam jako kompletnie nieprzydatne. Podpisały się pod tym cztery osoby! Cztery osoby wymyślały takie coś? Chryste! Za co wy bierzecie pieniądze na tym uniwersytecie? Mamy dwudziesty pierwszy wiek, a to są scenki na poziomie szkoły podstawowej z wieku dziewiętnastego! Ta cała historia z małżeństwem... Albo ten talk show! Co to znaczy – faceci rozmawiają o stabilności pieniądza? Ja muszę wiedzieć, co jest tematem ich rozmowy! Co oni mają do powiedzenia o tej stabilności? To ja muszę to przełożyć na język zrozumiały dla telewidza. To ja wymyślę scenki, które będą miały sens i będą możliwe do zrealizowania za te pieniądze, które możemy dostać! I proszę sobie nie wyobrażać, że to będą jakieś wielkie pieniądze. Ja uprzedzałam: większość pożre produkcja. Właśnie dlatego szukałam jednego konsultanta, jednego mądrego finansisty, a nie całego zespołu...

Byłaby powiedziała „cwaniaków", ale udało jej się powstrzymać w porę. Konsultant od kreowania potrzeb wciąż miał na twarzy uprzejmy uśmiech. Cyborg. Gdyby jej ktoś powiedział tyle nieprzyjemnych (i prawdziwych) rzeczy, to albo by wyszła, albo się pokajała. A ten nic.

– No cóż – powiedział z uśmiechem Hugh Granta. – Myślę, że wiem, czego pani potrzebuje.

– Ach, to cudownie – prychnęła Eulalia sarkastycznie. – Tylko musi pan pamiętać, że ja to muszę dostać najpóźniej jutro. Inaczej nie zdążymy wyprodukować wszystkich wymaganych kwitów.

– Wiem, wiem. Nieraz dostawaliśmy granty i orientujemy się, jakiej to biurokracji wymaga.

Eulalia zmilczała i nie wypowiedziała słów, które cisnęły się jej na usta. Ona sama nie dałaby im złamanego szeląga. Po dłuższym zastanowieniu doszła do wniosku, że i bez tak zwanych konsultacji (przynajmniej z tym zespołem) poradziłaby sobie, a już na pewno na etapie założeń i scenariusza. Do momentu samej realizacji kogoś mądrego by sobie znalazła. Ale bank prawdopodobnie przychylnym okiem spojrzy na konsultantów uniwersyteckich wymienionych we wniosku o dotację. Przecież nie będą sprawdzać ilorazu ich inteligencji. Trudno. Lepiej będzie ich mieć.

– Przepraszam, pan coś mówił, a ja się zamyśliłam.

– Pytałem, czy chce pani jakiś historyczny rys oszczędzania.

W materiale, który od nich dostała, było, owszem, coś w rodzaju takiego rysu. Pies zakopuje kość. Prehistoria: neandertalczyk odkłada część upolowanego mamuta. Dziewiętnasty wiek: chowanie pieniędzy w materacu.

– Nie, dziękuję – rzekła pospiesznie. – Skoncentrujmy się na teraźniejszości, bez odwoływania się do odległych doświadczeń.

– A doświadczenia minionego pokolenia? – Sądząc po jego wieku, miał chyba na myśli JEJ pokolenie. Minione! Młody osioł! – Bo, jak pani zapewne przyzna, w poprzednim okresie konsumpcja była zbyt wielka. Osobiście uważam, że pokolenie naszych rodziców powinno było się poświęcić dla dobra swoich dzieci.

Nie wierzyła własnym uszom.

– Poświęcić? To znaczy co?

– Nie konsumować – wyjaśnił uprzejmie. – Oszczędzać. Odkładać. Pani nie zgadza się ze mną?

– Oczywiście, że nie. Po pierwsze uważam samo pojęcie poświęcania się za obrzydliwe...

– Obrzydliwe?

– Tak, obrzydliwe. Czynienie dobra, owszem. W porządku. Ale nie poświęcenia czyjegoś dobra dla dobra kogoś innego. Chyba że dobro tego kogoś jest dla nas droższe niż nasze własne, ale wtedy to już nie będzie poświęcenie. Wtedy nasz czyn przyniesie nam radość, cokolwiek by to było. A pan chce mi powiedzieć, że skoro należę do pokolenia pańskich rodziców, to też powinnam brać udział w tym zbiorowym poświęceniu? I po cóż to?

– Dla dobra własnych dzieci – oświadczył z wbudowanym wdziękiem cyborg.

– Moje dzieci nie czułyby się dobrze ze świadomością, że ich matka zrezygnowała z przyjemności życiowych po to, żeby one miały więcej do zeżarcia. Zapewniam pana. Poza tym uważam, że każdy ma prawo przeżyć swoje własne życie. Ma je tylko jedno.

Wyraz twarzy młodego tygrysa finansów świadczył, że on nie podziela jej poglądów. Czym prędzej zatem dała mu do zrozumienia, że teraz powinien natychmiast udać się do zespołu i wygenerować w jego łonie naukowe uzasadnienie potrzeby oszczędzania. Skoro taki z niego kreator potrzeb, to niech wmówi ludziom, że potrzebują oszczędzać. Ciekawe tylko, z czego.

– Pani redaktor... – Zaśmiał się perliście, gdy wypsnęła się jej ta wątpliwość. – Zawsze można oszczędzić. Zawsze. Weźmy na przykład naszych stoczniowców. Załóżmy, że taki stoczniowiec pracuje za tysiąc pięćset złotych. Nie wiem, za ile on naprawdę pracuje, ale załóżmy, że właśnie za tyle. I teraz coś się złego dzieje, nasz stoczniowiec traci pracę. Na przeżycie, dopóki nie będzie miał nowej, będzie miał tyle, ile zaoszczędzi. A potem dostanie zasiłek sześćset złotych. I też za niego przeżyje. Co to oznacza? Że mógł cały czas żyć za sześćset i oszczędzać dziewięćset miesięcznie.

Eulalii nie chciało się już dyskutować. Miała tylko nadzieję, że facecik kiedyś straci pracę i będzie musiał żyć za sześćset złotych miesięcznie. Życzyła mu tego szczerze. Bez względu na to, czy ma żonę i drobne dzieci, czy nie. Mogła baba patrzeć, za kogo wychodzi, a już dzieci trzeba mieć z kimś rozsądnym.

Współpraca z naukowcami (nie uważała ich bowiem za uczonych, ale właśnie za typowych naukowców) wyczerpywała ją niezmiernie. Czuła klekotanie serca i uderzenia gorąca. Co za kretyn. Bezwzględny kretyn! Bezwzględny nie w sensie stopnia kretyństwa, tylko w tym znaczeniu, że bez uczuć. A może on jest monetarysta. Albo liberał.

Do domu! Do Bliźniaków! Na leżak, pod krzaczek!

– Dzieci moje, Sławko i Kubusiu – zaczęła uroczyście, zjadłszy doskonały obiad ugotowany przez Balbinę – czy dobrze byście się czuli, wiedząc, że poświęciłam dla was swoje życie?

– Jak mamy to rozumieć, mamuniu? – spytał ostrożnie Starszy Bliźniak.

– Ano tak, że sama nic z życia nie miałam, nie korzystałam z żadnych udogodnień ani przyjemności, wszystkie pieniądze odkładałam dla was, żebyście teraz mogli je przeżreć...

– Bylibyśmy zachwyceni – rozpromienił się Kuba. – Dlaczego tego nie robiłaś?

– Ty draniu – jęknęła Eulalia. – I po co ja cię karmiłam własną piersią?

– Nie oszukuj, mama – skarciła ją Młodsza Bliźniaczka. – Nie karmiłaś nas piersią, bo miałaś jakieś zakażenie, a potem my, idioci, woleliśmy flaszkę.

– Bo podobno flaszka miała większy otworek niż twoja... propozycja – dołożył Kuba. – Mleko lepiej leciało. Uważam, że mogłaś sobie wywiercić większy. Ale ty nigdy nie miałaś skłonności do poświęceń.

– A w ogóle co to za idiotyzmy przychodzą ci do głowy? – zakończyła sprawę Sława. – To dlatego, że ostatnio mniej pracujesz. Szybciej wracasz do domu. Masz głupie myśli. A może to klimakterium?

– Zamknij się, dziecko. – Eulalia nie miała zamiaru pozwalać dzieciom na takie aroganckie supozycje. – To nie to, co myślisz, tylko osobiste kontakty z ludźmi nauk ekonomicznych.

Opowiedziała im swoje przeżycia.

– No więc jeżeli tacy ludzie rządzą naszą gospodarką, to ja się już niczemu nie dziwię – zakończyła dramatycznie. – Dlaczego nie zdawaliście na ekonomię? Miałabym przynajmniej jakąś nadzieję na starość.

– Złudzenia, mamo – zgasiła ją córka. – Kto wchodzi między wrony... Sama wiesz. Moglibyśmy bardzo szybko się dostosować.

– Nie słuchaj jej, mama. A w ogóle to mam dla ciebie propozycję nie do odrzucenia. Rozrywkową. Popatrz, ta peżówka znowu stoi, nie wiem, kiedy przyjechali. Idź do nich z tą swoją misją dobrej woli. No, z wizytą kurtuazyjną. Nasza grupa pozdrawia waszą grupę. Witajcie, sąsiedzi. Mogę ci przygotować tackę z chlebem i solą. Chcesz?

– Nie, dziękuję. A czy to nie przybysze powinni się pierwsi do nas pofatygować? Przedstawić? My jesteśmy wasi nowi sąsiedzi. Witajcie. Przyrzekamy, że będziemy się dobrze zachowywać. Nie hałasować. Nasze dzieci trzymamy w piwnicy. Naszego psa zostawiliśmy w dawnym domu. Poczęstujcie się kiełbaską z naszego kota. Czym chata bogata...

– Są dwie szkoły – powiedział uczenie Robert (z trzydniowym zarostem na przystojnym obliczu), który niepostrzeżenie dołączył do towarzystwa wraz z Pauliną i filiżanką herbaty. – Według jednej jest tak, a według drugiej wręcz przeciwnie. Wybór należy do pani.

– To ja wolę poczekać, aż oni do nas przyjdą – dokonała wyboru Eulalia.

Ale jej własne dzieci nie dały za wygraną. Przytaczały mnóstwo coraz bardziej bałamutnych argumentów, aż wreszcie osłabiona śmiechem Eulalia zgodziła się. Ostatecznie może pójść i przywitać życzliwie nowych sąsiadów, zapytać, czy nie potrzebują jakiejś pomocy.

Przed tą pierwszą, kurtuazyjną wizytą udała się do łazienki, poprawiła lekko naruszony śmiechem (i płaczem ze śmiechu) makijaż, przeczesała włosy, z aprobatą obejrzała rezultat renowacji, po czym ubrała się w swoją ulubioną suknię z cieniutkiego i mięciutkiego jasnozielonego dżerseju.

Bardzo dobrze. Góra czterdziestka. Góra!!!

Odmówiła zabierania chleba i soli, jak również bukietu świeżo zerwanych róż i piwonii, bukietu czegokolwiek i w ogóle czegokolwiek.

Poszła sauté. Jak to określił Robert.

Nie skorzystała z furtki w płocie dzielącym ogródki, uważała, że wytworniej będzie nadejść od frontu.

Nadeszła więc od frontu, stwierdzając przy okazji, że jodłowy peugeot ma wgnieciony błotnik z prawej strony (spostrzegawczość filmowca – pomyślała z zadowoleniem; jej niedawny ponury nastrój zmienił się biegunowo pod wpływem rodzinnych figielków i tryskała teraz radością życia).

Zadzwoniła do drzwi.

Postała przy nich chwilę, ale nie powtarzała dzwonka, słysząc, że ktoś schodzi z góry.

Drzwi się otworzyły i powitalne przemówienie zamarło Eulalii na ustach.

– Och, przepraszam, nie wiedziałam... – wyjąkała, ale po chwili, odzyskawszy kontenans (choć jej radość życia szlag z nagła trafił), dokończyła – nie wiedziałam, kto tu się sprowadza, chciałam się przywitać i przedstawić jako sąsiadka, ale w tej sytuacji widzę, że nie jest to potrzebne. Do widzenia panu. – To ostatnie wyrzekła już całkiem lodowatym tonem.

– Ależ... Bardzo proszę, niech pani nie odchodzi – powiedział gbur, on to był bowiem we własnej postaci, dla odmiany tonem, który przechodził szybko metamorfozę z ucieszonego na proszący. – Naprawdę...

Ale Eulalia już odchodziła, godnie wyprostowana.

Godne wyprostowanie przeszło jej, gdy miała pewność, że gbur już jej nie widzi. Pędem wbiegła do domu i runęła do telefonu.

Przy telefonie siedziała Marysia i opowiadała jakiejś naiwnej kumpelasi, jak to ona będzie w teatrze u pana Bonera grała Pippi Langstrumpf i jak to dziennikarze będą ją rozrywać, ale ona nie wszystkim udzieli wywiadu, o nie, a w telewizji wyłączność na nią będzie miała jej ciocia, pani Eulalia Manowska, ta słynna redaktorka...

Eulalia już chciała ją brutalnie wyrzucić od aparatu, ale wzmianka o wyłączności powstrzymała ją od aktów przemocy. Jakoś nie wypada... słynnej redaktorce.

– Marysiu – powiedziała półgłosem – chciałabym zadzwonić, długo będziesz rozmawiała?

– Czekaj, Patrycja – powiedziało dziecko. – To właśnie moja ciocia. Już kończę, ciociu, pewnie musisz zadzwonić do telewizji, to pozdrów ode mnie Pawła, no wiesz, tego sympatycznego operatora. Tego, co mnie wprowadził do programu. Cześć, Patrycja, dokończymy innym razem.

Marysia, inteligentne dziecko, zobaczyła w oczach cioci coś, co kazało jej jak najszybciej udostępnić aparat.

– Proszę, ciociu, dzwoń – pisnęła i prysnęła.

Eulalia wybrała numer Rocha. Lepiej, żeby był!

Był.

– Halo... słucham – powiedział swoim dźwięcznym i miękkim

głosem, którego brzmienie wywoływało sensacje kardiologiczne u wiekszości normalnych kobiet w wieku poborowym.

– Rochu! To ja! Komuś ty zaprotegował to mieszkanie, to znaczy ten dom, to znaczy połówkę mojego bliźniaka?!

– To przecież nie była twoja połówka – zdziwił się Roch – tylko tych twoich przyjaciół ze Śląska. Podobno bardzo mili ludzie.

– Ten facet to twój szef?

– Niejaki Wiązowski? Mój. Lala, czy ty się mnie nie czepiasz przypadkiem? Kazałaś mi zebrać świadectwa moralności, zanim dam kontakt na tych twoich Ślązaków, to zebrałem. Wszyscy znajomi mówili zgodnym chórem, że gość bardzo przyzwoity, bez hałaśliwych nałogów, bez rodziny, cichy, spokojny, kulturalny, dobrze wychowany i sympatyczny. Widzisz, ile się dowiedziałem? Dla ciebie. Bo ty mi kazałaś. To czego teraz chcesz? Aha, jeszcze sportsmen. Taki niewyczynowy, bo podobno po jakimś poważnym wypadku. Uznałem, że będzie ideałem sąsiada. Chyba że zależało ci na rozrywkowych? Czemu nic nie mówisz?

– Bo ty mówisz. Poznałeś go?

– Przelotnie. On ma teraz urlop, a pracę u nas zaczyna dopiero od września. A co, ty go znasz?

– Spotkałam go parę razy w życiu i za każdym razem warczeliśmy na siebie jak dwa psy.

– Ajajaj, nie mogłem tego przewidzieć. Bardzo mi przykro. Co teraz zrobisz, zabijesz go?

– Głupi jesteś. Zachowam *splendid isolation*. Może czasem dla rozrywki wrzucę mu do ogródka zdechłą mysz. Znajome koty czasem mi przynoszą. No cóż, przepraszam, że cię niepokoiłam...

– Drobiazg, naprawdę. On był podobno cały w skowronkach, jak zobaczył ten wasz wspólny dom, a zwłaszcza widok na Szczecin z góry i tę całą zieleninę dookoła. Kolega mi mówił, taki jeden, co mu się pomagał wprowadzać.

– Wypchaj się, Rosiu. No to żegnam cię czule, mimo wszystko.

– Ja cię też. Aha, fama głosi, że to doskonały fachowiec. W moim zawodzie. Rozumiesz. Dobrze jest mieć inteligentnego szefa.

– Gratuluję – powiedziała Eulalia z przekąsem i rozłączyła się.

Rodzina i pozostali lokatorzy wisieli już nad nią, żądni informacji.

Eulalia udzieliła informacji, z uczciwości nie zapominając o żadnej z zalet wymienionych przez Rocha i dodając krótko:
– Ale ja z nim miałam kiedyś nieprzyjemne spotkanie. Zaprzyjaźniajcie się z nim beze mnie.

Wyglądało na to, że proces zaprzyjaźniania się wzajemnego może się przeciągnąć. Gbur razem ze swoim jodłowozielonym peugeotem znikał o poranku i dopiero wieczorem zapalały się światła w jego połówce bliźniaka. Eulalia miała sporo roboty, ponieważ ekonomiści dostarczyli materiały w postaci wyrwanych przypadkowo z Internetu danych statystycznych. Niewiele jej one pomogły, ale w każdym razie zorientowała się nieco w ekonomicznym i finansowym (czy raczej finansistowskim) podejściu do rzeczy. Nauczyła się też odrobiny nowego uniwersyteckiego żargonu i nawet go miejscami zastosowała w scenariuszu, dla wywołania wrażenia fachowości na oceniających bankowcach. Przyrzekła sobie jednak, że nie będzie nigdy mówiła o nikim, że jest targetem jakiejś tam akcji. I nie będzie przykładów nazywała kejsikami. Te kejsiki wydawały jej się szczególnie obrzydliwe. Myślała początkowo, że to od *key*, czyli klucza – na zasadzie dobierania klucza do czegoś – ale okazało się, że nie. To od *case*. Przykłady w tych uniwersyteckich materiałach nazywane były *case study*. Zobaczyła to potem napisane.

Na wyprodukowanie scenariusza miała, oczywiście, jedno przedpołudnie (z tym że dla niej południe następowało o szesnastej). Na szczęście miała już wymyślony zgrabny minicykielek, pozostawał jej tylko fizyczny proces wpisania tego wszystkiego do komputera (nie znosiła również określenia „wklepać do komputera", którego chętnie używali jej koledzy). Po czym producentka Krysia z pianą na ustach i klnąc okropnie, mogła odwalić tę olbrzymią biurokrację, której bank wymagał.

Zdążyły na styk. Gruby pakiet zabrał kurier w przeddzień składania ofert i przysiągł, że dotrze on w terminie na bankowe biurko w stolicy.

Następnego dnia Eulalia w towarzystwie Rocha zaczęła produkcję zdjęć do kolejnych odcinków ich wspólnego programu.

Roch uparcie twierdził, że jego nowy szef, Janusz Wiązowski, cieszy się wszechstronnie znakomitą opinią. W drodze nad morze

Eulalia opowiedziała mu swoje perypetie z gburem, uparcie nazywając go gburem, czemu Roch konsekwentnie się przeciwstawiał, twierdząc, że nie wypada mu słuchać brzydkich wyrazów na temat własnego szefa. Którego zresztą nie zdążył nawet porządnie poznać – mówiła zaperzona Eulalia – a przecież może się okazać, że to ona ma rację i Roch będzie musiał przyznać jej tę rację!

– Nie wiem, czy będę musiał – powiedział Roch. – Przecież on ma fobię tylko na baby z telewizji. A ja nie jestem baba z telewizji.

– Jak to nie jesteś baba z telewizji? To znaczy, nieważne, że nie baba, pamiętaj, że pierwsza żona zwiała mu z facetem z telewizji! Na facetów z telewizji on też musi mieć fobię! A jeszcze w dodatku takich pięknych facetów z telewizji!

– Powiadasz?

– Pewnie, że powiadam. Ja ci radzę, ty na niego uważaj, nie wiadomo, do czego on może być zdolny!

– Powiadasz, że pięknych facetów?...

– Rochu! Czy ty jesteś niedorozwinięty? Czy może nie masz w domu lustra? Nie widzisz, jak wyglądasz? Nie widzisz, jak na ciebie baby reagują?

– Ale Wika na mnie nie leciała – powiedział Roch z nutą pretensji w głosie.

Eulalia zaczęła się śmiać tak serdecznie, że łzy jej pociekły.

– Rosiu, biedaku! I to cię załamuje? To teraz słuchaj uważnie. Wika mi kiedyś mówiła, że poleciałaby na ciebie bez wahania, tylko przecież ona się przyjaźni z twoją żoną! Od czasów szkolnych! A może przedszkolnych!

– Od liceum – powiedział z godnością Roch. – To miło, że mi powiedziałaś. Jest mi lepiej z tą świadomością. Ty też nigdy na mnie nie leciałaś – dodał po zastanowieniu.

– Dla mnie jesteś za młody, synku.

– Te trzy czy cztery lata różnicy... cóż to jest wobec prawdziwego uczucia?

Eulalia policzyła błyskawicznie. Roch ma trzydzieści dwa lata, wiedziała na pewno, bo była zaproszona dwa lata temu na trzydzieste. Powiedział cztery lata, weźmy poprawkę na kurtuazję, nawet wysoko rozwiniętą, dajmy na to podwójną... ocenia ją na czterdzieści!

– Kocham cię, Rosiu – oświadczyła uradowana.

– Przykro mi, ale musisz zająć sobie kolejkę. Ale wiesz co, przyjaciółko? Zasiałaś mi niepewność w sercu. Jeżeli on tak nie znosi telewizji, to może mnie nie polubić, kiedy się dowie, że ja z wami stale współpracuję. Może zechce mi tę współpracę uniemożliwić. A ja to, kurczę, lubię robić. Wcale nie dlatego, że mnie co poniektórzy rozpoznają w sklepie. Podoba mi się ta robota i lubię was, telewizorów, bo jesteście śmieszni.
– Rozumiem, że to komplement.
– Jak najbardziej. No nic, zobaczymy, co życie przyniesie. Jeżeli on ma taki szlachetny charakter, jak go malują, to może nie będzie utrudniał. Dojeżdżamy, możemy budzić kolegów ekipę.

Dwa dni później – a była to niedziela – Eulalię obudził telefon.
– Lala? Przepraszam, że ja tak wcześnie, pewnie jeszcze śpisz... Mówi twój brat. Na wypadek gdybyś mnie nie poznała po głosie, informuję.
– Dlaczego zawsze dzwonisz w niedzielę o tej porze, ty degeneracie bez uczuć wyższych?
– Helenka wraca do kraju, chciałem cię zawiadomić.
– A nie mogłeś dwie godziny później?
– W zasadzie mogłem... Popatrz, nie przyszło mi to do głowy.
– Wszystko rozumiem. Radość z tego, że ukochana żona cię opuszcza, pozbawiła cię zdrowego rozsądku. Czy ona pojedzie na Jagiellońską, czy od razu zamierza założyć u mnie swoją kwaterę główną?
– Obawiam się, że przyjedzie do ciebie...
– No i z czego tu się śmiać?
– Nie, nie, ja cię przepraszam, ja ci naprawdę współczuję...
– Atanazy! Kiedy ty wreszcie będziesz mężczyzną i zaczniesz ją lać albo coś w tym rodzaju? Żeby zaczęła cię szanować? Oraz wykonywać twoje polecenia?!
– Być może zacznę o tym myśleć poważnie – obiecał Atanazy.
– A jak tam Marysia?
– W porządku. W ogóle wszystko w porządku. Ty, słuchaj, a jakbyś tak pomyślał o powrocie?
– Myślę cały czas, ale bardzo niechętnie. Nie martw się, Lala, ona ten remont szybko zrobi. Masz dla niej tę ekipę?
– O cholera. Nie mam.

- Obiecałaś! Ja cię proszę, postaraj się, bo ona będzie myślała, że ją oszukałem, żeby szybciej wyjechała...
- Mogą być kłopoty. Spróbuję. Kiedy ona tu będzie?
- Jutro, bo jedzie ze znajomymi ludźmi samochodem.
- To oni tam tyle czasu wszyscy siedzieli?
- Nie, to nie są ci, z którymi przyjechała. Tamci byli dwa tygodnie. No dobrze, całuję cię, kochana siostrzyczko, jakbyś kiedyś była w kłopotach, to licz na mnie.
- Jestem w kłopotach – powiedziała żałośnie Eulalia, ale jej brat już odłożył słuchawkę.

Ponieważ wyglądało na to, że już nie uda jej się zasnąć, wykorzystała moment, kiedy obie łazienki były wolne, wybrała wygodniejszą i urządziła sobie dwie godziny odnowy biologicznej, nie bacząc na protesty rodziny, która tymczasem wstała i chciała się kąpać. Niezadowolonych kierowała pod prysznic w drugiej łazience i cynicznie polecała sporządzić tam grafik.

Po śniadaniu, kiedy już przycichło gremialnie wyrażane niezadowolenie, zawiadomiła rodzinę oraz obecnych na herbacie Paulinę i Roberta, że od jutra trzeba będzie się ścieśnić.

- Przyjeżdża twoja mama, Marysiu.
- Świetnie – ucieszyła się kochana córeczka. – Jestem ciekawa, co mi mama przywiezie w prezencie!
- Ścieśnić! – Balbinę prawie zatchnęło, a Paulina skuliła się na krześle. – Jak ty to sobie wyobrażasz?
- Bardzo prosto. Paulina i Robert zostają tam, gdzie są, Sławka zajmuje bokówkę, Kuba zostaje na kanapie w salonie, ojciec wraca do sypialni, Marysia będzie spała z mamą w pokoju Sławki.

Ojciec spojrzał na nią nieco speszony. Prawdopodobnie nie miał pojęcia, że ona wie, że on sypia w bokówce i pewnie dlatego rano zawsze z większym trudem schodzi ze schodów. Nareszcie będzie mógł spać wyprostowany, biedaczek.

- No cóż – powiedziała Balbina, wciąż dosyć nadęta. – Można i tak. Ja jednak chciałabym zapytać młodych ludzi, jak długo zamierzają tak koczować po obcych.
- Mamo!
- Pani ma rację – powiedział cicho Robert. Paulina skuliła się jeszcze bardziej. – Nie powinniśmy tyle czasu żerować na pani uprzejmości. Ja... rozejrzę się za mieszkaniem.

– A masz forsę na to mieszkanie?
– Na razie nie, ale coś wymyślę...
– Dosyć długo myślisz, młody człowieku! – wyraziła dezaprobatę gniewna Balbina.
– Mamo! Proszę cię! Robercie, porozmawiamy później na ten temat. Mamo, przyjmij do wiadomości, że dopóki Pola i Robert są w potrzebie, będą mogli tu mieszkać. Oraz liczyć na naszą pomoc.
– Bardzo wygodnie! – prychnęła Balbina. – Dorośli ludzie!
Bliźniaki spojrzały po sobie.
– Ja może bym miała rozwiązanie... – szepnęła niewinnie Sława. Oczy zebranych zwróciły się ku niej jak na komendę. Z wyjątkiem oczu brata, który zapewne telepatycznie wiedział, co siostrzyczka wymyśliła.
– Mów, Sławciu – zachęcił ją nieświadomy dziadek. – Mów, dziecinko. Ty zawsze miałaś dobre pomysły.
– Bo w zasadzie teraz mieszkanie na Jagiellońskiej jest wolne – powiedziała pomysłowa dziecinka. – Więc jeśli babcia z dziadkiem chcą nadal u nas mieszkać...
– Oszalałaś! – przerwała jej Balbina, po czym umilkła.
Eulalia postanowiła zakończyć sprawę tym niedopowiedzeniem. Teraz trzeba załatwić jedną ważną rzecz: budowlańców.
– Sławeczko – powiedziała przymilnie. – Mam do ciebie prośbę...
Wszyscy z ulgą przyjęli zmianę tematu.
– Dla ciebie wszystko, mamunia.
– Chciałabym cię prosić, żebyś udała się do sąsiada, do którego ja się nie mogę udać z wiadomych ci względów, i dowiedziała się, jak można się skontaktować z tymi facetami, którzy mu remontowali mieszkanie. Helenka chce robić remont na Jagiellońskiej i potrzebuje szybkich fachowców. Ci byli błyskawiczni.
Sławka pomilczała chwilę.
– Sama nie pójdziesz?
– Wykluczone. A obiecałam Atanazemu, że się dowiem. Tylko że jak ja mu obiecywałam, to nie wiedziałam, kto tu zamieszka. No, bądź dobrym dzieckiem. Możesz iść z Kubą.
– Nie, nie, spokojnie, pójdę sama. Jestem już duża i nie potrzebuję niańki. Właściwie to nawet chętnie go sobie obejrzę, tego twojego gbura. Kiedy mam iść?
– Kiedy chcesz, byle dzisiaj.

– To pójdę od razu.

Na kilka chwil Sławka zniknęła w swoim pokoju, po czym wyszła z niego odziana w swoje ulubione reprezentacyjne szaty w kolorze bladobłękitnym, artystycznie poszarpane tu i ówdzie przy dekolcie i rękawach.

– Peżocik stoi, pan w domu – zaraportował Kuba.

Jego siostra wyszła z pokoju, pozostawiając po sobie subtelny zapach perfum Lancome'a, które podprowadziła Balbinie.

Eulalia zabrała się do sprzątania po śniadaniu, a ponieważ Pola natychmiast zaofiarowała jej pomoc, postanowiła od razu porozmawiać z nią o przyszłości, wykorzystując to zbliżenie, jakie daje wspólne zmywanie i wycieranie filiżanek (zmywała Pola, wycierał Robert, a Eulalia obserwowała to z przyjemnością, bo nie cierpiała ani zmywania, ani wycierania).

Oboje młodzi byli tak wystraszeni wystąpieniem Balbiny, że Eulalia, która rozmawiała z nimi spokojnie i przyjaźnie, natychmiast dowiedziała się, w czym rzecz. Otóż zarówno rodzice Poli, jak i Roberta nie wchodzili w grę jako ewentualne zaplecze mieszkaniowe. Jedni i drudzy wciąż byli wściekli i najwyraźniej czekali, żeby się któreś z młodych załamało. Młodzi nie chcieliby się załamywać, jednakowoż nie stać ich było na wynajęcie mieszkania, a na kupienie tym bardziej.

Niemniej, gdyby sytuacja stała się zupełnie dramatyczna, Robert jest gotów przerwać studia i zająć się pracą. Ma widoki na pracę, owszem, w branży komputerowej, mógłby też nadal robić fuchy jako zdolny kreślarz, oczywiście, też komputerowy, i jako dekorator wystaw, i jeszcze parę rzeczy...

Eulalia poczuła pewien podziw dla zaradności łysego młodziana. Jednocześnie odnosiła wrażenie, że szkoda by było, żeby taki zdolny człowiek przerywał studia. Z powodu dziecka ukochanej, które to dziecko ona ma z kim zupełnie innym.

Dziecko.

Coś jej wpadło do głowy.

– Słuchajcie, kochani. To nie to, żebym była patologicznie wścibska, ale chciałabym wiedzieć, jaki jest status pana Szermickiego w tej sprawie.

– Żaden – powiedział obojętnym tonem Robert. – Ten pan dla nas nie istnieje.

Pola popatrzyła na swojego rycerza z uwielbieniem. Eulalia z ulgą skonstatowała, że Robertowi udało się sprawić, iż sobowtór Pierce'a Brosnana przestał istnieć dla jego wybranki.
– Dobrze – powiedziała. – On sobie może dla was nie istnieć, ale przecież to jest jego dziecko. Czy tak?
– Tak – szepnęła Paulina.
– Czy on się w ogóle nie zainteresował tym, że ma zostać tatusiem?
– On ma rodzinę – szepnęła jeszcze ciszej uwiedziona i porzucona. – Ma dzieci.
– A ty się, Paulinko, uniosłaś honorem?
– Niech pani jej nie męczy – poprosił Robert miękko.
– Nie traktujcie tego jak męczenie, dzieci. Zastanawiam się tylko, czy stać was na takie unoszenie się honorem. Pan Szermicki, o ile wiem, nie należy do źle sytuowanych. Stale zbiera nagrody na jakichś konkursach, stale coś tam realizuje, głównie zresztą za granicą...
– Nie pójdę do niego po pieniądze – żachnęła się Paulina, czerwona jak piwonia.
– Ty nie.
– Ja też nie, proszę wybaczyć – żachnął się Robert.
– Ty też nie. Ja.
– Pani? – Jednobrzmiący okrzyk wyrwał się z dwojga wzburzonych piersi.
– Ja. Pola nie pójdzie, ja ją rozumiem, ona była zaangażowana uczuciowo, poza tym nie będzie się upokarzać. Robert powinien w ogóle pozostać w cieniu i proszę mi tu nie opowiadać, że to tchórzostwo czy coś w tym rodzaju. Ty masz skończyć studia, żeby ci się talent nie zmarnował, bo to by już zupełnie nie miało sensu. Ja nie jestem zaangażowana w żaden sposób, nie mam nic do stracenia, nic złego mnie nie może spotkać.
– Ale czy on w ogóle będzie chciał z panią rozmawiać?
– A dlaczego miałby nie chcieć?
– Bo jest pani osobą postronną.
– Do pewnego stopnia masz rację, Robercie. Ale ja nie pójdę do niego jako osoba postronna. Paulinko, czy zgodziłabyś się, żebym została twoją matką?
– O Boże – powiedziała Paulina. Robert nie powiedział nic,

tylko oczy mu błysnęły. Nadzwyczajne, jak on wyprzystojniał bez tych kłaków. Dopóki mu spadały na czoło w strąkach, nie było widać ani tego, że to czoło jest inteligentne, ani tych jasno błyszczących oczu.

– To znaczy, że się zgadzasz. Bardzo dobrze. Postaram się porozmawiać z nim w przyszłym tygodniu. Jak to miło, że pozmywaliście.

W tym momencie do kuchni zajrzał Kuba i zaraportował, że Sławka wraca.

Wróciła bardzo zadowolona z życia. W ręce trzymała przepiękną czerwoną różę.

– Matka! Co ty od niego chcesz? – zapytała od progu. – To jest bardzo sympatyczny człowiek. Oraz przystojny. Nie mówiłaś, że on jest przystojny!

– Albowiem nie miało to dla mnie znaczenia – powiedziała Eulalia wyniośle. – Poza tym widziałam w życiu przystojniejszych. A on tyle że nieobrzydliwy. Poderwał cię na czerwoną różę?

– Nie, coś ty. Ta róża jest zresztą dla ciebie. Prosił, żeby ci ją przekazać z wyrazami uszanowania. Rosła u niego w ogrodzie. Ona jest z tego krzaka koło ganku, kojarzysz? Ostatnia. Cała reszta przekwitła, a w ogóle ma w ogrodzie straszne śmietnisko, ale mówił, że teraz będzie miał trochę czasu i będzie chciał zrobić jaki taki porządek. Od jutra zaczyna. Od kiedy się Berybojki wyprowadziły, nikt tam palcem nie ruszył i jest obraz nędzy i rozpaczy. On, to znaczy pan Janusz, nie zna się na tym za bardzo, bo całe życie mieszkał w blokach, ale mówi, że kupił sobie stosowne podręczniki. Pytał, czy możemy mu pożyczyć kosiarkę. Powiedziałam, że oczywiście. Podkaszarkę też. On sobie wszystkie narzędzia i sprzęty ogrodnicze kupi, tylko na razie wyprztykał się na dom i przeprowadzkę.

– A remontowców masz?

– Mam, zapisał mi na karteczce. Słuchajcie, on ma bibliotekę w całym pokoju. To znaczy w jednym pokoju ma same regały. W tym, gdzie Berybojki miały pokój gościnny. A on ma regały i fotele. I takie cudne stare biurko. Po ojcu. Bo całą resztę mebli ma dosyć byle jaką. To znaczy, porządne, ale nic wielkiego.

– Zwiedzałaś posiadłość?

– Tak. A jeszcze w tej bibliotece ma sprzęt stereo. Bardzo wypasiony. Mama, podobałoby ci się u niego.

Eulalia poczuła, że gbur osacza ją niebezpiecznie przy pomocy jej własnej córki. Po co ona ją tam wysyłała? Prawda. Helenka. Atanazy. Remont na Jagiellońskiej.
– Sławeczko, już ci mówiłam, że ten pan mnie nie interesuje. W najmniejszym stopniu. Kiedy ja się chciałam z nim zaprzyjaźniać, to on nie chciał ze mną gadać i traktował mnie obelżywie. A ja nie chcę więcej żadnych afrontów.
– On się chyba czuje winny za coś. Czy mówi się winny za coś?
– Winny czegoś – poprawiła mechanicznie Eulalia. – Daj ten telefon.
– Masz. A kwiatka nie chcesz? Ach, słuchaj, pan Janusz przewidział, że możesz go nie chcieć przyjąć od niego, i prosił, żebyś go potraktowała jako prezent od Berybojków, bo to przecież jeszcze oni sadzili te róże. Ja go wstawię do wazonu, bo bardzo jest ładny.
– Wstaw. Możesz go sobie wziąć do pokoju.
– O nie, mamunia. Postawię ci go na oczach, żebyś myślała pozytywnie o panu Januszu. On mi się podoba.
– To sama sobie o nim myśl pozytywnie. Ja teraz muszę pomyśleć negatywnie o jeszcze jednym panu...

Zrobiła sobie dużą szklankę orzeźwiającego napoju z sokiem grejpfrutowym, cytryną i lodem i poszła myśleć do ogrodu. W istocie, jeżeli to, co zamierzała zrobić, miało przynieść rezultaty, musiała sprawę przemyśleć dogłębnie.

Usiadła zatem ze swoim pucharem w cieniu orzecha i zaczęła rozmyślać.

Po pierwsze – należy dotrzeć do pana Szermickiego, niecnego uwodziciela panienek. To nie powinno być trudne, na pewno ktoś ze znajomych wie, w jakiej pracowni projektowej go szukać. Ostatecznie dopadnie go na politechnice.

Po drugie – chyba niekorzystnie będzie umawiać się z nim telefonicznie, w każdym razie w charakterze matki Pauliny. Chyba że podstępnie umówi się z nim pod byle pretekstem jako obojętna interesantka, a przyjdzie w wyznaczonym terminie już jako zbolała matka.

Zaraz. Zbolała czy raczej rozwścieczona?

A to zależy. Jeżeli będzie prosić, to zbolała. Prosić takiego typka? O nie! Prawdopodobnie jest bezwzględny. A zatem rozwścieczona. Jeśli rozwścieczona, to od razu z żądaniami.

Najprawdopodobniej on nie będzie chciał żadnych żądań spełniać.

A, w takim razie trzeba będzie go łagodnie zaszantażować. Najlepiej, oczywiście, skandalem. Będzie się bał, że szlag trafi jego karierę na politechnice, fama się rozniesie, w środowisku też straci wizerunek.

Wizerunek. Właśnie. Trzeba będzie zmienić własny, bo on ją przecież zna. Robiła z nim kiedyś wywiad. Może ją kojarzyć z ekranu, chociaż ostatnio rzadko się na nim pojawia.

Charakteryzacja. Zrobi z siebie starą wiedźmę. Najlepiej hrabinę. Paulina nazywa się Lubecka. To nawet można zdecydować się na księżnę... Świetnie. Będzie grasejować. Zmieni wymowę.

I napaść na niego od razu! Od wejścia. Zażądać... Właśnie, czego? Stałego alimentowania czy jednorazowej dotacji? Uznania dziecka? Trzeba skonsultować to jeszcze z Polą i Robertem. Może jednak korzystniejsza będzie jednorazowa kwota. Jaka? To też trzeba wyliczyć.

Dotarło do niej, że ktoś coś mówi. Podniosła oczy, niezbyt przytomna, wciąż widząc przed sobą jędzowatą księżnę Lubecką z siwym kokiem, wielkimi zębami (ma się znajomych charakteryzatorów) i grasejującą wytwornie.

– Przepraszam, że przeszkadzam, pani się zamyśliła... Dzień dobry, pani Eulalio...

Za furtką stał gbur w pozie najwyraźniej pokornej! Czy on sobie wyobraża, że jedna czerwona róża wystarczy, żeby ją przekupić? Ją, księżnę Lubecką, de domo... de domo... De domo się jeszcze wymyśli.

– Dzień dobry panu – powiedziała lodowato, z trudem hamując grasejowanie. – Czym mogę panu służyć? Ach, wiem, chciał pan pożyczyć kosiarkę. Proszę chwilę zaczekać.

Podniosła się majestatycznie z ławeczki. Gbur coś tam jeszcze próbował mówić, ale zbyła go książęcym skinieniem ręki.

– Moment, proszę pana.

Wciąż majestatycznym krokiem poszła do gospodarczej przybudówki i wytoczyła zgrabną czerwoną kosiareczkę. Gbur czekał potulnie przy furtce, nie wchodząc do jej ogrodu.

Otworzyła furtkę i obróciła w jego stronę uchwyt kosiarki.

– Podkaszarkę dać panu od razu czy później?

– Później, bardzo proszę. – Gbur już nie usiłował nawiązać rozmowy. – Nie będzie pani przeszkadzało, jeśli teraz będę warczał?
– Nie będzie. Do widzenia.

Gbur ukłonił się bez słowa i odszedł w towarzystwie kosiarki, starannie zamknąwszy za sobą furtkę.

Eulalia nie wróciła już pod orzech, tylko poszła do domu gotować obiad, ponieważ Balbina zażyczyła sobie chociaż jednej niedzieli wolnej od kuchni i garów. Przez okno dobiegł ją jednostajny warkot. Spojrzała dyskretnie przez firankę. Rzeczywiście, przystojny facet z tego gbura. I nieźle radzi sobie z koszeniem. Musiał to gdzieś już ćwiczyć. Pewnie u przyjaciół, skoro sam całe życie mieszkał w blokach. Roch mówił, że jego nowy szef zachwycony był miejscem i domem. Oczywiście. To bardzo przyjemne miejsce i świetny dom.

Połówka domu.

A w tej połówce jest cicho i nie przewalają się tabuny ludzi od rana do nocy... Co to Sławka mówiła o jego bibliotece? Dużo książek i wypasiony sprzęt stereofoniczny. Mój Boże. Ona też ma dużo książek i jaki taki sprzęt, tylko do tego jeszcze pięć dodatkowych osób, razem z nią i Bliźniakami osiem, a jak jeszcze dojdzie Helenka, będzie dziewięć.

Zgroza. To są małe domki, zaprojektowane na małe rodziny! Berybojków było dwoje, Manowskich czworo, a potem tylko troje i to było w sam raz!

Mimo woli pomyślała, że mogłoby być przyjemnie posiedzieć sobie w takiej przytulnej bibliotece, w ciszy albo z łagodnie sączącą się muzyką, albo przeciwnie – słuchając tej muzyki całkiem głośno, ciesząc się jej świetną jakością i brakiem dodatkowych odgłosów w postaci ryczącego telewizora (Balbina i Marysia oglądają seriale albo Kuba i Sławka MTV), kłótni rodzinnych i trzaskania garami.

No cóż. Jeszcze kilka tygodni i odzyska swoją domową ciszę i spokój.

O ile wcześniej nie eksploduje.

Udało jej się nie eksplodować aż do przyjazdu Helenki, czyli do następnego poranka. Kiedy zobaczyła bratową, możliwość wybuchu stała się niebezpiecznie realna.

Cholerny Atanazy nie uprzedził, że ona tu będzie świtem i to nie umownym, ale o wpół do siódmej rano. Musieli wyjechać wcześnie z tymi jakimiś znajomymi. I szybko jechać, psiakrew!

Helenka tryskała urodą, humorem, zadowoleniem z siebie. Widać było na pierwszy rzut oka, że wybyczyła się obrzydliwie w tym Cannes i w tym Londynie, siedząc Atanazemu na garbie i w ogóle nie przejmując się obowiązkami wobec własnego dziecka oraz tym, że zwaliła to dziecko – z przyległościami! – jej, Eulalii, na głowę!

Eulalia, która nie była ani wypoczęta, ani w dobrym humorze (za mała przestrzeń życiowa może prowadzić nawet do zbrodni), ani zadowolona z siebie (dlaczego właściwie pozwoliła na to, aby jej ukochany domek stał się hotelem i przechowalnią?), a w dodatku czuła wyraźnie, że jej uroda podupada w tych niekorzystnych warunkach, od pierwszych chwil miała ochotę bratową zamordować.

Razem z Helenką na ganku pojawiły się potwornej wielkości sakwojaże.

I nowy hałas.

Dzwonek do drzwi, naciskany wiele razy w figlarnym rytmie. Głośne okrzyki na pożegnanie owych znajomych, którzy ją tu przywieźli. Kiedy Eulalia, jedyna sypiająca na parterze, a więc najbliżej jazgoczącego dzwonka, już ją wpuściła, otrząsnąwszy się z trudem ze snu – jeszcze głośniejsze okrzyki, mające na celu powitanie domowników, a przede wszystkim kochanej, słodkiej córeczki, która na pewno stęskniła się strasznie za mamą, mama też tęskniła, ale teraz już będziemy razem, moja Marysia kochana, moja, moja!

Eulalia usiłowała cichcem zawrócić do swojego gabinetu i pozostawić witające się towarzystwo swojemu losowi (pewnie świetnie by sobie poradzili bez niej), ale Helenka i Balbina postanowiły do tego nie dopuścić.

– Lalu, jak możesz! – To matka.

– Eulalio, nie uciekaj przecież teraz, kiedy mam ci tyle do opowiadania! – To Helenka. – Szybko zrobimy jakieś śniadanie, to znaczy wy zrobicie, bo ja się muszę oporządzić, całą noc jechaliśmy, ale oni są świetni, ci moi znajomi, obaj kierowcy doskonali po prostu, z gorszymi przyjechalibyśmy tu dopiero na południe...

I świetnie by było – pomyślała ponuro Eulalia, a głośno powiedziała:
– To idź się oporządzaj do górnej łazienki, a ja zajmę dolną. I żeby mi nikt nie przeszkadzał!
– A śniadanko? – zaśmiała się perliście Helenka.
– Babcia zrobi – odpowiedziała Eulalia i zniknęła za drzwiami łazienki, słysząc jeszcze natarczywe pytania Marysi:
– Mamo, ale powiedz, co mi przywiozłaś, powiedz, co mi przywiozłaś?...
Odpowiedź Helenki szczęśliwie zagłuszył szum prysznica.
Wiadomo, że ze spania już nic nie będzie. Boże, mój Boże.
Te dwie symetryczne zmarszczki koło ust są nowe. I ta jedna koło oka. Ciekawe, dlaczego tylko z jednej strony? Koło oczu też powinny być symetryczne. A może ona ma nieuświadomiony tik nerwowy, jak jeden jej kolega, nazywany przez wszystkich „Migawką"?
Bzdura, nie ma żadnego tiku. Oka też nie puszcza, bo to ohydne. To ostatnie tygodnie wyryły na jej twarzy te zmarszczki.
Zabiję Helenkę. Albo Marysię. Albo kogokolwiek!
Spokojnie. Nie należy budzić w sobie negatywnych uczuć.
Ale jakoś trzeba się rozładować.
Rozejrzała się. Same plastiki. Nie nadają się.
Jest! Woda Feel good, w szklanej buteleczce. Zostało jeszcze ćwierć butelki. Mniej więcej. Może jedna piąta. To będzie pięć złotych. Odżałuje.
Z całej siły cisnęła flakonikiem o posadzkę. Odłamki szkła poleciały na wszystkie strony, a powietrze napełnił przyjemny zapach w nieco za dużym stężeniu.
Jest lepiej.
Teraz trzeba tylko to wszystko pozbierać, żeby się komuś nie wbiło w nogę.
– Mama...
– Co, Sławeczko? – Głos Eulalii nie zdradzał jej wcześniejszych turbulencji emocjonalnych.
– Coś stłukłaś?
– Moje „odeparfę". Wyleciało mi z ręki. – Eulalia owinięta szlafrokiem otworzyła drzwi.
Sława rzuciła okiem na rozpryśnięte szczątki buteleczki.

– Niezły miało rozrzut. Ja to posprzątam, chcesz?
– Dobre z ciebie dziecko. To ja pójdę się ubrać.

Eulalia chciała wyminąć córkę, ale ta zatrzymała ją jeszcze na moment w drzwiach i zapytała prosto w ucho:

– Pomogło?

Eulalia zaśmiała się. Inteligentne dzieci posiada. To zawsze plus.

– Pomogło. Świetna metoda. Dziękuję ci, kochanie.

Spokojna i odprężona ubrała się w swoją ulubioną kieckę z jasnozielonego jerseyu (nie będzie kuchtą przy światowej Helence) i udała się do salonu. Salon i przedpokój zarzucone były malowniczo pootwieranymi sakwojażami Helenki oraz częściowo powyciąganymi z nich rzeczami.

Przy stole Marysia wykorzystywała właśnie twórczo prezenciki przywiezione przez matkę ze świata, to znaczy malowała sobie twarzyczkę i paznokcie specjalnym zestawem *For little lady*. Eulalia poczuła ulgę na myśl, że nie będzie już musiała wypowiadać się w tej sprawie, a będąc *in loco parentis,* pewnie czułaby się w obowiązku.

Z kuchni dobiegały odgłosy sugerujące przygotowywanie przez Balbinę śniadania dla trzydziestu osób. Najwyraźniej zapędziła do pomagania Sławkę i Paulinę, a nawet Roberta. Kubie prawdopodobnie udało się w porę zwiać, a tatusiowi w ogóle nie ujawnić.

Eulalia też postanowiła się nie ujawniać. Wymknęła się na ganek i z przyjemnością odetchnęła świeżym powietrzem, patrząc z wysoka na Szczecin i błękitne wody Regalicy, Odry, Jeziora Dąbskiego...

– Dzień dobry, pani Eulalio.

Gbur.

Może by go już przestać nazywać gburem, ostatnio coś bardzo jest uprzejmy.

Ale był gburem od początku i dosyć długo. Poza tym bardzo jej się naraził tym gburstwem. Gburstwem, nie gburowatością. Gburowatość – to wyrażenie sugeruje jakąś otoczkę, pozór, podczas gdy u niego to szło z samego wnętrza, od środka, z głębi jestestwa. Do innych odnosił się uprzejmie i przyjaźnie, tylko ją traktował jak zepsute powietrze. Gburstwo. Nieźle brzmi. Jej wkład w ojczyznę-polszczyznę.

– Dzień dobry.

No po prostu lód w głosie. Oraz obojętność.

Tym razem nowy sąsiad nie próbował nawiązywać rozmowy, tylko pokręcił się bez sensu po ganku i wrócił do domu. Czyżby wylazł na ten ganek, bo ją zobaczył przez okno? Niemożliwe. Przez okno nie widać ganku sąsiada. Chyba żeby się wychylił.

– Lalu, no co ty wyrabiasz? Helenka przyjechała, a ty się kryjesz po kątach! Chodźże na śniadanie, już wszystko gotowe, dzieci mi pomogły, tylko ty gdzieś znikłaś bez śladu!

Eulalia porzuciła rozważania na temat motywacji kierującej krokami gbura i z westchnieniem wróciła na łono rodziny.

Na cześć Helenki nawet Pola i Robert otrzymali zaproszenie do rodzinnego stołu, a takimi zaproszeniami Balbina na ogół nie szafowała.

Bohaterka dnia właśnie opowiadała o licznych znajomościach, jakie nawiązała w Londynie oraz w Cannes. Wyglądało na to, że zrobiła furorę w obu tych miejscowościach. Eulalia była tylko ciekawa, jaki procent tej całej historii uznają za dobrą monetę Paulina z Robertem – nowicjusze. Jej własne dzieci wezmą pewno poprawkę na 60–70 procent picu. Ona sama stawiała na dolną granicę tego szacunku, tato mógł dawać fifty-fifty, a Balbina, stara naiwna, i Marysia, dziecko niewinne, wierzyły bez zastrzeżeń we wszystko.

Dwukrotnie tylko Eulalia zastrzygła uszami uważniej. Raz, kiedy Helence przypomniało się, że ma dla niej coś od Atanazego i to coś okazało się opakowaną w byle jakie pudełko paczuszką, z której wyłoniły się dwa kolejne pudełeczka i dwa duże oraz kosztowne flakony perfum, na jakie Eulalia z pewnością nie mogłaby sobie pozwolić. Jakieś nowości, nie widziała ich w naszych perfumeriach. Poczciwy Atuś. No to można już nie żałować wody Feel good. Miała nadzieję, że sam wybierał, ma dobry gust zapachowy. Helenka wzięłaby po prostu co najdroższe. To znaczy, dla siebie wzięłaby, co najdroższe. Dla kogoś niekoniecznie.

Swoją drogą nieźle się braciszek wyżarł na tych rysuneczkach.

Drugi raz Eulalia zaczęła słuchać uważniej, kiedy Helenka jęła omawiać sprawę przeróbek mieszkania na Jagiellońskiej. Atek, kapeć jeden, oczywiście łgał jak pies, bo to nie były żadne kosmetyczne przeróbki, tylko kompletna przebudowa. Gdyby to nie była kamienica pod opieką konserwatorską, to Helenka w szale twórczym rozwaliłaby pewnie całą zabytkową elewację i wprowadziła ożywczy powiew świeżego spojrzenia. Prosto z Cannes, w typie śródziemnomorskim.

Zanosi się na to, że jeszcze długo pomieszkają razem.

Od przyszłego tygodnia zaczyna się szkoła Marysi, ciekawe, czy Helenka nie spróbuje wrobić jej, Eulalii, w dowożenie panienki do tej szkoły.

O Boże.

Nic z tego. Helenka też ma samochód, upchnięty w tej chwili w garażu, będzie musiała go wyprowadzić i używać. I nie ma znaczenia, że woli być wożona!

Nie będzie lekko.

Na szczęście ma jeszcze trochę urlopu. Jak już nie będzie mogła wytrzymać, pryśnie do Bacówki. Może nawet już na ten weekend. Trzeba tylko wcześniej załatwić sprawę z wiarołomnym uwodzicielem Szermickim, Brosnanem dla ubogich.

Na razie można się doraźnie wykręcić pracą.

Doszedłszy do tego wniosku, Eulalia wstała od stołu i przeprosiwszy zgromadzenie, wygłosiła kłamliwe oświadczenie o konieczności jakiegoś przeglądu, który to przegląd musi mieć dzisiaj z głowy, bo od jutra montuje. Po czym dała nogę.

Po raz kolejny ucieczka od własnej rodziny okazała się pożyteczna. Kiedy w recepcji brała klucz od swojego pokoju redakcyjnego, zwróciła uwagę na mocno wymalowaną damę, tłumaczącą coś zawzięcie strażnikowi. Dama prawie że roniła łzy i usiłowała koniecznie wcisnąć strażnikowi do ręki potężny plik papierów. Strażnik bronił się jak mógł, a kiedy zobaczył Eulalię, ucieszył się szalenie.

– O, proszę – powiedział do wymalowanej – tu jest pani redaktor Manowska, pani redaktor zajmuje się takimi sprawami. Proszę porozmawiać z panią redaktor.

– Jakimi sprawami, panie Bodziu?

– Społecznymi, pani redaktor. Pani przecież robi takie reportaże. Może pani redaktor z panią porozmawia?

– Porozmawiam. Da mi pan mój klucz?

– O, przepraszam. Proszę bardzo. Ale już się nie podpisuje. Ma pani kartę, to znaczy identyfikator?
– Mam. A co, zeszyt już nieważny?
– Nieważny. Pani kliknie.
Dopiero teraz Eulalia zauważyła zamontowany na blacie recepcji czytnik. Z westchnieniem zaczęła grzebać w przepastnych głębinach swojej torby. Znalazła kartę magnetyczną i kliknęła. Zabrała klucz, skinęła na umalowaną i zamierzała się oddalić w jej towarzystwie.
– Jeszcze raz, pani redaktor – zawrócił ją strażnik. – Ja przepraszam, komputer mi się zawiesił.
Eulalia kliknęła jeszcze raz.
– Dobrze teraz?
– Dobrze. Jeszcze moment!
Eulalia, która znowu zamierzała odejść, ponownie zawróciła.
– Wisi?
– Nie, nie wisi, tylko teraz musi mi pani potwierdzić. Pani kliknie jeszcze raz.
– To może przypadkiem ma być jakieś ułatwienie? – zapytała, klikając. – Bo długopisem i zeszytem już byśmy to pięć razy mieli z głowy.
– Nowoczesność, pani redaktor, wkracza. Nic na to nie poradzę. Jak pani będzie oddawać klucz, to też mi pani musi kliknąć...
Eulalia wstrzymała się od komentarza i zabrawszy wymalowaną, pojechała na swoje piętro.
Po drodze dama opowiedziała jej dużą część swojego życiorysu. Napomknęła też, z czym przychodzi. Eulalia zorientowała się, że owszem, można z tego zrobić reportaż.
Pół godziny później, kiedy wymalowana dama odeszła, pozostawiając stertę papierów, zaświadczeń, pozwów i wyroków, Eulalia siadła do komputera i szybciutko napisała propozycję reportażu, po czym wysłała to swojemu kierownikowi redakcji. Minęło jeszcze kilka minut i otrzymała odpowiedź:

Kupuję. Tylko pamiętaj, że trzeba tu przedstawić racje obu stron. Nie wolno ci traktować sprawy stronniczo, tylko z punktu widzenia tej pani. Zrób szybko, bo mam dziurę w przyszłym tygodniu, ktoś mi nawalił. Zdążysz do poniedziałku? We wtorek nagranie studia, w środę emisja, ostatecznie można nagrać w środę rano, ale musiałbym mieć 100% gwarancji, że zdążysz.

Odpisała: *Jak się sprężę, to zdążę* – i poszła do koordynacji, zorientować się w możliwościach. Okazało się, że owszem, możliwości są. Nawet z Pawełkiem. Przypięła się więc do telefonu, aby umówić na zdjęcia wszystkich zainteresowanych.

Swoją drogą zirytowała się, kiedy Eugeniusz zaznaczył, że ma pamiętać o wysłuchaniu racji obu stron. Tym pampersom wydaje się, że dziennikarstwo zaczyna się od nich, a tymczasem kiedy Eulalia debiutowała, szczeniaka chyba nie było jeszcze na świecie. Może zresztą był, ale pewnie wyprostowany przechodził pod stołem, na chleb mówił „bep", a na muchy „ptapty". A kiedy stawiał pierwsze kroki w dziennikarstwie, Eulalii kończyła się druga kadencja w sądzie koleżeńskim, w którym rozpatrywano między innymi sprawy dziennikarzy posądzanych o stronniczość.

Przypomniał się jej genialny wierszyk Kiplinga: „W sierpniu urodził się szakal, we wrześniu spadły deszcze. Takiej powodzi jak dzisiaj – rzekł – nie pamiętam jeszcze".

A może ona po prostu się starzeje i za bardzo bierze do serca pewne rzeczy? Eugeniusz jest jej kierownikiem i czuje się za nią odpowiedzialny.

Albo i nie.

Wszystko jedno. Najważniejsze, że reportaż może być ciekawy.

Nie od razu była do niego przekonana.

– Czy pani jest naprawdę gotowa zrobić własnemu dziecku taki numer? – zapytała wymalowaną, kiedy już dowiedziała się, o co chodzi. – Dla niego to będzie poważny stres, nawet jeżeli nie ujawnimy jego samego.

– Pani redaktor – powiedziała z mocą wymalowana. – Jak pani tego nie weźmie, to ja tak długo będę chodziła, aż ktoś weźmie. Moje dziecko i tak nie ma już spokoju. Pani popatrzy, ile on musiał przejść badań, ekspertyz, ankiet, ilu psychologów się na nim wprawiało! On by chciał, żeby wszystko się wreszcie skończyło i żeby mój pierwszy mąż dał mu spokój.

– Ale to przecież jego ojciec.

– Biologiczny, proszę pani. Prawdziwy ojciec to dla niego mój obecny mąż. To znaczy Marian Bircza. A mój były, czyli Antoni Goś, tak naprawdę chce się na mnie zemścić. Jemu wcale nie chodzi o Błażejka. On mi nie może wybaczyć, że to ja go rzuciłam.

A Błażejek wcale nie jest z nim związany. Proszę popatrzeć, tu jest ekspertyza psychologa...

Eulalia rzuciła okiem. Spora kupka papierów. Zwróciła jej uwagę ankieta. Wypełniona dziecięcą bazgraniną.

– On wtedy był w trzeciej klasie...

Pytania i odpowiedzi. Kogo zabrałbyś na wyspę bezludną? Mamę, tatę, Kasię i rzułwie. Kogo kochasz najbardziej? Mamę i tatę. Co robi z tobą tata? Gra w lotki.

– Ale z tego nie wynika, żeby Błażej nie lubił swojego ojca. Przeciwnie, wszystko o ojcu jest pozytywne...

– Bo on za ojca podał mojego obecnego męża, Mariana. Tu na drugiej stronie jest napisane. Pani popatrzy, tu jest takie pytanie: „Najbardziej nie chcę"... i Błażej odpowiedział „iść do pierwszego". Bo on tu myślał o swoim ojcu biologicznym. Antonim Gosiu.

– Wymalowana chlipnęła. – Pani redaktor. Żeby ten Antoni był chociaż odrobinę subtelniejszy, ale on do mnie z policją przychodził! Bo on musi zobaczyć się z synem! A syn akurat był zajęty, grał w komputer, to nie chciał iść. I Antoni złożył pozew do sądu o utrudnianie kontaktów. Dostałam wyrok: pięćset pięćdziesiąt złotych z zamianą na pięć dni aresztu. Widzi pani, jak to on kocha własne dziecko? Matkę mu pośle do więzienia, żeby tylko postawić na swoim. Ja nie mam pieniędzy. Pójdę siedzieć.

– To nie lepiej zapłacić? Przecież dla Błażeja to będzie cios, jeżeli pani pójdzie do aresztu.

– Ja nie mam pieniędzy. Ale powiedzmy, że pożyczę i zapłacę, a mój były za trzy miesiące znowu przyśle mi pozew. I dostanę wyższą karę. I on tak się może bawić do śmierci. A dziecko niech wie, jakiego ma tatusia.

– Próbowała się pani z nim dogadać?

– Z nim nie można się dogadać.

Antoni Goś, złapany telefonicznie, nie miał przeciwwskazań przeciwko telewizji.

– Już u mnie była telewizja niedawno – powiedział. – Pani Klaudia... zapomniałem nazwiska... kręciła o mnie film.

Eulalia zbystrzała.

– Tak? A jaki był temat tego filmu?

– Ja. Bo ja walczę osiem lat o syna.

– I tylko pan występował w tym filmie?
– Tylko ja. Opowiadałem o swojej walce. Pokazywałem zdjęcia. Bo ja mam zdjęcia z synem, jak on miał trzy lata, a ja wróciłem z rejsu.

No tak. Klaudia ma swój cykl, „Ludzie prawdziwi", i najwidoczniej machnęła w nim portret zbolałego ojca.

W Eulalii coś się zagotowało.

A gdzie racje obu stron?

Och, w ogóle nie ma o czym mówić. Wszyscy wiedzą, że Klaudia oprócz swojego męża Borysa kocha nad życie kierownika redakcji Eugeniusza. Z wzajemnością. A do jakiego stopnia jest to miłość skonsumowana, to tylko ich sprawa.

Pora umierać.

Bzdura. To tylko klimakterium. Zrobi ten materiał uczciwie. Ciekawe, czy Eugeniuszek w ogóle zauważy, że miał już klienta na antenie.

Kiedy wróciła późnym popołudniem do domu, w połówce bliźniaka panowała głucha cisza. Helenka odsypiała trudy podróży i Balbina zakazała domownikom poruszać się, oddychać, myśleć głośno.

A w gabinecie, ostatnim bastionie Eulalii, siedziała sobie Marysia ze słuchawkami na uszach i z upodobaniem rozwalała wrogów seriami z automatu, granatem lub bombą...

Antoni Goś, do którego Eulalia trafiła z ekipą następnego dnia, okazał się ojcem zbolałym w sposób rzeczowy i podparty przepisami. Wyciągnął kodeksy i usiłował je zaprezentować Eulalii. Poprosiła go jednak, żeby opowiadał wszystko własnymi słowami.

Opowiadał bez oporów. Zwłaszcza to, co dotyczyło jego byłej żony, obecnej pani Goś-Bircza.

– Myśmy tylko cztery lata byli małżeństwem. Z tego trzy lata i trzy miesiące ja byłem na morzu. A jak wracałem, to zastawałem burdel w domu. Ona miała niejednego mężczyznę, nie tylko tego jej obecnego...

– Ale w takim razie niedługo pan był z synem – wtrąciła Eulalia.

– Jak ostatni raz wróciłem, bo miałem wypadek na morzu, to

byliśmy jeszcze trzy miesiące. I on się do mnie przywiązał, mój syn znaczy. Ale potem się rozwiedliśmy, bo ja już nie byłem jej potrzebny. Ona się zorientowała, że już ja forsy do domu nie przywiozę. Bo to był kręgosłup. Przeszedłem na rentę. Sąd mi przyznał prawo do widywania się z synem, a ona mi to utrudnia już osiem lat. Prawie dziewięć. Musiałem z policją przychodzić... i z kuratorem, a ona mi syna nie wydała.
– Kocha go pan?
– Pewnie, że kocham. I mam prawo go widywać, bo jestem ojcem biologicznym.
– A jeśli go pan kocha, to nie ma pan oporów przed wysłaniem jego matki do więzienia? Dla dziecka to będzie cios.
– Ona nie musi iść do więzienia. Może zapłacić.
– A jeśli nie ma pieniędzy? Pójdzie siedzieć.
– Jej problem. Mogła mi wydawać dziecko.
– Mówi pan jak o wydawaniu reszty w sklepie albo paczki na poczcie.
– Dlaczego? Ja tu mam nakaz. Ona go nie honoruje. To musi iść siedzieć. Albo niech mi dziecko wydaje.
– Przecież pan właściwie tego dziecka nie zna, czy to ma sens tak walczyć, może by dać spokój? Dziecku dać spokój...
– Ja nie walczę. Ja egzekwuję prawo.
– Nie próbował się pan z nią dogadać?
– Z nią się nie da rozmawiać.
Eulalia z pewnym rozczuleniem patrzyła na wyraz potęgującego się obrzydzenia na obliczu Pawełka. Młody człowiek, to się przejmuje. Niewielu jak dotąd widział naprawdę brzydkich ludzi.
Od ziejącego chęcią dokopania byłej żonie (chyba wyłącznie dla sportu, bo jakaś cicha blondynka snuła się po domu) Antoniego Gosia ekipa udała się do sądu.
Eulalia słyszała dotąd wiele o stronniczych sędziach płci żeńskiej, które to sędziny gotowe są na słowo wierzyć kobietom, przypisując mężczyznom wszystko co najgorsze... Ten przypadek okazał się jednak nietypowy.
– Pani redaktor nie ma pojęcia, jakie kobiety potrafią być okropne – mówiła szczerze przystojna pani w todze.
I wyliczała mnóstwo przykładów na podłość kobiet.
– Podziwiać należy tego ojca – głosiła prosto w obiektyw – że

już ponad osiem lat walczy o prawo do spotykania syna. A matka od początku nastawiała syna przeciwko ojcu. Sekundowała jej dzielnie babka, to znaczy jej matka. Nic dziwnego, że dziecko nie ma żadnej więzi z ojcem.

– W takim razie może by dać temu dziecku spokój – zasugerowała Eulalia. – Takie przepychanki nie mogą mieć na niego dobrego wpływu.

– Ojciec tylko walczy o swoje prawa – zaoponowała pani sędzia. – Proszę spojrzeć, tu jest wyrok. On ma tytuł egzekucyjny, jest wierzycielem, to znaczy, że ona musi mu dziecko wydawać. Jako dłużniczka. Jeżeli nie chce, to musi ponieść konsekwencje przewidziane prawem. Z aresztem włącznie.

– A czy sąd się zastanawiał, jaki to będzie miało wpływ na dziecko, jeżeli jego matka pójdzie do więzienia?

– Nie jest rzeczą sądu zastanawianie się nad tym. Sąd pilnuje, żeby ta pani stosowała się do wyroku poprzedniej instancji. Pani Goś-Bircza nie wykonała zalecenia sądu i musi ponieść konsekwencje przewidziane prawem.

Eulalia usłyszała za sobą ciche westchnienie Pawełka. Miała nadzieję, że poniesiony przez emocje nie stracił ostrości.

Podziękowała. Ekipa w milczeniu zebrała sprzęt i wyszła z gmachu sądu.

– Patrz, jaką oni tu mają ładną terminologię – zauważyła Eulalia, wsiadając do samochodu. – „Dłużnik, wierzyciel, tytuł egzekucyjny". Kto by pomyślał, że naprawdę chodzi o żywe dziecko lat dwanaście. A może trzynaście.

– Oni wszyscy są okropni. – Pawełek się wzdrygnął. – Nikogo ten biedny szczeniak nie obchodzi. Będziesz miała obrzydliwy reportaż.

– Albowiem życie bywa obrzydliwe – podsumowała sentencjonalnie. Więcej komentarzy tego dnia w ekipie nie było.

Jakie to szczęście – myślała Eulalia, wracając do Podjuch (uprzednio obejrzała jeszcze nakręcony materiał, co zajęło jej czas prawie do siódmej wieczór) – że nigdy nie miałam podobnych przepychanek z Arturem. Oni swoje sprawy rozwodowe załatwili szybko i sprawnie, nie chcąc Bliźniakom dokładać jakichkolwiek dodatkowych stresów do stresu spowodowanego rozstaniem rodziców. I tak pewnie ten rozwód wywarł na Sławkę i Kubę swój wpływ, ale wygląda na to, że poradzili sobie z tym jakoś. Mieli po cztery lata, kiedy Artur wybrał Norwegię. Nie wiadomo, co tam jeszcze siedzi im w podświadomości; sprawiają wrażenie spokojnych i zrównoważonych, ale może...

Może, może. Tak się stało i już. Nie miała na to wpływu. Sama swoje przeżyła. Kochała tego całego Arturka, naprawdę. A potem nie miała czasu na miłość. Nawet na romans. Kilka pospiesznych przygód przez piętnaście lat, a teraz już pewnie nic z tych rzeczy jej nie czeka. Za późno, kwiatku.

Kwiatku, też coś. Kobieta w wieku czterdziestu ośmiu lat to już raczej nie kwiatek, tylko jabłuszko, i to dosyć przejrzałe. Albo gruszeczka ulęgałka.

Przez tych piętnaście lat w ogóle mało myślała o sobie. Zajmowała się Bliźniakami i pracą – na zmianę. Czasami Bliźniakami i pracą jednocześnie. Teraz, za jakiś miesiąc, góra dwa, jak to całe towarzystwo się wyniesie, będzie miała mnóstwo czasu na myślenie o sobie.

Dobrze. Za dwa miesiące. Ale czemu nie teraz?

Chętnie by się upiła, żeby tylko jej się takie myśli nie czepiały. Może zarządzić alkoholowe czczenie powrotu Helenki?

Wyglądało na to, że rodzina wyczuła jej nastroje. Dojeżdżając do domu, z daleka zobaczyła smugę dymu. Pewnie się rodzina wyniosła do ogródka i robi garden party. Czyli party w krzakach, jak to kiedyś gdzieś przeczytali z Bliźniakami; nie pamiętają gdzie, ale określenie się przyjęło.

Garden party w istocie trwało w najlepsze. Wokół grilla, otoczonego chmurą ponętnych zapachów, siedzieli wszyscy domownicy... wszyscy domownicy... oraz pan sąsiad najbliższy, a ten co tu robi, kto go prosił???

Eulalia natychmiast się zdenerwowała. Kto tu jest, do diabła, panią domu?

No tak. Nominalnie jeszcze ona, ale faktycznie to się chyba zatarło, a już w momencie przybycia Helenki... Szkoda gadać.

Nie miała szans wycofać się chyłkiem, bo weszła od razu do ogródka, a ta upiorna Helenka już się darła wniebogłosy:

– Eulalio! Jesteś wreszcie! Kto to widział, żeby pracować do tej pory! W twoim wieku powinnaś się oszczędzać!

Zabiję ją – pomyślała Eulalia.

– Chodź do nas, chodź, nie idź do domu, czekaliśmy na ciebie do tej pory, nie możesz nam tego zrobić, chodź do nas! Zaprosiłam pana Janusza, nie mówiłaś mi, że masz już sąsiada, bardzo przyjemnie nam się tu rozmawia, pan też był w Anglii... Na studiach, panie Januszu?

– Tylko turystycznie. Może trochę pod kątem mojej specjalności. Dzień dobry pani.

Gbur wstał ze szmacianego stołeczka i czekał, przygięty w klasycznej pozie do powitania.

Podała mu rękę. Pierwszy raz, uprzytomniła sobie. Kiedy z pewną ostrożnością ściskał jej dłoń (swoją drogą czego on się boi? Że da mu w zęby?), stwierdziła ze zdziwieniem, że krótki, rzeczowy uścisk jego ręki sprawił jej przyjemność. Nie miał, na szczęście, odruchu, żeby ją cmoknąć w łapkę. Nie giął się też w przesadnych ukłonach. Natomiast sprawiał wrażenie, jakby mu było okropnie głupio.

Omal się nie roześmiała. Prawdopodobnie biedak został wciągnięty tu siłą przez ekspansywną Helenkę i cały czas w nerwach czekał na powrót właściwej pani domu. Nie mógł zwiać, bo nie jest łatwo wyrwać się ze szponów Helenki.

Właściwa pani domu też nie miała zbyt wiele do powiedzenia w swoim własnym ogrodzie, przy swoim własnym grillu. Helenka postanowiła najwyraźniej przyznać sobie rolę gwiazdy wieczoru.

Gęba jej się nie zamykała po prostu.

To nie to, żeby Eulalia była zazdrosna. Nie. Nie. Nie, nie i nie. Trudno jednak było wytrzymać nieustające tokowanie bratowej.

Eulalia wzięła jedną niedużą kiełbaskę i pożywiła się.

Helenka ze swadą opowiadała o swoim pomyśle na mieszkanie, który to pomysł powzięła podczas wakacji na Lazurowym Wybrzeżu, na którym robiła po prostu furorę, wszyscy się zastanawiali, jakiej to narodowości może być taka piękna kobieta, wszyscy dosłownie szaleli ze zdziwienia, kiedy okazywało się, że jest Polką, Polaków tam jeszcze bardzo mało przyjeżdża, oczywiście, to się niedługo zmieni, fortuny rosną, jej mąż Atanas jest wziętym rysownikiem, więc był w Cannes jak najbardziej na miejscu...

Gbur robił wrażenie, jakby kulił się w sobie i czekał tylko na dobry moment, żeby dać nogę. Mógłby chociaż udawać, że uważnie słucha. Z drugiej strony – trudno mu się dziwić.

Eulalia zauważyła, że pod wpływem gadania Helenki wydzielają jej się dodatkowe soki żołądkowe. Sięgnęła po kawałek apetycznie przypieczonego boczku. Helenka natychmiast przerwała opowiadanie o swojej canneńskiej przyjaciółce („świetna dziewczyna, mówię państwu, szkoda, że nie możecie jej poznać, z domu francuska księżniczka, a po mężu angielska baronowa").
– Eulalio! Nie jedz tego! Zostaw!
– Dlaczego? – Eulalia była lekko spłoszona, bo Helenka odezwała się do niej dosyć niespodziewanie. – Niedopieczone?
– To nie dla ciebie jedzenie! W twoim wieku nie wolno ci jeść takich rzeczy! Poza tym musisz schudnąć, a tak nigdy ci się to nie uda!
Helenka zaśmiała się perliście, a Eulalię szlag trafił ostatecznie. Poza tym poczuła, że zaczyna się dusić.

Bez słowa nałożyła sobie na talerzyk jeszcze trochę boczku, sporo przypieczonej cebuli i dwie kiełbaski, po czym opuściła towarzystwo, nie oglądając się za siebie.

Odchodząc, słyszała jeszcze srebrzysty śmiech bratowej i jej rozbawiony głos:
– Przepraszam pana za moją szwagierkę, ostatnio jest jakaś taka podenerwowana, nie wiem, co się z nią dzieje, to chyba klimakterium...

Kiedy po dwóch godzinach Eulalia opuściła łazienkę, gdzie (psiknąwszy sobie na początek zdrowo z inhalatora) poddawała się swoim ulubionym odprężającym procesom odnowy biologicznej, hojnie i cynicznie używając do tego wyrafinowanych kosmetyków bratowej, Helenka już na nią czyhała.
– Dlaczego tak nas zostawiłaś, Eulalio? Pan Janusz był zbulwersowany. Ja cię, oczywiście, próbowałam wytłumaczyć, ale to naprawdę dziwne, kiedy pani domu odchodzi bez najmniejszego wyjaśnienia z własnego przyjęcia.
– To było twoje przyjęcie. Spadaj, Helka – powiedziała krótko Eulalia i wyminąwszy oniemiałą bratową, poszła spać.

No i tego właśnie brakowało.
Teraz już zupełnie nie będzie mogła facetowi spojrzeć w twarz. A swoją drogą, coś trzeba zrobić z tymi nerwami.

Gbura na szczęście nie było w polu widzenia, kiedy następnego dnia wybierała się do pracy. Nie wiedziałaby, gdzie oczy podziać.

Zanim poszła do montażowni, w której czekał na nią Mateusz, zadzwoniła do jednego ze swoich starych przyjaciół.

– Z panem doktorem Wrońskim poproszę. Mówi Eulalia Manowska.

– A, pani redaktor! Jakiś program z panem doktorem?

– Niezupełnie. Można mu teraz przeszkodzić?

Można było. Poczekała jeszcze chwilę przy aparacie.

– Lala, jak to miło, że sobie przypomniałaś! Moja sekretarka mówi, że tym razem nie chcesz mnie używać na antenie. Czym mogę ci służyć? Mów szybko, bo zostawiłem pobudzonego pacjenta tylko z jedną praktykantką...

– Grzesiu kochany, spotkaj się ze mną. Kawę ci postawię.

Grzegorz Wroński, psychiatra i człowiek inteligentny, nie pytał, czy to pilne. Skoro do niego zadzwoniła, widać było pilne.

– Mogę o siedemnastej trzydzieści, chcesz? U mnie, u ciebie, w neutralnym miejscu?

– A wpadłbyś do mnie do redakcji?

– Wpadnę. Gdybym się trochę spóźniał, zaczekasz?

– Oczywiście. Dziękuję, Grzesiu.

– Trzymaj się.

Od samego dźwięku jego spokojnego głosu zrobiło jej się nieco lepiej.

Zmontowała szybko materiał, cały czas pamiętając o poniedziałkowym nagraniu studia i środowej emisji. Oraz o swoim spotkaniu o siedemnastej trzydzieści.

Był prawie punktualny. To znaczy spóźnił się zaledwie trzynaście minut.

Uściskali się serdecznie. Swojego czasu Grzegorz pomagał jej wyjść z załamania nerwowego po rozwodzie z Arturem. Usiłowała go wtedy uwieść, ale wyperswadował jej ten zamiar, tłumacząc, że nie wypada mu sypiać z pacjentkami. Kiedy wydobrzała, przestała na niego lecieć. Zostali jednak dobrymi przyjaciółmi; kilka razy Eulalia zapraszała go do studia, kiedy potrzebny jej był do programu rozsądny psychiatra, kilka razy dzwoniła do niego z różnymi swoimi sprawami, a on nigdy nie zawiódł.

– Co się dzieje, Lala? – zapytał, patrząc na nią przenikliwymi oczkami o barwie wypłowiałego nieba. Był rudy, chudy i dosyć brzydki. Uwielbiała go z powodu jego niezachwianego spokoju, wszechstronnej wiedzy, błyskotliwej inteligencji i poczucia humoru. – Daj tej kawy, jestem zmęczony jak koń pociągowy. I powiedz, co cię załamało ostatecznie.

– Bratowa – odpowiedziała krótko, przyrządzając kawę. – Grzesiu, czy ty też z wiekiem coraz gorzej reagujesz na głupotę ludzką?

– Ja? Ja nie. – Zaśmiał się pogodnie. – Ja studiuję głupotę ludzką całe życie. Niewykluczone, że napiszę na ten temat rozprawę. Ale rozumiem cię, moja droga. Opowiedz mi wszystko.

Opowiedziała. Mówiła bez przerwy pięćdziesiąt sześć minut. O nieuchronnie nadchodzącym rozstaniu z Bliźniakami, które były do tej pory sensem jej życia. O tym, że się starzeje i boi samotności. Że brzydnie. Zmarszczki jej się robią. Dyrekcja nie przyjmuje od niej propozycji programów, które sama chciałaby poprowadzić. Tyje. Praca ją denerwuje, a dotąd na ogół dawała jej satysfakcję. Do szału doprowadza ją rodzina. Codziennie rano ma ochotę płakać na swój widok. Jest bez przerwy zmęczona. Przekwita. Zapomina. Nie chce jej się! Nikt jej nie kocha!

W końcu się rozpłakała. Grzegorz nie próbował jej pocieszać ani uspokajać, przeciwnie, cierpliwie czekał, aż się wypłacze, co jakiś czas podając jej świeże chusteczki do nosa. Trwało to dosyć długo, ale wyglądało na to, że mu to nie przeszkadza.

Kiedy skończyła z tym wreszcie, poszła do toalety doprowadzić się do porządku, a on zrobił jej świeżą kawę.

– Kochany jesteś, Grzesiu – powiedziała, pochlipując ostatkiem łez. – Już mi lepiej. Ale jak wrócę do tego cholernego domu, to znowu mogę pęknąć.

– Spokojnie. Chcesz, żebym z tobą rozmawiał jak lekarz czy jak przyjaciel?

– Jak przyjaciel... z dyplomem lekarza...

– Dobrze. No więc jako lekarz mógłbym ci dać trochę różnych piguł, żebyś miała na dobry sen i na depresję, ale jako przyjaciel powiem ci: po co masz się truć tymi świństwami. Uważam, że możesz sama sobie poradzić.

– Tylko mi nie mów o asertywności!

– O, widzę, że sama wyczuwasz, w czym rzecz. No to naprawdę nie jest z tobą tak źle. Nie możesz wyrzucić tej całej czeredy z domu na zbity pysk? Nie mam tu na myśli twoich dzieci... Ani tych młodych, oni nie są szkodliwi. Właściwie to najbardziej mam na myśli twoją bratową... i rodziców, bardzo cię przepraszam, Lalu...

– Nie mogę. Obiecałam bratu, że przechowam ich przez czas remontu tamtego mieszkania.

– W takim razie może ty sama wyjedź? Weź sobie urlop, lato jest, nie zauważyłaś? Masz jakieś takie miejsce na ziemi, gdzie jest ci dobrze?

– We własnym domu zawsze mi było nieźle. Ostatnio dobrze mi było w Bacówce.

– To jedź do tej Bacówki. Potrzebujesz tego, naprawdę.

– Teraz nie mogę, mam rozgrzebane różne programy, muszę je pokończyć, poza tym nie chciałabym zostawiać dzieci samych z rodzinką, a przecież są jeszcze Paulina i Robert, oni są akurat dosyć sympatyczni, ale moja matka ich nie lubi...

– Myślisz, że jak wyjedziesz, to oni się pozabijają? Nie przejmowałbym się tym. Nie pozabijają się. A powiedz, jak już będziesz mogła wyjechać, to stać by cię było na jakieś takie wczasy na farmie piękności albo odchudzające, albo zdrowotne, albo najlepiej sanatorium?

– Nie mów do mnie na ten temat.

– Dobrze. A powiedz mi jeszcze, jak twoje hormony? Sama doszłaś do wniosku, że przekwitasz, czy lekarz ci to powiedział?

– Grzesiu, bądź poważny! Ja mam czterdzieści osiem lat!

– Ja też. A nawet czterdzieści dziewięć. I jeszcze nie przekwitam. Ani nie zamierzam na razie. Hormony zastępcze bierzesz?

– Nie biorę, nie mogę. Są przeciwwskazania.

– Dobrze. A jak twoja astma?

– W zasadzie opanowana. Lato jest, latem rzadko mi dokucza.

– Dobrze.

– Co ty tak tylko dobrze i dobrze – zirytowała się Eulalia. – A ja sama z sobą nie mogę wytrzymać!

– Mówię dobrze, bo jest dobrze. Tak naprawdę jesteś zmęczona. I boisz się zostać sama, bez twoich Bliźniaków. A ja ci powiem, że to też dobrze, że one wyjadą. Czy ty się o nie boisz? Że zejdą na złą drogę albo coś takiego?

– Zwariowałeś.
– No widzisz. To normalne, że wyjeżdżają. Byłoby gorzej, gdyby zostały w Szczecinie tylko po to, żeby mamuni samej nie zostawiać. A ty będziesz wreszcie miała czas dla siebie. Przyzwyczaisz się do spokoju. Możesz sprawić sobie psa. Będziesz mogła robić tysiąc rzeczy, na które będziesz miała ochotę. Nie wracać na noc do domu, odwiedzać przyjaciół...
– Boże, Grześ, ty wiesz, że ja mam bardzo mało przyjaciół... takich poza pracą...
– To teraz będziesz miała czas, żeby sobie takich znaleźć. Tylko nie zakop się w robocie! Zadbaj o siebie. Porozpieszczaj się. A najlepiej zafunduj sobie romans.
– Oszalałeś! W moim wieku!
– Bardzo dobry wiek na romanse. Sam bym na ciebie poleciał.
– Dziękuję uprzejmie. Jak ja na ciebie leciałam, to mi tłumaczyłeś, że nie możesz z pacjentką!
– Bo z pacjentką to jest niemoralnie. A teraz sama chciałaś, żebym cię potraktował jak przyjaciel, a nie jak lekarz!
Eulalia wybuchnęła śmiechem. Grzegorz patrzał na nią z zadowoleniem.
– Widzisz, jak dobrze wpływa na ciebie sama myśl o romansie ze mną? Ale ja się nie narzucam. Nie wchodzi się dwa razy do tej samej wody, rozumiem. Gdybyś jednak zmieniła zdanie, służę w każdej chwili.
– Czy to znaczy, że nie jestem jeszcze do wyrzucenia?
– Nie kokietuj. Jesteś piękną kobietą. Dojrzała brzoskwinia. Nigdy nie lubiłem kwaśnych jabłek, jeżeli o mnie chodzi. Lolitki uważam za obrzydlistwo. Podejrzewam, przy całej mojej próżności, że nie jestem z tymi upodobaniami jedyny na świecie. No więc umawiamy się: każdego dnia patrzysz w lustro i cieszysz się z tego, że jesteś piękna, mądra, inteligentna, utalentowana, masz świetne dzieciaki, które cię kochają i które ładnie dorośleją. Masz pracę... à propos, nie wyrzucają cię?
– Chyba nie.
– Dobrze. Poza tym, kochana, ćwiczenia oddechowe, odrobina medytacji, możliwie dużo ruchu. Ogródek. Kwiaty wokół siebie. Piękno. Muzyka. Takie rzeczy. Nie oglądaj dzienników, jeżeli nie musisz koniecznie, oglądanie tych osłów, którzy nami rządzą,

prowadzi do depresji w przyspieszonym tempie. Literatura. Poezja. No. A jak twoje dzieci pojadą na te studia, to zadzwoń do mnie, pogadamy, zobaczę, jak sobie z tym radzisz. I poderwij kogoś.

– Dla zdrowia...
– Oczywiście. Mogę ci nawet wypisać receptę. Teraz już muszę lecieć. Jak ci będzie smutno, dzwoń do mnie o każdej porze dnia i nocy. Bez krępacji, pani redaktorowo. Masz tu wizytówkę z moją nową komórką. Stary numer będzie nieaktualny za tydzień. Idziemy?

Wyszli z gmachu telewizji, a zanim wsiedli każde do swojego samochodu, Grzegorz uściskał ją serdecznie... czuła to, czuła, że nie jest to zdawkowy uścisk, że on ją naprawdę bardzo lubi. A jednocześnie miała wrażenie, że otrzymuje od niego porcję energii, odwagi, wiary w przyszłość. No proszę. Może szkoda, że przestała na niego lecieć? Co on właściwie zrobił ze swoją żoną? Byli świetną parą. Prawda, umarła mu. Zginęła w wypadku samochodowym. Pięć lat temu. Dzieci nie mieli. Nie ożenił się znowu, wiedziałaby, zaprosiłby ją na ślub albo chociaż zawiadomił. To znaczy, że jest naprawdę całkiem samotny, nie tak jak ona... i to on ją pociesza!

Kiedy wjeżdżała na swoją posesję, na chodniku stał już zielony peugeot, a gbur wysiadał z niego i zamykał drzwi.

Ukłonił jej się z daleka. Miała wrażenie, że był to ukłon szalenie oficjalny.

Nadszedł pierwszy dzień szkoły i oczywiście Helenka zażądała, aby Eulalia zaplanowała swoje telewizyjne zajęcia w sposób umożliwiający odwożenie Marysi na lekcje i przywożenie jej na domowy obiadzik.

– Rozumiesz sama, moja droga – powiedziała z wdziękiem – że nie miałoby sensu żadne inne rozwiązanie. Ty przecież i tak musisz być w mieście codziennie, więc po prostu wstaniesz wcześniej i wcześniej wyjedziesz. A potem wcześniej wrócisz. Same korzyści dla ciebie.

Eulalia, która nienawidziła wczesnego wstawania, przypomniała sobie swój wieczorny seans psychoterapeutyczny i odmówiła świadczeń.

– Zapomnij. Zapomnij o mnie, o moim samochodzie i o tym, że ja w ogóle mam jakikolwiek budzik w domu.

– Ja cię mogę budzić... Chociaż to oczywiście bez sensu, skoro i tak musisz wstać. A jak już wstaniesz, możesz od razu zrobić dwa śniadania, dla siebie i dla Marysi. Ty jesz śniadania, prawda?

– Prawda. Około dziewiątej rano. Nie wcześniej. Helenko, ja mówię najzupełniej serio. I niech to do ciebie dotrze. Nie będę wstawała wcześniej. Nie będę robiła śniadań Marysi. Nie będę jej woziła. Masz samochód, to go używaj. Prawo jazdy też masz. Wolno ci poruszać się po drogach publicznych.

To ostatnie powiedziała z zamierzoną złośliwością, pamiętając, jakie były w rodzinie palpitacje, kiedy Helenka zdawała egzamin na prawo jazdy i jaką kwotę musiał Atanazy wybulić w charakterze łapówki, aby jego żona dostała upragniony kwit.

Helenka skrzywiła się, nie za mocno, żeby nie nabyć czasem jakich nowych zmarszczek.

– Nie, Eulalio, ty jesteś niemożliwa. Przecież wiesz, że ja nie lubię jeździć po mieście w godzinach szczytu... Nie jestem takim wprawnym kierowcą jak ty! – Zatrzepotała artystycznie rzęsami, co na Eulalii nie zrobiło żadnego wrażenia, być może dlatego, że nie była w dostatecznym stopniu mężczyzną. – Poza tym ja będę doglądać remontu.

Grzegorz kazał być asertywną.

– Jeśli nie będziesz jeździła, to się nigdy nie wprawisz – powiedziała bezlitośnie. – Ja bym ci nawet radziła wjeżdżanie w największy tłok. Bardzo szybko złapiesz bluesa. A w ogóle to jest twoje dziecko. I twój remont. Zrób sobie grafik. Powieś na drzwiach plan lekcji Marysi i się dostosuj. I nie zapomnij o jej licznych zajęciach pozalekcyjnych.

Oburzona Helenka prychnęła i poszła – prawdopodobnie poskarżyć się Balbinie. Eulalia pozostała przy stole, przy którym piły popołudniową kawę, i zamyśliła się.

Asertywność jej wyszła. Jeszcze trzeba będzie pokonać Balbinę. Ale spokojnie. Jesteśmy na dobrej drodze. Teraz należy pomyśleć o romansie.

Tylko z kim?

Dolała sobie kawy i zrobiła pospieszny remanent.

Rzeczywiście, ze swoimi niezliczonymi znajomościami prawdziwych przyjaciół ma niewielu. A już takich, z którymi dałoby się romansować... Szkoda słów.

W pracy głównie małolaty, przeważnie żonaci, zresztą zasadę, że nie romansuje się z kolegami, uważała zawsze za niezwykle rozsądną.

Grzegorz... Może by jednak?

Grzegorz jest jak brat, to by było kazirodztwo.

Podczas jednej takiej konferencji prasowej bardzo się nią zainteresował gość z biura prasowego wojewody. Ale on, zdaje się, pije jak smok, poza tym używa ohydnej wody toaletowej. A w ogóle ona prawie nie zna faceta, więc o czym my mówimy?

Ostatni nabytek w dziedzinie towarzyskiej – GOPR. Same chłopy. Za młodzi. Żonaci. A jak nie za młodzi, to tym bardziej żonaci.

Gbur.

No nie! To już sobie pomyślała wyłącznie z rozpędu. Skojarzył jej się z GOPR-em. Były ratownik... Gburowaty w zasadzie monotematycznie, poza tym wygląda na to, że w porządku. Maniery posiada. Prezencję również. Nie wiadomo wprawdzie, co ma w środku, ale wszyscy znajomi wyrażają się o nim wyłącznie pozytywnie.

Nie, nie ma o czym mówić. Narobił jej afrontów, potem ona jemu narobiła afrontów... Ten most jest raczej spalony.

Ale przysłał jej czerwoną różę.

A ona wyszła z przyjątka, na którym on był gościem.

Ale to Helenka zorganizowała przyjątko, nie ona. Co gorsza, Helenka coś mu tam mówiła o jej, Eulalii, klimakterium.

No to co, że mówiła o jej klimakterium. Grzegorz za to mówił o dojrzałej brzoskwini.

Lepiej zapomnieć o głupich pomysłach Grzegorza i rzucić się w wir pracy twórczej. Słabo płatnej, ale zawsze. A propos płatnej, musi napisać dwa zaległe felietony o życiu kobiet.

– Lalu, jak możesz! Nie spodziewałam się tego po tobie!

Balbina. Cała płonąca świętym oburzeniem. Eulalia postanowiła udać głupią.

– Co się stało, mamo?

– Jak możesz pytać? Nie tak cię wychowywałam, nie tak!

W rodzinie należy sobie pomagać, to jest naturalne! Odmówiłaś pomocy Helence, czy jesteś w stanie wytłumaczyć mi, dlaczego?

– Jestem. Po pierwsze zauważ, że pomagam jej cały czas, od mniej więcej dwóch miesięcy...

– A co ty nazywasz pomocą, moja córko? Coś ty takiego zrobiła?

Eulalia trochę się rozzłościła.

– Pomocą nazywam udostępnienie mieszkania i opiekę nad Marysią, chociaż uczciwie mówiąc, to ty się nią raczej opiekujesz... Ale ja też, trochę. Od dwóch miesięcy mój dom zmienił się w hotel oraz przechowalnię bagaży i ja nic nie mówię.

– Gdybyś pokazała drzwi tym dwojgu młodych darmozjadów, tej niemoralnie prowadzącej się parze, od razu byłoby luźniej!

– Możliwe, ale ta para akurat mi nie przeszkadza, to są zresztą przyjaciele moich dzieci i dzieci się nimi zajmują...

– A ty się akurat zajmujesz nami! Chyba przesadziłaś tym razem!

Eulalia westchnęła ciężko.

– A jak byś chciała, żebym się wami zajmowała?

– No właśnie Helenka ci podpowiedziała, a ty potraktowałaś ją jak natręta, jak obcą!

– Ależ nie. To znaczy nie jak obcego natręta, tylko jak natręta rodzinnego. Nie będę matkowała Marysi w obecności jej własnej matki, to wykluczone. Helence świetnie zrobi usystematyzowanie obowiązków. Ja wiem, że ona ma teraz nową zabaweczkę w postaci tego remontu...

– To nie jest remont, tylko przeróbka!

– Tej przeróbki. Ale ja mam swoje życie i swoją pracę, jak wiesz, niezbyt unormowaną. Nie mogę dostosowywać swoich zdjęć i montaży do godzin lekcyjnych Marysi. I nie mam zamiaru być prywatnym szoferem. Helenka niech się wprawia w jeżdżeniu swoim samochodem.

– Gdybyś wykazała chociaż trochę dobrej woli, na pewno okazałoby się, że to wszystko możesz doskonale pogodzić.

Eulalia westchnęła, policzyła do dziesięciu i powiedziała łagodnie:

– Ale ja nie chcę okazywać żadnej woli. Nie chcę. Po prostu nie chcę. I niech to będzie dla ciebie wytłumaczenie jedyne i wystarczające. Koniec.

Balbina wstała z krzesła i wyprostowała się, aby bardziej z góry popatrzeć pogardliwie na Eulalię.

– Nie masz żadnych uczuć rodzinnych – oświadczyła z obrzydzeniem i odeszła.

Przy drzwiach odwróciła się jeszcze na chwilkę.

– A zatem przyjmij do wiadomości, że od tej pory ty również nie możesz liczyć na moje świadczenia. Gotuj sobie sama obiady dla siebie i tych swoich wszystkich młodych nicponi!

Eulalia została sama w salonie. Młodzi nicponie. To jej przypomniało, że obiecała zająć się wyduszeniem pieniędzy z uwodziciela Pauliny. Jak on się nazywa? Szermicki. Powinien być w książce telefonicznej, nazwisko nie jest popularne.

Powinien być, ale go nie było. Pewnie sobie zastrzegł, żeby mu studenci nie zawracali głowy w domu. Nie szkodzi. To tylko kwestia czasu, zdobyć jego adres i telefon. Adres ważniejszy. Zaraz... czy on nie ma jakiejś pracowni projektowej? Robert powinien wiedzieć.

– Robercie! – ryknęła bez namysłu. – Robercie, chodź do mnie na dół!

Na podeście schodów pojawił się nieco wystraszony Robert.

– Coś się stało?

– Nic się nie stało. Chodź tutaj. Potrzebuję informacji.

– Ode mnie? – Robert zbiegł z podestu, a Eulalia z przyjemnością zauważyła, że nawet chód mu się zmienił. Ileż to jednak znaczy powierzchowność! Wpływa na wszystko.

– Powiedz mi, mój drogi – zaczęła bez niepotrzebnych wstępów – czy ty wiesz, jak znaleźć adres pana Szermickiego?

Robertowi zabłysły oczy.

– Chce pani zadziałać?

Kiwnęła głową.

– On ma pracownię. Powinna być w książce, bo jako Szermicki to on nie figuruje, nie chce mieć dziesięciu telefonów od studentów na godzinę. Zaraz sobie przypomnę, jak się ta pracownia nazywa... moment...

– On ją ma w domu?

– Tak, ma dużą willę na Pogodnie, w części ma mieszkanie, a w części biuro. Ja to wiem, bo mój kumpel zdawał tam u niego egzamin i mi opowiadał... A może są w książce biura projektów, to mi się skojarzy.

Zanim odnaleźli w książce telefonicznej właściwe strony, oboje zdążyli się zirytować. Udało im się to mniej więcej po dziesięciu minutach wertowania dzieła.

– To będzie to. Proszę spojrzeć, na Bajana. To jest boczna od placu Wujka, jeśli się nie mylę...

– Villa – prywatna pracownia projektowa. Jesteś pewien?

– Jestem, jestem. Głębokie Pogodno. Kolega nie mógł tam trafić, prawie się spóźnił na ten egzamin. Bardzo wypasiona willa. Tak trochę cofnięta od ulicy. Pani tam chce pójść, naprawdę?

– Chyba to jest najlepszy patent.

– Ja może pójdę z panią? Jako ochrona?

– Nie, lepiej się trzymaj z daleka ode mnie. W tej sprawie, oczywiście. Czekaj. Nie od razu. Tam trzeba zadzwonić, dowiedzieć się, czy facet w ogóle jest. Bo może wyjechał. Politechnika ma jeszcze wakacje. Zadzwoń i spróbuj się dowiedzieć, w jakich godzinach można przyjść, żeby zastać szefa.

Robert obdarzył ją spojrzeniem pełnym uwielbienia i wystukał numer na słuchawce.

– Hallou – powiedział głębokim basem, na dźwięk którego Eulalia omal nie parsknęła śmiechem. – Moje nazwisko Ignacy Szumiałojć. Chciałbym się umówić z panem Szermickim w sprawie zamówienia. Poważnego zamówienia. Potrzebny mi dobry, oryginalny projekt. Jak to czego? Domu, proszę pani. Nie, nie będę rozmawiał z nikim poza panem Szermickim. Interesuje mnie JEGO projekt, a nie kogoś z personelu. Ach, wyjechał. To czemu pani od razu nie mówi? Niech się pani nie obawia, nie pójdę do konkurencji, poczekam. Wiem, czego chcę. Chcę Szermickiego. Do dwudziestego? Nie obchodzi mnie, czy na Bahamy, czy na Grenlandię, proszę pani. Mnie to nie imponuje. Pan Szermicki może sobie jeździć na Hawaje albo do Koziej Wólki, byle był na miejscu w terminie. Na kiedy może pani nas umówić? Dobrze. Będę albo zadzwonię, jeśli zechcę zmienić termin. Do widzenia pani. Tak, znam adres. Jest w książce telefonicznej. Na razie.

– Widzę, że mnie już umówiłeś – mruknęła Eulalia z uznaniem. – A któż to jest pan Szumiałojć?

– To mój nauczyciel matematyki w podstawówce. Umówiona pani jest na dwudziestego pierwszego, na jedenastą przed południem. Pańcia powiedziała, że szef będzie na pewno do wieczora w pracowni, bo w pierwszy dzień po urlopie zawsze porządkuje, co tam się zebrało.

– Wygląda na to, że musimy jeszcze poczekać z akcją odwetową.

Łysy Robert spojrzał na nią tymi swoimi nowymi oczami.

– Wie pani... nam jest strasznie głupio... Z jednej strony jesteśmy pani bardzo wdzięczni oboje, a z drugiej...

– Z drugiej jest moja matka – powiedziała ponuro Eulalia. – Umówmy się, że nie zwracacie uwagi na jej nietaktowne występy. Ja wiem, że możecie czuć się źle, ale nic na to nie poradzę. Bardzo mi przykro.

– Ale...

– Przestań, Robercie. Jeżeli nie możecie znieść afrontów mojej mamy, to oczywiście możecie w każdej chwili się wyprowadzić. Jeżeli macie dokąd.

– Nie, nie, mnie nie o to chodziło. Tylko czujemy się winni konfliktów rodzinnych.

– Konflikty w naszej rodzinie są nieuniknione. Jeżeli nawet wy stąd znikniecie, to niewiele się zmieni pod tym względem. Ja nawet was lubię tu mieć.

W ostatniej chwili powstrzymała się przed wyznaniem, że o wiele chętniej poprosiłaby własną rodzinę o wyniesienie się jak najszybsze, ale to już byłaby zbytnia szczerość w stosunku do młodego człowieka.

Helenka, zmuszona do posługiwania się samochodem, początkowo protestowała rozgłośnie, ale potem jakoś przycichła. Po spowodowaniu kilku dramatycznych, ale na szczęście zakończonych bezkrwawo, sytuacji na ulicach i rondach Szczecina (uwielbiała znienacka zjeżdżać z wewnętrznego pasa na rondzie, nie używając przy tym kierunkowskazu), poczuła się nagle demonem kierownicy. No, demonkiem. Pewność siebie wzrosła jej znacznie, kiedy zauważyła, że nawet jeśli ona popełni jakiś idiotyzm, to inni kierowcy niekoniecznie pragną uczestniczyć w kolizjach – nawet jako niewinne ofiary. Wyrobiła sobie efektowny i nonszalancki odruch wdzięcznego machania łapką, prawą lub lewą, zależnie od tego, z której strony właśnie napływały przekleństwa. Uważała, że jako pięknej kobiecie należy się jej tolerancja brzydszej części ludzkości. Marysię woziła już bez protestów, widząc, że na nic by się nie zdały.

Eulalia odetchnęła z ulgą, przypuszczała bowiem, że będzie obiektem nalegań, miała też wątpliwości co do swojej siły woli w odmawianiu. Jakoś jej się jednak upiekło.

Nie upiekła się za to w pracy sprawa obrzydliwej rodzinki wykłócającej się o dziecko, a raczej reportażu, który o niej zrobiła.

– Spodziewałam się po tobie jakiej takiej lojalności – rzuciła wzburzona Klaudia. Siedziały w gabinecie kierownika redakcji, nachmurzonego i obgryzającego koniuszek pióra marki Waterman. – I to ty, taka święta! Powiedz jej, Gieniu. Obowiązuje jakaś elementarna przyzwoitość wobec koleżanek!

– O jakiej przyzwoitości mówimy? – zapytała niewinnie Eulalia, która doskonale wiedziała, o co chodzi.

– Jeżeli ja robię materiał i ten materiał jest emitowany, to dlaczego ty później robisz coś, co zaprzecza wymowie mojego programu?

– Chodzi ci o to byłe małżeństwo z dzieckiem?

– Oczywiście! A w ogóle to uważam, że popełniłaś plagiat. To był mój temat. To do mnie przyszedł pan Goś!

– A do mnie pani Gosiowa. Niestety, nie wiedziałam wtedy, że robiłaś już coś w tej sprawie...

– Ale się dowiedziałaś!

– Dopiero na zdjęciach. Natomiast tu obecny Eugeniusz chyba oglądał wcześniej twój program?

– A skąd ja, do diabła, miałem wiedzieć, że to ten sam tatuś?

– Mogłeś nie wiedzieć, ale powinieneś się domyślać – syknęła Klaudia. – Albo nie dopuścić materiału Eulalii do emisji, kiedy się okazało, że to ten sam człowiek!

– A to dlaczego? – zdziwiła się fałszywie Eulalia. – Materiał był w porządku. Obiektywny... Pamiętasz, Eugeniuszku, przypominałeś mi o podstawowym obowiązku dziennikarskim, jakim jest rzetelność i pokazywanie sprawy z obydwu stron. No to pokazałam obie strony. Obie mniej więcej jednakowo niesympatyczne. Przecież nie mogłam pokazać racji tylko jednego z rodziców...

Eugeniusz spojrzał na nią złym wzrokiem.

– Proponuję, żebyśmy zapomnieli o tej sprawie. Tu nie ma o czym mówić.

– Jest o czym mówić – pisnęła Klaudia. – Ukradła mi temat! Zrobiła ze mnie idiotkę! Jak ja teraz wyglądam?

Jak głupia – pomyślała Eulalia, ale nie wyrwała się z tym stwierdzeniem.

Eugeniusz, na którego patrzyła wybranka serca, poczuł się w obowiązku stanięcia w jej obronie.

– Może jednak nie jesteś całkiem w porządku, droga koleżanko – powiedział, cały czas obgryzając koniec kosztownego pióra, którego nie używał nigdy do innych celów, pisało bowiem zbyt grubo. – Przedstawiłaś tego tatusia rzeczywiście zupełnie inaczej niż Klaudia, a ona przecież pierwsza zaczęła drążyć ten temat...

– Za głęboko nie drążyła – mruknęła Eulalia. – Poza tym to nie ja go przedstawiłam, on sam się przedstawił.

– Ale pokazałaś go jako drania – wtrąciła z pretensją Klaudia.

– Powtarzam ci, on sam się pokazał. Myśmy mu tylko podstawili mikrofon i kamerę. Może zadawałam mu inne pytania niż ty, to wszystko.

– Jesteś stronnicza!

– Nie wydaje mi się. Wszyscy bohaterowie tej sprawy są dla mnie jednakowo nieprzyjemni. Eugeniuszu, masz coś do mnie jeszcze? Bo ta dyskusja wydaje mi się jałowa.

– Nie, nie mam już nic. Niemniej chciałbym cię prosić o większą uwagę, gdybyś jeszcze kiedyś była w podobnej sytuacji.

– W sprawie obiektywizmu? – parsknęła. – Czy może w sprawie lojalności?

– W jednej i drugiej – odrzekł i powrócił do obgryzania pióra, czekając najwyraźniej, aż ona wyjdzie i zamknie drzwi za sobą.

Zrobiła to, a oddalając się w stronę swojego pokoju, słyszała jeszcze wzburzony głos Klaudii, usiłującej wytłumaczyć coś kierownikowi redakcji.

Eulalia była przygnębiona. Dwoje niechętnych. Nie lubiła przysparzać sobie wrogów; co ją podkusiło, żeby brać się za tę sprawę? Ach, prawda. Tak zwane dobro dziecka. O dziecku nikt specjalnie nie myślał – ani mamusia, ani tatuś, ani sędzia, ani pani redaktor Klaudia, która stworzyła sugestywny portret ojca walczącego o prawo widywania potomka. No więc ona, nieuleczalna harcerka (wyłącznie duchowa, bowiem nie znosiła nigdy drużynowego drylu), uznała, że musi wkroczyć. I wkroczyła. I teraz ma nieprzyjemności. Boże, Boże. A chłopcu i tak nie pomoże.

W pokoju dzwonił telefon. Podbiegła i zdążyła odebrać w ostatniej chwili.

– Pani redaktor Manowska? Tu sędzia Bekielska, pamięta mnie pani? To ze mną rozmawiała pani w sprawie tych państwa... Gosiów bodajże.

– Witam panią, pamiętam, oczywiście – powiedziała Eulalia ze sztucznym ożywieniem.

– Dzwonię, bo proszę sobie wyobrazić, na drugi dzień po emisji pani reportażu oni się pogodzili! Przyszli do sądu oboje, pani Goś i pan Goś, i oświadczyli, że ona będzie mu teraz wydawała dziecko, jak jest w postanowieniu, a on wycofał wszystkie pretensje wobec niej i już nie ma mowy o żadnym wsadzaniu jej do więzienia.

– Coś takiego – powiedziała Eulalia, a w jej głowie natychmiast zalęgła się myśl, że może jednak warto było robić ten materiał, skoro dał takie rezultaty.

Okazało się, że pani sędzia ma inne wyobrażenie co do przyczyn cudownego pogodzenia się byłych małżonków.

– Widzi pani, pani redaktor, jak to dobrze postraszyć więzieniem? Ona się autentycznie zlękła, że pójdzie siedzieć, i poszła na ugodę. Ja zawsze mówię, że my za mało wydajemy wyroków skazujących na więzienie.

– Jasne – powiedziała Eulalia bezbarwnie. – Sadzać, jak leci.

– Niekoniecznie zaraz sadzać. – Pani sędzia zaśmiała się radośnie. – Ale skazywać, skazywać! Duże grzywny! Areszt! To działa jak straszak! No to ja dziękuję pani jeszcze raz za współpracę. Do zobaczenia!

Eulalia odłożyła słuchawkę i dopiero wtedy dostała ataku śmiechu.

Bliźniaki miały do niej interes. To było widać. Przede wszystkim czyhały przed domem, żeby otworzyć jej bramę wjazdową. Odebrały jej torbę z zakupami i Kuba zaniósł ją do domu z pieśnią na ustach. Sławka zaofiarowała się, że ją rozpakuje (nienawidziła rozpakowywania od najwcześniejszego dzieciństwa). Kuba zrobił mamuni kawę i prawie całą doniósł na stolik, rozchlapując na spodek tylko odrobinę, którą zresztą natychmiast wytarł chusteczką higieniczną. Sławka dołożyła do kawy świeżo upieczone kruche ciasteczka. Zrobiwszy to wszystko, usiedli naprzeciwko matki na kanapie i wywołali na twarze miłe uśmiechy.

– Kto upiekł ciasteczka? – Eulalia ostrożnie nadgryzła jedno. Nie powinna ich jeść. Ciasteczka tuczą, zwłaszcza takie kruche. To było wyśmienite. – Babcia się załamała?

Balbina zgodnie ze swoją deklaracją przyrządzała posiłki w ilościach wystarczających na cztery porcje. Nikt się tym specjalnie nie przejął, ponieważ Paulina i Robert i tak jadali na własną rękę, w zależności od Poli ciążowych zachcianek, Eulalia przerzuciła się na doskonały bufet telewizyjny, a Bliźniaki postanowiły się odchudzać. W istocie, na kuchni babci Balbiny przybyło im po jakieś pięć deko. Balbina złym okiem patrzała, jak żywią się jajkami i sałatką pomidorową. Teoretycznie mogły więc ciasteczka być pierwszą gałązką oliwną. Ale nie były.

– To ja upiekłam te ciasteczka, dla ciebie, mamuniu, specjalnie. Prawda, że mi wyszły?

– Rewelacja. To z „Kuchni polskiej"?

– Nie, z przepisu Berybojkowej.

– Nie żartuj! Przecież ten przepis zgubiłam już dawno!

– Był w „Kuchni polskiej", założyłaś nim golonkę po bawarsku. Ale cukrem kryształem posypałam z własnej inicjatywy, bo nie było w domu maku ani sezamu. Kupię jutro i znowu upiekę, chcesz?

– A moja kawka ci smakuje, matka? Prawda, że świetna?

Eulalia zaczęła się śmiać.

– Zgadzam się na wszystko, cokolwiek by to było. Macie to u mnie. A teraz powiedzcie, co to ma być.

Bliźniaki przewróciły zgodnie oczyma.

– Matka, jaka ty jesteś inteligentna! To po nas, genetyczne.

– Zastanawiamy się, mamuniu, czyby nie można już zostawić Poli i Roberta bez naszego nadzoru. Oni się chyba przyjęli, a my byśmy chcieli wykorzystać jeszcze trochę wakacji.

Eulalia pokiwała głową. Rzeczywiście, Bliźniaki przerwały wakacje, aby zostać w domu z przyjaciółmi, straciły miesiąc z planowanych wojaży, ale teraz sytuacja się unormowała, podopieczni nie potrzebowali już opieki, bo istotnie się zadomowili i nauczyli unikać bezpośrednich starć z Balbiną.

– Jedźcie – powiedziała krótko. – Ale mam nadzieję, że jakiś tydzień bezpośrednio przed waszym wyjazdem na studia spędzimy razem. Może byśmy pojechali w góry?

– Właśnie chcieliśmy ci to zaproponować – rzekł poważnie Kuba. – Takie pożegnanie dzieciństwa, co, mama?

Eulalia westchnęła.

– Nie da się ukryć. Zaczynamy nowe życie?

– Nie smuć się, mamuniu. – Sławka też zaczynała mieć duże oczy. – Jakoś musimy sobie z tym poradzić. Poza tym nie pożegnanie dzieciństwa, tylko powitanie dorosłości. A teraz chcemy tylko na jakiś tydzień, no, góra na dziesięć dni, skoczyć nad morze, do naszej paczki klasowej. Oni się zainstalowali w Pogorzelicy, w leśnym domku u ciotki Marcina. Wiesz, którego. Tego jajogłowca, co szedł indywidualnym tokiem. Nie Marcina sportowca, tylko Marcina intelektualisty.

– Wiem, wiem. Spokojnie możecie jechać. Jak finanse?

– Mamy. Nie wydaliśmy jeszcze wszystkiego, cośmy zarobili w Lubomierzu. Popatrz, jak dobrze było posiedzieć w domu i pooszczędzać. Ale jeżeli nam coś dorzucisz, nie będziemy się opierać.

– Trochę wam dorzucę... Nie za dużo.

– Każdy grosz mile widziany.

– Tak się jeszcze zastanawiam... rozumiecie, mam przed oczami Paulinę i te jej wszystkie przeżycia sercowe... a jakbym was tak zapytała o wasze...

– Nasze co?

– Życie prywatne.

– To byśmy ci nic nie powiedzieli. Życie prywatne to życie prywatne.

– Mów za siebie, Kubeł. Nie martw się, mama, na razie nie prowadzimy jakiegoś bardzo zobowiązującego życia prywatnego. A jeśli w ogóle jakieś prowadzimy, to w ramach zdrowego rozsądku.

– To znaczy, że nie zostaniesz babcią na dniach.

– Ani nawet teściową.

– Rozumiecie, wolałabym wiedzieć zawczasu...

– Jak będzie zobowiązująco, to się dowiesz. Naprawdę. Nie martw się. To my jutro startujemy. Poradzisz sobie?

– Jeżeli Helenka nie będzie miała jakiejś erupcji pomysłowości...

– Matka, ty to lepiej odpukaj.
Zgodnie odpukali wszyscy troje pod blatem stolika.

Helenka miała jednak erupcję pomysłowości. Przekonała się o tym Eulalia, robiąc zakupy w supermarkecie na drugi dzień po wyjeździe Bliźniaków. Zakupy robiła z rozpędu, raz na tydzień, biorąc z półek wszystkie najpotrzebniejsze, największe i najcięższe rzeczy i upychając je w samochodzie. Nie chciała obarczać tym Helenki, wolała mieć pewność, że wszystko jest w domu. W zasadzie mogłaby ją obarczyć, spokojniutko; większość zakupionej przez nią żywności i tak zużywała Balbina do przyrządzania posiłków, którymi – wciąż trwając w urazie do Eulalii – karmiła tylko „swoją" część rodziny. Eulalia nie chciała jednak mnożyć zadrażnień.

Jak zwykle, przeleciała jak torpeda między regałami, w dwadzieścia minut napełniając olbrzymi wózek ze sporą górką. Były godziny szczytu i do kas stały spore kolejki. Stanęła więc w ogonku, zastanawiając się, czy powinna wziąć pięć toreb, żeby zapakować to wszystko, czy może raczej sześć?

Z kolejkowego letargu wytrąciło ją delikatne puknięcie w ramię. Odwróciła się i ujrzała hollywoodzki uśmiech Rocha.

– Mówiłem dzień dobry dwa razy – oznajmił pogodnie. – Czyżbyś wymyślała jakiś nowy scenariusz? I to są zapasy na te dwa miesiące, kiedy się zamkniesz w samotni i będziesz tworzyć?

– O, cześć, Rochu – ucieszyła się, jak zawsze, na jego widok. – To tylko na tydzień, ale dla siedmiu osób. Wzięłam też duże proszki do prania i nawóz do ogródka, dlatego mam tak dużo. Ile powinnam wziąć tych torebek, pięć czy sześć?

Roch rzucił spojrzeniem znawcy.

– Siedem. I pomogę ci to pchać. To znaczy pomożemy. Spotkałem tu mojego szefa, o, idzie.

Eulalia, zaskoczona, przypomniała sobie, że przecież szefem Rocha jest od jakiegoś czasu gbur. I właśnie w tej chwili go ujrzała. Szedł w stronę Rocha, a więc i w jej stronę, do licha... trzymając w jednej ręce duży słój kawy rozpuszczalnej, w drugiej paczkę makaronu, a na twarzy mając wyraz doprawdy nieodgadniony.

– Rochu, przecież mówiłam ci, że to mój wróg – syknęła, zanim gbur zdążył się zbliżyć. – Po jaką cholerę mi tu go prowadzisz?

– Ja go nie prowadzę, sam lezie – odparł Roch, nieco skonfundowany. – Przepraszam cię, zapomniałem, byłbym ustawił się w drugim końcu sklepu. Ale teraz już po herbacie, a mamy jeden kosz, wiesz, straszny tu dzisiaj tłok, wzięliśmy wspólny. On zapomniał o kawie i poszedł w półki... Jeszcze raz cię... No jestem, panie Januszu, zająłem kolejkę za moją znajomą... Państwo też się znają, mam wrażenie...

Gbur zgrabnie uwolnił prawicę od trzymanego w niej makaronu Malma, przekładając go do lewicy, w której miał już kawę. Eulalia uznała więc, że powinna mu podać rękę. Uścisnął ją, a ona znowu miała okazję stwierdzić, że ściska dłoń w przyjemny sposób.

– Pani kładzie te rzeczy na taśmę – zabrzmiało za nimi. To kolejka w charakterystyczny sposób okazywała zniecierpliwienie. Rzeczywiście, przed Eulalią pokazał się kawałek wolnej taśmy.

Wytrącona z równowagi Eulalia rzuciła się wykładać towary, a Roch pospołu z gburem ruszyli jej do pomocy.

Wyglądało na to, że siedem toreb będzie w sam raz.

– Czterysta osiemdziesiąt sześć, dwadzieścia cztery grosze – powiedziała zmęczona pani kasjerka.

Eulalia skrzywiła się nieco, ale przypomniała sobie, że uzupełniła też zapas kosmetyków w łazience – te wszystkie mydła, szampony, płyny do kąpieli, pianki, żele, balsamy do ciałka, kremy do rąk i nóg – strasznie drogo to wypada. Trzeba będzie przycisnąć Roberta czyściocha, żeby się jednak dokładał i do tej puli. Sądząc po aromatach, jakie zostają po jego kąpieli w łazience, używa wszystkich znajdujących się tam zasobów. Pola, odkąd przeszła jej depresja, też zaczęła kąpać się dwa razy dziennie, a żadnych swoich płynów i mydelniczek do łazienki nie wstawiła... A może trzyma to w pokoju? Bzdura. W pokoju nie ma gdzie.

Stwierdziła nagle, że kasjerka patrzy na nią z niemym, ale bardzo wyrazistym wyrzutem w oczach. Podała jej kartę Atanazego, którą swojego czasu zarekwirowała Balbinie i którą posługiwała się odtąd swobodnie, aczkolwiek nie rozrzutnie. Płacąc w sklepach, artystycznie podrabiała podpis złożony przez brata na karcie: A. Leśnick... z zawijasem. Pani przeciągnęła kartę przez urządzenie, poczekała chwilę i oddała ją Eulalii.

– Brak środków.

Eulalia znieruchomiała.

– Niemożliwe. Proszę sprawdzić jeszcze raz.

Muszą być pieniądze! Ostatnio, kiedy sprawdzała stan konta, było tam jeszcze z osiem tysięcy! Może coś z kartą cholerną, szlagżeż by to trafił najjaśniejszy, gbur patrzy! A na jej własnym koncie dwieście złotych, a gotówki przy sobie dwadzieścia osiem... Rany boskie, a gbur patrzy...

– Brak środków, proszę pani. Ma pani gotówkę? Albo inną kartę?

No ma, ma jedno i drugie, ale za mało, za mało! A gbur patrzy. Cholera jasna, psiakrew, co ona teraz zrobi...

– Rochu, pomocy! Do jutra! Nie wiem, co z tą kartą, forsy tam jest pełno...

Roch już wertował swój portfel.

– Lalu, przepraszam cię najmocniej, ale nie mam tyle przy sobie. A karta mi straciła ważność, jutro odbieram nową...

Eulalia spociła się i czuła, jak rumieniec wstydu oblewa jej twarz aż po koniuszki uszu.

– No to jak będzie? Płaci pani?

Kolejka też dała głos.

– Do sklepu jak się idzie, to się sprawdza, czy się ma za co zakupy zrobić! Czas pani nam zabiera! Zanim teraz kasjerka to wszystko wykasuje...

Eulalia już otwierała usta, żeby przeprosić kasjerkę i wszystkich, kiedy jak przez mgłę usłyszała za plecami głos należący bez wątpienia do gbura:

– Spokojnie, pani Eulalio. Proszę pozwolić, ja zapłacę, a pani mi odda przy okazji.

Gbur obojętnym ruchem podał kasjerce własną kartę. Kasjerka capnęła ją natychmiast i błyskawicznie wykonała swoje tajemnicze operacje. Gbur podpisał rachunek.

Uff. Po wszystkim. Niech to diabli wezmą, właściwie facet podjął decyzję za nią, a ona nawet nie zdążyła myśli pozbierać! Ratownik cholerny! Właściwie to nawet ładnie z jego strony... Gdzie tam ładnie, trafiła mu się okazja do pokazania swojej wyższości... Co on sobie o niej myśli! Prawdopodobnie, że jest kretynką... Teraz będzie tryumfował obrzydliwie...

Eulalia, targana mieszanymi uczuciami, zajęła się upychaniem góry towarów do siedmiu toreb.

Tymczasem Roch i gbur płacili za swoje zakupy, a pani kasjerka wreszcie spojrzała na Rocha i – podobnie jak większość kobiet – doznała olśnienia. Natychmiast przestała się spieszyć i nawet zmalały jej worki pod oczami. Patrząc z zachwytem na to nadprzyrodzone męskie zjawisko, uśmiechające się do niej filmowo (Roch przeważnie uśmiechał się do ludzi, jako człowiek z natury życzliwy), upuściła skaner, który wleciał jej gdzieś pod nogi, w związku z czym musiała go szukać. Kolejka, złożona głównie z zestresowanych mężczyzn oraz kobiet w wieku postprodukcyjnym, znowu zrobiła awanturę, tym razem kasjerce. Dało to wszystko Eulalii czas potrzebny do ochłonięcia.

Ze sklepu wyszli razem. Gbur nic nie mówił, Eulalia też (ochłonięcie nie było widać pełne), Roch czuł się więc zmuszony uzupełniać braki w konwersacji i gadał za troje. Wyglądało na to, że ani Eulalia, ani gbur nie słuchają go z przesadną uwagą.

Kiedy doszli do samochodu Eulalii, Roch, prowadzący dotąd jej wyładowany siedmioma torbami wózek, zaczął je upychać w bagażniku, ona zaś przypomniała sobie, że jeszcze nie podziękowała swojemu wybawcy. Tak naprawdę wcale nie miała ochoty mu dziękować. Prawdopodobnie on się teraz cieszy. Pod tą spokojną powłoką, tą skorupą, cały aż wibruje z uciechy. Tak się pięknie podłożyła! Tak się wygłupiła! A on – pieprzony ratownik z odruchami! – pospieszył z pomocą!

– Dziękuję panu bardzo – powiedziała, rozeźlona własnymi myślami. – Postaram się dzisiaj jeszcze oddać panu te pieniądze.

– Nie musi się pani spieszyć – powiedział uprzejmie. I po co komu taka fałszywa uprzejmość?

– Będę się lepiej czuła – wyjaśniła krótko. Chyba zrozumiał, bo skłonił się tylko bez słowa i poszedł do swojego zielonego peugeota.

– Zapomniał mi powiedzieć do widzenia – poskarżył się Roch, wydobywając głowę z bagażnika. – Masz wszystko ładnie poukładane. Dalej uważasz mojego szefa za swojego wroga?

– *Timeo Danaos et dona ferentes*, mój drogi Rosiu!

– Dziecko, ja kończyłem politechnikę, zlituj się nade mną i nie mów do mnie po francusku...

– Boję się Danaów, nawet kiedy przynoszą dary. Przenośnię rozumiesz czy też ci wytłumaczyć?

– Ale to nie dar, to pożyczka – zauważył przytomnie. – Wiesz, on mi się na razie dosyć podoba, ten mój pryncypał. Ma naprawdę lepiej poukładane w głowie niż poprzedni pańcio. Zawodowo na pewno jest lepszy. Jako człowieka jeszcze nie zdążyłem go rozgryźć, ale mam nadzieję, że go krzywdzisz.

– Ja go krzywdzę? Czym?

– Podejrzeniami o złe intencje. Chociaż nigdy nic nie wiadomo. Niejeden wygląda na poczciwca, a w środku siedzi swołocz. No to pa, moja droga, trzymaj się ciepło, spotkamy się pewno na weselu Wiktorii. Jesteś zaproszona?

– Jestem, ale nie wiem, czy nie wyjadę w górki w tym czasie. Jakby co, to wypijcie i za moje zdrowie jako osiemdziesiąty ósmy toast.

– Wypijemy, spokojnie. Ale chciałbym zobaczyć, jak łapiesz bukiet panny młodej o północy.

– Pokręciło ci się. To dla panienek, a nie rozwódek. I nie w tym wieku.

– Wiek nie ma znaczenia. Trzymaj się ciepło. Do zobaczyska.

Odszedł do swojego samochodu, a większość bab obecnych na parkingu odwracała się, wiodąc za nim spojrzeniami pełnymi zachwytu.

Eulalia uśmiechnęła się jeszcze do jego pleców, bo doprawdy bardzo go polubiła ostatnio (to ogromnie miły człowiek – jak mu się udało nie zidiocieć z taką powierzchownością?), po czym sposępniała, zastanawiając się, w jaki sposób zapytać Helenkę, czy nie dobrała się przypadkiem do konta swojego męża. Podejrzewała bowiem, że pieniądze z karty zniknęły właśnie w ten sposób.

Ostatecznie doszła do wniosku, że zrobi to całkiem po prostu.

Kiedy przyjechała do domu i z pomocą Roberta wyładowała z bagażnika zakupy (załatwiając przy okazji sprawę refundacji łazienkowych zasobów, do zużywania których Robert przyznał się w popłochu), była już najzupełniej gotowa do boju.

Helenki na dole nie zastała. Balbina tylko kręciła się po kuchni, przygotowując wytworny podwieczorek, złożony z herbaty (w najlepszej zastawie Eulalii) oraz reszty drobnych ciasteczek z makiem, upieczonych przez Sławkę przed wyjazdem.

– Gdzie mi stawiasz te zakupy – prychnęła niezadowolona, kiedy siedem wielkich toreb stanęło na podłodze. – Ty chyba nigdy nie miałaś u siebie porządku?

– Zaraz to pochowam. Gdzie Helena?
– U siebie w pokoju. Nie przeszkadzaj jej, ona się relaksuje! Za parę minut zejdzie na podwieczorek, to będzie! Zaraz będę herbatę parzyła!
– Widzę – mruknęła Eulalia i sięgnęła po ciasteczko, co wywołało u jej matki odruch lwicy, zasłaniającej swoje młode przed napaścią. – Nie jestem zaproszona na ten podwieczorek?
– Wydaje mi się, że dostatecznie wyraźnie wyjaśniłyśmy sobie te rzeczy, kiedy odmówiłaś pomocy Helence – sarknęła Balbina.
Eulalia postanowiła panować nad sobą.
– Ale wtedy chodziło o obiady, a nie o podwieczorki. – Zaśmiała się z niejakim przymusem. – Poza tym te ciasteczka upiekła Sławka...
Balbina spojrzała na nią z wrzodem w oku i z trzaskiem wstawiła paterę z ciasteczkami do kredensu.
– Nie spodziewałam się, że odmówisz mi paru ciastek – rzuciła z goryczą.
Eulalia wystawiła paterę z powrotem.
– Ależ nie odmawiam. Tylko że sama też bym kilka zjadła...
– Ty nie powinnaś w ogóle myśleć o ciastkach. Helenka mówi, że masz co najmniej piętnaście kilo nadwagi!
Tego było już za wiele, więc Eulalia bez słowa, zostawiając na podłodze siedem toreb z supermarketu, odwróciła się na pięcie i opuściła kuchnię.
Powinna teraz iść do ogrodu, popatrzeć na kwiaty i ochłonąć nieco, ale nie zrobiła tego. Poszła na piętro.
W pokoju Sławki na tapczanie leżała sobie Helenka z maseczką na twarzy i płatkami kosmetycznymi na oczach. Marysi w pobliżu nie było. Pewnie znowu gra w jakieś krwawe gry, udając, że tworzy nowe postmodernistyczne, cholera jasna, wiersze.
– To ty, Marysiu? – odezwał się przytłumiony głos spod warstwy biało-zielonej maseczki. – Prosiłam, żeby mi nikt nie przeszkadzał. Przerywacie mi relaks.
– To nie Marysia, to ja. Mam do ciebie sprawę.
– A ta sprawa nie może zaczekać jeszcze paru minut? – Helenka była niezadowolona, ale wytworna. O ile może być wytworna zmora z czymś takim zamiast twarzy. Jej ton wyrażał wszystko.
– Pewnie może – odpowiedziała Eulalia już prawie w furii,

wciąż jednak panująca nad sobą. – Ale ja nie mam ochoty czekać. Wracam właśnie ze sklepu, gdzie zrobiłam z siebie głupka, usiłując zapłacić kartą Atanazego, do czego mnie upoważnił. Wyczyściłaś konto?

Spod maseczki wydobyło się coś jakby cichy i ostrożny śmiech.
– Dlaczego się śmiejesz?
– Wyobraziłam sobie... cha, cha, cha... wyobraziłam...
– Helena, ty sobie lepiej nic nie wyobrażaj! Dlaczego wzięłaś pieniądze i nie powiedziałaś ani słowa?
– No cóż, droga Eulalio. To przecież były moje pieniądze... Atanazego, oczywiście, też, ale konto jest nasze wspólne. Biedny Atanazy, zapomniał, że mam upoważnienie...
– Ja rozumiem, że masz upoważnienie – ryknęła Eulalia – ale dlaczego to zrobiłaś?
– Mama mi powiedziała, że podstępnie zabrałaś jej kartę.
– Atanazy pozwolił mi z niej korzystać, a mama nie chciała mi jej dać. – Eulalia wzruszyła ramionami, niepomna, iż dama na szezlongu nie widzi tego gestu poprzez płatki na oczach. – A ja akurat potrzebowałam dofinansowania. Bo, widzisz, utrzymanie takiej dużej rodziny kosztuje więcej niż utrzymanie mnie i Bliźniaków.
– Mama dała ci pieniądze z emerytury ojca.
– Nie denerwuj mnie, Helena! Mama dała mi dwie stówy, to za mało. – Eulalia zauważyła z niezadowoleniem, że to ona zaczęła się tłumaczyć. – Słuchaj, mnie się nie chce o tym rozmawiać. Jeżeli zamierzacie mnie zaszczycać dłuższy czas swoją poczwórną obecnością, a na to mi wygląda, to przyjmij do wiadomości, że zakupy, jakie zrobiłam dzisiaj, były ostatnie do wspólnego użytku. Rachunki za gaz, światło i telefon regulujecie w wysokości jednej trzeciej.

Dlaczego, dlaczego, do jasnej cholery, nie popłaciła ostatnich rachunków tą przeklętą kartą! Miałaby dziś ze swoich honorariów nieco więcej niż dwie stówy na koncie! Jeżeli Aleksander nie zapłaci za Karkonosze, nie będzie miała z czego oddać gburowi...
– A jak policzyłaś tę jedną trzecią, ciekawa jestem, czy uwzględniłaś młodych ludzi... tych przyjaciół twoich dzieci?
– Owszem, uwzględniłam. W momencie kiedy rodzice i Marysia wprowadzili się do mnie, rachunki wzrosły mi o połowę. Po-

tem doszli młodzi, przyjechały Bliźniaki, przyjechałaś ty... Przypuszczam, że rachunki za wrzesień będą jeszcze wyższe. Zauważ, że ostatnio zapłaciłam ze swoich pieniędzy. Nie chciałabyś mi przypadkiem tego zrefundować?

– Boże święty, która godzina? – Zmora w maseczce zerwała się nagle na równe nogi i zdarła sobie płatek kosmetyczny z jednego oka. – Eulalio! Nie dosyć, że przerwałaś mi relaks, to przez ciebie przeoczyłam dwadzieścia minut! Dlaczego ten budzik nie zadzwonił?

Eulalia mogłaby wyjaśnić, że osobiście go wyłączyła, żeby jego wściekły warkot nie przeszkadzał im w omawianiu ważnych spraw, ale nie było już komu. Piękna Helena zatrzasnęła za sobą drzwi łazienki.

Eulalia, zła na siebie, że dała się ponieść złości (Bliźniaki nazwałyby to wściekiem spiralnym), zeszła do kuchni, nie bacząc na sarkanie Balbiny, zaparzyła sobie indywidualnie herbatę w dużym kubku, zgarnęła na talerzyk sporo ciasteczek i udała się do swojego pokoju. Rzeczywiście, siedziała tam Marysia i z wypiekami na buzi toczyła krwawe boje z obrzydliwymi kosmitami.

Bezwzględna ciotka zdjęła jej z głowy słuchawki.

– Koniec bitwy na dzisiaj, Marysiu. Babcia zaprasza na podwieczorek.

– Nikt mnie nie pytał, czy mam ochotę na podwieczorek – zaprotestowało dziecko.

– Ja cię też nie pytam. Ja cię tylko uprzejmie proszę o opuszczenie mojego pokoju. Teraz ja będę się relaksować.

Nadęta Marysia odmaszerowała, a Eulalia z westchnieniem wyłączyła komputer i siadła w ulubionym (ostatnio również przez ojca, który teraz znalazł sobie dodatkowy azyl na leżaku pod orzechem) obszernym fotelu i oddała się ponurym rozmyślaniom.

Niepotrzebnie była niemiła dla Marysi. Mała nic złego nie robiła tym razem. To się nazywa wyładowywanie agresji na słabszych. Coś okropnego.

Niepotrzebnie poleciała do Heleny, nie ochłonąwszy uprzednio i nie obmyśliwszy planu rozgrywki z ukochaną bratową. Tfu, z żoną ukochanego brata.

Niepotrzebnie znowu ścięła się z matką. O ciastka! Ale te ciastka upiekła dla niej Sławka, specjalnie dla niej, zaznaczała to kilka razy. To nie znaczy, że miała zamiar sama je zeżreć w jakimś kącie, ale chciała przynajmniej mieć do nich prawo.

Boże, przecież ona już w piętkę goni!

To przez gbura. On ją zdenerwował w sklepie, przyszła do domu taka zdenerwowana i narobiła głupot.

Może by zadzwonić do Grzesia?

Nie ma mowy, nie będzie dzwoniła do Grzesia z byle głupstwem. Sama musi sobie poradzić. Może by tak Aleksander coś kapnął. Jeśli dostanie trochę forsy, będzie mogła oddać dług i choć trochę poprawi sobie samopoczucie. Wydzwoniła domowy numer poganiacza niewolników.

– Ach, pani Lala, jakże się cieszę, że panią słyszę! Co nowego u pani?

– Nic szczególnego, panie Aleksandrze. Dzwonię, żeby zapytać, czy skasował pan już tego swojego klienta od Karkonoszy. Bo pieniądze mi są potrzebne...

– Już prawie tak, już prawie tak, pani Lalu. Bo widzi pani, kopiarnia mi w firmie nawaliła i nie mogę gościowi zrobić tych wszystkich kopii na VHS-ach, dyski już zrobiliśmy, a kaset nie, więc nie wypada mi człowieka poganiać... sama pani rozumie...

– Panie Olku, ja wszystko rozumiem, tylko że potrzebuję forsy. A ja swoją robotę wykonałam już dawno i, zdaje się, klient był zadowolony...

– Był zachwycony, pani Lalu, zachwycony, zamówił dodatkowe kopie na dyskach... ja wiem, oczywiście, że pani swoją pracę wykonała, ale ja teraz nie mam na honoraria, dopiero jak skasuję tego gościa, wie pani, jaka jest sytuacja, u mnie też cienko, ewentualnie jakaś drobna zaliczka, może pięćset złotych chwilowo panią uratuje?

– Przyjadę do pana jeszcze dzisiaj po te pięćset złotych. – Normalnie starałaby się nie pokazywać, jak bardzo potrzebuje pieniędzy, ale gbur za płotem naglił. To znaczy, mówiąc uczciwie, gbur wręcz proponował, że poczeka, ale ona sama czuła naglącą potrzebę pozbycia się tego długu wdzięczności. Nie chciała mieć żadnych długów wdzięczności wobec gbura i już!

Zostawiła niedopitą kawę i nietknięte ciasteczka, wzięła kluczyki do auta i wyszła z gabinetu. W salonie, doskonale widocznym z przedpokoju, siedziały przy herbatce Balbina z Helenką

i Marysią. Wszystkie trzy tokowały zawzięcie. Ojca z nimi nie było, pewnie znowu schronił się w cień orzecha z książką w ręce.
Rzeczywiście, schronił się. Ale nie czytał. Rozmawiał przez płot z gburem, cały zadowolony. Gbur też wyglądał milutko. Boże, dogadali się. Ciekawe, na jaki temat.
Porzuciła myśl o miłej pogawędce z tatusiem i skierowała się prosto do samochodu.
Aleksander bez protestów wypłacił jej pięćset złotych. Miał poza tym dobrą wiadomość, że, mianowicie, podczas tej godziny, która minęła od ich rozmowy telefonicznej, kopiarnia wreszcie ruszyła i niebawem będzie można wydusić z kontrahenta pieniądze, wtedy Eulalia dostanie w całości swoje honorarium. Jakie to będzie niebawem, Aleksander nie chciał powiedzieć, żeby nie zapeszyć.
Zapeszyć! Terminologia typowo biznesowa!
Wróciła do Podjuch, wciąż nie mogąc pozbyć się nerwowej drżączki. Miała nadzieję, że ojciec wciąż jeszcze będzie konwersował z gburem – to ułatwiłoby jej oddanie pieniędzy, nie musiałaby specjalnie chodzić do sąsiada.
Owszem, konwersował. Tyle że już nie przez płot, lecz za płotem. Siedzieli sobie obaj jak starzy przyjaciele w ogródku gbura, w wiklinowych fotelach, przy wiklinowym stoliczku i – na Boga! – popijali jakiś koniaczek!
Tego już było za wiele. Rezygnując z natychmiastowego oddania długu, popędziła do domu. Stwierdziwszy, że jedynym niezaludnionym pomieszczeniem jest łazienka, zajęła ją natychmiast i zabarykadowała się w niej na całe dwie godziny, oddając się przyjemności wonnej kąpieli – oczywiście w londyńskich solach bratowej.

Następnego dnia obudziła się z uczuciem, że miała o czymś pamiętać. Prawie śpiąc jeszcze, sięgnęła do kalendarza.
Cholera. Udało jej się zapomnieć o ślubie Wiki.
Złapała za telefon. Niestety, w słuchawce zabrzmiał jej mezzosopran Helenki, umawiającej się właśnie z jakąś koleżanką na kawkę i plotusie. Jaka kawka! Jakie plotusie! A kto będzie remont robił!
Z komórki wydzwoniła fryzjerkę i wybłagała audiencję. Z taką głową na ślub się nie idzie.

Szczęście boskie, że prezent ślubny ma już od kilku miesięcy schowany w szafie. Dwie rozkoszne filiżanki, czajniczek, cukierniczka, dzbanuszek na mleko – wszystko z chińskiej porcelany, delikatne jak skorupka jajka. Będą mieli na herbatkę we dwoje, kiedy już spacyfikują wrzeszczące niemowlę. Podobno Maciuś nie wrzeszczy przesadnie, więc może da im szansę. Do tej herbacianej zastawy mały, tłusty Budda – dokupiła go, bo był w podobnej kolorystyce – niech na nich patrzy życzliwie i przynosi im szczęście.

Wiki absztyfikanta Eulalia widziała kiedyś u niej w programie. Sprawiał sympatyczne wrażenie, chociaż wtedy miał jakieś problemy i był zatroskany. Eulalia miała nadzieję, że uporał się z kłopotami. Koleżance życzyła wszystkiego najlepszego, łącznie z najlepszym chłopem, jakiego Fortuna aktualnie ma na składzie.

Czas! Czas! Ma strasznie mało czasu!

Zrobiła sobie kanapkę i pogryzając ją, przystąpiła do pracy nad twarzą. Z głową już się dużo nie zrobi, niech chociaż makijaż będzie przyzwoity.

– Lalu, może kawki?
– Chętnie, tato, małą, proszę... Kochany jesteś, ja dzisiaj zaspałam i zapomniałam o ślubie koleżanki, strasznie dziurawą mam głowę ostatnio, wiesz?
– To stresy, kochanie. Ja cię rozumiem. Śmietanki?
– Nie, dziękuję. Co tak cicho wszędzie?
– Kobiety wyszły przed chwilą, w szkole Marysi jest jakieś święto klasowe, nie wiem jakie, przestałem za tym trafiać. A młodzi na górze jeszcze śpią.
– Tatku, nie wiesz, jak Helenka z tym remontem?

Ojciec łypnął na Eulalię znad filiżanki.

– Nie denerwuj się...
– Tato! Takim gadaniem właśnie mnie denerwujesz!
– Zdaje się, że fachowcy odmówili wykonywania przeróbek na podstawie jej rysunków, czemu się wcale nie dziwię, też bym odmówił, bo ona tam chce ściany przestawiać, wyburzać... Zażądali projektu. Od architekta. Policzonego. Z gwarancją, że się kamienica nie rozleci, jak oni tam zaczną działalność.
– Boże!
– Ale ona chyba już ma architekta. Tak więc sursum corda,

moja córko... Nie martw się. A może byś gdzieś wyjechała? Nie masz ty jakiegoś urlopu?

– Mam pełno. Tylko szkoda mi wyjeżdżać, bo mam też robotę. Nie jest wykluczone, że zwariuję. A popatrz, tato, bałam się, co to będzie, jak zostanę sama, bez Bliźniaków...

– W końcu zostaniesz – pocieszył ją ojciec. – I będziesz całowała ściany swojego domu z radości, że puste w środku. Natomiast muszę ci powiedzieć, że bardzo przyjemnego masz tego sąsiada.

– Widziałam wczoraj, żeście złopali gorzałę w krzaczkach.

– Nie gorzałę, tylko bardzo przyzwoitego stocka, dwudziestoletniego. Miałem nadzieję, że do nas dojdziesz... Wyobraź sobie, dogadaliśmy się wspólnej uczelni. Oczywiście ja studiowałem dwadzieścia lat wcześniej, ale jednak na tej samej politechnice.

– Ale ty studiowałeś w Szczecinie, tato, a on jest z jakiegoś Trójmiasta...

– Ostatnio z Trójmiasta, a poprzednio wręcz przeciwnie, z Gryfina. Chodził tutaj do szóstki, a potem studiował na budownictwie wodnym. Dopiero potem przeniósł się do Gdańska, bo tam miał pracę. I jakieś studia podyplomowe. Chyba nie był zbyt szczęśliwy w tym Gdańsku. Nie zwierzał mi się wprawdzie, ale takie odniosłem wrażenie. Wrócił teraz na stare śmieci. Czemu ty go nie lubisz?

– A co, skarżył się? Plotkowaliście o mnie?

– Nie żartuj, Lalu, ja mam oczy.

– No więc, jeżeli nie plotkowaliście o mnie, to o czym rozmawialiście tak długo?

Ojciec zaśmiał się, wyraźnie zadowolony.

– Mamy sporo wspólnych tematów. Nie jest wykluczone, że powtórzymy posiedzenie. Może dasz się skusić i zaszczycisz nas.

– Wykluczone. Słuchaj, nie oddałbyś mu pieniędzy w moim imieniu? Z podziękowaniem?

Pozbywszy się w ten prosty sposób kłopotu, Eulalia pomknęła rączo do fryzjerki, która już na nią czekała. Przez godzinę warczały na siebie nawzajem – Eulalia, która bała się spóźnić na ślub, i fryzjerka, zdecydowana nie wypuścić z rąk półfabrykatu, jak to określiła. Ostatecznie Eulalia w charakterze subtelnej blondynki w odcieniach popielatym, złotym i jasnorudawym znowu zbliżyła się do ulubionego wieku, lat trzydziestu dziewięciu. Oczywiście po kwiatki poleciał jej chłopak od mycia włosów, bo sama już by nie zdążyła.

Kiedy udało jej się z niemałym trudem zaparkować w pobliżu Zamku, przed urzędem stanu cywilnego kłębiły się tłumy, w tym dwie pełne ekipy filmowe. Nowożeńców nie było widać.

– Są w środku – zaraportował w przelocie Pawełek, filmujący przybywających wciąż gości. – Wchodź już, bo się potem nie dopchasz na miejsca siedzące!

Posłuchała i trafiła akurat na podniosły moment wejścia do sali ślubów. Młodsi koledzy przepuścili ją do przodu... no, może trochę wymusiła to przepuszczenie, ale strasznie chciała natychmiast zobaczyć pannę młodą. A zwłaszcza jej absztyfikanta.

Absztyfikant spodobał się Eulalii od pierwszego wejrzenia, miał bowiem fizjonomię człowieka z charakterem. Wyglądał równie przystojnie, jak wtedy w programie, tylko wówczas usta miał zacięte i wzrok twardy jak skała, a teraz uśmiechał się sympatycznie, a w kącikach oczu miał kurze łapki. Pogłębiały mu się, kiedy patrzył na Wiktorię.

Wika wyglądała prześlicznie, ubrana w skromny kostiumik w kolorze jasnomorelowym i mały kapelusik w tym samym kolorze i z takąż woalką. Filmowe oko Eulalii z uznaniem dostrzegło również jasnomorelowe satynowe pantofle. W ręce trzymała bukiecik kolorowych frezji.

Bardzo ładna kompozycja, naprawdę. Znakomicie dopasowana do ciemnoszarego garnituru pana młodego.

Eulalia kiwnęła głową z aprobatą. Wika podchwyciła spojrzenie przyjaciółki, puściła do niej oko i pokazała podniesiony kciuk. Absztyfikant zauważył to i ukłonił się Eulalii. Doszła do wniosku, że Wika dobrze trafiła. Aczkolwiek facet jest od niej nieco starszy... chyba przed czterdziestką, Wika ma około trzydziestu albo jakoś tak. Och, nieważne, dla niej i tak jest o wiele za młody.

Do sali wpadły z impetem obie ekipy telewizyjne i tu się podzieliły: Marek zajął się wyłącznie parą młodych, a Pawełek skoncentrował się na całej reszcie.

Teraz Eulalia przyjrzała się świadkom. Nooo, jeden jest z całą pewnością rybakiem. Pewnie przyjaciel tego całego Wojtyńskiego z czasów, kiedy sam pływał. Albo aktorem charakterystycznym, grającym całe życie tylko role rybaków. Wprawdzie miał na sobie bardzo porządny garnitur z marynarką dwurzędową, ale z rękawów tej marynarki wystawały łapy wielkości średnich bochenków chleba i wyraźnie przeżarte przez sól. A ruda broda to już był po prostu ósmy cud świata. Ogromna, postrzępiona, w kształcie łopaty. I małe niebieskie oczka, bystro patrzące z sieci zmarszczek pokrywających gęsto ogorzałe oblicze. Miód. Warto by o nim kiedy zrobić reportaż, ale to już pewnie Wika też zauważyła, nie będzie koleżance podbierać obiektów.

Drugiego świadka znała. Wiki szwagier, Krzyś ortopeda. Bardzo przyjemny człowiek, nastawiał jej kiedyś zwichniętą rękę, a ponieważ zwichnęła ją sobie w stanie nietrzeźwym, więc zamiast znieczulenia zaordynował jej dodatkową setkę. Jak twierdził, jego środki anestetyczne mogłyby się nie polubić z tą całą gorzałą, którą już zdążyła wytrąbić. Terapia poskutkowała, ręka na trzeci dzień była jak nowa.

Krzyś pchał przed sobą wózek, w którym, jak się Eulalia domyśliła, przebywał pięciomiesięczny synek Wiki. Maciuś, ubrany w jakieś bardzo godne szaty, w białej koszulce i krótkich aksamitnych porteczkach (jasnomorelowych!), z gołymi tłustymi nóżkami, był rozkoszny. Eulalii najbardziej podobał się jego olimpijski spokój. Nie spał. Małymi oczkami mierzył zebranych, lekko zezując.

Pani urzędniczka zajęła swoje miejsce za stołem i już chciała zaczynać ceremonię, kiedy rozległ się niezadowolony głos Pawełka:

– Kochani, tak nie może być! Zasłaniacie mi całe światło! Franek, wlazłeś mi na reflektor, odsuń się! Jeszcze! Uważaj, bo go wywalisz! Krysiu, proszę cię, ty się też cofnij!

Eulalia rozejrzała się. Istotnie, operatorzy zdążyli zawczasu postawić sobie kilka świateł, które teraz ginęły w tłumie krewnych i przyjaciół. A właściwie tylko przyjaciół, bo krewni zajmowali miejsca siedzące z przodu.

Urzędniczka spłoszyła się nieco, przyzwyczajona do obojętnych facetów z kamerami („Śluby, wesela, chrzciny, pogrzeby, wideofilmowanie, tanio"), ale obecni przyjęli pretensję Pawełka ze zrozumieniem, tłum zafalował, ścieśnił się, przesunął, reflektory wyjrzały na świat i zaczęły pełnić swoją powinność.

Panna młoda obejrzała się i oceniła sytuację okiem zawodowca.
– Może pani startować – syknęła w stronę urzędniczki, a jej narzeczonemu znowu pogłębiły się kurze łapki.
Pani urzędniczka wstała, chrząknęła i udzieliła ślubu. Obie kamery pracowały cały czas, teraz już naprawdę bezszmerowo. Urzędniczkę początkowo peszył nieco potężny włochaty mikrofon, dyndający jej nad głową, trzymany na długim kiju przez wysokiego młodzieńca z warkoczem do pasa, ale szybko przyzwyczaiła się do niego. Nie mogła tylko powstrzymać się od łypania w obiektyw, kiedy Pawełek podchodził do niej, żeby zrobić zbliżenie.
– Ta ci czuje kamerę – szepnął w ucho Eulalii Mateusz. – Jak ja to powycinam?
– Poradzisz sobie – odszepnęła. – Dasz przebitkę na niemowlaka...
Maciuś wodził jednym okiem po suficie, drugim gapił się na mamusię, która właśnie składała przysięgę małżeńską.
Eulalii przypomniał się jej ślub z Arturem. W tej samej sali. Oni też powtarzali tę formułkę. Cóż, nie na długo tego starczyło. Miejmy nadzieję, że Wice i temu jej Tymonowi starczy na dłużej. On też rozwodnik. Podobno straszną miał żonę, wielu znajomych dziennikarzy miało z nią do czynienia, była rzeczniczką prasową czegoś tam, więc ją znali, i nikt nie wyrażał się o niej z sympatią. Rozwodził ich zaprzyjaźniony z Ewą sędzia... O, jest Ewa i jest ten jej komandor, Boże, jaki piękny! Prawie taki piękny jak Roch! Starszy, ale za to o wiele wspanialszy, w mundurze, z tym całym złotem na rękawach! Oni też się pobierali niedawno, ale na ich ślub Eulalii nie chciało się jechać do Świnoujścia.
Poczuła coś jakby ukłucie zazdrości. Kochają się te jej koleżanki, wychodzą za mąż, kwitną z tego powodu, a ona... ona kwitnie, jak fryzjerce kolor wyjdzie...
Ceremonia dobiegała końca. Państwo młodzi mieli już na palcach nowiutkie złote obrączki i właśnie zabierali się do całowania. Marek z kamerą tańczył wokół nich, przyłączył się do niego i Pawełek, zaniedbawszy publikę. Pocałunek został zdublowany na użytek operatorów, po czym świeżo upieczony mąż zostawił na chwilę świeżo upieczoną żonę, podszedł do wózeczka i ostrożnie wydobył zeń Maciusia. Rozległy się spontaniczne oklaski. Wika, której do-

piero teraz błysnęło w oku coś w rodzaju łzy, ucałowała łysy łebek swojego synka, Tymon, chyba też wzruszony, uczynił to samo. Usteczka Maciusia rozciągnęły się w uśmiechu zadowolenia.

Nagle przez brawa i hałas czyniony przez krewnych i przyjaciół przedarł się niekonwencjonalny okrzyk panny młodej:

– O cholera! Tymon, to chyba na szczęście!

Mąż spojrzał na nią wzrokiem, który wyrażał całkowite niezrozumienie. Panna młoda, chichocząc nieprzyzwoicie, ujęła go pod ramię i odwróciła w stronę sali. Grzmot śmiechu targnął urzędem. Operatorom zatrzęsły się kamery na ramionach. Siostra panny młodej też spojrzała, przerażona podniosła ręce i wrzasnęła dramatycznie:

– Jezus Maria! Zapomniałam założyć mu pampersa!

Na szarym garniturze pana młodego rosła duża ciemna plama.

Z przyjęcia weselnego Eulalia wróciła około trzeciej w nocy. Kiedy wsiadała do taksówki, z przerażającą jasnością dotarło do niej, jak bardzo jest samotna! I to najgorszym rodzajem samotności jest samotna: samotnością w tłumie! Żeby chociaż mogła się schować w jakimś kąciku i spokojnie popłakać, ale nie – wszędzie za nią trafią, wszędzie wlezą, znajdą, zasypią pretensjami... Inne weselne baby wsiadały do taksówek z jakąś męską eskortą, a ona sama, samiutka! No nie, nie rozpłacze się teraz przy taksówkarzu. A z drugiej strony – dlaczego nie? Taksówkarz jak terapeuta – obcy, obojętny, można mu wiele rzeczy powiedzieć, na pewno mu się zwierzają rozmaici pijaczkowie.

Stop. Nie jest żadnym cholernym rozmazanym pijaczkiem. I nie będzie ryzykowała zrujnowania makijażu. Przy obcym facecie.

Przystojny ten taksówkarz. Trochę jak De Niro. Nie, ona nie przepada za De Niro ani za żadnymi takimi czarnymi typkami, ale ten jest dosyć stylowy. Milczący. Słowa dotąd nie powiedział, wysłuchał adresu, kiwnął tylko głową, że wie, gdzie to jest (a mało kto wie, gdzie jest jej górka) i jedzie. Ładnie jedzie, płynnie, nie szarpie. I ręce na kierownicy ma nie najgorsze. Bez obrączki.

– Szesnastka – odezwało się radio. – Gdzie jesteś? Mam dla ciebie kurs.

– Już jestem na Prawobrzeżu – odrzekł kierowca miłym, niskim głosem. – Za pięć minut będę wolny.
– Bardzo dobrze, jedź potem na Krzemienną koło sklepu monopolowego, będziesz miał klienta do Goleniowa, wraca z wesela.
– Ooo, to będzie już drugi klient z wesela – powiedział kierowca i najwyraźniej ucieszony wizją tłustego kursu, uśmiechnął się szeroko w stronę pasażerki.

Pasażerkę zatkało. Czarny przystojniak miał z przodu tylko dwa reprezentacyjne zęby.

De Niro! Boże, nawet na taksówkarzu się zawiodła!

Ale to radio w taksówce nasunęło jej przyjemne skojarzenia... Bacówka. Jeszcze trochę musi wytrzymać, a potem pojedzie tam z Bliźniakami.

Żegnać ich dzieciństwo!

Jednak się rozpłakała. Dobrze, że w łazience, gdzie miała pod ręką wszystko, co potrzeba dla ratowania twarzy... w sensie dosłownym.

Kładąc się wreszcie spać, była w wieku zbliżonym do sześćdziesiątki.

Z programu grantowego nic nie wyszło. Krysia dostała uprzejme zawiadomienie, że niestety, bank postanowił rozdzielić pieniądze między innych uczestników konkursu.

– A co wyście myślały, naiwniaczki – zaśmiała się obecna przy omawianiu straty Ewa. – Takie konkursy są rozstrzygnięte od urodzenia. Ogłasza się tylko dla utrzymania pozorów.

– Tak podejrzewałam – powiedziała Krysia. – Ale nie chciałam Lali psuć entuzjazmu. Ona naprawdę myślała, że dostanie te pieniądze.

– Jesteście zepsute i cyniczne. – Eulalia wzruszyła ramionami. – Nie będę z wami rozmawiała, bo się przy was starzeję lawinowo. Macie na mnie zły wpływ. Nie widziałyście gdzieś Tereni pudernicy?

– Powinna być teraz w studiu. – Krysia była poinformowana. – Klaudia za kwadrans zaczyna nagrywać swój wiekopomny program.

Eulalia skinęła głową i udała się do drugiego budynku.

Weselne, a raczej postweselne ponure nastroje szczęśliwie jej minęły, odzyskała swoje ulubione czterdzieści dwa lata (trzydzieści dziewięć miewała wyłącznie prosto od fryzjera). Być może dobroczynny wpływ wywarła na nią bliskość dwudziestego pierwszego września, czyli dnia, w którym stanie twarzą w twarz z architektem Szermickim.

U Tereni kłębił się tłum. Eulalia zajęła krzesło w kąciku i przyglądała się z przyjemnością fachowym poczynaniom charakteryzatorki. Terenia sprawnie pokrywała kolejne twarze warstwami podkładu i pudru, matowiła błyszczące czółka, zatoki i łysiny, podkreślała oczy paniom, likwidowała worki pod oczami, przyciemniała drugie podbródki, nabłyszczała fryzury...

Wreszcie ostatni klient, poganiany przez autorkę programu, czyli Klaudię, opuścił pomieszczenie. Był to, nawiasem mówiąc, biskup.

– Księży chyba trochę krępuje to, co z nimi robisz? – zauważyła Eulalia, przesiadając się na fotel przed lustrem. – Terenia, bądź koleżanka, zapudruj mi te cienie pod oczami!

– Proszę cię bardzo, Lalu. Nie, wcale ich nie krępuje. – Terenia sprawnie zabrała się za jej twarz. – Przeciwnie, powiedziałabym, że bardzo lubią siedzieć na tym miejscu. Wcale im się nie spieszy stąd uciekać...

I trudno się temu dziwić – pomyślała Eulalia, kątem oka dostrzegając przepastne wycięcie czarnej sukienki pochylonej nad nią charakteryzatorki oraz apetyczną zawartość tego wycięcia.

– No to teraz jesteś gwiazda.

– Dziękuję ci, kochana. Słuchaj, ja bym miała do ciebie poważniejszą prośbę. Bardziej z dziedziny charakteryzacji niż takiego prostego makijażu.

– Mam z ciebie zrobić Babę-Jagę? Czy może starszego pana? Jestem do usług.

– Coś pośredniego. Słuchaj, historia jest romansowa.

– Kocham romanse! Już mnie masz! A opowiesz mi, o co chodzi?

– No więc jedna panienka z dobrego domu chciała się dostać na studia. Rodzice dali jej forsę na kursy przygotowawcze i niestety, na tych kursach zakochała się w wykładowcy...

– A on był żonaty i dzieciaty!

– Rzecz jasna. Niestety, też twierdził, że się w niej zakochał, w tej małolacie. Miłość została skonsumowana i panienka zaszła w ciążę.
– I on sobie przypomniał, że ma rodzinę.
– Ty to znasz życie. Panienka, oczywiście, na studia nie zdawała. Rodzice ją z domu wyrzucili, chwilowo przemieszkuje u przyjaciół.
– U ciebie.
– Zgadłaś. To jest koleżanka moich dzieci. Ona się, oczywiście, zaparła, że do rodziców nie wróci. Dziecko zamierza urodzić i wychować. Na szczęście...
– Jak to urodzić i wychować? U ciebie w domu?
– ...Na szczęście, powiadam, znalazł się w pobliżu jej dawny chłopak i też się, nawiasem mówiąc, wprowadził do mnie, a ona się na niego nawróciła. Tylko że jego rodzice też ich u siebie nie chcą.
– Matko Boska! I co?
– Chłopak jest w porządku, studiuje i pracuje, zarabia nawet jakieś tam pieniądze, ale co to za pieniądze. Co ja ci będę opowiadać. Trzeba amanta stuknąć na duży aliment. Żeby młodzi mieli na mieszkanie.
– A amant, oczywiście, niezainteresowany.
– W najmniejszym stopniu. Zamierzam iść do niego i trochę go postraszyć.
– Będziesz go szantażować! – ucieszyła się Terenia.
– Tylko odrobinę. Nie mogę iść do niego jako ja, bo on mnie może rozpoznać, kiedyś robiłam z nim wywiad.
– I tak by cię rozpoznał. Masz znaną twarz.
– Znaną czy nie, nie chcę ryzykować. Pomożesz mi?
– Już powiedziałam, że tak. Kim chcesz być?
– Leciwą arystokratką. Myślałam, żeby być matką tej mojej panienki, ale chyba lepsza będzie babka. Jędzowata, żeby się wystraszył. Parszywy charakterek ma mi wypełzać na oblicze.
– Pomyślę. Kiedy?
– W piątek.
– Będę potrzebowała dwóch godzin, weź to pod uwagę.
– Mogę przyjść o dziewiątej?
– Nie bardzo. Jedenasta?

– To już wolę po południu. Nie chciałabym się natknąć na jakichś klientów w nadmiarze. Po południu pewnie ich nie będzie miał, a wiem, że będzie uchwytny do wieczora.
– Dobrze. Przyjdź o trzeciej. Przerobimy cię na cacy, a potem przeszwarcuję cię prosto do windy i do garażu. Ubranko stosowne będziesz miała?
– Coś wykombinuję.
Pożegnały się obie z błyszczącymi oczami. Następną osobą, do której Eulalia się zwróciła, tym razem telefonicznie, była Anka Juraszówna w teatrze. Jej też opowiedziała skróconą, acz rzewną love story. Anka była zachwycona, podobnie jak Terenia.
– Przypuszczam, że kostium ciotki Augusty z „Brata marnotrawnego" byłby jednak zbyt staroświecki – chichotała do słuchawki. – A może jednak? Bo on ma taki cudny kapelutek...
– Anka, ty się nie wygłupiaj – skarciła przyjaciółkę Eulalia. – On ma myśleć, że to wszystko prawda! Ja mam być tylko deczko staroświecka, a nie zaraz dziewiętnasty wiek. Rozumiesz: arystokratyczna dezynwoltura. Nie dbam o powierzchowność, bo i tak jestem sobie księżna pani.
– Dobrze, dobrze. Jak księżna, to i tak musisz mieć kapelusz. Może nie akurat z „Brata marnotrawnego"... Czekaj, coś mi chodzi po głowie...
– Wiem, co ci chodzi! Jak robiliście Witkacego w zeszłym roku, to któraś z tych strasznych bab miała taki kostium granatowy, z kapeluszem.
– Miała! Halucyna Bleichertowa! O niej myślałam! Tylko bluzkę sobie jakąś znajdź sama, bo tamta miała takie straszne falbany. A kostium będzie w sam raz.
– Załatwisz mi wypożyczenie?
– Z prawdziwą przyjemnością. Ale pod warunkiem, że mi opowiesz, jak było!
– Ma się rozumieć. A jak tam wasza Pippi Langstrumpf?
– Był casting, ale Boner nikogo nie wybrał. Zarządził dogrywkę. Ty, muszę kończyć. Trzymaj się. Już idę, dyrektorze...

Wracając do domu, Eulalia wstąpiła do sklepu i nabyła kilka dużych paczek z różnymi kawałkami mięsa przyprawionymi do pieczenia na grillu. Dołożyła do tego trzy butelki czerwonego wina Sofia Merlot (kiedyś jej się spodobało, a kosztowało niecałe siedem złotych za butelkę) i postanowiła zrobić trzyosobowe przyjątko w krzakach. Dla siebie, Poli i Roberta. Jeżeli reszta – zwłaszcza ojciec – będzie miała chęć, niech się dołączy. Ale obowiązku nie ma. Młodym natomiast przyda się jakaś rozrywka, ostatnio Paulina bała się prawie schodzić na parter, Robert zaś często bywał nieobecny z racji jakichś tajemniczych zajęć zarobkowych, którym się z zapałem oddawał. Wracał zmęczony i, jak twierdził, na pół ślepy od patrzenia w komputer. No więc teraz dla odmiany niech popatrzy na zielone. Oraz na czerwone, ponieważ jako mężczyzna będzie miał za zadanie rozpalić grill.

Robert chętnie podjął się pełnienia roli strażnika ognia, a Paulina z błyskiem w oku (musiała się strasznie nudzić na tej górce) objęła na całe dziesięć minut kuchnię w posiadanie, estetycznie ułożyła mięso na dużej drewnianej tacy, do miski wyłożyła jakieś rośliny ze swoich własnych tajnych zapasów, trzymanych w foliowej torbie z Reala, wreszcie pokroiła chleb i sery i zrobiła z nich artystyczną piramidkę na desce.

– Wie pani, tak naprawdę to ja się dopiero od niedawna dobrze czuję – wyznała, umieszczając cały ten zapas na ogrodowym stole. – Wreszcie minęły mi mdłości i takie różne zawroty głowy. Chyba zacznę znowu żyć jak człowiek.

– A byłaś u lekarza z tymi zawrotami? – zatroszczyła się Eulalia, myśląc jednocześnie, że łaska boska, iż to nie Sławkę trafiło. I miejmy nadzieję, jeszcze długo nie trafi. Niech postuduje najpierw. Boże, Kuba też. Jak najdalej od wielkiej miłości!

– Byłam, oczywiście, wszystko jest w jak najlepszym porządku. Po prostu tak to przechodziłam, te pierwsze miesiące.

– A teraz który jest?

– Czwarty.

– Czy mogę służyć paniom winem? Pola, ty chyba z wodą...

– Nie lubię z wodą. Daj mi bardzo mało, ale niech czuję, co piję. Pół kieliszka.

– Z waszymi rodzicami nic się nie zmieniło?

Robert zachmurzył się widocznie, a Paulinie stanęły łzy w oczach. Pokręcili zgodnie głowami.

– Rozumiem. Biorą was na przetrzymanie – westchnęła Eulalia. Co za rodzice, bez sensu zupełnie. I co za pech, że oba komplety takie bezsensowne. Czego oni się spodziewają? Że Pola odda dziecko do adopcji? Że Robert zostawi dziewczynę w trudnej sytuacji? Znała takich ludzi. Westchnęła raz jeszcze. – To skrzydełko będzie już dobre. Daj mi je, Robercie, bo głodna jestem jak wilk, nie jadłam żadnego obiadu.

– A co to, garden party? Nie przewidziałaś naszego udziału?

Piękna Helena w pełnym makijażu i eleganckiej kremowej sukni objawiła się nagle na ścieżce, potrząsając złocistymi (ostatnio) lokami sięgającymi jej łopatek i stanowiąc rażący kontrast ze szwagierką, która już zmyła makijaż (poniekąd musiała, bo przez zapomnienie wpakowała sobie pięści do oczu i potarła), oraz z Pauliną, która się w ogóle nie umalowała i była dosyć blada.

– Ależ zapraszamy – powiedziała Eulalia z nieco wymuszonym uśmiechem. – Tak sobie kameralnie świętujemy urodziny Roberta.

Paulina byłaby wyrwała się z niewczesną pretensją do Beżowego, że nie powiadomił jej o tak ważnej okazji, ale on, przytomniejszy, objął ją w tym momencie czule, jednocześnie delikatnie kopiąc w kostkę. Zmilczała w ostatniej chwili.

– Panie Robercie, ależ wszystkiego najlepszego! – Helena zaszczyciła solenizanta anemicznym uściskiem wymanicurowanej starannie dłoni i poprawiła pocałunkiem w policzek, pozostawiając na nim purpurowy ślad. – Szkoda, że nie wiedzieliśmy wcześniej, przygotowalibyśmy jakiś mały prezent, może nawet Marysia napisałaby coś specjalnie dla pana. Ona pana lubi. Nawiasem mówiąc, Marysia jakoś u ciebie przestała się zajmować poezją, zupełnie nie rozumiem dlaczego. Najchętniej siedziałaby przed komputerem i grała w te straszne gry. Chyba Jakub jej pokazał. Nie jestem zadowolona, ale cóż, kiedy nie jest się u siebie, nie można narzekać. Ja z kolei nie mogę się teraz tak Marysią zajmować, jak powinnam, bo mam ten remont na głowie, nie wyobrażacie sobie państwo, ile z tym zachodu, dopiero teraz okazało się, że potrzebuję jeszcze... Panie Januszu, panie Januszu, pan pozwoli do nas!

Gbur na swoim ganku robił dziwne rzeczy. Najpierw spokojnie na ten ganek wyszedł, rozejrzał się z wolna po okolicy, nagle zatrzymał w połowie obrotowy ruch głowy, jakby napotkał niespodziewaną przeszkodę, i płynnie wykonał w tył zwrot, zamierzając na powrót wejść do domu.

– Panie Januszu! Nie słyszy mnie? Niemożliwe. Panie Januszu, wołam pana!

Gbur najwyraźniej ogłuchł. Gibnął się jeszcze niezdecydowanie w progu, ale jednak podjął decyzję i zniknął za drzwiami.

Helena nie była z tych, co rezygnują.

– Poszedł. Jednak nie słyszał, że go wołam. W takim razie sama go odwiedzę, muszę go o coś poprosić, pewnych rzeczy kobieta nie powinna załatwiać sama, lepiej mieć męskie towarzystwo. Wybaczcie, wrócę do was za moment.

Uczestnicy bankietu niespodziewanie urodzinowego patrzyli z zapartym tchem, jak piękna Helena oddala się, swobodnie wchodzi przez furtkę do ogrodu gbura, krokiem gazeli wbiega na ganek, dzwoni do uchylonych drzwi i po chwili znika za nimi.

– No to mamy jakieś dwadzieścia minut na spokojne zjedzenie kolacji – wypuściła powietrze Eulalia. – Potem ona przyjdzie i będzie nam opowiadać, do czego zamierza użyć naszego sąsiada.

– Ja się jej trochę boję – przyznała się Paulina, biorąc z miski kawałek papryki. – Robi, daj mi, proszę, tamto przypieczone udko.

– Ja się jej nie boję, tylko ona mnie do szału doprowadza – objawiła swoje uczucia Eulalia. – Niestety, jest żoną mojego brata, a ja mam wyrzuty sumienia, bo go namówiłam, żeby dał nogę za granicę, on to zrobił z rozkoszą, a teraz nie wraca i to dziecko tak rośnie, pozbawione jedynego rozsądnego członka rodziny. Chociaż... ojciec też jest rozsądny, tylko spacyfikowany.

– Pan Klemens jest świetny – powiedział niespodziewanie Robert. – Czasami grywamy sobie w szachy i rozmawiamy...

– W szachy? – Eulalia była zdumiona, bo nigdy nie widziała ich razem. – Rozmawiacie? W tym domu? I ja o tym nic nie wiem?

Robert zaśmiał się, pochylony nad grillem.

– Bo my to robimy wczesnymi rankami, kiedy wy jeszcze śpicie. Czy mogę pani służyć łakociem? Bardzo ładnie się przyrumienił ten kawałek.

Eulalia chętnie przyjęła kolejne skrzydełko i przez chwilę wszyscy troje zajmowali się głównie jedzeniem. Niestety, beztroska atmosfera przyjęcia została skażona świadomością, że w każdej chwili Helena może wrócić od sąsiada i zechcieć bawić ich wytworną konwersacją.

Ale po dobrej godzinie, kiedy już wszystko zjedli i wypili dwie butelki merlota (oczywiście to ostatnie głównie Eulalia i Robert, przy minimalnym udziale Pauliny), Helenki jeszcze nie było. Nie chciało im się dłużej siedzieć, bo wieczór stawał się chłodny, posprzątali więc po sobie i poszli do domu. Młodzi, pozmywawszy, uciekli na górę, a Eulalia skryła się w zaciszu swojego gabinetu, gdzie zastała ojca, zagłębionego w jakimś kryminale, ze słuchawkami na uszach. Korzystając z tego, że Balbina zajęta była pomaganiem Marysi w lekcjach (co polegało na tym, że obie oglądały Big Brothera w telewizji), Eulalia namówiła ojca do napoczęcia oraz wykończenia pozostałej butelki wina. W rezultacie, kiedy Helenka wróciła i koniecznie chciała im opowiadać, do czego zobowiązała sąsiada, oboje byli okropnie rozchichotani i nie nadawali się do wytwornej konwersacji.

Dopiero późnym wieczorem kładącej się spać Eulalii przemknęło przez głowę pytanie: do czego Helenie gbur?

– Słuchaj, Ewa – powiedziała Eulalia następnego dnia do koleżanki redaktorki. – Ty się poruszasz w eleganckich sferach, nie znasz czasem niejakiego Szermickiego, architekta?

– O tyle o ile – odrzekła Ewa, nalewając kawę do dwóch filiżanek. – Słodzisz?

– Odrobinę. A jak duże jest to o tyle?

– Nie za wielkie. Zależy, do czego ci potrzebne. Chcesz kogoś wepchnąć na architekturę? To chyba już za późno jak na ten rok. Poza tym na to nie mam siły sprawczej.

– Nie, chcę tylko wiedzieć to i owo o facecie. Głównie od strony rodzinnej. Żona, dzieci, stosunki z tą żoną, ewentualnie jakieś panienki na boku...

– Panienek na boku to on ma jak sera. Bardzo się z nimi kryje, bo żona zazdrosna, a jemu na niej zależy. A z panienkami to sama wiesz, jak jest. On wykłada na tej politechnice, przystojny jest szaleńczo, studentki się za nim zabijają, a on nie gardzi. Teraz ma łatwo, bo z tymi okowami moralności już nie jest tak, jak w czasach naszej młodości.

– Masz na myśli nasze lata studenckie? Bo co do młodości, to wiesz, jak mówi jeden mój znajomy, nie liczy się tego w latach, tylko w spontanicznie przeżytych chwilach.

– To bez sensu.
– Ale ładnie brzmi. I co dalej z Szermickim?
– Jest taka fama, że u niego trudno dostać zaliczenie, jeżeli się czegoś nie da. Albo łapóweczki, albo dupeczki. Jest też druga fama, że to nieprawda, bo jak ktoś jest rzeczywiście zdolny, to nie ma z nim najmniejszych problemów. Ja myślę, że nie ma dymu bez ognia. Z drugiej strony to może być tak, że rasowy dziwkarz po prostu nie przepuści żadnej okazji. A skoro okazje same się pchają...
– Nie żartuj. Myślisz, że to tak samo idzie, bez jego udziału?
– Nie wiem. Nie sądzę. Będzie miał kłopot, jak trafi wreszcie na cielęcinę, która się w nim zakocha. Albo, nie daj Boże, zrobi jej dziecko, a ona się uprze, żeby je mieć.
– A on nie może się zakochać na boku?
– Wykluczone – powiedziała stanowczo Ewa, potrząsając czupryną. – On się nie zakocha, bo on w ogóle nie posiada uczuć wyższych. To złotówa i karierowicz, tyle że zdolny do architektury i na dodatek dobry grafik. Do żony jest przywiązany na bazie wspólnych interesów, to znaczy wspólnego konta w banku. A jest ono, zapewniam cię, bardzo porządne. Żona ma hurtownię napojów rozrywkowych oraz na dodatek firmę konsultingową, bo też jest łebska dziewczynka. Podobno razem snują jakieś dalekosiężne plany finansowe na przyszłość, ale jakie to są plany, to ci nikt zdrowy na umyśle nie powie, a zwłaszcza żadne z nich.
– Dzieci mają, mówiłaś?
– Mają, dwójkę, chłopca i dziewczynkę. Jeżeli kogoś Szermicki naprawdę lubi, to te dzieci. Natomiast ta jego cała żona, bardzo piękna zresztą kobieta, zazdrosna jest o niego jak diabli. Może go kocha prawdziwą miłością, a może tylko nie lubi, jak jej się własność tarza w rozpuście z byle kim. Pani Szermicka ma o sobie bardzo duże mniemanie, ją trochę akurat poznałam, bo raz przypadkiem byłyśmy razem na farmie piękności. Mówię ci, zimny marmur, a pod spodem wulkan. Na jego miejscu nie narażałabym się takiej żonie.
– A co, może zabić?
– Zabić niekoniecznie, ale na pewno rzucić w diabły. I co z dalekosiężnymi planami? Pamiętaj, co ci mówiłam, Szermicki to złotówa...

Uzbrojona w wiedzę oraz determinację Eulalia siedziała teraz w charakteryzatorni, a Terenia pewnymi ruchami przerabiała ją na starą jędzę. Chichotały przy tym obie z zadowolenia, bowiem to, co ukazywało się w lustrze, niewiele miało wspólnego z dotychczasowym obliczem Eulalii. Z lustra spoglądała na nie starsza kobieta o wykrzywionych złośliwie wąskich wargach, małych i podkrążonych oczkach i pomarszczonej twarzy.

– Nie lubię tej pani – powiedziała Terenia, kręcąc głową. – Straszna z niej megiera, to widać na pierwszy rzut oka. Pokaż no paluszki, dopasujemy je do koloru szminki.

Pociągnęła ciemnopurpurowym lakierem paznokcie Eulalii.

– Masz za młode ręce. Pewnie nie pomyślałaś o rękawiczkach? Nie przejmuj się, koleżanka pomyślała. Taka stara dziwaczka jak ty może nosić mitenki, pazurki ci będzie widać. Ostrożnie, ten lakier powinien być już suchy, jak nałożysz, damy drugą warstwę. Pierścieni rodowych nie masz?

– Jak to nie mam, pożyczyłam sygnet z teatru. Troszkę za duży, będę go nosiła na środkowym palcu. Na rękawiczce?

– A dlaczego nie. Wiesz przynajmniej, co to za herb?

– Pojęcia nie mam. Jakby facet się czepiał, powiem, że po dziadkach, ale mam nadzieję, że będzie miał ważniejsze tematy do przemyślenia niż mój herb rodowy. Pomożesz mi się ubrać? To ze względu na świeży lakier, nie chciałabym go zdrapać.

– Oczywiście. Pokaż, co tam masz. Dobre będzie. To z teatru?

– Z teatru. A bluzka i broszka są mojej matki, gwizdnęłam jej z szafy, bo nie chciałam się godzinami tłumaczyć, po co mi to. Ładna kamea, prawda? Podobno mój pradziadek kupił ją mojej prababci za to, że urodziła mu bliźniaki, w tym mojego dziadka. Popatrz, ja też urodziłam bliźniaki, a mój mąż mi nic nie kupił.

– A to łajdaczynka – powiedziała pogodnie Terenia, zajęta zapinaniem drobnych guziczków kremowej bluzki. – Daj ten prezent od pradziadka, przypnę ci. Tak wysoko, będzie wyglądało na to, że skrywasz zwiędłą szyjkę.

– Niedługo naprawdę będę musiała skrywać zwiędłą szyjkę – westchnęła Eulalia, przeglądając się w lustrze.

– Nie przesadzaj. Poza tym wszyscy musimy się kiedyś zestarzeć, świat byłby obrzydliwy, gdyby żyli na nim tylko piękni, mło-

dzi, agresywni. Poza tym stara będziesz, jak ci się zestarzeje dusza, a to chyba jeszcze nieprędko.
– No, nie wiem. – Eulalia westchnęła po raz drugi. – Ostatnio jakoś mi gorzej.
– Zakochaj się – poradziła Terenia. – To bardzo dobry sposób na odmłodzenie duszy.
– To samo mówił mi mój psychiatra. Dogadałaś się z nim?
– Popatrz, jaki mądry człowiek. Masz już jakiś obiekt na uwadze?
– Najtrudniej właśnie z tym obiektem. Wszyscy sensowni faceci woleliby panienkę młodszą ode mnie o połowę.
– Podobno nie wszyscy. No i pięknie. Teraz włosy. Masz jakąś perukę?
– Mam. Dwie. Ta z lokami jest chyba zbyt ostentacyjna. Lepsza będzie ta prosta.

Z pomocą Tereni Eulalia umocowała na głowie siwą perukę uczesaną à la Maria Dąbrowska, a na niej stylowy kapelutek Halucyny, granatowy toczek z fioletowym piórkiem.
– Rewelacja. Zrób teraz groźną minę... O tak, każdy się ciebie przestraszy. Jesteś gotowa. Nie, czekaj, trzeba cię jeszcze dopracować zapachowo! Mam tu coś specjalnego, taka stara, ale zadbana arystokratka powinna też pachnieć stosownie... Proszę, powąchaj.
– Co to jest? – Eulalia odniosła się odrobinę nieufnie do podejrzanie woniejącego flakonika. – Duchy Moskwy? Odiekałon na wsiu żyzń?
– Nie, to olejek różany. Przebój lat siedemdziesiątych. Nie wiem, skąd go mam, pewnie z zapasów mojej mamy, ona sobie tego przywoziła całe wory z Bułgarii. Bardzo staroświecko pachnie. I w ogóle się nie zaśmierdział. Może lepszy byłby taki odrobinkę stęchły...
– Nie, dziękuję, bardzo dobrze, że się nie zaśmierdział. Daj kropelkę. Na ciuchy, żeby mi ciało tym nie przeszło. I na to piórko w kapeluszu. Starczy. Jak teraz widzisz księżnę panią?
– Teraz jesteś dopracowana w każdym calu. Nie może ci się nie udać ta twoja misja.
– Mówisz? Bardzo dobrze. Mam tu jeszcze laseczkę, popatrz, jaka fajna. Wyjrzyj, proszę, na korytarz, czy tam się ktoś nie pęta.

Na korytarzu nikt się nie pętał i Eulalia bez przeszkód przemknęła do windy. Po kilku minutach strażnik z pewnym zaskoczeniem zauważył, że samochodem pani redaktor Manowskiej wyjeżdża z garażu obca, leciwa baba w kapeluszu z piórkiem i ciemnych okularach.

Oczywiście Eulalia nie była taka głupia, żeby prezentować Szermickiemu swoje auto. Zaparkowała przed Lucynką i Paulinką i spacerkiem udała się na pobliski postój. Przy okazji wypróbowała na taksówkarzu swój nowy głos, nieco zachrypnięty – jeszcze w garderobie psiknęła sobie w oskrzela lekarstwem, które wprawdzie nieźle skutkowało na jej astmę, ale również wywoływało chrypkę, trzymającą się około godziny. Starała się mówić w sposób nieco szczekający, oczywiście grasejując.

– Młody człowieku, phoszę mnie zawieźć na Pogodno, na ulicę Bajana. Tam jest podobno phacownia ahchitektoniczna, nazywa się Villa. Chciałabym, żeby pan tam na mnie poczekał.

– Czy to długo potrwa? – zapytał młody człowiek, nie zdradzając żadnych podejrzanych objawów, co oznaczało, że jej przebranie jest w porządku. – Bo jeżeli pani tam pobędzie z kwadransik, to ja bym skoczył do domu, mieszkam tam niedaleko. Potrzebuję dosłownie dziesięć minut, nie będzie pani musiała na mnie czekać.

– Bahdzo phoszę – odpowiedziała majestatycznie. – Kwadhans na pewno. Może dwadzieścia minut.

Na Pogodno nie było daleko. Kierowca najwyraźniej znał dzielnicę, bo jechał jak po swoje. Pracownia projektowa Villa okazała się pokaźnym domkiem, poniemieckim, z dużym podwórkiem zamienionym na parking dla personelu i interesantów. Stały tam jakieś dwa czy trzy auta, na które Eulalia nie zwróciła uwagi, odczuwając już pewną tremę.

– To ja nie będę wjeżdżał teraz na ten parking – rzekł taksówkarz. – Pani wysiądzie, ja skoczę do domu i za dziesięć minut będę z powrotem, wtedy wjadę.

– Czy mam panu tehaz zapłacić?

– Nie, nie trzeba, zapłaci mi pani za cały kurs, nie za połowę. Tylko odliczymy to, co przejadę prywatnie.

Eulalia skinęła głową, zadowolona. Nie chciał pieniędzy. To znaczy, że babcia Lubecka budzi zaufanie. Spojrzała na zegarek.

Było pięć po piątej. Ale sekretarka mówiła, że Szermicki będzie do wieczora, poza tym stoją tam te samochody...
Weszła na schody, zastanawiając się, czy powinna zadzwonić. Nie. Przychodzi jako rozwścieczona babka księżna, a rozwścieczone księżne nie dzwonią. Pchnęła secesyjnie zdobione drzwi i weszła do środka.

Obszerny hol, obwieszony zdjęciami udanych realizacji (niektóre domki owszem, owszem), otwarte drzwi do pokoju po lewej – zajrzała, było tam pusto – uchyliła drzwi po prawej – też pusto. Gdzie są wszyscy? Jeszcze chwila i zawoła gromkim głosem, tak jak zrobiłaby to babka Lubecka. Nabrała powietrza w płuca i wypuściła je, bo w tej chwili zobaczyła ruch za oszklonymi niebieskim, matowym szkłem drzwiami. Do pokoju wszedł wysoki, postawny brunet dużej urody i skierował się w stronę regału opatrzonego napisem KATALOGI.

Tak był zaabsorbowany własnymi sprawami, że zauważył Eulalię dopiero wtedy, kiedy zdjął z najwyższej półki gruby tom oprawiony w niebieski plastik. Znieruchomiał z tą ręką w górze i oczy trochę mu się zaokrągliły, ale widać było, że zaraz oprzytomnieje.

Eulalia postanowiła zaatakować, zanim to nastąpi.

– Pan Szehmicki to pan? – zapytała skrzekliwie. – Dobrze się domyślam? No tak, pan na to wygląda. Najzupełniej.

Facet powoli opuścił rękę z katalogiem. Agresywny ton obcej staruszki zrobił swoje.

– Jędrzej Szermicki, a pani szanowna do mnie?

– A do kogóż by, jak nie do pana? Ciekawa byłam, jak pan wygląda. Czy widać po panu od hazu, jakim pan jest dhaniem, czy może nie. Ale widać, widać. Z oczu to panu wyzieha.

– Bardzo przepraszam, ale nie rozumiem.

– Nie hozumiem! Nie hozumiem! – Eulalia walnęła w podłogę laską trzymaną w lewej ręce, a prawą uczyniła dramatyczny gest, żeby błysnąć rodowym pierścieniem. – Oczywiście. Przecież nie powie pan: hacja, jestem złym człowiekiem, bez krzty honohu i uczuć wyższych. Tego po was nigdy nie można było oczekiwać! Pothaficie tylko krzywdzić! Krzywdzić i zamykać się w swojej wieży z kości słoniowej!

Eulalia nie była pewna, czy wieża z kości słoniowej tu akurat ma sens, ale uznała, że dobrze zabrzmi. I zabrzmiało.

– Najmocniej panią przepraszam, ale tu chyba zaszło jakieś nieporozumienie.

Po facecie widać było, niestety, że zaskoczenie mu przechodzi i trochę już pozbierał myśli. Należało znowu go rozproszyć.

– Jesteś łobuzem, młody człowieku! Pewnie zastanawiasz się tehaz, co to za stuknięta stahucha przyszła ci głowę zawhacać, i nic ci do tej głowy nie przychodzi! Nic! Pophoszę o wodę. Z gazem! – powiedziała nagle władczo, wzmacniając wymowę polecenia gestem dłoni z laską.

Zaskoczony ponownie Szermicki nalał do szklaneczki wody mineralnej i podał Eulalii, której od gazowanej wody wzmagała się chrypka. Wypiła łyczek i prychnęła wściekle.

– Nawet siadać nie phosi!

– Przepraszam bardzo, teraz jestem trochę zajęty, nie umawialiśmy się, może pani zechce...

– Nie zechcę – oświadczyła Eulalia spiżowym głosem, siadając na krześle i opierając dłoń na lasce. – Nazywam się Scholastyka Kaholina Lubecka. Księżna. De domo Kohwin-Rzewuska. Hhabianka. Z Rzewuskich z Podola.

Szermicki widocznie miał wpojony szacunek do arystokracji, bowiem wykonał coś jakby cień ukłonu. W dalszym ciągu jednak stał nad nią jak kat nad dobrą duszą, piastując w ramionach niebieski katalog.

– Siadaj pan! – huknęła Eulalia. – Nie wyjdę bez hozmowy! Jak widzę, moje nazwisko z niczym się panu nie kojarzy, z niczym!

– Powiedziała pani... – Szermicki usiadł, nie wypuszczając z objęć katalogu.

– Powiedziałam: Lubecka. LUBECKA. Babka Pauliny Lubeckiej.

Szermicki znieruchomiał.

– Pauliny Lubeckiej, powiadam, któhą pan uwiódł pod pozohem kohepetycji z hysunku! Kohepetycje z hysunku! To po phostu dziewiętnasty wiek! Śmieszne!

Eulalia zatrzęsła głową ze świętym oburzeniem, uważając jednak, żeby się jej peruka nie obluzowała.

– Bardzo panią przepraszam, ale Paulina jest pełnoletnia i wie, co robi – Szermicki odzyskiwał kontenans.

Eulalia zaśmiała się sardonicznie.

– Ha, ha, a więc pan uważa, że wszystko jest w porządku, tak?
– W jak najlepszym. – Niebieskie oczy błysnęły nieprzyjaźnie. On sobie te niebieskie luksferki i niebieskie oprawy skoroszytów, niebieskie meble i niebieski dywan zarządził pod kolor własnych oczu! Ach, w dodatku odzyskał zimną krew. Trzeba go znowu zdenerwować.
– W jak najlepszym? Świetnie. A zatem dziecko przyjmie pan do hodziny hazem z Pauliną, tak mam to hozumieć?

Niebieskie oczy w opalonej twarzy zbystrzały gwałtownie. Widać jednak było, że teraz, kiedy już zaskoczenie minęło, facet będzie walczył, prawdopodobnie nie przebierając w metodach.

– Dziecko? Moje dziecko?
– Jak najbahdziej pana, niestety. Ze względu na Paulinę wolałabym, żeby nie było tak bahdzo pana. Ale thudno. Takie były boskie wyhoki.
– Nie mieszajmy w to Boga. Poza tym nie sądzę, abyśmy mieli co do tego całkowitą pewność. Nie byłem pierwszy w życiu Pauliny. Teraz dziewczyny dosyć wcześnie zaczynają życie erotyczne, wie pani.
– A pan jest w tym temacie doskonale zohientowany – zakpiła Eulalia, dolewając sobie mineralnej z gazem. – Dużo się mówi o tych wszystkich zaliczeniach, o wahunkach, jakie muszą spełnić studentki, żeby dostać od pana wpis w indeksie.
– To są pomówienia.
– Nie są i pan o tym wie. A dziecko, któhe nosi Paulina, jest owocem pańskich, pożal się Boże, kohepetycji. I jeżeli nawet cicho siedzą te wszystkie głupie gęsi, któhe boją się dziób otworzyć, żeby nie wylecieć ze studiów, to Paulina cicho siedzieć nie będzie. A w każdym hazie ja, jej babka, nie będę patrzyła przez palce na to, co się tu wyphawia!
– Proszę pani, porozmawiajmy spokojnie. – Szermicki nerwowo obejrzał się w stronę pokoju, z którego przedtem wyszedł, i Eulalia zaczęła się zastanawiać, czy on tam nie ma przypadkiem jakich gości.
– Ja jestem spokojna! I niczego więcej nie phagnę, jak spokojnie pohozmawiać. Nie jestem taka naiwna, żeby sądzić, że pan się z Pauliną ożeni.
– Ja mam rodzinę, proszę pani. Poza tym nie mam pewności, że dziecko jest moje.

– Niech pan tego już więcej nie powtarza! Jest pańskie i jeśli trzeba będzie, wystąpimy do sądu z wnioskiem o badania genetyczne...
Wzmianka o sądzie wywołała w kamiennej twarzy Szermickiego ledwie uchwytne drgnięcie. Eulalia widziała, że tym razem trafiła celnie.

– Badania genetyczne, mówię, ustalenie ojcostwa, alimenty! Paulina nie chce od pana żadnego zadośćuczynienia, chociaż przez pana znalazła się w thudnej sytuacji, hodzice odmówili jej pomocy, musiała się schhonić u przyjaciół! Ale tehaz będzie potrzebowała śhodków, żeby utrzymać dziecko i siebie.

– I uważa pani, że ja tak po prostu dam jej pieniądze?

– Nie, panie. Nie po phostu. Żadne z hęki do hęki! Pan się zobowiąże notahialnie do łożenia na utrzymanie dziecka aż do jego pełnoletności!

– Oszalała pani!

Eulalia wstała z krzesła i trzasnęła laseczką w stół, co sprawiło jej dużą przyjemność.

– Nie oszalałam i pan o tym wie. Jeżeli nie chce pan hozmawiać ze mną na ghuncie phywatnym, spotkamy się w sądzie. I niech pan sobie nie myśli, że nasza sphawiedliwość niehychliwa! Przewodniczący sądu hodzinnego to mój dobhy przyjaciel, sthyjeczny wnuk naszych sąsiadów z Podola! Poza tym Paulina nie ma w tej chwili nic do sthacenia, a mamy przyjaciół i w gazetach! Co pan powie małżonce, kiedy pana zapyta, czy J.S. z wydziału ahchitektuhy to jakiś pański znajomy? A może te wszystkie gęsi nabiohą odwagi? Te, co zdawały egzaminy na pańskiej kanapie!

Dramatycznym gestem wskazała niebieską skórzaną kanapę stojącą w kącie pokoju. Chciała jeszcze coś dodać w sprawie łapówek i przypomnieć Szermickiemu, że z uniwersytetu owszem, wyleciał profesor za łapówki, ale nie zdążyła.

Kątem oka zobaczyła, że drzwi sąsiedniego pokoju, pchnięte czyjąś ręką, otworzyły się i stanęła w nich wytworna dama w eleganckim szarym kostiumiku, złote włosy zwinięte miała w spory kok... Cholera jasna, to jego żona! Słyszała wszystko i diabli wezmą pieniądze, bo nie będzie kim Szermickiego straszyć!

– Ja bardzo przepraszam – zaszczebiotała dama i dopiero teraz serce Eulalii stanęło. To nie była żona Szermickiego. To była Helenka!

Cały czas podsłuchiwała przez te uchylone drzwi, żeby to najjaśniejszy szlag trafił! Przyszła zamówić projekt tej kretyńskiej przeróbki! Boże święty, gbur za nią lezie! Po to potrzebowała jego wsparcia! Do załatwiania interesu z panem architektem! Męskie ramię, żeby było się na czym oprzeć!

Może jej nie poznali?

A gdzie tam. Gbur patrzy na nią z kamienną twarzą, tak samo się gapił, jak leciała głową w śnieg, jak się dusiła na Polanie... Nie ma wątpliwości, że on wie. Niech się tylko nie odzywa!

– Ja widzę, że pan ma ważnego gościa – szczebiotała dalej Helenka, a widać było, że się skręca, żeby sobie dokładniej Eulalię obejrzeć. – To może umówimy się na jutro!

– Dobrze, bardzo państwa przepraszam, może ja dam pani ten katalog do domu. – Szermicki, wyraźnie wściekły, podniósł się od stołu z katalogiem w ręce, ale Helenka już podbiegała w lansadach, a jej oczy robiły się coraz bardziej okrągłe.

Jeszcze sekunda, a ją skompromituje.

Eulalia gorączkowo myślała, co by tu powiedzieć, żeby Helenka zrozumiała i zamknęła gębę, zanim ją otworzy w tej sprawie, ale nic jej nie przychodziło do głowy.

Helenka już, już otwierała usta, kiedy nagle zdecydowanym krokiem podszedł do niej gbur, przejął z jej rąk ciężki katalog i mocnym chwytem ujął ją pod ramię.

– Pani ma rację – powiedział dobitnie. – Nasza obecność tutaj jest w tej chwili niepożądana. Pan musi spokojnie załatwić swoje sprawy, a my jutro zadzwonimy i umówimy się na inny termin. Nie będziemy panu teraz przeszkadzać. Do widzenia.

Nie do wiary! Obrócił sprawnie Helenkę w stronę drzwi i oboje wyszli.

– Służę państwu w dowolnym terminie, dogodnym dla państwa – zawołał jeszcze za nimi Szermicki, po czym odwrócił się w stronę Eulalii. Jego oczy rzucały wściekłe błyski. – Na czym stanęliśmy?

– Nie pamięta pan? – zadrwiła Eulalia, która z jednej strony odczuła niebotyczną ulgę, a z drugiej zastanawiała się, jakie konsekwencje przyniesie spotkanie Helenki i gbura, a zwłaszcza fakt, że oboje ją rozpoznali. Właściwie gbur ją uratował, bo ta kretynka za moment by ją zdradziła.

– Pani wie oczywiście, że to jest szantaż, to, co pani robi?
– Wiem, oczywiście. Ale w dobhej intencji.
– Szantaż jest niemoralny. – Teraz on drwił, przechylając się na krześle w jej stronę. – Jakże to licuje z poczuciem przyzwoitości pani baronowej?
– Księżnej – poprawiła sucho. – Wyrzeczenie się własnego dziecka jest bahdziej niemohalne. Zhesztą w tej sphawie nie będziemy się licytować. Oboje hobimy pewną nieprzyzwoitość, ale z tej mojej ktoś bezbhonny będzie miał pożytek.
– A jeżeli powiem, że mnie to nie interesuje?
– To się spotkamy w sądzie. Ohaz na łamach phasy. A może nawet na małym ekhanie. Czas skończyć z tą cholehną hipokhyzją!

Przez moment zastanowiła się, czy księżna pani rzucałaby cholerami, ale doszła do wniosku, że owszem, gdyby się bardzo rozgorączkowała, mogłaby rzucać.

Szermicki wyraźnie wykonywał ciężką pracę myślową, spoglądając na wiszący na ścianie portret zbiorowy. Przedstawiał on jego samego, lewą ręką trzymającego wodze krótko przy końskim pysku; na prawej ręce dźwigał trzyletnią może dziewuszkę. Na koniu siedział chłopczyk mniej więcej pięcioletni, a z drugiej strony konia śmiała się radośnie postawna blondynka w stroju amazonki. On sam też miał na sobie frak jeździecki i wyglądał jak Pierce Brosnan w wersji wczesnokapitalistycznej.

Przyglądanie się szczęśliwej rodzinie wpłynęło korzystnie na zdolności decyzyjne pana Szermickiego.

– Dobrze – powiedział z zastanowieniem. – A jakie sumy wchodziłyby w grę?
– Przy pańskich możliwościach finansowych tysiąc złotych miesięcznie chyba nie byłoby zbyt dużym obciążeniem.
– Byłoby.
– Tak myślałam. To by było honohowo, ale phóźno oczekiwać honohu od fahyzeusza. Uzna pan dziecko, da mu nazwisko i zobowiąże się do wypłacania jego matce pięciuset złotych co miesiąc.
– Nie chcę uznawać tego dziecka.
– Ale boi się pan sądu. I słusznie. Udowodnilibyśmy, że dziecko jest pana. Paulina ma jeszcze inną phopozycję. Jeżeli takie ho-

związanie, jakie ja uznałam za słuszne, panu nie odpowiada, Paulina zgadza się na wpłacenie jednohazowo większej kwoty na konto jej dziecka, któhym to kontem ona będzie hozporządzać.

– Mógłbym na to pójść – powiedział powoli Szermicki, a Eulalii zaparło dech w piersiach, skrępowanych trochę za ciasnym żakietem od kostiumu Halucyny Bleichertowej. – Z tym że po wpłaceniu tej kwoty Paulina zapomni o moim istnieniu.

– Możemy dać panu na piśmie oświadczenie Pauliny, że nie będzie pana niepokoić aż do pełnoletności dziecka. Czy po jej osiągnięciu ono samo nie będzie chciało nawiązać z panem kontaktów, nie możemy gwahantować.

– Chcę oświadczenia, że to nie moje dziecko. I że Paulina nie ma do mnie żadnych pretensji.

Eulalia pomyślała szybko o Robercie, który prawdopodobnie uzna dziecko za swoje, poza tym to osiemnaście lat, gdyby nawet małe w jakiś sposób się dowiedziało, że Robert nie jest jego ojcem... Coś się wymyśli.

– Pohozumiem się z Pauliną, ale myślę, że się zgodzi. To dumna dziewczyna.

– Załatwianie interesów z panią to prawdziwa przyjemność – sarknął uwodziciel. – A teraz porozmawiajmy o kwocie.

– A to trzeba policzyć. – Eulalia rozparła się wygodniej w krześle i dolała sobie wody z gazem. – Pięćset złotych miesięcznie daje nam sześć tysięcy hocznie. Hazy osiemnaście... chwila... sześć razy dziesięć sześćdziesiąt i osiem hazy sześć...

– Sto osiem – warknął Szermicki. – Odpada.

– Połowa. Pięćdziesiąt dla hównego hachunku.

– Od razu nie dam rady.

– Może być na dwie haty. Nie więcej. Oświadczenie dostanie pan przy dhugiej. Thansakcję powinniśmy zakończyć w ciągu miesiąca po uhodzeniu dziecka.

– Zgoda. Niemniej to naciągactwo.

– Te pieniądze są potrzebne matce pańskiego dziecka, żeby mogło zacząć jakie takie życie – skarciła go Eulalia. – Żeby nie uhodziło się bez pehspektyw i nie mieszkało potem z matką pod mostem. Ona ich nie hozthwoni, może pan być pewien. To zhesztą niewiele. Tyle co waht jest samochód nie najwyższej klasy. Ten mehcedesik na podjeździe kosztował dużo więcej. A tehaz żegnam pana. W ciągu dwóch tygodni zgłosimy się do pana po odbióh piehwszej haty, w kwocie dwudziestu tysięcy złotych. Tu jest numeh telefonu komóhkowego Pauliny, phoszę ją zawiadomić bezpośhednio, a ona poda panu numeh konta, na któhe należy wpłacić pieniądze. I bahdzo phoszę, niech pan nie liczy na to, że Paulina przez telefon da się przekabacić. Jeżeli tak się stanie, ja osobiście whócę tu z mojej wsi, znajdę wszystkie gęsi, któhe pan przeleciał w zamian za wpis w indeksie, i wszystkich studentów, którzy dawali panu w łapę. A potem udam się z tym do gazet i telewizji. Pan wie, że to zhobię. Bez najmniejszych skhupułów.

Dla lepszego efektu trzepnęła jeszcze laseczką po stole, wywołując nerwowe drgnięcie Szermickiego, po czym godnie wstała i nie oglądając się za siebie, wyszła.

– Godzinę czekam – taksówkarz był niezadowolony, ale miała to w nosie.

– Najwyżej pół – odrzekła swobodnie. – Mówiłam, że zapłacę. Do Lucynki i Paulinki.

W taksówce natychmiast wybrała komórkowy numer Pauliny.

– Pola – powiedziała z rozpędu głosem babci Lubeckiej. – Nie miałaś przed chwilą jakiegoś telefonu? Nikt do ciebie nie dzwonił?

– Nie, a kto mówi?

– Ja mówię, nie poznajesz? Och, rzeczywiście... – wróciła do swojego normalnego sposobu mówienia. – A teraz?

– Teraz tak... O co chodzi z tym dzwonieniem?

– Wszystko ci wytłumaczę, ale teraz wyłącz komórkę. Żadnych rozmów aż do mojego przyjazdu!

– Rozumiem. To znaczy nie rozumiem. Już wyłączam.

– Bardzo dobrze, zaraz będę w domu.

Zauważyła, że kierowca zastrzygł uszami. Niech on lepiej nie będzie taki wścibski. Bo się nie uchowa.

Podała mu pieniądze odliczone z lekką nadwyżką i wysiadając, rzekła głosem pośrednim pomiędzy Eulalią a księżną Lubecką:

– Heszty nie trzeba. To za sthaty mohalne.

Pospiesznie oddaliła się od taksówki w stronę własnego samochodu. Taksówka odjeżdżała wolno i jakby niechętnie. Eulalia zajrzała więc do księgarni na rogu i pochodziła trochę między regałami. Z rozpędu kupiła sobie nowy atlas drogowy Polski, bo jej się podobał rozkład map, potem dołożyła jeszcze kryminał Joanny Chmielewskiej. Wścibski taksówkarz zniknął. Może złapał klienta.

Pod domem była dwadzieścia minut później. Natychmiast rzucił jej się w oczy nadtłuczony jodłowozielony peugeot, stojący przy krawężniku. Boże, gbur! Helenka na pewno jest w domu, a ona w tych ciuchach! Trzeba zadzwonić do Pauliny, żeby Helenę czymś zajęła, a ona jakoś przez garaż wejdzie do domu...

Chwyciła komórkę. Nie, to na nic, Paulina ma telefon wyłączony. Nie będzie tu stała, musi najpierw coś wymyślić... Wrzuciła bieg i wolno pojechała w głąb uliczki. Cholera jasna. Dlaczego nie pojechała najpierw do firmy, przebrać się. Właściwie cały czas jeszcze może to zrobić. Tylko straci na to z półtorej godziny, poza tym nie będzie miała czym zmyć makijażu. Tereni dawno nie ma, a usuwać taką tapetę w biurowej toalecie... Na siłę można. Ale gdyby w tym czasie ten dupek zadzwonił do Pauliny... Może mu przejść motywacja, jeśli telefon Poli będzie wciąż wyłączony.

Zatrzymała się koło sklepiku, żeby wygodnie zawrócić. W chwili, kiedy wrzuciła wsteczny bieg i już chciała ruszać, zobaczyła w lusterku potężną sylwetę śmieciarki, która też zaczęła manewry, wykorzystując zatoczkę koło sklepu.

Wyłączyła silnik. Zanim ta landara wyjedzie...
Usłyszała pukanie w szybę od strony pasażera.
Obejrzała się.
Nie.
Nie, nie i nie.
Przecież nie wyjedzie. Jest zablokowana.
Westchnęła i otworzyła drzwi. Gbur swobodnie wsiadł, jakby byli najlepszymi przyjaciółmi.

– Byłem na zakupach – wyjaśnił. – Podrzuci mnie pani do domu?
– Nie jadę do domu. Cholera. Pan mnie poznał?
– Poznałem.
– Po czym?

Klęska była wprawdzie oczywista, ale niechże ona się przynajmniej dowie, co w jej kreacji było niedopracowane.

Gbur zawahał się.
– Bo ja wiem? Chyba tak ogólnie. To znaczy serce mi podszepnęło. Przebranie jest rewelacyjne. Naprawdę.

– Jakby było rewelacyjne, to by mnie pan nie poznał.
– Jest wspaniałe. Proszę mi wierzyć. A mnie... nie wiem, coś podpowiedziało. Trudno mi to określić.
Eulalia spojrzała w swoje prawo. Serce mu podszepnęło. Siedział na tym fotelu pasażera, obok niej, gapił się na nią jak sroka w kość, a na ustach miał głupkowaty uśmiech. No, może nie głupkowaty, ale taki jakiś... niezdecydowany. Generalnie wyglądał sympatycznie. Oraz był przystojny. Sławka miała rację.
– Nie wierzę panu. Helena też mnie poznała.
– Pani Helena nie poznała pani, tylko bardzo, bardzo zaciekawiła się tą sprawą, o której pani rozmawiała z panem Szermickim, w końcu Paulina mieszka z państwem. Uparła się, że musi zobaczyć tę babkę księżną. Obawiam się, że przemówiło jej zamiłowanie do arystokracji. Próbowałem ją powstrzymać, nakłaniając do dyskrecji, ale mi się nie udało. Bardzo przepraszam. Jeżeli mogę coś podpowiedzieć... radziłbym jak najszybciej odłożyć na miejsce broszkę, bo co do broszki miała pewne podejrzenia.
– Bluzkę też gwizdnęłam matce.
– To bluzkę też.
– Muszę chyba jechać do firmy się przebrać... Mógłby pan przekazać Paulinie wiadomość?
We wpatrzonych w siebie oczach gbura Eulalia dostrzegła nagły błysk zainteresowania.
– Oczywiście. Prawdę mówiąc, ja też jestem ciekaw... Udało się pani?
– Wydusiłam z niego pięćdziesiąt tysięcy.
– Gratuluję. – Zaśmiał się z widocznym uznaniem. – Jest pani nadzwyczajna, pani Eulalio.
Niespodziewanie ujął jej dłoń i przytrzymał w swojej.
– Czy moglibyśmy zakopać topór wojenny? Bardzo proszę. Ja wiem, że zachowywałem się wobec pani jak ostatni kretyn, czy mogłaby mi to pani wreszcie wybaczyć? Chętnie odszczekam wszystko, co mówiłem i myślałem.
– Ach, więc myślał pan...
– Właściwie to nie, nie myślałem, tylko pozwoliłem, żeby dawne emocje się za mną ciągnęły. Bez sensu kompletnie...
– I co, już się przestały ciągnąć? – zaciekawiła się odruchowo Eulalia.

– Na to wygląda.

Powstrzymała się ostatkiem sił od zapytania, do jakiego stopnia przestały. On naprawdę jest sympatyczny. Przypomniała sobie, jak jej się podobał w Bacówce, kiedy ratował tę ciotkę ze złamaną nogą. Prawdę mówiąc, ostatnio wściekała się na niego trochę na siłę.

Nic już nie mówił, tylko patrzył na nią, uśmiechając się w jakiś taki miły, zażenowany sposób. No, nie ten sam facet. A wszyscy mówili, że gość w porządku. Coś w tym jest. Dlaczego nie puszcza jej ręki?

– Dobrze – powiedziała po prostu. – Ja chyba też zbyt długo hodowałam w sobie ten żal do pana.

Ucałował jej dłoń, a jej zrobiło się głupio z powodu purpurowych szponów. Musi to jak najszybciej zmyć.

– A teraz mam taki pomysł – odezwał się po chwili. – Nie musi pani jechać do firmy się przebierać, może pani zrobić to u mnie, będzie bliżej, szybciej i pewnie wygodniej.

– Muszę zmyć ten okropny lakier z paznokci, a pan raczej nie ma zmywacza...

– Mogę go kupić natychmiast. Proszę zauważyć, że stoimy koło sklepu.

– Ale jak się dostaniemy do pana niepostrzeżenie? Moja rodzina nie powinna mnie zobaczyć, to znaczy nie powinna zobaczyć babci Lubeckiej wysiadającej z mojego samochodu i wchodzącej do pańskiego domu.

– Racja. Proponuję następujący modus vivendi: pani tu jeszcze zostaje przez chwilę, ja odchodzę, wracam za pięć minut moim samochodem i wjeżdżamy prosto do mojego garażu. W samochodzie raczej pani nie zauważą, siądzie pani z tyłu i zaszyje się w kąciku. Potem pani się rozcharakteryzuje, a ja ściągnę Paulinę i porozmawiacie sobie spokojnie.

Patrzył na nią uważnie, czekając, co odpowie. Uśmiechnęła się mimo woli, zanim uśmiechnęła się świadomie.

– To chyba dobry plan...

Odniosła wrażenie, że miał zamiar jeszcze raz pocałować ją w rękę, ale tylko skinął głową i wysiadł z samochodu, zostawiając na fotelu reklamówkę z zakupami. Odprowadziła go wzrokiem.

Czyżby naprawdę przestali być wrogami?

Pociągnęła nosem. Poprzez duszącą woń olejku różanego made in Bulgary przebijała się leciuteńka nuta gorzkawej męskiej wody toaletowej. Zamknęła oczy, koncentrując się na tym cieniu zapachu. Nagle, nie wiedzieć czemu, przypomniało jej się lekarskie zalecenie Grzegorza. Romans z gburem? Raz już o tym pomyślała, ale wtedy z miejsca odrzuciła ten pomysł, byli bowiem ostro skłóceni. Teraz nie byli. W dodatku jemu przeszły te dawne emocje...

Zaraz, zaraz. To, że przeszła mu niechęć do bab z telewizji, nie oznacza, że zechce z nią natychmiast romansować! Poza tym – czy on jej się naprawdę podoba?

Owszem, dosyć, uczciwie mówiąc. Już w Bacówce jej się podobał. Wtedy wieczorem, kiedy siedział przy radiu i czekał na Stację Centralną. A potem tak ją ściął strasznie!

Oblała się rumieńcem jak panienka, przypomniało jej się to, co wtedy czuła. Spokojnie, droga Eulalio. Nie jesteś w wieku do takich gwałtownych uczuć. Jeszcze żyłka ci pęknie, jak mawiała nieboszczka babcia do nieboszczyka dziadka. Oczywiście zanim oboje zostali nieboszczykami. Teraz należy dopilnować szczęśliwego zakończenia sprawy Pauliny i niecnego uwodziciela.

Obok jej samochodu zatrzymał się zielony peugeot. Gbur... nie, już chyba raczej nie gbur... sąsiad wysiadł i zajrzał do niej przez uchylone okno.

– Wszystko w porządku, nikogo nie widać na zewnątrz. Wezmę moje zakupy... Niech pani nie zapomni o zamknięciu wozu.

A byłaby zapomniała.

– Lepiej go też zaalarmować. Bardzo dobrze. Zapraszam.

Otworzył jej drzwi. Proszę, jaki uprzejmy. Tak, tak, musi teraz odpracować te wszystkie afronty. Poczuła tę samą gorzkawą nutę – tu była, oczywiście, silniejsza.

– Zapowietrzę panu samochód tymi moimi potwornymi perfumami.

– Dopracowana do ostatniego szczegółu. – Zaśmiał się. – Nie szkodzi, wywietrzeje.

Wystartował spod sklepiku jak do rajdu Safari i po półtorej minucie już stał przed własną bramką. Eulalia dostrzegła zbliżającego się z drugiej strony Roberta. Szedł długimi krokami, zamyślony; w ogóle ich nie zauważył.

Zaraz wejdzie do ogródka!

– Panie Januszu – szarpnęła gbura za rękaw. – Tam idzie Robert, niech pan coś zrobi!

Nie powiedziała mu wprawdzie, co ma zrobić, ale sam się domyślił. Wyskoczył z samochodu i w ostatniej chwili dopadł Beżowego Łysego. Coś mu tam nagadał, kiwnął głową i otworzył bramę do swojego garażu.

– Za pół godziny oboje nas odwiedzą, a za pięć minut pani Paulina do mnie zadzwoni, bo, zdaje się, miała pani do niej jakąś pilną sprawę.

Kiedy wchodzili wewnętrznymi schodami z garażu na parter, telefon w holu właśnie zaczynał dzwonić. Gbur (kiedy wreszcie przestanie o nim tak myśleć!) podniósł słuchawkę, powiedział – tak, proszę – i oddał ją Eulalii.

– Pola? Słuchaj. Włącz komórkę, ale gdyby dzwonił do ciebie twój były amant, udawaj, że źle słyszysz albo że ci bateria padła. I niech on zadzwoni za godzinę. Przyjdziecie tutaj, mówił... pan Janusz. Przynieś mi, proszę, jakąś moją bluzkę, bo ta, którą mam w torbie, strasznie się wygniotła. I zmywacz do paznokci! I żeby was nikt nie widział! Jeśli się boisz albo coś takiego, powiedz Robertowi, niech cię chroni męskim ramieniem. Na razie.

Odłożyła słuchawkę i stanęła, niepewna, co powinna dalej robić. Rozejrzała się. Gbur (pan Janusz!!!) nie zmienił przesadnie dawnego mieszkania Berybojków. W salonie, na który otwierał się hol, stały po prostu inne meble. Ściany były świeżo wymalowane na biało. Nic się specjalnie nie rzucało w oczy, zwyczajny salon do przyjmowania gości. Dwa spore regały wypełnione książkami. Eulalia ciekawa była tej jego biblioteki, o której mówiła Sławka, ale drzwi do dawnego pokoju gościnnego Berybojków były zamknięte.

Kuchnia też zwyczajna. Widać, że faceta, bo prawie żadnych kuchennych duperelków na wierzchu nie ma. Żadnych talerzy z Włocławka, dzbanków z Bolesławca, wianków cebuli i czosnku, bukietów ziół. Nie jest ci on sybarytą. Ciekawe, czy z natury, czy tylko mu się nie chce. Eulalia uważała, że ludzie, którzy doceniają uroki dobrego jedzenia, są milsi i bardziej otwarci od tych, którzy jedzenie uważają li tylko za środek niezbędny do przeżycia. A już zaczynała woleć, żeby gbur (NIE GBUR!!!) okazał się do końca wart przyjaźni.

Właśnie pojawił się, schodząc z góry, z kupą szmat w objęciach.
— To dla pani. Trzy ręczniki wystarczą, mam nadzieję? Dwa mniejsze i kąpielowy. Damskiego szlafroczka nie posiadam, niestety, ale ten jest świeżo wyprany, tyle że niewyprasowany. Nie chce mi się prasować szlafroków. Wybaczy mi pani?

Roześmiała się i przyjęła z jego rąk trzy ręczniki oraz nieuprasowany frotowy szlafrok męski w kolorze jodłowej zieleni. Jeździ w nim samochodem czy co? Pewnie po prostu lubi zielony kolor, obrus i zasłony w salonie również ma zielone, zasłonki w kuchni seledynowe, ach, i kafelki w kuchni też...

— Czy mogę zaproponować toast z dwojakiej okazji? Za naszą przyjaźń, ale przede wszystkim za pani zwycięstwo? Strasznie chciałbym spełnić ten toast w towarzystwie księżnej pani, która za chwilę przecież odejdzie do historii.

Roześmiała się ponownie. W ogóle tak się jakoś dobrze poczuła — mogłaby się śmiać cały czas. Czy on jeszcze ma tego dwudziestoletniego stocka? Spytała go o to. Miał. Nie wypili jednak z ojcem całej butelki.

— Za panią. To znaczy, za księżnę panią, jej odwagę, szlachetność i bezinteresowność — powiedział uroczyście były gbur. — Chylę przed panią czoła i ręce całuję z najwyższym szacunkiem.

Co też uczynił, zanim jeszcze wypili doskonałą brandy. Spełniwszy toast, poprosił ją o jeszcze chwilkę cierpliwości i przyniósł z tej swojej biblioteki aparat fotograficzny.

— Uwiecznimy księżnę?
— Nie wiem, czy to nie jest niebezpieczne. Będzie dowód rzeczowy.
— Dlaczego? Kto będzie wiedział, że to pani? Myślę, że szkoda byłoby się pożegnać z księżną Lubecką de domo Korwin coś tam na zawsze i bez śladu. Poza tym, czy nie chciałaby pani pokazać tego zdjęcia swoim dzieciom?
— Ma pan słuszność. Mam się upozować czy będzie to fotka reporterska?
— Księżna pani pewnie by pogoniła wścibskiego reportera. Nie, zrobimy portret klasyczny. Usiądzie pani w tym fotelu? Albo nie, lepszy fotel mam w tamtym pokoju.

No, rzeczywiście! Zabójcza biblioteka. Parę tysięcy książek na pewno. Biurko jak staropolski dworek, brakuje tylko ganku z kolumienkami. Dziewiętnastowieczne fotele na cienkich nóżkach, wyściełane haftowanym rypsem, w sam raz dla księżnej pani.

Zaśmiewali się jak dzieci, tworząc coraz to nowe podobizny Eulalii w kapeluszu i bez, z kieliszkiem w ręku, z książką w dłoniach (wybrali jubileuszowe wydanie Mickiewicza, bo był to wolumin pokaźny i czerwony), na tle regałów, za kolosalnym biurkiem oraz na tle okna i widocznego za nim pejzażu.

Beztroską zabawę przerwał im dźwięk dzwonka u drzwi. Były gbur opuścił aparat i z niedowierzaniem spojrzał na piękny szafkowy zegar, stojący między regałem z encyklopediami i słownikami a wysoką szafą biblioteczną pełną wartościowej beletrystyki.

– Zdaje się, że już minęło pół godziny – mruknął. – Nie do wiary. Proszę tu zaczekać, ja otworzę, mam nadzieję, że to nasi młodzi przyjaciele.

Eulalia została sama w bibliotece i teraz dopiero przyjrzała się jej okiem fachowca (ostatecznie ma przecież skończone studia bibliotekoznawcze!). Imponujący księgozbiór! Facet musi pochłaniać książki jak szalony. Wszystko tu jest, mnóstwo literatury fachowej, klasyka, setki kryminałów...

To ostatnie odkrycie ucieszyło ją. Czyta kryminały, nie jest snobem. Poezja. No proszę. Dramaty. Cały Szekspir, cały Molier. Słowacki i Mickiewicz, też komplety. Stare wydania, pewnie odziedziczył domowe zasoby. Literatura dwudziestego wieku; PIW-owskie wydania z lat sześćdziesiątych i siedemdziesiątych. Mnóstwo książek o sztuce, muzyce; biografie twórców, całe serie. A może on to kupował pod kolor?

Trochę się zawstydziła takich myśli, ale wyjęła „Kontrapunkt" Huxleya. Był czytany, z całą pewnością. „Niewidomy w Ghazie" – to samo. Zajrzyjmy do serii Nike... Niech będzie dalej Huxley, sporo go tutaj, on go chyba lubi, zresztą wygląda na to, że w ogóle lubi książki... „W cudacznym korowodzie", jej ukochana książka. Zaczytana wyraźnie. Szekspir – też sam się otwiera w niektórych miejscach.

Do pokoju wszedł gospodarz, prowadząc zalęknioną Paulinę i zaciekawionego Roberta. Oboje znieruchomieli na widok przeistoczonej Eulalii.

– O niech ja skonam. – Twarz Roberta rozjaśnił uśmiech pełen

zachwytu. – Nie poznałbym pani, choćbym panią minął o metr na ulicy! Ależ z pani megiera!
– Robert – szepnęła z wyrzutem Paulina. – Jak możesz...
– Ja wyrażam uznanie – powiedział stanowczo Robert. – Najwyższe. Pani to rozumie, prawda?
– Prawda. Dziękuję ci, chłopcze. A teraz siadajcie i słuchajcie.
Usiedli posłusznie we dwoje na jednym z ogromnych foteli. Eulalia zajęła drugi, a gospodarz przysiadł półgębkiem na biurku.
– Ja też mogę, prawda? – zapytał retorycznie. – Skoro już biorę udział w aferze... Strasznie trudno byłoby mi teraz zdobyć się na dyskrecję.
– Bardzo proszę. Pan zresztą i tak wszystko słyszał. Najważniejsze jest to, że pan Szermicki zgodził się wypłacić Paulinie pięćdziesiąt tysięcy w dwóch ratach, pierwsza, dwadzieścia tysięcy, ma wpłynąć na podane przez ciebie konto w ciągu dwóch tygodni, reszta nie później niż do miesiąca po urodzeniu się dziecka. Sprawdzałaś komórkę? Nie dzwonił do ciebie przypadkiem?

Paulina, która nie mogła wydobyć z siebie głosu, tylko pokręciła głową. Robert też chwilowo zaniemówił.

– Bardzo dobrze – kontynuowała Eulalia. – Bałam się, że może cię złapać przez telefon i próbować zmieniać twoją niezachwianą decyzję. Bo rozumiem, że zdecydowałaś się skasować go na tę kwotę?

Paulina skuliła się w fotelu i łzy popłynęły jej z oczu.

– Tak naprawdę to ja wcale nie chcę żadnych pieniędzy... – wyszlochała rozpaczliwie w haftowane oparcie. – To wygląda tak, jakbym się sprzedała...

Skonsternowany Robert spróbował ją objąć, ale się wyrwała.

– Nie sądzę, żeby to tak właśnie wyglądało – stwierdziła Eulalia sucho. – A pan?

– Oczywiście, że nie. Pani Paulino, tu są chusteczki – podsunął jej pudełko.

Trzeba było dobrą chwilę zaczekać, aż Paulina przestanie szlochać. Wreszcie chlipnęła ostatni raz i zamilkła.

Gospodarz podał jej szklankę wody mineralnej.

– Myślę, że nie powinna pani w tej chwili myśleć tylko o sobie – powiedział cicho, ale stanowczo. – Rozumiem, że czuje się pani w tej sytuacji źle, ale proszę pomyśleć, że dzięki tym pieniądzom będzie pani miała za co utrzymać dziecko w pierwszym okresie. Nie ma powodu, żeby jego ojciec całkowicie wymigał się od odpowiedzialności.

– Ponieważ stanowczo twierdziłaś, że nie chcesz z nim żadnych kontaktów, pomyślałam sobie, że sądy, ustalanie ojcostwa i proces o alimenty nie wchodzą w grę...

Pola gwałtownie potrząsnęła głową i schowała twarz w dłonie.

– Z własnej woli pan Szermicki nie dałby wam złamanego grosza, pozostało mi go trochę postraszyć. Chyba lepiej wziąć pieniądze od razu. To jest połowa tego, co byś dostała, gdyby ci co miesiąc wypłacał dwieście pięćdziesiąt złotych alimentów... Wcale nie tak wiele, jak widzisz. Do pełnoletności dziecka oczywiście. Przy drugiej racie dasz mu oświadczenie, że nie masz do niego żadnych pretensji.

Robert postanowił wkroczyć.

– Ustaliliśmy, że się pobierzemy, jak tylko będziemy mogli. No więc teraz będziemy mogli. Nie pozwolę ci zmienić zdania w tej sprawie, nawet gdybyśmy mieli te pieniądze wyrzucić na śmietnik. Ale ja bym ich nie wyrzucał. Rozejrzałbym się za jakimś mieszkaniem, bo przecież nie możemy na wieki zamieszkać u pani Eulalii. Dziecko będzie moje. To też ustaliliśmy. Więc możesz mu dać dziesięć oświadczeń, że masz go w nosie. Małe będzie miało ojca, z nazwiskiem i wszystkimi przyległościami. Oraz z licznym rodzeństwem, bo ja bym chciał mieć dużo dzieci. Może nie od razu...

Trochę się zaplątał i umilkł. Paulina oderwała się od poręczy fotela i wtuliła zapłakaną twarz w jego sztruksową bluzę.

Pozostali obecni spojrzeli na siebie z ulgą.

– Myśmy już przedtem uzgodnili – podjął wątek Robert – że poprosimy Sławkę i Kubę, żeby byli świadkami na naszym ślubie... i chcielibyśmy teraz państwa poprosić, żebyście byli rodzicami chrzestnymi naszego dziecka.

– Chyba dziadkami – mruknęła Eulalia.

– Co do mnie, jestem zaszczycony – rzekł były gbur, uśmiechając się szeroko. – Aczkolwiek nie rozumiem, dlaczego ja. Pani Eulalia ma tu ogromne zasługi, ja jestem tylko obserwatorem.

– Tak nam się jakoś wydawało – bąknęła Paulina spod pachy Roberta.

– Dobrze wam się wydawało – oświadczyła Eulalia. – Gdyby nie pan, to nie wiem, czym by się skończyła moja eskapada.

Młodzi poprosili o wyjaśnienie, więc Eulalia opowiedziała o roli, jaką odegrał w aferze gb... pan Janusz. Kiedy wśród wybuchów śmiechu doszła do spotkania pod sklepikiem, zadzwoniła komórka. Paulina zbladła.

– Odbierz – syknął Robert. – Nie bój się!

– Tylko nie mów mu, że wychodzisz za mąż! – dodała pospiesznie Eulalia.

– Słucham – powiedziała Paulina drżącym głosem. – To ja... Poznaję... Tak, moja babcia. Nie namawiałam jej do niczego – nagle jej głos uległ wyraźnemu wzmocnieniu. – Proszę, nie mów tak. Ona ma po prostu silny charakter i nie lubi patrzeć, jak ktoś robi świństwa... Oczywiście, że poszłaby do sądu... Słuchaj, ja nie wiem, czy ona ci groziła, czy nie. Albo robimy tak, jak się umówiliście, albo rzeczywiście spotkamy się w sądzie... Nie krzyczę. To ty krzyczysz... Oczywiście, dostaniesz oświadczenie, ale dopiero po tym, jak my dostaniemy pieniądze... Jacy my? Ja i twoje dziecko, zapomniałeś?... Nie, ja od ciebie już nic nie będę chciała, nie wiem, jak będzie z dzieckiem... Możesz być pewny, że nie będę się wyrywała z informowaniem go o tym, że jego ojciec się go wyrzekł. Mam nadzieję, że jakoś sobie życie ułożę... Numer konta podam ci, jak tylko pójdę do banku. Może nawet jutro... Do widzenia.

Z ogniem w oczach wyłączyła komórkę, po czym znowu opadła na poręcz fotela i rozpłakała się jeszcze obficiej niż poprzednio. Robert rzucił się ją utulać, wobec czego przyszli rodzice chrzestni opuścili dyskretnie bibliotekę i poszli do salonu, gdzie wypili jeszcze zdrowie przyszłego chrześniaka. Po czym Eulalia udała się do łazienki, aby ostatecznie zlikwidować księżnę Lubecką.

Wyszła po półgodzinie, rozsiewając wokół siebie lekko gorzkawy zapach. Okazało się, że facet ma całą linię zapachową, w tym mydło i płyn do kąpieli. Bardzo dobrze. Lepiej, jeżeli mężczyzna nie kupuje kosmetyków na chybił trafił. Na pewno zresztą różne panie aż się palą do udzielania mu rad w tej kwestii. Jest za przystojny, żeby mogło być inaczej.

Przystojny były gbur zaproponował herbatę i przekąskę, ale odmówiła. Należało już wrócić do domu, zwłaszcza że ktoś z rodziny mógł udać się do sklepiku po cokolwiek i napotkać tam jej samotne auto, pozbawione właścicielki. Zaczęłyby się niewygodne pytania, a ona już poczuła się lekko zmęczona tym całym dniem. Konfidencję z niedawnym wrogiem też raczej powinna utrzymać jeszcze w tajemnicy, bo po co stwarzać Helence materiał do myślenia?

Były gbur – musi się wreszcie zdecydować, jak go będzie na własny użytek nazywała! – chętnie zgodził się na dyskrecję i pochwalił przezorność Eulalii. Zachowując największą ostrożność, wywiózł ją z własnego domu (a właściwie ze swojej połówki ich wspólnego domu), schowaną na tylnym siedzeniu samochodu, i niezauważoną dostawił na parking pod sklepem.

Ze zdziwieniem skonstatowała, że jakoś bez oporów oddaje się pod opiekę niedawnego wroga. Ale bo też ten wróg okazał się zupełnie sympatycznym człowiekiem. Poza tym zdecydowanie odkupił swoje przewinienia wobec niej. Poza tym jest inteligentny. Kiedy już się rozstawali, poradził jeszcze, aby Eulalia przemówiła młodym do rozsądku w kwestii terminu ślubu. Powinni go wziąć dopiero po zainkasowaniu drugiej raty od Szermickiego.

Bardzo dobra rada. Jeżeli nawet Robert będzie chciał przyspieszać, to Paulinie z pewnością przemówi do rozsądku argument, że ślubna suknia będzie na niej lepiej leżała, kiedy już odzyska figurę po porodzie.

Dopiero na schodach własnego domu Eulalia poczuła nieprzyjemne mrowienie na plecach. Jeżeli Helenka powzięła jakiekolwiek podejrzenia wobec broszki i bluzki swojej teściowej, to zapewne w porozumieniu z tąż teściową zdążyły już przeryć szafy i odkryć brak obydwu elementów odzienia. Czy broszka jest odzieniem? Nieważne. Ważne, że powinna w tej chwili spoczywać spokojnie w szufladzie oddanej do dyspozycji matki komódki – a nie spoczywa!

Cholera jasna.

Pełna złych przeczuć otworzyła drzwi i natychmiast usłyszała gwar podnieconych głosów, dobiegający z salonu. Niedobrze. Pewnie omawiają bluzkę i broszkę. We trzy jazgoczą, ojca nie słychać, jak zwykle. No tak. Mają dobrą pożywkę. Swoją drogą nie powinny wciągać Marysi w sprawy dorosłych. Z drugiej strony, nie trzeba jej wciągać, sama pcha nos we wszystko, Boże jedyny, niech ten Atanazy wreszcie przyjedzie, niech Helenka skończy ten remont, jakie skończy, przecież nawet nie zaczęła na dobre, nieważne, niech oni się wyprowadzą!

– Eulalio, jesteś nareszcie, ty pewnie wiesz już wszystko, dlaczego tak długo cię nie było, dlaczego nie zadzwoniłaś? To nieładnie, pozwolić nam tak czekać! Zwłaszcza że ja tak się martwiłam tym, że Marysia przestała u ciebie zajmować się poezją i twórczością w ogóle, ale najwidoczniej masz na nią jakiś wpływ medialny. Ostatecznie to też jest dobra forma wyżycia się w sztuce, teraz tylko trzeba rozwijać ten talent, popatrz, a ja nawet nie podejrzewałam Marysi o takie zdolności...

Eulalia znieruchomiała z dłonią na drzwiczkach szafki, do których pospiesznie wpychała właśnie reklamówkę z resztkami księżnej Lubeckiej.

– Jakie zdolności?

Zza ramienia Helenki, wzburzonej jakimś radosnym rodzajem wzburzenia, wychynęły Balbina z Marysią. Też wzburzone i też radosne.

– Lalu, to przecież jakaś twoja koleżanka, ta pani Juraszkiewicz! Niemożliwe, żebyś nie wiedziała!

– Juraszówna – poprawiła Eulalia odruchowo. – Anka dzwoniła? O co chodzi?

– No jak to, ciociu, nie wiesz, ciociu? – kwiczała Marysia, zupełnie pozbawiona swojej zwyczajnej godności i dystynkcji. – Przecież ja będę Pippi! Ten reżyser wreszcie się namyślił!

Coś podobnego!

– Nic nie wiedziałam – powiedziała Eulalia stanowczo, z ulgą stwierdzając, że sprawa bluzki i broszki odpłynęła w siną dal. – Opowiedzcie po kolei.

– Dosłownie dwie godziny temu zadzwoniła ta pani Juraszkiewiczówna...

– Juraszówna.

– No właśnie... Pytała o ciebie, ale ciebie, oczywiście, nie było...

– I wyobraź sobie, Eulalio, powiedziała nam, że pan Boner zdecydował się na Marysię...

– Bo żadna dziewczyna z castingu się nie nadawała, ciociu... Bo to nie jest rola dla pierwszej lepszej z ulicy panienki...

– Marysiu, jak ty się wyrażasz!
– No to gratuluję, Marysiu. – Eulalia ochłonęła już całkowicie.
– To już pewne?
– Nie powinnaś w to wątpić, Eulalio! Jesteśmy umówione na jutro na spotkanie z panem Bonerem, ale mam absolutną pewność co do tego, że pan Boner nie będzie już szukał nikogo więcej!
– Bo ja od początku byłam pewna, że to się tak właśnie skończy – prychnęła ze wzgardą Balbina. – Od tej audycji, w której Marysia wystąpiła!
– Mamo, zrób mi przyjemność i nie mów audycja – poprosiła Eulalia, która nie znosiła tego określenia w stosunku do programów telewizyjnych. – *Audio* znaczy słyszę. Audycje są w radiu. Ja wiem, że teraz tak się mówi, ale mnie to denerwuje.
– Mogę nie mówić audycja – zgodziła się łaskawie Balbina. – Ale w takim razie jak mam mówić? Widycja?
– Wszystko jedno jak, byle z sensem. Robimy jakąś kolację czy już tylko czekamy na wiekopomny dzień jutrzejszy?

Poranek dnia następnego Eulalia przeżyła bez wstrząsów, głównie dzięki temu, że o ósmej rano wyprysnęła jak strzała ze swojego sypialnio-gabinetu, wyszykowała się błyskawicznie i rezygnując ze śniadania, pojechała do pracy. Pozostawiła za sobą dom w stanie przywodzącym na myśl wioskę u stóp Wezuwiusza w momencie, kiedy z krateru zaczyna już dobrze dymić.

Z redakcji zadzwoniła do Anki.
– Cześć, kochana – powiedziała krótko. – Czy ta moja Pippi to już jest zaklepana?
– Nie do końca – odrzekła ostrożnie przyjaciółka. – Wiesz, że mieliśmy casting, ale nic się nie udało znaleźć, Boner jest strasznie grymaśny. Już zamierzał popełnić samobójstwo, a przedtem parę morderstw ze złości, ale przypomniał sobie tę małą pyskatą i postawił na nogi cały teatr, bo nikt nie umiał mu powiedzieć, co to za jedna. Przypadkiem weszłam do sekretariatu, kiedy właśnie kazał naszej sekretarce dzwonić do waszego naczelnego. Zorientowałam się, o co mu idzie, i chwilowo stłumiłam ten cały pożar. Dzisiaj mają spotkanie.
– Wiem. Od wczoraj w moim domu o niczym innym się nie mówi. Słuchaj, ty będziesz przy tym?

– Raczej nie, a co, chciałabyś, żebym ją zaprotegowała?
– Broń Boże. Tylko wiesz, jej matka i moja matka, bo obie się tam wybierają, mają pewne skłonności do... jak by to powiedzieć...
– Nadinterpretacji – podsunęła, chichocząc, Anka.
– Doskonałe określenie. No więc, gdybyś się mogła zorientować, jak sprawy stoją, to daj mi znać, dobrze?
– Masz to u mnie – obiecała Anka i się rozłączyła.

Eulalia włączyła sobie radiową Dwójkę i słuchając jednym uchem jakiejś przyjemnej barokowej muzyki, zabrała się do pisania scenariuszy kolejnych odcinków cyklu o zwierzakach. Bardzo lubiła pracować w soboty, kiedy w telewizji panował spokój i można się było skupić na robocie.

Barokowa muzyczka przeszła niepostrzeżenie w dyskusję o współczesnym malarstwie europejskim, malarstwo w wywiad ze znanym pisarzem, wywiad zmienił się w koncert arii operowych w wykonaniu jakiegoś tenora i dopiero kiedy arie ustąpiły miejsca audycji o prekursorach dodekafonii, Eulalia wstała od komputera, żeby wyłączyć radio. Dodekafonia źle wpływała na jej chęć do pracy. Oraz do życia w ogólności.

Skoro już oderwała się od pisania, zrobiła sobie kawy i popijając ją małymi łyczkami, zapatrzyła się w nadzwyczajnej piękności widok roztaczający się z okna jej redakcji na jedenastym piętrze wieżowca. W oddali widać było wzgórza Podjuch, wciąż zielone. Już niedługo zmienią kolor, pożółkną, przyjdzie ta nieszczęsna jesień.

Eulalia nigdy nie była wielbicielką jesieni, nawet najbardziej złotej. Kochała wiosnę, czas zakwitających kwiatów i rozwijających się na drzewach jasnozielonych listków. Teraz w dodatku jesień miała jej przynosić – przez kilka najbliższych lat co najmniej! – rozstanie z Bliźniakami. Wprawdzie na razie samotność jej nie groziła, ale to, co miała w domu, było znacznie gorsze od względnie komfortowej samotności. Zwłaszcza że ten sąsiad jakoś się zresocjalizował. Ale co tam sąsiad... Jak ona będzie żyć bez Bliźniaków?

Prawda, Bliźniaki. Powinny dzisiaj przyjechać. A w poniedziałek, na ostatni tydzień września, pojadą razem do Bacówki.

Może to już ostatni wspólny wyjazd. Ciekawe, czy one rzeczywiście mają ochotę z nią pojechać, czy też czynią to tylko po to, żeby zrobić jej przyjemność? To wprawdzie też byłoby miłe, ale strasznie jest pomyśleć, że oddalają się od siebie.

Byłaby się na dobre rozkleiła, ale zadzwonił telefon.

– Słucham – powiedziała apatycznie, wciąż mając przed oczami wizję Bliźniaków odjeżdżających z walizkami w siną dal.

– Lalka?

– Ja.

– Bo masz taki dziwny głos, spałaś w tej pracy? Słuchaj – w głosie Anki brzmiało wyraźne rozbawienie – ta twoja siostrzeniczka jest niebywała...

– Brataniczka – poprawiła Eulalia odruchowo. – Wiem, że jest niebywała. Czasem mam ochotę ją zabić.

– Rozumiem cię. Niemniej, jeżeli Bonerowi uda się ją poskromić, będzie miał najlepszą Pippi, jaką można sobie wymarzyć.

– Nie gadaj? – Eulalia ożywiła się i zapomniała o smutkach. – Marysia ma talent?

– Jak złoto. W dodatku już w tej chwili umie prawie całą rolę na pamięć. Powiedziała Bonerowi całkiem spokojnie, że od razu wiedziała, że nie znajdzie nikogo lepszego od niej i że dziwi się, po co on sobie w ogóle głowę zawracał tym castingiem. Masz pojęcie?

– Pewnie, że mam – powiedziała Eulalia, już całkowicie rozpogodzona. – Cała Marysia. Opowiadaj dalej.

– Boner dostał regularnego ataku śmiechu, ale najwyraźniej się ze sobą zaprzyjaźnili. Ta mała jest do niego dosyć podobna. Oboje okropnie zadufani w sobie. Oboje zdolni. No i oboje pracowici, ta mała chyba całą książkę umie na pamięć... Powiedziała mu, że będzie musiał z nią przedyskutować różnice w tekście scenicznym w stosunku do oryginału literackiego. Bo ona nie chciałaby, żeby jej rola była bardzo zubożona.

– I co Boner?

– Popłakał się ze śmiechu i powiedział, że proszę uprzejmie. Jeszcze go takim nie widziałam.

– A jak zniósł obydwie mamuśki?

– Z godnością, ale krótko. Po dwóch minutach rozmowy poprosił, żeby poczekały w sekretariacie, a sam z Marysią poszedł na scenę. One ruszyły za nimi, ale je usadził. On ma siłę przekonywania, znasz go.

– Tylko ze słyszenia i z przedstawień, ale już zaczynam go lubić. Wygląda na to, że ma charakter.

– Ma. Ryknął na nie z góry, że nie potrzebuje asystentów, a zaraz potem zrobił się milutki i obiecał im zaproszenia na premierę, niezależnie od wyniku przesłuchania. Ja poszłam za nimi na tę scenę po cichu i schowałam się w kulisie, no bo skoro już ci obiecałam...

– Kochana jesteś. Bardzo mnie ucieszyłaś. A ja, popatrz, nie doceniałam dziecka własnego brata. To chyba przez te wiersze.

Następne czterdzieści minut Eulalia na koszt telewizji opowiadała Ance swoje przeżycia z rodziną. Po czym wyłączyła komputer i udała się do domu, żałując, że nie może – jak reżyser Boner – huknąć na tę rodzinę z góry i kazać jej cicho siedzieć w kuchni, na przykład. Albo w garażu.

Okazało się, że tymczasem przyjechały Bliźniaki, przez co wzięły na siebie pierwszy impet eksplodującego tryumfu. Niemniej kiedy tylko Eulalia pojawiła się w drzwiach, tryumfatorki rzuciły się na nią i zaczęły od nowa.

Po dwudziestu minutach Eulalia, która powróciła do domu pełna dobrej woli i z trzema butelkami szampana (w tym jedną dla dzieci, bez alkoholu), nabytymi dla uczczenia sukcesu Marysi, zgrzytając zębami uciekła do łazienki, ostatniego miejsca w domu, gdzie nikt nie mógł jej zakłócić spokoju. Symulując zaburzenia systemu trawiennego, przebywała tam bite pół godziny. W tym czasie przeczytała trzydzieści stron kryminału Chmielewskiej, co przywróciło jej nadszarpniętą równowagę ducha, wobec czego odważnie udała się na salony.

Na salonach panowała zadziwiająca cisza.

Eulalia wyjrzała przez okno i zobaczyła obrazek następujący: Bliźniaki oraz Pola z Robertem krzątali się przy rozpalaniu grilla i urządzaniu naprędce przyjątka ogrodowego, Marysia, najwyraźniej wczuwając się w rolę Pippi, w swojej marchewkowej peruce z warkoczykami zwisała z gałęzi orzecha i wygłaszała jakąś tyradę w stronę zachwyconej Balbiny i nieco mniej zachwyconego Klemensa, Helenka zaś stała we wdzięcznej pozie koło płotu i zabawiała konwersacją sąsiada. Najwyraźniej zdążyła już powiadomić go o sukcesie, gdyż smukłą rączką wskazywała na swoją córkę, a jej opanowane zazwyczaj oblicze jaśniało nieukrywaną

satysfakcją. Sąsiad słuchał uprzejmie i tylko lekko wzniesiona lewa brew powinna dać Helence co nieco do zrozumienia.
Ale najwyraźniej nie dała.
Eulalia westchnęła i poszła do siebie, pakować rzeczy na tygodniowy wyjazd w góry.

Oczywiście Helenka miała jej bardzo za złe ten wyjazd. Eulalia, jej zdaniem, powinna pozostać, aby teraz zająć się profesjonalną reklamą bratanicy. Promocją w telewizji. Oraz w radiu, bo przecież na pewno ma tam znajomych i kolegów. Oraz w prasie, bo jak wyżej.

Eulalia odmówiła z mocą i o ósmej osiemnaście w niedzielny poranek wystartowała jak z procy spod drzwi swego (zaczynały ją gryźć wątpliwości, czy na pewno jeszcze swego) domu, obierając kierunek na południe. Bliźniaki rozpierały się obok niej i za nią, bardzo zadowolone z życia. W okolicach Gryfina (nie jechali główną szosą z powodu upodobania do pięknych i sielskich widoków po drodze) Kuba uznał, że matka wystarczająco już się odprężyła za kierownicą, i zażądał przesiadki na lewy fotel. Eulalia zamierzała protestować, sama też lubiła prowadzić, ale pomyślała sobie, że biedne dziecko przez kilka najbliższych lat skazane będzie na toruńską komunikację miejską, i uległa.

Zatrzymała samochód na poboczu, po czym odbyło się skomplikowane przesiadanie – Eulalia z lewej strony na prawą, Sławka z prawej do tyłu, a Kuba z tyłu za kierownicę.

– Słuchaj, mama – zagadnęła Sławka, kiedy już ruszyli w dalszą drogę – nie bardzo było jak w domu pogadać, ale coś słyszeliśmy, że twoje stosunki z przystojnym sąsiadem uległy zdecydowanej poprawie?

– Skąd wiesz, dziecko? – zaniepokoiła się Eulalia. – Helenka coś mówiła?

– Nie, nie, nie martw się. Robert wspomniał o jakiejś babci hrabinie czy coś w tym rodzaju...

– Coś w tym rodzaju. Księżna to była.

Opowiedziała dzieciom o swojej spektakularnej przemianie, wywołując burzliwe okrzyki radości i uznania. Droga do Karpacza upłynęła im na omawianiu wydarzeń ostatnich dni oraz przewidywaniu, co z tych wydarzeń może wyniknąć. W efekcie Eulalia nawet nie zdążyła się zdenerwować faktem, że jej syn rzadko schodzi z szybkością poniżej stu trzydziestu kilometrów na godzinę. Na bocznych drogach.

A w Karpaczu Bacówka już na nich czekała. Stryjek zaproponował im wprawdzie większy pokój trzyosobowy, ale Eulalia tęskniła do brzozy za oknem, więc Kuba przeniósł sobie tam materac i urządził posłanie na podłodze.

Późnym wieczorem, kiedy już zjedli kolację i nagadali się do syta – Bliźniaki zdążyły już w pełni podzielić zauroczenie matki Bacówką – Eulalia wysłała potomstwo na górę, sama zaś pozostała w pokoju z kominkiem i telewizorem. Nastawiła sobie Discovery, nalała szklaneczkę wolnocłowej whisky z dużą ilością wody i zagłębiła się w fotelu.

W sąsiedniej dyżurce cicho szumiało radio. Zegar tykał przyjaźnie. W kominku dogasał ogień. Na ekranie telewizora potwornej wielkości robaki zjadały siebie nawzajem, czy też może jakichś swoich robaczych krewniaków – Eulalia nie dociekała.

Było jej dobrze. Tę Bacówkę powinno się przepisywać na receptę jako środek antystresowy – pomyślała leniwie.

Wypiła łyczek ze swojej szklaneczki.

Teraz powinien ktoś zastukać do drzwi.

I powinien to być gbur. Sąsiad. Pan Janusz. Janusz.

Gbur było jakoś poręczniej.

Rozstali się wprawdzie już jako bez mała przyjaciele, ale w jakiejś takiej nerwowej atmosferze. Sytuacja była nerwowa, to prawda. Bardzo dobrze się stało, że na rodzinę spadło niespodziewane szczęście w postaci Pippi Langstrumpf. Strach pomyśleć, dokąd by zaprowadziło Helenkę jej cholerne wścibstwo. Ukrywane głęboko pod przykrywką wytwornego obejścia i dystansu. Jakiego dystansu? Helenka ma charakter pospolitej przekupki, niestety. Jak to pozory mylą... Gbur też się wydawał inny, niż prawdopodobnie jest.

No właśnie. Jaki jest?

A kto go wie.

Bardzo zorganizowany, na pewno. Pozbierany. W przeciwieństwie do wielu znajomych Eulalii, którzy byli niepozbierani kompletnie. Ona sama zaczynała już mieć początki takiego niepozbierania wynikającego z poddania się szaleńczej gonitwie za programami, pieniędzmi, artykułami, pieniędzmi, fuchami, pieniędzmi... To niepozbieranie w prostej linii prowadzi do lawinowego starzenia się, zmarszczek, tycia, nałogów, depresji i ataków dzikiej furii. Nie wszystkie te objawy Eulalia zauważała u siebie, ale wiedziała, że jest na najlepszej drodze do kilku z nich co najmniej. Dobrze byłoby mieć takiego przyjaciela, który nie poddawałby się ogólnemu pędowi, który tchnąłby odrobinę spokoju w jej nerwową egzystencję.

Wygląda na to, że gbur nawet miałby ochotę, żeby tak tchnąć. Pewne symptomy tego dały się zauważyć. Może by zatem zrealizować receptę Grzegorza?

Rozważając tę możliwość, która zaczynała wydawać się coraz bardziej przyjemna, Eulalia zasnęła w fotelu, z pustą szklaneczką na kolanach, uśmiechnięta słodko jak osiemnastolatka. Którą nie była od lat trzydziestu.

Karkonosze jesienią okazały się prawie równie piękne jak wiosną. Wprawdzie słońce świeciło krócej, nie śpiewały ptaki i nie kwitły te słodkie, małe, dzielne kwiatki, ulubione przez Eulalię, ale za to pojawiły się wszystkie istniejące w przyrodzie odcienie żółci i brązów, a nieliczni wędrowcy, spotykający się na prawie pustych szlakach, mogli powrócić do miłego zwyczaju pozdrawiania się nawzajem. W pobliżu schronisk tylko kłębiły się, jak zawsze, grupy zorganizowane – najwyraźniej w szkołach rozpoczął się sezon klasowych wyjazdów. Eulalia i Bliźniaki, łażący swobodnie i bezplanowo po górach, traktowali te znudzone gromadki z pobłażaniem. W ciągu czterech pierwszych dni obeszli właściwie wszystkie najważniejsze miejsca łatwo osiągalne z Bacówki.

Jednym słowem, wszystko było jak trzeba. Z wyjątkiem gbura.

Powinien na przykład któregoś wieczora czekać na nich w Bacówce. Przygotowując herbatę. Mógłby też znaleźć się niespodziewanie w Samotni, w kącie jadalni, nad kotletem schabowym. Bardzo romantycznie. Albo gdzieś na szlaku. Szkoda, że to nie sezon na zawilce narcyzowe. Dobrze chociaż, że pogoda taka piękna, bo pod jesień to już zawsze może człowieka złapać ulewa.

A może by tak do niego zadzwonić?

Głupi pomysł, niestety. Zadzwonić i co mu powiedzieć? Ładna pogoda, niech pan przyjedzie? Ach, jak miło – facet odpowie. Już jadę.

Prawdopodobnie nie ma nawet możliwości przyjazdu, bo skąd wziąłby urlop? Pracuje w Urzędzie Morskim dopiero od trzech tygodni. A może przeniósł się z tej swojej Gdyni służbowo i ma jeszcze parę dni?

– Przepraszam, Stryjku, zamyśliłam się. Co mówiłeś?

– Nic takiego, Lalu. Chciałem tylko, żebyś zgadła, kto przyjeżdża na weekend.

Eulalia zamarła z oczami wielkości talerzyków deserowych. Niech nikt nie mówi, że nie istnieje telepatia!

– Zaplanowałem Garnek – ciągnął pogodnie Stryjek, nie domyślając się burzy uczuć, jaką jego niewinne pytanie wywołało w duszy Eulalii. – Trochę na pożegnanie lata, a przede wszystkim na cześć świeżo upieczonych studentów. Pozwolisz im się z nami napić? Odrobinkę.

– Odrobinkę pozwolę. A skąd wiesz, że przyjeżdża?

– Przyjeżdżają – poprawił Stryjek. – Krzysiowie z Warszawy przyjeżdżają w piątek wieczorem. Dzwonili przed godziną, jak was nie było. Wydawało mi się, że się polubiliście?

– Bardzo – odpowiedziała szczerze Eulalia, starannie ukrywając rozczarowanie i uśmiechając się nieco na siłę. Owszem, polubiła Warszawiaków; miło, że przyjadą.

– No to świetnie. Myślę, że od razu zrobimy ten Garnek, bo jeżeli w niedzielę wyjeżdżacie, to lepiej nie pić w sobotę wieczorem. A twoje dzieci nie zaczynają od pierwszego? Zdążą dojechać na swoje uniwersytety?

– Wystarczy, jeśli pojadą w poniedziałek. Albo i później. Sławka ma początek roku akademickiego we wtorek, a Kuba dopiero w czwartek.

– To może dobrze, że masz u siebie rodzinę? – zapytał życzliwie Stryjek, wtajemniczony z grubsza w rodzinne perypetie Eulalii. – Nie będziesz się czuła samotnie.

– Samotnie nie, z pewnością – prychnęła Eulalia. – Może nawet dobrze, że ubędą dwie osoby w kolejce do łazienki z rana.

– A jeśli ci, mimo wszystko, będzie smutno, to pamiętaj: zawsze możesz spakować manatki i przyjechać tutaj. Mówiłaś, że Bacówka dobrze ci robi, a nam jest przyjemnie, kiedy jesteś z nami.

– Nie gadaj, Stryjeczku... Naprawdę? – Eulalia poczuła się rozczulona i gdy Stryjek z powagą potwierdził to, co powiedział przed chwilą, rzuciła mu się na szyję i uścisnęła serdecznie.

Niemniej w parę godzin później, kiedy Bacówka opustoszała, a Bliźniaki poszły spać, siedząc samotnie w pokoju na dole, ze szklanką herbaty w ręce, uprzytomniła sobie, że tak naprawdę będzie straszliwie samotna, i zalała się łzami. Nie po raz pierwszy w tej sprawie i – wiedziała o tym – nie po raz ostatni.

W piątkowy poranek Bliźniaki zostawiły ją własnemu losowi. Bardzo się kajały, ale okazało się, że najlepszy przyjaciel obojga z liceum, niejaki Piotr Piotrowski, który zdał na Uniwersytet Wrocławski, właśnie przyjechał do tego Wrocławia, gdzie zamieszkał u swojej ciotki – no więc oni jadą do Wrocławia autobusem o dziesiątej dziesięć, bo samochodu pewnie matka nie da (oczywiście, że nie da), a wrócą około dwudziestej, w sam raz na imprezkę. To znaczy na Garnek. Więc mamunia musi wybaczyć. Pożegnalną wspólną wycieczkę odbędą w sobotę. Sorry, Winnetou.

Mamunia wybaczyła. Bardzo proszę, niech jadą. Ona lubi też samotne spacery. Spacery, bo, oczywiście, nie będzie sama pchała się na jakieś trudniejsze szlaki. Nie te lata, nie te oczy. To znaczy nie te nogi.

– A co ty mówisz – oburzył się Stryjek, słuchający wymiany zdań przy śniadaniu. – Jakie oczy, jakie nogi? Jak tu byłaś w lecie, to przecież sama chodziłaś wszędzie!

– Matka specjalnie tak mówi, żeby wzbudzić w nas poczucie winy – wyjaśnił Kuba. – Tak naprawdę jest silna jak koń.

– Pod warunkiem, że się przedtem naszprycuje swoimi psikadłami – dodała Sławka. – Jak tylko o nich zapomni, to się dusi.

Wzmianka o duszeniu się wywołała u Stryjka nerwowe drgnienie. Zaśmiał się nieco wymuszonym śmiechem.

– Na wszelki wypadek powiedz, dokąd idziesz, Lalu – zażądał. – I weź ze sobą komórkę, bardzo cię proszę. Jakby co, to dzwoń.

– Spokojnie! – Eulalia zaśmiała się, zadowolona z wykazywanej przez Stryjka troski. Na własne dzieci, oczywiście, nie ma co liczyć w takich sprawach. – Nie wiem jeszcze, gdzie pójdę... Czekaj, Stryjeczku, wiem. Zawiozę dzieci do autobusu i pojadę na Okraj. Zostawię samochód na granicy i przespaceruję się na Skalny Stół.

– Mamunia, a może by tak zrobić inaczej – zaproponował ostrożnie Kuba, nietracący łatwo nadziei. – Ja cię zawiozę na Okraj i pojedziemy ze Sławą do Wrocławia, a ty mogłabyś sobie zejść tym pięknym szlakiem przez Budniki. I wyjść w Wilczej Porębie. I stamtąd przyjechać na górę taksówką.

– Nie bardzo – zaprotestowała Eulalia. – Myślałam o tym, żeby w drodze powrotnej kupić jakiś alkohol w Czechach, tam jest taniej. Nie będę go niosła w ręce, butelki są ciężkie.

– To my szybko przelecimy przez granicę i kupimy, co trzeba, a potem pojedziemy do Wrocławia. – Kuba był gotów na daleko idące kompromisy, byle tylko dorwać się do kierownicy. – Jeszcze odstawimy cię do samego szlaku.

– Mamuniu... – Sławka poparła brata czynem, obejmując matkę czule i zaglądając jej w oczy. – Zawsze mówiłaś, że samochód cię ogranicza, bo musimy kończyć wycieczkę tam, gdzie go zostawialiśmy. To teraz cię nie będzie ograniczał.

– Daj im ten samochód – powiedział Stryjek tonem dobrotliwego Świętego Mikołaja. – Jak już zejdziesz z gór, to zadzwoń, podjadę po ciebie do Wilczej Poręby. Żebyś się tylko nie zmęczyła! I nie poczuła źle!

– Jak się matka źle poczuje, to też zadzwoni, tylko na numer alarmowy GOPR-u – zaśmiał się Kuba. – To jedziemy! Kareta czeka!

Piętnaście minut później Eulalia, przebrana w wygodne, choć znoszone spodnie i polar, rzuciła torbę i nieprzemakalną kurtkę na tylne siedzenie samochodu i usiadła za kierownicą. Kuba protestował, ale nie miała zamiaru tak całkowicie pozbawiać się przyjemności. Ona też bardzo lubiła prowadzić po górskich serpentynach. Na Okraj dojechali w doskonałych humorach. Wjeżdżając w las za Kowarami, odebrali telefon od zapłakanej z emocji Pauliny, meldującej, że Szermicki wpłacił na jej nowe konto w banku dwadzieścia tysięcy.

– Wpłacił bez protestów. – Drżący głos Pauliny rozlegał się nieco tylko zniekształcony przez urządzenie głośno mówiące, nowy nabytek Eulalii. – Oczywiście nie dałam mu tego oświadczenia, choć się domagał! Ale powiedział, że jak tylko dziecko się urodzi, natychmiast wpłaca resztę i chce jak najszybciej mieć mnie z głowy i zapomnieć o całej tej niesmacznej aferze... Pani rozumie? Niesmaczna afera! – Paulina rozszlochała się na całego, po czym słuchawkę przejął Robert i potwierdził słowa ukochanej kobiety. Dodał, że pan Szermicki wyraził też nadzieję na nieoglądanie już do końca życia pieprzonej babci.

– Ja przepraszam najmocniej, ale to on tak powiedział. Poniosło go trochę. Dla nas pani jest najlepszą babcią na świecie.

– Tylko nie babcią, proszę!

– Nie babcią, oczywiście. Pani jest więcej niż matką... Nie wiemy, jak się pani odwdzięczymy... Jeżeli to będzie dziewczynka, będzie nosiła pani imię...

– A niech was Bóg broni. Biedne dziecko wpadłoby w kompleksy. Nazwijcie ją jakoś zwyczajnie. Kasia albo coś w tym rodzaju. No dobrze, porozmawiamy, jak wrócimy. Najważniejsze, że macie te pieniądze.

– A ja ci mówię, mama – Sławka w zamyśleniu obgryzała paznokieć – że on nie tylko bał się pieprzonej, przepraszam, upiornej babci. Moim zdaniem trafiły go wyrzuty sumienia.

– Trawiły – poprawiła odruchowo Eulalia.

– Teraz się mówi trafiły. Ucz się współczesnej polszczyzny, mamunia.

– Jakiego sumienia – prychnął Kuba. – To dupek.

– Gdyby był naprawdę takim bezwzględnym draniem – kontynuowała Sławka – to by poszedł w zaparte. Dla niego taka wrzawa w mediach to samo dobre. Pamiętacie zasadę: niech piszą, wszystko jedno dobrze czy źle, byle nazwiska nie przekręcili. Miałby reklamę.

– A co to za reklama, skandalisty i łobuza? Teraz w biznesie bardziej opłaca się mieć czyste ręce. Lepsza opinia idzie za człowiekiem, lepsze interesy można zrobić.

– Nieważne, jakie miał motywy – oświadczyła Eulalia – dobrze, że Pola i Robert mają pieniądze, a najzdrowiej dla nich będzie skasować resztę i zapomnieć o panu Szermickim jak najszybciej. Niech się Robercik przyzwyczaja do myśli, że to jego dziecko. I Pola też musi tak myśleć. No dobrze, to ja tu parkuję i idziemy do sklepu...

Zostawili samochód na małym parkingu pod schroniskiem i przekroczyli granicę polsko-czeską. Ruchu nie było właściwie wcale, a granicznicy nudzili się jak mopsy. Podobnie senna atmosfera panowała w miejscowości o wdzięcznej nazwie Mala Upa. W niewielkim sklepie typu szwarc, mydło i powidło kupili trzy butelki brandy po śmiesznie niskich cenach, po czym się rozstali. Bliźniaki wróciły na granicę, a Eulalia weszła na czerwony szlak, trawersujący od południa Kowarski Grzbiet. Na mapie wyglądał miło i przyjaźnie i takim też okazał się w rzeczywistości.

Eulalia pięła się powoli w górę, ciesząc się ciepłem, słońcem i lekkim wiaterkiem. Nigdy tu jeszcze nie była. Wybierali się z Bliźniakami kilkakrotnie, ale za każdym razem coś im przeszkadzało w urzeczywistnieniu zamiarów. Albo pogoda siadała niespodziewanie, albo pojawiały się inne, atrakcyjniejsze propozycje – dość, że Śnieżkę od tyłu oglądała dotychczas tylko z Czarnego Grzbietu. Była więc ciekawa, jak ona wygląda z tego bardziej oddalonego, Kowarskiego.

Droga wznosiła się łagodnie, ale jednak szła pod górkę, Eulalia nie spieszyła się więc. Psiknęła sobie profilaktycznie lekarstwa, żeby nie zacząć się dusić znienacka – bez Stryjka w bezpośredniej bliskości lepiej nie ryzykować. Kto by ją ratował w razie czego?

Przypomniał się jej gbur ratujący ciotkę ze złamaną nogą. Niestety, gbura też nie ma pod ręką. Szkoda... naprawdę.

Dotarła do Sowiej Przełęczy i rozejrzała się wokół. Boże, jak tu pięknie! I żywej duszy! Ona i góry. Ona i przestrzenie. Ona i to niebo nad głową.

Jeszcze kawałek i będzie jeszcze więcej przestrzeni i nieba. Zdecydowanie stromiej pod górkę, ale za to krótko.

Ruszyła w stronę Skalnego Stołu. Po kilkunastu krokach dostała lekkiej zadyszki, więc zatrzymała się, psiknęła znowu inhalatorem, a potem wyjęła z futerału aparat fotograficzny i zrobiła kilka zdjęć. Stary sposób na wyrównanie oddechu, nieraz praktykowany.

Wykorzystała go jeszcze dwukrotnie, zanim dotarła na szczyt. Znalazła sobie duży, w miarę płaski głaz i rozsiadła się na nim wygodnie.

Boże, dziękuję Ci za to wszystko. Za to całe piękno i dobro, które dostaję od Ciebie. Za te góry i za to niebo, i za te moje dzieci, i za przyjaciół... a nieprzyjaciołom daj, proszę, jeszcze więcej dobrego, żeby mieli się czym zająć i odczepili ode mnie...

Wyjęła z torby tabliczkę czekolady. Za czekoladę też dziękuję – pomyślała leniwie i w tej chwili zadzwonił telefon. Stryjek.

– Słucham cię, Stryjku.
– Lala? Coś się stało?
– Dlaczego miałoby się coś stać? – zdziwiła się Eulalia i przełknęła czekoladę. – Wszystko w najlepszym porządku.
– Miałaś dziwny głos...
– A bo przeżuwałam. – Zaśmiała się beztrosko. – Siedzę właśnie na Skalnym Stole i mam przed oczami wszechświat. Bardzo mi się podoba.
– Skalny Stół czy wszechświat? – zainteresował się Stryjek.
– Jedno i drugie. Słuchaj, Stryjciu, ja chyba nie wrócę przez Budniki, tylko przez Sowią Dolinę. Nie chce mi się wracać na Okraj i jeszcze raz przechodzić przez cały ten grzbiet. Skrócę sobie drogę.
– Bardzo rozsądnie – pochwalił Stryjek. – Warszawiaki już jadą. A ty nie siedź tam za długo, pamiętaj, że dzień się kończy wcześniej niż latem...
– Pamiętam. Zaraz będę schodzić. Mam jeszcze sporo czasu. Dopiero pierwsza.
– Jakby co, to dzwoń – przykazał jeszcze Stryjek i się wyłączył.

Uśmiechnęła się do tej jego troskliwości i raz jeszcze rozejrzała się wokół, aby nacieszyć się przestrzeniami wokół siebie. Wciąż było pięknie, ciepło i oszałamiająco kolorowo. Brakowało tylko śpiewu ptaków, ta cisza stawała się denerwująca. Nawet wiatru nie było.

O tej porze roku ptaki raczej nie śpiewają.

Tak czy inaczej, trzeba się ruszyć. Przez Sowią Dolinę wcale nie będzie szła tak szybko, tam jest stromo i niewygodnie, oczywiście nie dla młodych i sprawnych nóg, ale dla niej na pewno.

– Do widzenia, górki – powiedziała na głos i pozbierała do torby rozrzucone na kamieniu rzeczy: aparat fotograficzny, apaszkę, nadgryzioną czekoladę i paczkę chusteczek.

Jeszcze raz popatrzyła w dolinę i znowu na otaczające ją szczyty – tyle tego i wszystko dla niej! A za chwilę będzie już zupełnie inaczej. Boże, jak pięknie. Mogłaby tu zostać na zawsze, jako kamień na przykład.

Jako kamień, a juści. I pozwalać się deptać tym wszystkim turystom.

Roześmiała się do tej myśli. Grunt to przytomność umysłu. I nie należy sobie pozwalać na zbytnie sentymentalizowanie.

Oczywiście, jako kobieta ma naturalną skłonność do ulegania sentymentom; najlepszy dowód to wczorajsze łez potoki wieczorową porą... Łaska boska, że potrafi również zdobyć się na myślenie racjonalne.

Och, gdyby nie racjonalne myślenie, dawno zapłakałaby się na śmierć z powodu rozstania z Bliźniakami. Ale przecież tak naprawdę to one już jakiś czas temu zaczęły się oddalać. W wieku lat szesnastu były już prawie dorosłe. Wciąż łączyło je z matką bardzo wiele, ale już miały swoje życie, do którego ona nie miała wstępu. Nie pchała się tam zresztą specjalnie. Ona też zachowała dla siebie skrawek własnego życia, do którego nie zapraszała gości. Niektóre przyjaciółki uważały ją z tego powodu za złą matkę, twierdząc, że dzieciom należy poświęcić się bez reszty. Proszę bardzo, kto miał rację? Gdyby nie zostawiła sobie tej reszty, to jak by teraz wyglądała? Starzejąca się samotna kobieta bez celu w życiu? Z klimakteryczną huśtawką nastrojów?

Boże, to przez te widoki tak się znowu zamyśliła! Najbliższym celem w jej życiu jest teraz zejście z gór, bo to słońce jakoś podejrzanie szybko wędruje po niebie.

Zsunęła się ze swojego głazu na inny, mniejszy, z tego zaś zeskoczyła na kolejny, bardziej płaski. Po czym wydała niezupełnie cenzuralny okrzyk i zjechała z kamienia, który okazał się niestabilny i przechylił się pod jej ciężarem. Przy okazji trzepnęła torbą o jakiś odłamek skalny. Próba utrzymania równowagi nie powiodła się, w dodatku poczuła nagle ostry ból w nodze.

– Świetnie – powiedziała głośno. – Świetnie. Ciotka skręciła nóżkę!

Spróbowała stanąć na obu nogach, ale okazało się to niewykonalne. Prawa noga bolała jak cholera. Nie wiedzieć czemu, Eulalia poczuła się nagle rozśmieszona. Stoi oto na jednej nodze na szczycie góry, dookoła krajobraz piękny jak marzenie, pogoda piękna jak drugie marzenie, żywej duszy w promieniu paru kilometrów – no, po prostu cudownie się urządziła!

– Nie śmiej się, głupia – powiedziała do siebie. – Jesteś w szoku. Dzwoń po pomoc. Stryjku, zostaw to obieranie kartofli, wsiadaj do landa i przyjeżdżaj!

Sięgnęła po torbę. Wyjęła telefon i dopiero dostała ataku śmiechu.

– To na pewno szok – oświadczyła głośno obojętnym kamieniom, które ją otaczały. – Przytomna osoba w mojej sytuacji nie śmiałaby się śmiać. Bo wiecie, moje drogie... a może moi drodzy... drodzy głazi? Nieważne. W każdym razie komóreczka ma wolne. Komóreczka też skręciła nóżkę. Może nie lubi, jak się nią tłucze o kamienie. Chyba będę wrzeszczeć sześć razy na minutę. Hop, hop, na pomoc! Na pomoc!

Jak było do przewidzenia, w odpowiedzi usłyszała wyłącznie echo. Pokręciła głową i starając się nie urazić bolącej nogi, usiadła w miarę wygodnie na najbliższej skałce, następnie zaś spróbowała przeanalizować swoje położenie.

Tak naprawdę nie było wcale najgorsze. Stryjek wie, gdzie poszła, jeżeli nie wróci do nocy, zapewne zorganizuje wyprawę ratunkową.

Tylko że do tej nocy ona uświerknie z zimna. Słońce wprawdzie robi, co może, ale to nie lato... Ciepło jej było, kiedy szła, kiedy się ruszała, a teraz, kiedy posiedziała trochę, poczuła chłód... Poza tym zrywa się wiaterek.

Wyciągnęła z torby kurtkę przeciwdeszczową i włożyła na siebie. Pozapinała wszystkie zamki i guziki i zrobiło jej się cieplej. Nic więcej nie da się zrobić. Pozostaje cierpliwe czekanie z nadzieją na to, że panowie ratownicy nie zaczną działalności od sprawdzania Sowiej Doliny. Bo Sowia jest spora i mogą tam ugrzęznąć na dłużej, a ona tu dostanie tymczasem zapalenia płuc. Co przy jej astmie jest wysoce niepożądane...

Panie Boże – zwróciła się w myślach do Siły Najwyższej – nie psuj tego dnia, bardzo Cię proszę. Tak pięknie było i taka byłam szczęśliwa, mogłoby tak zostać. Bo prawdę mówiąc, trochę się jednak boję. Ja wiem, oczywiście, że ten strach jest irracjonalny, ale jest. No jest i ja nic na to nie poradzę.

– Hop, hop, na pomoc! – zawołała znowu i znowu odpowiedziała jej tylko parodia własnego głosu, echo odbite od skał i lasów. Poczekała dziesięć sekund i krzyknęła jeszcze raz. Po kolejnych dziesięciu sekundach powtórzyła. I tak, rzeczywiście, sześć razy w ciągu minuty. Zrobiła minutę przerwy i ponownie wykonała serię rozpaczliwych okrzyków.

Ochrypła od tego wołania, poza tym odniosła wrażenie, że sprawa jest całkowicie beznadziejna. Karkonosze wydawały się absolutnie puste. Jedynymi żywymi organizmami były jakieś dziwne drobne owadziki, do których Eulalia odnosiła się z najwyższą niechęcią.

Poczuła nadchodzącą duszność. To stres. Stres ze strachu. Stres dusi. Inhalator!

Co to, to nie. Użyła lekarstwa, wchodząc na Skalny Stół z przełęczy, teraz nie będzie się wygłupiać, tak często naprawdę nie wolno. Ćwiczenie oddechowe. Oddychanie przeponą. Musi minąć samo!

Rozsiadła się w miarę wygodnie, oparła plecami o kamień i zaczęła regularnie oddychać, starając się odsunąć od siebie nieprzyjemne myśli. Nieprzyjemne same nie chciały jej opuścić, spróbowała więc znanego jej z dawnych lat ćwiczenia medytacyjnego i odsunęła od siebie wszystkie myśli – i te złe, i te dobre. Po prostu wszystkie. Wsłuchała się w ciszę górskiego popołudnia, zapomniała o sobie i o świecie.

Skutek był taki, że zasnęła.

Przyśnił się jej gbur.

Przyjechał na Skalny Stół automobilem, a teraz klęczał przed nią i powtarzał: „Lalu, kochana, Lalu, kochana"...

Bardzo ładny sen. Nie należy się budzić. Poza tym jako śpiącą królewnę powinien ją potraktować pocałunkiem, samo gadanie tu nie wystarczy.

– Lalu, kochana, obudź się, nie śpij, Lalu, otwórz oczy, proszę. Lalu, Lalu! Otwórz oczy!

Otworzyła oczy i zobaczyła gbura. Nie klęczał, pochylał się nad nią i wyglądał na mocno zaniepokojonego. Nieco jeszcze oszołomiona tym nagłym przejściem od snu do rzeczywistości, zapytała schrypniętym głosem:

– To my jesteśmy na ty?

Zadała to pytanie, zorientowała się, że zabrzmiało głupio, i uznała, że musi się już na dobre obudzić, a wtedy nastąpiło coś, co zaskoczyło ją w najwyższym stopniu. Gbur roześmiał się jakby z ulgą, ukląkł obok niej i wziął ją w ramiona.

– Auu!

– Och, przepraszam... Uraziłem cię, widzę, coś się stało z twoją nogą... Pokaż.

Władczym gestem ujął wykręconą stopę.

– Tylko jej nie ruszaj – wrzasnęła Eulalia. – Boli mnie!
– Nie ruszam – uspokoił ją. – Tylko sobie popatrzę. Mam nadzieję, że nic poważnego, tyle że nie pójdziesz sama do domu. Ach, czekaj, muszę zawiadomić Stryjka, że cię znalazłem i że się trochę spóźnimy na Garnek.

Eulalia wreszcie otworzyła oczy na dobre i zorientowała się, że jest prawie ciemno.

– Już mnie zaczęliście szukać? Która godzina?

– Siódma. Stryjek jeszcze nie zaczął, ale zaniepokoiło nas, że nie można się z tobą skontaktować. Tu wprawdzie z połączeniami bywa różnie, ale coś nam mówiło, że to nie tylko sprawa połączeń. Stryjkowa podsunęła nam myśl, że może dostałaś ataku duszności i sam ci nie przeszedł, że może przedawkowałaś to swoje lekarstwo i dostałaś zapaści, no więc rozumiesz, że Stryjek o mało nie oszalał z nerwów. Powiedziałem mu, że szybko przelecę po twoich śladach, zastanawialiśmy się, czy iść ci na spotkanie Sowią Doliną, od dołu... ale w końcu pojechałem na Okraj, spotkałem starego znajomego z Horskiej Służby, no i on przywiózł mnie na przełęcz.

– Chyba słyszałam samochód, ale myślałam, że mi się śni.

– Nie śnił ci się, stoi na przełęczy. Swoją drogą, bardzo twardo spałaś. Nie bałaś się?

– Właśnie że się bałam – przyznała Eulalia. – Komórka mi się zepsuła. Nikt nie słyszał, jak wołałam. Pusto było strasznie. Od tego strachu i z nerwów zaczęłam się dusić, więc sobie zrobiłam takie małe ćwiczenie oddechowe i na odstresowanie, i tak się odstresowałam, że zasnęłam. Możliwe, że przesadziłam z gorliwością.

– Zmarzłaś. Masz tu mój polar, a ja wykonam dwa telefony i zaraz będziemy schodzić.

Eulalia z przyjemnością otuliła się granatowym polarem, w którym zachowała się odrobina gorzkawego zapachu, i znad kołnierza obserwowała ukradkiem gbura, dzwoniącego ze swojej komórki do Stryjka, a potem chyba do tego czeskiego kolegi na przełęczy. Mówił krótko i rzeczowo, nie odrywając od niej wzroku. Poczuła się niepewnie.

Schował telefon do kieszeni i rzeczywiście ukląkł przy niej, zupełnie jak w jej przerwanym śnie.

– To nadzwyczajne, że wiedziałeś, gdzie mnie szukać – powiedziała słabym głosem. Bliska obecność gbura wpływała na nią jakby ogłupiająco. Miała ochotę rozpłakać się na jego silnym, męskim ramieniu, a on niechby ją pocieszał. – A w ogóle skąd się tu wziąłeś? Stryjek nie mówił, że przyjeżdżasz.

– Bo nie wiedział – odpowiedział rzeczowo gbur. – Urwałem się z pracy koło południa i wsiadłem w samochód. Chciałem spędzić weekend w górach, poza tym... twoja bratowa powiedziała mi, że pojechałaś do Bacówki, a ciągnęło mnie do ciebie.

– Co ty mówisz – zaszczękała zębami Eulalia, która dopiero teraz poczuła prawdziwe zimno. – Boże, ja chyba się przeziębiłam. Ciągnęło cię do mnie?

– Tak – potwierdził gbur i zapatrzył się na nią w sposób przywodzący na myśl zakochanego szesnastolatka.

– To świetnie się składa. – Eulalia szczękała zębami coraz wyraziściej. – Bo ja z kolei... bo mnie tu ciebie strasznie brakowało... Widzisz, ja przywykłam, że zawsze tu byłeś... gdzieś na mojej drodze...

Gbur patrzał na nią oczami płonącymi w gęstniejących szybko ciemnościach.

– Brakowało ci mnie jako elementu krajobrazu? Fragmentu wyposażenia Bacówki?

Eulalia miała trudności ze sformułowaniem odpowiedzi. Bo w zasadzie owszem, stał się dla niej czymś w rodzaju niezbędnego elementu wyposażenia Karkonoszy, ostatecznie podczas poprzednich pobytów stale na niego wpadała, poza tym było coś jeszcze, do czego za nic na świecie się nie przyzna, zresztą nie bardzo wie, jak to określić, poza tym facet patrzy na nią w sposób odbierający jej nie tylko umiejętność mówienia, ale i możliwość logicznego myślenia, Boże święty ona ma czterdzieści osiem lat i nie może, po prostu nie może zachowywać się jak cholerna pensjonarka, zaraz wymyśli jakąś dowcipną ripostę, a w ogóle nic nie musi wymyślać, jest poszkodowana i należy jej jak najszybciej pomóc, a nie zadawać pytania, na które nie da się odpowiedzieć, on ją przecież zaraz weźmie w ramiona i to już nie będą żarty...

– Dobri den pani Eulalii, jak tam nóżka?

Kiedy ten typek zdążył tu wejść? Ona z przełęczy szła z pół godziny albo i więcej! No tak, ratownicy nie miewają astmy.

Tyczkowaty i długowłosy osobnik w idiotycznej czapeczce ozdobionej latarką czołówką stał dwa metry od niej i chyba uśmiechał się życzliwie, ten uśmiech raczej wyczuła, niż zobaczyła, bo ciemność właśnie zdecydowała się zapaść na dobre.

– Dzień dobry panu, nóżka do niczego, ale poza tym w porządku.

Miała wrażenie, że spotkała go już kiedyś, prawdopodobnie na święcie w sierpniu, na Śnieżce, ale nie była pewna. Sympatyczny gość w każdym razie.

Nie mogła się zdecydować, czy jest zadowolona z tego, że pojawił się właśnie w tym momencie, czy wolałaby, żeby się jeszcze trochę poguzdrał z wchodzeniem na szczyt. Usłyszała głębokie westchnienie gbura, jakby wypuścił powietrze z balonika. Boże, jakie nieromantyczne skojarzenia. Może jednak dobrze, że ta Horska Służba już jest.

Gbur mocował sobie właśnie na głowie latarkę podobną do tej, którą miał jego czeski kolega. Pożyczona od Stryjka, jak wyjaśnił. Uzgodnili kilka szczegółów w języku polsko-czeskim i przystąpili do sprowadzania Eulalii w dół. Szło im to zupełnie sprawnie, podtrzymywali ją z obu stron, a ona skakała na zdrowej nodze, wyciągnąwszy przed siebie kontuzjowaną, prowizorycznie opatrzoną przez gbura (dużą przyjemność sprawiła jej troskliwość, z jaką dokonał tego dzieła).

Na przełęczy majaczył w światłach latarek terenowy samochód. Ratownicy umościli Eulalię wygodnie na tylnym siedzeniu, okrywając ją dodatkowym kocem, bo znowu zaczynała się trząść. Gbur zajął miejsce obok, Czech siadł za kierownicą i ruszyli w stronę Okraju tą samą drogą, którą Eulalia tutaj przyszła.

Ufne oparcie się o ramię gbura wyszło Eulalii jak najbardziej naturalnie. W sposób równie naturalny gbur objął ją tym ramieniem. Zapewne po to, żeby się wreszcie rozgrzała i przestała drżeć. Nie przestała, więc dokładniej owinął ją kocem, przytulił mocno i tak, czule objęci, w milczeniu dojechali na Okraj, gdzie Czech pogadał chwilkę po swojemu z pogranicznikami, przejechał szlaban i podwiózł ich do parkingu, na którym stał peugeot z nadgniecionym błotnikiem. Nastąpiła kolejna przeprowadzka Eulalii (musiała oddać koc i natychmiast znowu zaczęła się trząść, więc gbur powyciągał z bagażnika różne swetry i polarowe kurtki, i usiłował we wszystkie naraz ją ubrać).

Wreszcie Czech pożegnał się i peugeot zaczął pomału zjeżdżać krętą drogą przez kompletnie ciemny las do Kowar. Dopiero w połowie serpentyn Eulalia odzyskała głos, który straciła kompletnie, przytulona do gbura w drodze z Sowiej Przełęczy.

– Jedziemy do Bacówki? – zachrypiała.

– Nie – odrzekł gbur z taką samą chrypką. – Do Bukowca, do szpitala. Chciałbym, żeby tę twoją nogę zobaczył jakiś chirurg. Jeszcze zdążymy na Garnek, Stryjek obiecał, że poczeka ze wstawianiem na hasło. Jak się czujesz?

– Znakomicie – powiedziała Eulalia, zanim zdążyła się zastanowić. – Już mi ciepło. I w ogóle. Głodna jestem.

– Ja też. Ostatni raz jadłem na stacji benzynowej pod Zieloną Górą. Jakieś okropne flaczki. Dawno to było. A ty jednak dzielna jesteś... tak spokojnie spać w twojej sytuacji...

– A gdzie tam dzielna. Po pierwsze, miałam świadomość, że nic mi nie grozi, bo Stryjek dokładnie wiedział, gdzie jestem, i na pewno poszedłby mnie szukać, gdybym nie wróciła do nocy. A po drugie, już ci mówiłam, że się bałam i właśnie dlatego robiłam sobie różne mądre ćwiczenia na odstresowanie, bardzo skuteczne, jak widzisz.

– Pozostanę przy swoim zdaniu – mruknął gbur. – Że jesteś wspaniała, mianowicie. Bardzo byłaś rozczarowana, że to nie Stryjek cię znalazł?

– To pytanie to już jest czysta kokieteria i dopraszanie się komplementów. – Zachichotała. – Ale powiem ci uczciwie: cieszę się, że to byłeś ty. Bardzo mi było przyjemnie, jak mnie obudziłeś. Teraz też jest mi przyjemnie. Wcale nie wiem, czy mi się spieszy na ten Garnek. Mogłabym tak jechać i jechać... Uważaj!

– Widzę. – Gbur zręcznie ominął maszerującego środkiem szosy jeża. – Skąd tu jeż o tej porze? Nie znam się na tym, ale one chyba idą spać na zimę?

– Jeszcze za wcześnie na spanie, tak mi się wydaje. Może wyszedł na spacer przed pójściem do łóżka?

Roześmieli się oboje. To dobrze, że on łapie moje żarciki, mamy podobne poczucie humoru – pomyślała Eulalia. Ale romantyczny nastrój diabli wzięli.

Szpital w Bukowcu okazał się sporym kompleksem starych budynków, z których okien za dnia rozciągały się – jak twierdził gbur – oszałamiające widoki na góry. Eulalia chętnie uwierzyła mu na słowo, spodobało jej się też całe otoczenie – trochę tu było jak w sanatorium.

Na oddziale chirurgicznym musieli poczekać kilka minut na pana doktora, bo ten reperował właśnie miejscowego pijaczka, który zaatakował ścianę własnego domostwa i wywichnął sobie przy tym nadgarstek. Siedzieli obok siebie na ławeczce w korytarzu i znowu pojawił się między nimi cień romantycznego porozumienia. Niestety, zanim zdążył się rozwinąć – pan doktor obsłużył pijaczka i wyszedł do nich. Eulalia poznała go natychmiast – był to ten sam zwalisty lekarz, który swojego czasu przyjechał do Bacówki po ciotkę ze złamaną nogą.

– O, Jasiu – ucieszył się. – Coś często się ostatnio spotykamy. To ty masz kłopot czy twoja pani?

– Moja pani – odrzekł swobodnie gbur. – Poznajcie się, Eulalia jest przyjaciółką Bacówki.

– Chyba rzeczywiście już tam kiedyś panią widziałem. – Potężny chirurg z mocą uścisnął dłoń Eulalii. – Jerzy Kawka. I ktoś mi coś o pani mówił. Już wiem, pani nakręciła ten piękny film o Karkonoszach. Stryjek nam kiedyś pokazywał. Cieszę się, że mogę coś zrobić dla pani. Tylko co mianowicie?

– Kamień się pode mną gibnął – wyjaśniła Eulalia, bardzo rada z tak mile wyrażonego uznania. – Nie wiem, co to jest, ale nie mogę stanąć na prawej nodze. Pan... Janusz mnie znalazł na Skalnym Stole, nie mogłam wcześniej zawiadomić, bo mi komórka wysiadła, chyba od wstrząsu.

– Sam widzisz, Jasiu, że wciąż się ciebie trzymają te ratownicze nawyki. Kiedy ty do nas wrócisz na dobre? No to chodźmy, obadamy panią.

Niedźwiedziowaty doktor Kawka okazał się człowiekiem delikatnym, na co zresztą od razu Eulalii wyglądał. Zbadał jej nogę, prawie nie powodując bólu, za pomocą rentgena stwierdził drobne pęknięcie jakiejś mniej ważnej kości, wpakował stopę Eulalii w gips i przeprosiwszy za nietowarzyskość, odszedł do swoich zajęć, szpital pełnił bowiem akurat dyżur, a piątek, jak zwykle, obfitował w świeżo kontuzjowanych pijaczków.

Przewidujący gbur już w momencie, kiedy zostawił Eulalię na pastwę chirurga, zatelefonował do Stryjka i dał hasło do nastawienia Garnka. Kiedy więc dotarli do Bacówki, przywitał ich wyrazisty aromat pieczonego boczku.

– Boczunio malyna! – radośnie zawołał na ich widok Warszawiak, który z koszykiem chleba w ręce wychodził właśnie z Bacówki. Uściskał serdecznie oboje i pomógł gburowi holować Eulalię do miejsca, gdzie płonęło ognisko. Całe zebrane towarzystwo w postaci obojga Stryjków, obojga Warszawiaków i obojga Bliźniąt zażądało szczegółowego sprawozdania z dramatycznych wydarzeń, Eulalia więc i gbur opowiedzieli każde swoją wersję, po czym Garnek doszedł i nastąpił rytuał zdejmowania go z ognia. Zajęli się tym, oczywiście, mężczyźni, Stryjkowa zaś i Warszawianka, jakby się umówiły, dosiadły się w tym momencie do Eulalii i pochyliły ku niej głowy w sposób konfidencjonalny.

– Lalu, kochana – szepnęła Warszawianka głosem zdradzającym straszliwe zaciekawienie. – Co ja widzę, Janusz i ty? W najlepszej zgodzie?

– A widziałaś, żeby ratowany pyskował na swojego ratownika? – odpowiedziała Eulalia półgłosem, mając nadzieję, że rumieniec na twarzy wytłumaczy, jakby co, żarem bijącym od ogniska.

– Nie gadaj. – Stryjkowa nie dała się zwieść. – Ja wszystko widzę. Inaczej na siebie patrzycie. Ten głupi Janusz poprzednio prawie spluwał na twój widok... O, przepraszam, nie chciałam tego tak wyrazić. Ale widać było na odległość, że się nie znosicie. Mów zaraz, co się stało.

– Ja powiem. – Sławka najwyraźniej podsłuchiwała bezczelnie, a teraz przycupnęła obok. – Matka ma opory, ale ja powiem. Pan Janusz jest od niedawna naszym sąsiadem. W dodatku uratował mamie życie dwa razy, bo nie tylko dzisiaj...

Przyjemną konwersację przerwał wjazd Garnka na improwizowany stół. Eulalia miała nadzieję, że oznacza to poniechanie tematu, ale jak tylko garnkowy tumult został opanowany, Warszawianka zażądała od Sławki dalszego ciągu. I tak oto Eulalia usłyszała opowiedzianą na dwa głosy przez swoje rodzone dzieci historię babci Lubeckiej de domo Korwin-Rzewuskiej, księżnej z charakterkiem. Księżna oczywiście zrobiła furorę wśród zebranych, niektóre fragmenty opowieści trzeba było powtarzać, a przez cały czas Eulalia widziała wpatrzone w siebie oczy gbura, który w ogóle się z tym patrzeniem nie krył.

Około drugiej w nocy – a była to noc wyjątkowo ciepła jak na tę porę roku – towarzystwo wreszcie zdecydowało się pójść spać. Panowie zostali jeszcze przy resztkach bankietu, żeby posprzątać, panie poszły do Bacówki. Jako kalekę, Eulalię wpuszczono pierwszą do łazienki. Przy użyciu paru sztuczek akrobatycznych udało się jej wziąć prysznic i nie zamoczyć gipsu. Kiedy przestała wreszcie chlapać wodą, usłyszała pod drzwiami łazienki wyraźny dwuosobowy chichot i słowa wypowiedziane przez Stryjkową:

– A ja ci mówię, jemu ta telewizja jest po prostu przeznaczona. I on się chyba z tym już pogodził, tylko Lala jeszcze tego nie wie.

Tu głos Stryjkowej nagle zamilkł jak nożem ucięty. A kiedy Eulalia wyszła z łazienki, obie panie rozmawiały na neutralny temat.

– Mamunia. To nie to, żebym ja był zadowolony z twojego nieszczęścia – tłumaczył następnego dnia przy śniadaniu Kuba. – Absolutnie i nigdy w życiu. Chyba mnie o to nie posądzasz. Ale przecież teraz po prostu nie ma już dyskusji, kto będzie prowadził samochód. Sama rozumiesz. W gipsie się nie da.

– A skoro już tak się stało – dołączyła się Sławka – to jest ci, mamusiu, wszystko jedno, z kim wracasz...

– Nie rozumiem – powiedziała Eulalia, która rzeczywiście nic nie rozumiała.

– Ja ci wytłumaczę – zaofiarowała się Warszawianka. – Twoje dzieci mówią, że wolałyby wracać do domu już dzisiaj. A tobie się nie spieszy; do pracy z tą nogą nie pójdziesz, poza tym nie chcemy cię dzisiaj puszczać, bo jeszcze się nie nagadałyśmy, nie uważasz? A Janusz będzie i tak jutro jechał do Szczecina.

Eulalia rzuciła podejrzliwe spojrzenie w stronę Stryjkowej, która dziwnie przewracała oczyma, ale milczała.

– Pani ma rację – potwierdził Kuba. – To jak, mama, możemy się zbierać?

– Tak od razu?

– My potrzebujemy dziesięciu minut, żeby się spakować – prychnęła Sławka. – Chcielibyśmy rzeczywiście jechać, bo skoro i tak nie możesz iść z nami na tę pożegnalną wycieczkę, to mamy co nieco do załatwienia w Szczecinie przed wyjazdem.

- Ja się spakuję w piętnaście minut - powiedziała z godnością Eulalia. - Wracam z wami.
- Mowy nie ma - zaoponowała Warszawianka. - Stryjku, powiedz jej!

Stryjek, który właśnie pojawił się w drzwiach Bacówki, znieruchomiał.
- Co jej mam powiedzieć?
- Że ma zostać z nami do jutra!
- Masz zostać z nami do jutra. A co, chciałaś wyjeżdżać? Zawracanie głowy. Nigdzie nie jedziesz. Macie kawę? Nie? To zrobię. Kto chce kawy?
- Moje dzieci wracają, to i ja wracam. Bardzo was kocham, ale dzieci też kocham. Jadę z nimi. Już idę się pakować.
- Ale przecież możesz wrócić z Januszem! Dajże tym swoim dzieciom trochę odpocząć od siebie!

Eulalia jednak się uparła. Wprawdzie od początku zamierzała jechać do domu dopiero w niedzielę, ale na myśl o wspólnym spędzeniu z gburem kilku godzin w samochodzie ogarnęła ją panika. Poza tym co to ma znaczyć, ten cały zmasowany atak? Nie będzie jej nikt mówił, co ma robić. Dzieci będą odpoczywać od niej cały semestr. Jedzie. Jedzie natychmiast. Tupiąc gipsem, wspięła się na strome schodki i rzeczywiście, w ciągu kwadransa była gotowa.

Na ganku zebrało się całe towarzystwo, głośno okazując niezadowolenie z jej decyzji. Stryjek kusił obietnicą przejażdżki land-roverem na Śnieżkę. Stryjkowa zadawała dramatyczne pytanie, kto zje te wszystkie zapasy, które ona przywiozła do Bacówki. Warszawiak z żoną twierdzili, że czują się obrażeni jej wyjazdem w momencie ich przyjazdu. Tylko gbur nic nie mówił. Stał oparty o futrynę i milczał, uśmiechając się zagadkowo. Dopiero gdy podawała mu rękę na pożegnanie, korzystając z zamieszania wywołanego przez Bliźniaki rzucające się wszystkim w objęcia, szepnął tak cicho, żeby nikt poza nią nie mógł usłyszeć:
- I tak od jutra znowu będziesz blisko...

Czterdzieści osiem lat, babo głupia - powtarzała sobie Eulalia jakiś kwadrans potem, kiedy Kuba zgrabnie zjeżdżał główną ulicą Karpacza. Czterdzieści osiem lat. To już właściwie można mówić pięćdziesiąt. Klimakterium na karku. Za chwilę cię chwycą napady gorąca. Depresje. Depresje już chwytają! Przekwitasz jak ta jesienna róża, róża smutna, herbaciana, której nikt już nie zmienia wody w wazonie...

A może to właśnie jest ta zmiana wody? Na świeżą? Czterdzieści osiem lat. Przytomna kobieta nie odważy się na takie ryzyko. Poza tym to jest przecież śmieszne. Śmieszne jak nie wiem co. Nie te oczy. Nie to ciało. Faceci to co innego, oni jakoś później się starzeją. Mają swoje drugie i trzecie młodości, panienki na nich lecą, zwłaszcza na takich wysportowanych lowelasów jak on... Może i nie jest lowelasem, ale sylwetkę ma jak dwudziestolatek. A ona? Stara i schorowana. On też nie podlotek, to rzecz druga, i podobno ma kłopoty z kręgosłupem. Ale za to taki z niego bardziej superman, co to ratuje ludzkie życie. Och, nie ma o czym mówić. Nie ma o czym mówić!

A to, że on na nią leci, to najprawdopodobniej złudzenie starzejącej się, postromantycznie nastawionej matki dorosłych dzieci, której szajba odbija z powodu strachu przed rozłąką z tymiż! Nie jest wykluczone, że ją polubił, ostatecznie numer z babcią był przedni i dla koneserów. I tyle na ten temat. Stryjkowa z Warszawianką mogą sobie gadać do woli. Robi do niej słodkie oczy, żeby nie wyjść z wprawy.

Tak mniej więcej rozmyślała Eulalia, pracowicie udając przed własnymi dziećmi, że śpi – nie chciało jej się z nimi rozmawiać na żaden temat. Aż wreszcie koło Bolesławca zasnęła naprawdę; może trochę dzięki przeciwbólowym tabletkom, zapisanym jej przez życzliwego doktora Kawkę na wszelki wypadek.

Noga Eulalii wywołała w domu uczucia różnorodne. Paulina i Robert bardzo się przejęli i natychmiast chcieli zapakować Eulalię do łóżka, aby służyć jej pomocą na wszelkie możliwe sposoby. Oczywiście odmówiła, ale zrobiło się jej przyjemnie. Ojciec zmartwił się umiarkowanie, widząc na pierwszy rzut oka, że to nie śmiertelna choroba ani utrata kończyny, tylko miesiąc w gipsie. Balbina z niesmakiem wzniosła oczy ku niebu, napomykając, że dla niej będzie to prawdziwy kłopot, obsługiwać córkę w tak gorącym okresie. Jak to w jakim okresie! Przecież Marysia przygotowuje się do roli w teatrze! Marysia na nogę ciotki nie zwróciła najmniejszej uwagi, Helenka natomiast okazała ogromne niezadowolenie.

– Czy ja mam przez to – tu wskazała na gipsową kończynę

szwagierki – rozumieć, że zamierzasz brać jakieś zwolnienie lekarskie? I nie wybierasz się przez jakiś czas do telewizji?

Eulalia wprawdzie miała zamiar jechać do pracy już w poniedziałek, ale pytanie Helenki natychmiast wprawiło ją w złość i obudziło w niej ducha przekory.

– Chyba sama widzisz – powiedziała sucho. – Zwolnienie już mam. Na sześć tygodni.

– Żartujesz.

– Ani mi się śni.

– No dobrze. Zwolnienie zwolnieniem, ale przecież chodzić możesz. Widzę to. Ostatecznie zawiozę cię i odwiozę. Jutro nie, bo w niedzielę pewnie niewiele osób tam pracuje, ale rano w poniedziałek. To znaczy tak rano, jak wy tam uznajecie... gdzieś koło dziesiątej.

Coś podobnego! I kto to mówi! Helenka, która lubi spać do jedenastej, jeśli tylko okoliczności sprzyjają.

– Zapomnij. Nigdzie z tobą nie jadę. A w ogóle po co mam tam jechać? Zwolnienie pani kadrowej podrzucą dzieciaki. A jeżeli będę miała coś do załatwienia, załatwię to za pomocą telefonu.

Helenka zacisnęła usta w cienką kreskę.

– Ostatecznie może być telefon. Chociaż sama wiesz, że jeżeli chcemy być skuteczni, to musimy nieco się postarać, a nie tak po linii najmniejszego oporu. Eulalio, ja rozumiem, że tobie tak nie zależy, jak nam, ale przecież jesteśmy rodziną i nie możesz się od nas całkowicie odcinać.

– Helena, o czym ty mówisz, na litość boską! – Eulalia straciła cierpliwość.

Gdybym się od was naprawdę chciała odciąć – pomyślała – to miałabym teraz w domu ciszę i spokój, a nie cholerny kołchoz. I nikt by mi głowy nie zawracał żadnymi kretyńskimi telefonami, potrzebnymi pewnie po to, żeby załatwić reklamę Pippi Langstrumpf, tylko dwoje miłych młodych ludzi tańcowałoby koło mojego łóżka i podawało na tacy smakołyki...

– Ty doskonale wiesz, o czym mówię. Mówię o przedstawieniu, któremu trzeba załatwić promocję, bo jeżeli wasza telewizja będzie o nim tak informowała, jak informuje o wszystkich znaczących wydarzeniach kulturalnych, to pies z kulawą nogą się nie dowie, że w Szczecinie wybitny reżyser robi adaptację wybitnej literatury dla dzieci.

– Kiedy premiera?
– Za miesiąc. Ale o promocji trzeba pomyśleć już teraz!
– Ja już naprawdę nie wiem, czy ty jesteś moją córką, Eulalio – wtrąciła rozżarta Balbina, która dawno czekała na okazję wzięcia udziału w konwersacji. – W grę wchodzi kariera dziecka twojego brata, a ty się zachowujesz, jakby cię to nic nie obchodziło!
– Babcia musi wiedzieć, czy mama jest jej córką – wtrącił niewinnie Jakub. – To raczej dziadek mógłby mieć wątpliwości. Jeśli w ogóle. Rozumiecie, ja tylko tak teoretyzuję – dodał, widząc, że Balbina traci dech. – To chyba Strindberg opisywał takie przypadki, dobrze pamiętam, mamuniu?
– Strindberg. A ty uważaj, co mówisz, synu!
– Spokojnie, kochani – wtrącił Klemens z fotela, z którego usiłował obejrzeć Wiadomości. – Ja mam pewność, że Lala jest moja. Ma takie same uszy. Możesz dalej teoretyzować, Kubusiu, tylko uważaj na babcię.
– Czy wyście wszyscy poszaleli?! – rzuciła się Balbina. – Po tobie się nie spodziewałam, Klimku! Z tobą coś się ostatnio dzieje niedobrego! Kuba, rozumiem, Lala go po prostu źle wychowała, wiadomo, dziecko bez ojca, ale ty dopiero teraz zaczynasz! Ten dom ma na ciebie taki wpływ! Zawsze byłeś w miarę normalny i lojalny...
Eulalia więcej nie słyszała, w połowie przemówienia matki oddaliła się bowiem do swojego gabinetu, głośno tupiąc gipsem.

Prawie całą niedzielę, z małymi przerwami na łazienkę, Eulalia przesiedziała w gabinecie na kanapie, demonstracyjnie trzymając zagipsowaną kończynę na poduszce. Nie było jej tam wcale źle, czwórka młodych ludzi dotrzymywała jej towarzystwa, donosząc posiłki i bawiąc rozmową. Kilka razy wpadł również ojciec. Matka trzymała się z daleka, najwidoczniej trwając w świętym oburzeniu. Marysia z matką niemal całe przedpołudnie spędziły w teatrze, po południu zaś Helena usiłowała zaatakować Eulalię w sprawie kampanii reklamowej, ale udaremnili jej to Sławka z Kubą, kłamliwie zapewniając, że mama źle się czuje i musi się przespać.

Eulalia miała zamiar naprawdę pospać godzinkę, ale ledwie zdążyła przyłożyć głowę do poduszki, zadzwoniła jej komórka, jakimś cudem przywrócona przez Kubę do życia.

– Lala? – usłyszała głos Warszawianki. – Poczekaj chwilę...
Tu nastąpiło kilka stuków i trzasków.
– Już? – zapytała Eulalia. – Bo nie wiem, czy tam jesteś?
– Jestem, czekaj, no dobrze, chyba jest w porządku... nie jestem pewna...
– Co jest w porządku?
– Cześć, Lalu kochana – tym razem był to głos Stryjkowej. – To my!
– Czy wy sobie wyrywacie ten telefon? – Eulalia wygodniej ułożyła się na poduszkach.

Tym razem oba głosy zabrzmiały jednocześnie.

– Nie musimy! – zawołała Warszawianka.
– Mamy z tobą telekonferencję – zawiadomiła ją Stryjkowa. – Na trzy komórki.
– Czy coś się stało?
– No pewnie. – Głos Stryjkowej brzmiał najzupełniej beztrosko. – Zaraz ci opowiemy, tylko powiedz najpierw, jak się czujesz, jak podróż?
– Nie tęsknisz za nami?
– Tęsknię, oczywiście. Czuję się doskonale, podróż była w porządku, mój Kubuś bardzo dobrze prowadzi. Ucałujcie od nas Stryjeczka. I Krzysia też, oczywiście.
– A Januszka to nie? – zachichotała w słuchawkę Stryjkowa.
– Januszka to ona sama niedługo będzie mogła ucałować. – Warszawianka też jakby chichotała. – Już on jedzie do ciebie, Lalu, jedzie... Niedługo pewnie będzie na miejscu, bo on lubi szybko jeździć.
– O co wam chodzi, jędze? Co z tego, że jedzie? Przecież tu mieszka.
– Nie udawaj, Lala! To nieładnie. Nie jesteśmy ślepe! Księżna pani księżną panią, a on się zakochał nie w żadnej księżnej, tylko w tobie! A ty chyba nie jesteś taka zimna, za jaką byś chciała koniecznie uchodzić.

Eulalia chciała znaleźć jakąś dowcipną ripostę, ale jej nie wyszło. Dobrze, że te okropne baby nie widzą, jak się zaczerwieniła! Swoją drogą w tym wieku nie powinno się tak czerwienić, bo to wygląda, jakby się miało nadwrażliwe naczynka.

– Ty słyszysz? – Stryjkowa chichotała nadal. – Dam sobie głowę uciąć, że ona się w tej chwili zaczerwieniła jak panienka. Lala! Dostałaś wypieków?

– Co wam przychodzi do głowy! – Eulalia odzyskała głos. – Dlaczego miałby się we mnie zakochiwać? Bo mnie ściągnął z gór? Ma z dawna zakorzeniony instynkt ratownika. Jak pies bernardyn.

– Nie opowiadaj nam tu o psach. Pamiętaj, że myśmy już dwa razy widziały Janusza zakochanego.

– Wiemy, jakie ma objawy. Wtedy miał i teraz ma. Słuchaj, on dzisiaj o szóstej rano poleciał w góry jak małolat. Widziałam go przez okno, jak wychodził. Łuna od niego biła jaśniej słońca!

– Przeleciał całe Karkonosze, wrócił na skrzydłach, zapakował się i pojechał. Już pewnie dojeżdża.

Eulalia odruchowo wyjrzała przez okno. Zielonego peugeota nie było.

– Jeszcze chyba go nie ma. A jesteście pewne, że to TO?
– Lala!
– Pewne stuprocentowo. Ale powiedz, co ty?
– Co co ja?
– Lala!
– Czekaj – mitygowała Warszawianka żądną romansu Stryjkową. – Coś mi się wydaje, że Lala albo nie wiedziała, albo nie chciała wiedzieć, co na jedno wychodzi. No to teraz już wie. Proponuję poczekać, aż im się wyklaruje.

– Ale jeśli teraz ona go zawiedzie, to on do końca życia na telewizor nie spojrzy...

– Nie śmiej się, to poważna sprawa! Lalu, jesteś tam?
– Jestem. I nie wiem, co powiedzieć.
– Nic nie mów. My się teraz wyłączymy i poczekamy na rozwój wypadków, ale pamiętaj, jakbyś się zdecydowała, to my mamy prawo pierwsze się dowiedzieć. Naszym zdaniem jesteś mu przeznaczona. To nie jest przypadek, że trzeci raz Janusz leci na babę z telewizji.

– Ta pierwsza chyba nie była z telewizji, tylko odbił mu ją prezenter – pisnęła Eulalia.

– Nie ma znaczenia. Telewizja go prześladuje. Jakby w starożytności była telewizja, to by mu wychodziła w tarocie. Kiedy wymyślono tarota?

– Nie mam pojęcia. Dawno.
– No dobrze. Najważniejsze, że już wiesz – podsumowała Warszawianka. – My cię zawiadamiamy, żebyś nie udawała głupiej, za przeproszeniem. To teraz cię całujemy w imieniu Bacówki.
– I popraw makijaż, bo on naprawdę niedługo przyjedzie.
Wyłączyły się obydwie naraz, zanim Eulalia zdążyła się z nimi pożegnać.

Co za straszne baby! Makijaż! Jaki makijaż, kiedy w ogóle nie chciało się jej dzisiaj malować... Zresztą w Bacówce też się nie malowała, bo jakoś jej to nie pasowało do obcowania z przyrodą. Widział ją sauté nieraz. Jeśli naprawdę się zakochał, to chyba w rozmalowanej...

Oblało ją gorąco. Zakochał się. One wiedzą, co mówią. Na to w każdym razie wygląda. Są bardzo pewne siebie.

A ona?

Przechyliła się przez oparcie kanapy, na której postanowiła chorować obłożnie, i zdjęła ze ściany sporych rozmiarów lustro.

Czterdzieści osiem lat wyłazi jej na twarz. Pewnych rzeczy nie da się ukryć. Zmarszczki. Niewiele, ale są. Cera była kiedyś lepsza, choć wciąż jest niezła. Ładne włosy. Niezłe oczy i usta... Myślące spojrzenie. Na diabła chłopu myślące spojrzenie u kobiety? Nawet jeśli się w niej zakochał. Tego kaszaka powinna się już dawno pozbyć.

Odwiesiła lustro. Nie wybiera się na casting. Nie zamierza zostać fotomodelką reklamującą kremy do twarzy. Powinna sobie teraz odpowiedzieć na pytanie: czy ona też się zakochała?

Zdjęła lustro. Wycisnęła kaszak z podbródka, używając do tego celu chusteczki higienicznej. Jak nie ma pomalowanych rzęs, to ich wcale nie widać. Skądś się wzięła karnacja blondynki. A włosy jednak musi sobie farbować. Ten balejaż trochę się sprał. Słabo chwycił, może nie była w formie, kiedy go robiła, stan hormonów podobno ma wpływ... Trzeba zrobić od nowa.

Odwiesiła lustro. Kocha go czy nie?

A czy na pewno wiadomo, że on kocha?

Powiedział, że go do niej ciągnęło.

Seks. Prosty jak konstrukcja cepa.

Do seksu to niech sobie znajdzie malowaną lalę, najlepiej koło dwudziestki. Takie lubią starszych panów.

On nie wygląda wcale na starszego pana.

Zdjęła lustro. Ona też nie wygląda na starszą panią. Tylko że to jest pojęcie względne. Dla Bliźniaków, Poli czy Roberta JEST starszą panią, bez względu na to, jak się czuje. A dla Janusza? O proszę, wreszcie nie miała odruchu, żeby go nazwać gburem. Bo nie jest gburem. Był, ale przestał. Ona też potrafi zachowywać się obrzydliwie, kiedy ma ku temu powody. A on miał.

Odwiesiła lustro. Ją też do niego jakoś ciągnie... ostatnio. W sprawie księżnej pani zachował się rewelacyjnie, okazał się prawdziwym przyjacielem i mężczyzną. W górach ją odnalazł. Wprawdzie i tak by raczej nie zdążyła zamarznąć na śmierć, najdalej dwie godziny później przyleciałby po nią Stryjek, w nerwach cały, ale Janusz nie czekał tych dwóch godzin. Wyglądał, jakby się naprawdę przejął jej wypadkiem. Co to za wypadek... Wypadeczek. Widywała w Bacówce gorsze. A on się przejął.

Ta droga z Sowiej Przełęczy, w samochodzie Czecha, na tylnym siedzeniu. Nie ma się co oszukiwać – strasznie jej się chciało do niego przytulić, niekoniecznie dlatego, że zmarzła.

No to nie oszukujmy się do końca. Nie tylko przytulić. Pójść na całość. Na możliwie najbardziej rozbudowaną całość. Choćby w samochodzie i bez nogi.

No więc o co chodzi? Grzegorz przepisał jej ten romans na receptę.

Zdjęła lustro. Starsze od niej kobiety miewają romanse. No, miewają i co z tego? Ona już wyszła z wprawy! Kiedy ostatnio...

– Lustereczko, powiedz przecie... Mama, masz gościa.

Eulalia podniosła niezbyt przytomne oczy i za plecami własnej córki zobaczyła faceta, o którym tak intensywnie myślała przed chwilą. Wbrew wszystkim wątpliwościom i zahamowaniom owładnęło nią zupełnie irracjonalne uczucie szczęścia. Miała tylko nadzieję, że tego po niej nie widać.

Postawiła lustro na podłodze i zamierzała wstać. Facet był szybszy. Wyminął Sławkę i dwoma dużymi krokami podszedł do jej kanapy.

– Nie wstawaj – powiedział i przysiadł obok niej, co przyprawiło ją o kołatanie serca. – Jesteś chora. Ofiara wypadku. Jak się czujesz?

– Znakomicie – wyznała, patrząc w jego roześmiane oczy. –

Tak naprawdę tylko udaję chorą, żeby mi bratowa dała spokój. Sławeczko, zrobisz nam kawy? Chcesz kawy, Janusz?
– Z przyjemnością się napiję. Jeżeli to nie sprawi kłopotu.
– Najmniejszego – powiedziała Sławka i odwróciła się na pięcie, posławszy matce uprzednio bezczelne mrugnięcie. – Trochę to potrwa, bo coś się dzieje z ekspresem – zawiadomiła jeszcze przez ramię. Drzwi za sobą zamknęła szczególnie starannie, bez mała demonstracyjnie starannie.

Serce Eulalii zachowywało się tak, jakby wymagało natychmiastowej porcji waleriany albo czegoś w tym rodzaju. Gdyby jeszcze te dwie jędze nie zadzwoniły i nie uświadomiły jej wyraźnie... A może się myliły?

– Zanim twoja córka zrobi nam tę kawę... – zaczął Janusz i umilkł.
– To co? – spytała po chwili Eulalia.
– Chciałem cię o coś zapytać... to jest ważne...
Znowu przerwa.
– No to pytaj.
– Wiesz... to nie jest łatwe – zawahał się, ale widocznie podjął decyzję, bo pochylił się nieco w jej stronę, co znowu podniosło jej ciśnienie. – Posłuchaj, przed wyjazdem z Bacówki rozmawiałem z naszymi paniami...

Coś podobnego!
– Wiesz, znamy się z nimi tyle lat, to taka prawdziwa, porządna przyjaźń... może one zresztą trochę przesadzają...
– Co ci powiedziały?!
– One uważają... mówiły, że zakochałaś się we mnie... a ja...

To przechodzi wszelkie wyobrażenie! A on jej o tym tak sobie po prostu melduje! Eulalia zagotowała się od środka jak mały wulkanik i natychmiast wybuchła:
– Przecież to podobno ty się we mnie zakochałeś! Dzwoniły do mnie przed kwadransem!

Zerwała się z kanapy na równe nogi, tupiąc gipsem. On też wstał i tak stali przez chwilę naprzeciwko siebie, ona z wściekłą miną, on z niepewną. Odezwał się pierwszy:
– Słuchaj... ale jeśli chodzi o mnie, to jest prawda.
Zadławiło ją coś w gardle.
– A ty?

Boże, co za straszne baby!
– Ja chyba też...
Znalazła się w jego ramionach nie wiadomo kiedy. Ten gorzkawy zapach, do którego tęskniła, i te pocałunki, o których bała się marzyć...
– Uważaj!
W ostatniej chwili złapał lustro, oparte dotąd o kanapę i właśnie zdradzające zamiar stoczenia się na podłogę. Niewykluczone, że któreś z nich zahaczyło je nogą.
– Uchroniłem nas od siedmiu lat nieszczęść – powiedział z uśmiechem i poszukał wzrokiem śladu na ścianie. – Ono tutaj wisi na co dzień?
– Tutaj. Możesz je powiesić. Liczyłam sobie zmarszczki przed twoim przyjściem.
Popatrzał na nią z politowaniem i najwyraźniej chciał znowu wziąć ją w ramiona, ale zanim zdążył to uczynić, drzwi otworzyły się z łoskotem i wpadła przez nie Helena.
– Panie Januszu, jak to miło! Sława nie chciała mi powiedzieć, że pan u nas jest, ale zobaczyłam samochód i domyśliłam się, że przyszedł pan odwiedzić Eulalię... ja wszystko rozumiem, obowiązek wybawcy, ale najpierw obowiązek, a potem przyjemność, proszę do nas, kawa czeka, Sława chciała państwu podać tutaj, to bez sensu, proszę pana do salonu. Zresztą Eulalia na pewno chciałaby odpocząć! Mam panu tyle do opowiedzenia! Marysia...
– Bardzo przepraszam – w głosie Janusza zabrzmiała nuta doskonale zapamiętana przez Eulalię z pierwszych dni ich znajomości. Gbur *redivivus*! – Dziękuję za zaproszenie, ale przyszedłem odwiedzić Eulalię i jest to dla mnie przyjemność, nie obowiązek. Kawę też wolałbym wypić tutaj, z Lalą...
– Ach, jeżeli o to chodzi, Eulalia może pójść z nami... – Helena być może po raz pierwszy w życiu była nieco skonsternowana.
– Nie grymaście! – Zaśmiała się czarująco. – Kawa już czeka.
– Pani nie rozumie, droga pani. Eulalia tu zostaje. Ja zostaję. Pani wychodzi. Ostatni punkt nie podlega negocjacjom.
– Eulalio! Ty na to pozwalasz? Obcemu człowiekowi? To kto właściwie rządzi w twoim domu?
– Ostatnio ty – odparła Eulalia z lekkim przekąsem. – Ale teraz naprawdę idź już sobie. Przyślij nam Sławkę z kawą.

– Chyba żartujesz – prychnęła piękna Helena i wyszła, trzaskając drzwiami.

Eulalia i Janusz powstrzymali się od natychmiastowego rzucenia się sobie w objęcia i dobrze zrobili, bo pięć sekund po wyjściu rozwścieczonej damy rozległo się delikatne pukanie nogą do drzwi i Sławka przyniosła im zastawioną tacę.

– Ja nie wiem, jak te biedne kelnerki mają siłę robić to na co dzień – mruknęła. – Cudem nie zwaliłam tego wszystkiego na ziemię. Tak myślałam, że dacie odpór cioci. – Nalała pachnącego napoju do dwóch filiżanek. – Osobiście radzę zamknąć się na klucz, jeżeli chcecie wypić tę kawę w spokoju. Bo za chwilę może przylecieć tu babcia albo Marysia, pograć na komputerze. Ma pan na mamę dobry wpływ, nawiasem mówiąc, przy panu robi się jakaś... weselsza – dodała jeszcze, starannie zamykając drzwi za sobą.

– Masz znakomite dzieci – skonstatował Janusz, przekręcając klucz w zamku. – Bardzo wysoki iloraz inteligencji i równie wysoki współczynnik wdzięku.

– Ale wiesz, mam wrażenie, że wszystkie nasze wspólne przyjaciółki, wliczając w to moją córkę, wyłażą ze skóry, żeby nas popchnąć ku sobie...

– Uważam, że to świetna idea – powiedział stanowczo Janusz i ponownie wziął ją w ramiona, tym razem na dużo dłużej.

Niestety, nic więcej nie wchodziło w grę. Niewiele brakowało zresztą, aby weszło, ale w ostatniej chwili rozsądek zwyciężył.

– Czułabym, że cała moja rodzina siedzi pod tymi drzwiami i podsłuchuje – westchnęła Eulalia. – Nie miałabym żadnej przyjemności... Wybacz, kochanie.

– A to by się jeszcze okazało – mruknął Janusz. – Ale masz trochę racji. Potrzebny nam jest pewien elementarny komfort. Przenieśmy się do mnie.

Eulalia już zdążyła ochłonąć.

– Nie dzisiaj. To by była zbyteczna demonstracja. Jutro też nie. Poczekamy, aż moje dzieci sobie pojadą, dobrze? Sławka jedzie jutro, Kubuś w środę. I wiesz, ta noga jednak wciąż mnie trochę boli; może do środy przestanie?

Janusz nie wyglądał na zmartwionego.

– Zgoda – powiedział, całując wnętrze jej dłoni. – Poczekam.

Popatrz, kiedyś bym nie chciał czekać. A teraz jestem stary i rozważny. Czy ty naprawdę chcesz mieć starego kochanka?
– Facet w twoim wieku nie jest stary. Co innego kobieta. Ile masz lat?
– Pięćdziesiąt. Prawie pięćdziesiąt jeden. Przeszło pół wieku. Mam tremę w związku z tym. To dlatego, że cię kocham. Gdybym chciał tylko... no wiesz, poigrać, to bym się może mniej przejmował.
– Teraz się nie mówi poigrać, tylko pobzykać – pouczyła go Eulalia. – Ja też mam tremę. Nie jestem podlotkiem od wielu lat.
– To świetnie, bo nie znoszę podlotków. Wyłącznie dojrzałe kobiety. Zwłaszcza jedna. Tu obecna. Jesteś bardzo piękna, moja Eulalio.
– Zapomniałeś już najwyraźniej, jak wyglądają piękne kobiety. Będziesz musiał się zobowiązać do gaszenia światła za każdym razem.
– Cieszę się, że przewidziałaś więcej niż jeden raz. Słuchaj, ja już chyba pójdę, bo jeszcze kilka minut takiej rozmowy, a cała twoja rodzina zobaczy, że wychodzę od ciebie rozczarowany i niespełniony...
Eulalia odruchowo skierowała wzrok w miejsce, gdzie zwisały sznurki od ściągacza jego polaru, i ponownie purpurowy rumieniec oblał jej policzki.
– O, do licha, rzeczywiście! Janusz, najlepiej wyjdź przez okno!
– A jeśli wpadnę na twoją rodzinę odbywającą wieczorową przechadzkę?
– Nie ma obawy, nigdy tego nie robią. Od tej strony nie ma latarni, ganek zasłania.
Otworzył okno i oboje wyjrzeli na zewnątrz. Ogród był cichy i pusty. Janusz, niewiele myśląc, przełożył przez parapet jedną długą nogę, potem drugą i zgrabnie zsunął się na trawnik, prosto w niedawno posadzony krzew azalii pontyjskiej.
– Chyba zwariowałem – wymruczał głośnym szeptem. – To z miłości do ciebie, droga Julio.
– Idź już, Romeo, bo naprawdę ktoś cię zobaczy i narobi rabanu, że złodzieje.
– Kocham cię – rzucił jeszcze i chyłkiem, wzdłuż płotu, przemknął do furtki prowadzącej na jego posesję.

Eulalia postała jeszcze w otwartym oknie, dopóki nie zobaczyła na krzewach w ogrodzie Janusza odblasku światła padającego z jego okna. Cichutko przekręciła klucz w drzwiach i najspokojniej w świecie ułożyła się na poduszkach z książką w ręce. Nawet nie próbowała czytać. Nie widziałaby przecież ani jednej litery, tylko jego twarz, oczy, uśmiech... jakim cudem uda się jej doczekać środy?

Na razie trzeba było jednak przeżyć poniedziałek, co okazało się niełatwym zadaniem. Najpierw Sławka opuszczała dom rodzinny. Bardzo była przy tym podekscytowana i zadowolona, zupełnie jakby nie oznaczało to rozstania z matką!

– Czy ty zupełnie nie bierzesz pod uwagę rozstania z matką? – zapytała Eulalia wprost, kiedy świeżo upieczona studentka z pieśnią na ustach doładowywała różne zapomniane drobiazgi do ogromnej torby.

– Pewnie, że nie – odpowiedziało dziewczę beztrosko. – Wcale nie uważam, żebyśmy się rozstawały, mamunia. W dobie telefonii komórkowej? Upoważniam cię do dzwonienia o każdej porze dnia i nocy, jeżeli tylko odczujesz taką potrzebę. Ale, jak cię znam, potrzeby przejdą ci najdalej po tygodniu. Na całe nasze szczęście dotąd nie byłaś histeryczką, prawda, Kubeł?

– Prawda, siostro. Ta torba nigdy w życiu się nie dopnie, a jeżeli się dopnie, to ten zamek trzaśnie. Weź jeszcze jedną i zapakuj się jakoś kulturalnie.

– Nie ma mowy. Jak ja to potem dotaszczę na stancję, nie wiesz przypadkiem? Ile ja mam rąk według ciebie, dziesięć?

– Dwie masz rączki małe, lecz do prania doskonałe. A musisz tyle tych betów zabierać?

– Bardzo się ograniczałam, mój drogi! Zobaczysz pojutrze, jak sam się będziesz pakował! Boże, dlaczego ja nie mam samochodu?

– Matka ma – powiedział Kuba. – Ale nie da – dodał ponuro.

– Pewnie, że nie dam – przyświadczyła Eulalia z rozpędu, ale zaraz się zreflektowała. – A właściwie dlaczego miałabym nie dać? Ja nim nie pojeżdżę w najbliższym czasie. Zawiózłbyś Sławkę do Poznania?

Potomstwo wydało z siebie serię nieartykułowanych okrzyków i rzuciło się do obściskiwania matki. Objawy miłości przyjęła chętnie, po czym otrząsnęła się z czworga rąk. Ustalono, że Kuba zawiezie siostrę, zainstaluje na nowym miejscu i wróci jeszcze przed północą.

Godzinę później, bohatersko nie uroniwszy ani jednej łzy, Eulalia pozostała sama na ganku. Przysiadła na ławeczce i postanowiła pomyśleć.

Jakoś jej nie szło.

Co dziwniejsze, nie czuła smutku.

A jeżeli nie czuła smutku, to po co, na litość boską, tak dzielnie powstrzymywała się od łez? Przecież i tak by nie popłynęły! Teraz mają takie doskonałe warunki i nic!

Zamierzała nie myśleć dzisiaj wcale o Januszu. Dzisiaj jest dzień Sławki!

Przecież Sławka wyjechała!

To nic nie szkodzi, ona, matka, powinna teraz wszystkie myśli skupić na córce, na tym, żeby jej było dobrze, żeby się urządziła w tym całym Poznaniu... Poznań jest w zasadzie przyjemny, więc raczej będzie jej tam nieźle. Będzie miała teatry i operę lepsze niż w Szczecinie, życie kulturalne bardziej kwitnące, środowisko sprzyjające rozwojowi mózgu i szarych komórek. To wszystko, na czym jej tak zależało, kiedy startowała na Uniwersytet imienia Mickiewicza. Alma mater mamusi, jakkolwiek na to patrzeć. Cóż, mamusia też lubiła studiować w Poznaniu.

No więc o co chodzi? Jest dobrze!

Mimo woli zerknęła na sąsiedni ganek. Gdyby nie Janusz, prawdopodobnie nie byłoby tak dobrze. Szkoda, że nie ma go w domu.

Ona też powinna zadzwonić do pracy, zawiadomić o sześciotygodniowym zwolnieniu z powodu pęknięcia kostki bocznej bez przemieszczenia. W prawej nodze. Szkoda, że nie w lewej, bo mogłyby jeździć samochodem, sprzęgła nie trzeba tak dusić, jak hamulec. Chociaż nie, sprzęgło też trzeba. Gdyby Kuba nie wyjeżdżał pojutrze, mógłby ją wozić. On to lubi.

Znowu mimo woli spojrzała na ganek sąsiada. Czasami może mogłaby się zabrać z Januszem, wprawdzie on zaczyna pracę jakoś obrzydliwie wcześnie... Może raczej powroty z miasta wchodzą w grę. Bo przecież ona nie wytrzyma w domu nawet tygodnia, nie mówiąc o sześciu. Nie zostawi odłogiem roboty. Musi pomóc

Rochowi uporać się z cyklem, jeszcze trzy odcinki zostały do zrobienia, nie przerwą przecież cyklu, to by było bez sensu. Zwierzaków też się nie przerwie. Felietony musi napisać. To już w domu. Do domu! Zmarzła na tym ganku.

Jej spojrzenie znowu powędrowało na były ganek Berybojków. W kieszeni polaru zadzwonił jej telefon.

– Lala? Sławka wyjechała? Jak samopoczucie?

Jaki on ma miękki głos!

– Wyjechała. Wykorzystali moją nogę, Sławka i Kuba, rozumiesz, co mówię, prawda? Skróty myślowe. Zabrali mój samochód. Kuba ją odwozi.

– Bardzo się czujesz samotna?

– Jeszcze mam sześć osób w domu. Nie, wiem, o co ci chodzi. Natomiast nie wiem, czy czuję się samotna. Jakoś mi tak dziwnie.

– Na żołądku?

Rozśmieszył ją.

– Czemu akurat na żołądku, a nie na sercu?

– Bo zabrałbym cię na jakiś obiad. Zrozumiałem, że Kuba pojechał do Poznania, więc i tak nie masz szans go niańczyć. Wróci pewnie wieczorem?

– Późnym. Obliczaliśmy na północ. Pomoże Sławie się zagospodarować.

– Właśnie. Masz wolne. A jak twoja noga?

– Da się wytrzymać. Na tym gipsie można chodzić. Na krótkie dystanse, oczywiście. A gdzie mnie chcesz zabrać na obiad?

W słuchawce zapadło chwilowe milczenie. Może ktoś mu przeszkodził, ostatecznie jest w pracy.

– Halo, jesteś?

– Jestem. Zastanawiałem się. Bo są dwie możliwości. Albo cię zaproszę do restauracji, przy czym wybór pozostawiam tobie, bo jeszcze nie znam wszystkich szczecińskich miejsc z dobrym jedzeniem... albo ugotujemy sobie pierogi z mrożonki, u mnie w domu.

Teraz ona zamilkła.

– Jesteś? – zapytał niepewnym głosem.

– Chyba wolę pierogi.

Teraz on zamilkł.

Zachowujemy się jak para szesnastolatków – pomyślała. W tym wieku! A może TO nie ma wieku?

Odblokował się.
– Wrócę do domu o czwartej. O której przyjdziesz?
– A o której chcesz?
– O czwartej...
– Dobrze. Przyjdę, jak zobaczę twój samochód. Możesz zatrąbić, jak będziesz wjeżdżał do garażu.
– Zatrąbię. Dzielnica stanie na nogi. Do widzenia... kochanie.
– Cześć.

Kochanie. On już kilka razy powiedział, że ją kocha, a ona... Jakoś nie mogło jej to przejść przez usta. Może na razie jeszcze go nie kocha, tylko... tylko co?

W zamyśleniu (ale przyjemnym) weszła do domu. Pod nieobecność Helenki było w nim względnie cicho. Młodzi siedzieli na swojej górce jak myszy pod miotłą, ojciec czytał „Politykę", a matka krzątała się po kuchni, przygotowując obiad. Dla czworga.

Eulalia wzięła z szafki filiżankę i nasypała sobie do niej kawy, potem zalała ją wodą z dzbanka z filtrem. Zimną. Popatrzała na swoje dzieło ze zdziwieniem, wylała je do zlewu i włączyła elektryczny czajnik. Matka cały czas obserwowała ją spod oka.

– No, takie rzeczy to nawet ojcu się nie zdarzają – zauważyła złośliwie. – A on ma już pełną sklerozę. Co się z tobą dzieje, Lalu? Czy to przez ten wyjazd dzieci? A cóż dopiero będzie, jak oboje wyjadą na dobre? Czy ty nie jesteś przewrażliwiona? W twoim wieku powinnaś zachować więcej dystansu.

– Chrzanię dystans – powiedziała pogodnie Eulalia i zrobiła sobie drugą filiżankę, tym razem gorącej, kawy. – I co to znaczy: w twoim wieku? Ty jesteś ode mnie starsza.

– Ja myślę – sarknęła Balbina. – Jestem twoją matką. Ale nie leję zimnej wody do kawy. Oraz nie używam takich dziwnych, brukowych wyrażeń. No nic, rozumiem, że dzisiaj masz ciężki dzień. Możesz zjeść z nami obiad, jeśli chcesz.

– Dziękuję bardzo, mamo. Miło, że chcesz mi pomóc. Ale ja dzisiaj nie jem w domu.

– Coś takiego! Z twoją nogą? A gdzie to jesz, jeśli wolno wiedzieć, jeśli nie w domu?

– Noga nie ma nic do rzeczy. – Eulalia nie traciła pogody. – Nie używam jej przy jedzeniu.

Balbina obraziła się i trzasnęła ulubionym garnkiem Eulalii.

– Nie bij mojego rondla – poprosiła Eulalia i wyszła z kuchni. W gabinecie dopadła ją trema. Natychmiast stanęło jej przed oczyma tysiąc sytuacji z nią samą i Januszem w rolach głównych – i każda kończyła się, niestety, jej klęską. Przy czym najmniejszą porażką była niemożność osiągnięcia przez nią satysfakcji erotycznej. Inne były dużo gorsze. Okazywało się na przykład, że Janusz miał zgoła inne i o wiele lepsze od rzeczywistości wyobrażenie o jej ciele, kiedy więc wreszcie dochodziło co do czego, odwracał się od niej z niesmakiem i nie mógł nawet zacząć... a ona ubierała się i uciekała w popłochu. Albo w kluczowym momencie odnajdywał na jej twarzy te nieszczęsne zmarszczki wokół ust i – *ditto*. Albo okazywała się kompletną kretynką w dziedzinie ulubionych przez niego wyrafinowanych technik miłosnych z wykorzystaniem podstaw akrobacji (jest tak tragicznie niewysportowana!!!) – skutek ten sam. Albo wszystko było w porządku, tylko on nie mógł osiągnąć szczytu – nagle i niespodziewanie wiądł, a ona nie wiedziała, co go w niej tak strasznie rozczarowało! Albo... O nie!

Ręce zaczęły jej się trząść i rozlała kawę na spodek.

Dlaczego nie ma w domu żadnych piguł na uspokojenie!

Ten cholerny telefon! Kto jej głowę zawraca w takiej chwili?

– Dzień dobry, moja droga Lalu. To ja, Grzegorz. Miałaś do mnie dzwonić, ale nie dzwonisz, więc ja to robię niniejszym. Co u ciebie?

– Grzesiu kochany!

Głos jej się załamał. Grzegorz lekko się zaniepokoił.

– Coś się stało? Lalu! Mam przyjechać? Opowiadaj zaraz.

– Nie, Grzesiu, nie musisz przyjeżdżać... tak mi się zdaje.

– Ta depresja cię jednak trzyma?

– Depresja? Nie, to nie to. Grzesiu, ja się boję!

– Opanuj się, kobieto. Czego się boisz?

– Grzesiu... Pamiętasz, co mi zaleciłeś?

– Najbardziej ci zaleciłem romans ze mną, ale nie chciałaś skorzystać. Lala, uwiodłaś kogoś?

– Tak jakby... To znaczy nie wiem, czy ja jego, czy on mnie, to się jakoś zbiegło...

– Doskonale! W takim razie czego się boisz?

– O Boże, Grzesiu...

– Nie mów do mnie Boże, to mnie peszy. Czekaj, czekaj... Chyba wiem, w czym rzecz... Skonsumowałaś już?
– Jeszcze nie. Ten obiad jest dopiero o czwartej!
– Romans, pytam! Romans czy skonsumowałaś! Czy spałaś już z tym facetem, pytam!
– Właśnie w tym problem!
– W czym? On jest niepełnosprawny?
– Jaki? Och, nie, to ja mam złamaną nogę...
– Lala, to na nic. Opowiadaj po porządku i pełnymi zdaniami. Czego się boisz?

Opowiedziała mu o wszystkich swoich koszmarnych wyobrażeniach. Zamilkł na dłuższą chwilę i wyczuwała, że się uśmiecha, tam, po drugiej stronie telefonu.

– Grzesiu, ty się nie śmiej ze mnie! Ja ci wszystko mówię jak skrzyżowaniu przyjaciela z lekarzem, a ty się śmiejesz! To nie jest przyzwoicie!
– Ja się nie śmieję, ja się zastanawiam, co by ci tu doradzić. Wolisz, żebym ci doradzał jako lekarz czy jako przyjaciel?
– Jako skrzyżowanie...
– Trudne zadanie – mruknął. – Spróbuję dać ci radę uniwersalną. Przestań o tym myśleć, nic nie kombinuj, pozwól sytuacji, żeby się sama rozwijała. Te swoje okropne kompleksy, nawiasem mówiąc, nie mam pojęcia, skąd ci się wzięły, odstaw chwilowo do kąta. Nie hoduj ich tak gorliwie, przynajmniej dzisiaj. Pamiętaj, że JA na ciebie leciałem, więc nie jesteś taka ostatnia. Ja mam bardzo dobry gust. Ten twój kochaś...
– Jeszcze nie kochaś!
– Potencjalny kochaś. Ja myślę, że on też się boi. Mówiłaś, że miał dwie żony? I co z nimi zrobił?
– Obie go rzuciły.
– Ohoho, to ja ci gwarantuję, że on się boi dwa razy więcej niż ty. Ciebie rzucił tylko jeden mąż.
– Znowu się śmiejesz!
– A co, mam płakać? Nad tobą czy nad nim? Lekarz musi mieć dystans do pacjenta! Mówię poważnie. Ty go chcesz? Tego faceta, mam na myśli?
– Oczywiście, że chcę! Dlatego przecież tak się przejmuję!
– I to jest najważniejsze, że chcesz. On też chce, pamiętaj. A te-

raz przestań się mazać. Mówiłaś, że o której masz ten obiad? O czwartej? To zostało ci niewiele czasu na toaletę, zrobienie się na bóstwo i takie tam damskie sztuczki...

– Jezus Maria, Grzesiu, masz rację! Trzecia dochodzi!
– Sama widzisz. A ty tracisz czas. Leć do łazienki. Całuję cię i życzę szczęścia z tym facetem. Mimo że mam zranione serce.

Eulalia odwzajemniła całusy i w popłochu rzuciła komórkę. Kąpiel w aromatach! Głowa! Makijaż! Subtelny, żeby się nie rozmazał... Paznokcie! Kto, do diabła, wali w drzwi!

– Eulalio, kiedy wyjdziesz? Chcę wejść pod prysznic! Ile można siedzieć w łazience?

Helenka wróciła do domu i pożąda toalety!

– To moja łazienka. Masz drugą na dole.
– Nie żartuj, tu są wszystkie moje kosmetyki.
– Moje też. Daj mi spokój, Helenko, jeszcze pięć minut i wyjdę.
– Poza tym musimy porozmawiać. Poważnie.
– O czym?
– O przedstawieniu. O promocji.
– Mówiłam ci, że jak już będzie premiera, to pogadam z kolegami od kultury! Zostaw mnie w spokoju!
– Dlaczego siedzisz tam tak długo? Czy ty nie masz depresji po wyjeździe dzieci? Mama mówiła, że miałaś dziwne reakcje. To może być syndrom pustego gniazda.
– Gniazdo mam pełne jak cholera. Daj mi spokój, bo nigdy nie wyjdę!

Helenka coś jeszcze pomamrotała o konieczności psychoterapii, ale oddaliła się od drzwi łazienki. Eulalia dokończyła toaletę i obejrzała się w lustrze krytycznie. Nie jest najgorzej. Grzegorz na nią leciał. Janusz sam się boi. Jakoś to będzie.

Cichutko otworzyła drzwi i przemknęła się do swojego pokoju. Nie zawiadomiła Helenki, że zwalnia łazienkę, ale nie miała głowy do rodzinnych konwersacji. Zerkając przez okno na ulicę, ubrała się w miękki dżersej w jesiennej wersji, o kolorze złamanej zieleni połączonej z rudym. Kiedy wiązała pod szyją jedwabną apaszkę, zauważyła nadjeżdżającego peugeota.

Zobaczył ją w tym oknie. Podniósł rękę i uśmiechnął się szeroko. Boże, niech on już lepiej nie trąbi, Helenka zareaguje natychmiast!

Nie zatrąbił. Wjechał cicho do swojego garażu.
Może dać mu jeszcze trochę czasu?
Akurat. Ona da mu trochę czasu, a Helenka ją dopadnie, zobaczy reprezentacyjne szaty i nie da żyć.
Chyłkiem wymknęła się z gabinetu do sieni. Gips stwarzał niejakie trudności, ale starała się nie stukać. Narzuciła na siebie pierwszą lepszą kurtkę i utykając wyszła do ogródka. Tędy lepiej. Przejdzie przez furtkę pomiędzy ogrodami, wejdzie od ganku...
Za plecami usłyszała jeszcze głośno wyrażane przez Helenkę zdziwienie wywołane pustą łazienką. Udało się! Za dziesięć sekund miałaby ją na głowie!
Kiedy wkraczała na ganek sąsiada, widziała, jak Helenka wybiega z domu i rozgląda się dokoła. Nie zastanawiając się, pchnęła drzwi. Zdążył je wcześniej otworzyć. Przytomny gość – pomyślała.
Potem już w zasadzie przestała myśleć, pozwalając – według zalecenia Grzegorza – rozwijać się sytuacji.
Sytuacja zaś rozwinęła się błyskawicznie. Oczywiście nie w aspekcie mrożonych pierogów.

– Myślałam, że ten gips będzie bardziej przeszkadzał – powiedziała sennie jakiś czas później. – Jesteś nadzwyczajny.
– To ty jesteś nadzwyczajna – odpowiedział Janusz, uśmiechając się z rozmarzeniem do sufitu. – Okropnie się ciebie bałem, wiesz?
– Nie żartuj. To ja się okropnie bałam. – Eulalia podniosła się na ramieniu. – O mało się nie rozmyśliłam z tego strachu. Czy wiesz, że godzinę przed przyjściem do ciebie rozmawiałam o tym ze swoim psychiatrą?
– I co ci powiedział?
– Że ty też się boisz.
– Skąd wiedział?
– To mądry psychiatra.
– Chyba tak... skoro wiedział, że nam wyjdzie... Ty zawsze rozmawiasz z psychiatrą w decydujących momentach?
– Nie, przypadkiem zadzwonił, to mój dawny przyjaciel.
– Przyjaciel czy lekarz?
– Skrzyżowanie.

– I opowiedziałaś mu o nas?
– Bez szczegółów. Tylko to, co się wiązało z moim strachem.
– I co on ci zalecił?
– Iść na żywioł.
– No i patrz, dobrze doradził. A może to był tylko jednorazowy sukces?
– Nie dowiemy się, dopóki nie sprawdzimy...
– Ja bym sprawdził od razu...

Około dziewiątej wieczorem przypomnieli sobie, że wizyta Eulalii to miał być proszony obiad. Janusz wyjął z zamrażarki jakieś pyzy i odgrzali je sobie, a potem zjedli, popijając czerwonym wytrawnym winem.

Po czym wrócili do łóżka i znowu odnieśli sukces.

Około wpół do dwunastej w nocy Eulalia zerwała się na równe nogi z zamiarem powrotu do własnego domu, ponieważ usłyszała samochód i była pewna, że to Kuba przyjechał z Poznania. Pozwoliła sobie jednak wyperswadować, że Kuba nie jest dzieckiem, kolację zrobi sobie sam, a na śniadanie mamunia już wróci.

Około pierwszej w nocy Eulalia usłyszała piknięcie swojego telefonu. Natychmiast wyobraziła sobie tysiąc niebezpiecznych sytuacji związanych z dziećmi i wydarła się z ramion kochanka. Złapała aparat, przeczytała esemesa i padła bez sił na poduszkę.

Kochanek wyjął jej komórkę z dłoni i też przeczytał:

Mamunia, nie martw się, spotkaliśmy kolegów, Kuba wróci jutro rano. Jakby ci było smutno, to pomyśl o poderwaniu sąsiada, on nam się podoba.

Podczas kiedy Eulalia śmiała się do rozpuku, oparta o jego klatkę piersiową, Janusz wystukał odpowiedź: *Już mnie poderwała. Pewnie jej też się podobałem. Pozdrawiam. Sąsiad.*

Chichocząc i całując się, czekali na kolejną wiadomość. Przyszła błyskawicznie:

Na jakim etapie jesteście? Też pozdrawiamy.

Teraz odpisała Eulalia.

Dlaczego jeszcze nie śpicie?

Odpowiedź brzmiała:

A wy?

Odpisał Janusz:

Wasza mama nie pozwala mi powiedzieć.
Niech pan się nie przejmuje – napisały Bliźniaki (nieco bezczelnie, jak oceniła to Eulalia). *– I tak wiemy. Życzymy wam szczęścia. Bez odbioru.*
– Naprawdę masz znakomite dzieci. – Janusz odłożył komórkę na nocny stolik. – Musisz mi jutro wszystko o nich opowiedzieć. I o tym jakimś koszmarnie głupim jegomościu, który nie chciał być ich ojcem, a zwłaszcza twoim mężem. – Zastanowił się przez moment i dodał: – Chyba że jesteś wdową?
– Nie, nie jestem wdową. I nie udawaj, że te dwie jędze z Karpacza nie opowiedziały ci mojego życiorysu ze szczegółami.
– A co, mój ci opowiedziały?
– Owszem. Tylko nie podały żadnych nazwisk. A ja jestem ciekawa, która to koleżanka z pracy była twoją drugą?
Janusz skrzywił się, ale wymienił nazwisko znanej warszawskiej prezenterki, której Eulalia nie znosiła alergicznie z powodu wdzięczenia się. Też się skrzywiła, zanim zdążyła pomyśleć.
– Nie lubisz jej?
– Nie. I w ogóle nie widzę jej z tobą. Jeżeli ona ci się tak podobała, to ze mną jesteś przez pomyłkę.
Pocałował ją.
– Pierwsza awantura małżeńska. Ona kiedyś nie była taka okropna. Coś jej się takiego porobiło, jak zaczęła robić zawrotną karierę. Niedomykalność usteczek. Stale się śmiała rozkosznie. Czy musimy o niej rozmawiać?
– A masz lepsze propozycje?
– Nie chciałbym ci się wydać monotonny...
– Nie wmówisz mi, że masz pięćdziesiąt lat!
– Mam, mam. Tylko strasznie długo czekałem na ciebie...
– Ja też na ciebie długo czekałam... A ty marnowałeś czas na jakieś karierowiczki. Wpadanie przez nią pod TIR-a było bez sensu.
– Też tak sądzę. Popatrz, one naprawdę zdradziły ci wszystkie moje tajemnice. Masz rację, to jędze okropne... O tobie mówiły stosunkowo niedużo. Będę musiał wydusić z ciebie zeznania. Chcę wiedzieć o tobie wszystko. Fascynujesz mnie.
Eulalia wysunęła się z jego objęć i spojrzała nań z niedowierzaniem.

– Czym, na Boga?
– Całokształtem. Uważam, że jesteś nadzwyczajna.
– Mówiłeś już dzisiaj coś w tym rodzaju. A ja uważam, że to ty jesteś nadzwyczajny... Chyba będziemy mieli o czym rozmawiać w najbliższym czasie.
– W najbliższym czasie będziemy robili zupełnie co innego – powiedział stanowczo.
Kiedy układali się do snu, wtuleni w siebie ciasno, Eulalia nagle zachichotała.
– No co, kochanie? – zapytał Janusz czule i sennie.
– Wiesz, czego najbardziej się bałam? Że dostanę ataku astmy w trakcie... Nie rozumiem, dlaczego nie dostałam. Przecież to też wysiłek fizyczny. I stres!
– Ale pozytywny – odrzekł i zasnął.
Niech się dzieje, co chce – pomyślała Eulalia, wreszcie wolna od trosk związanych z astmą, domem, dziećmi, Helenką, Balbiną, pracą, życiem i w ogóle wszystkim. – Grześ miał rację. Pozwólmy sytuacji się rozwinąć...
Westchnęła głęboko, z przyjemnością wyczuła gorzkawy zapach wody toaletowej Janusza i też zasnęła.